外面起风了

戴来 作品

孟繁华　张清华/主编

外面起风了

学术策划与支持

北京师范大学国际写作中心
沈阳师范大学中国文化与文学研究所

山东文艺出版社

总序
"70后"的身份之"迷"与文学处境

孟繁华　张清华

当我们决心要把一群"70后"作家装入一个笼子的时候，发现这是一件难事。因为这些人的创作确乎很难从总体上做出涵盖与评价。除了年龄相近，他们在文学上几乎再没有更多共同之处。

这恐怕与这代人的历史与文化记忆有关。总体上，比较而言，"60后"与"50后"作家之间没有太明显的界线或差异，因为他们都有着接近的历史经验与公共记忆。至于"80后"作家，几乎可以说没有什么"集体记忆"，他们出生时社会已经开始剧变，走向差异与破碎了。而"70后"这一代，刚好处在历史的夹缝之间——对于历史，他们的印象是若隐若无似是而非；同时上世纪80年代以来急风暴雨式的文学革命与他们也几乎没有什么关系。当他们登上文坛的时候，80年代的文学革命已经落幕了；面对现实，"80后"又横空出世，遭遇网络文学大行其道，没有历史负担的这代人几乎可以为所欲为无所不能。"70后"就夹在这两代人之间，他们只能另辟蹊径展现他们的文学才能。因此，这一代的小说可以说一直游移于历史与现实之间，游移于个体的叙事与公共的记忆之间。

当然，这样的分析或许只是一孔之见。事实上，"70后"作家们用他们的方式仍然创作了许多新鲜而独特的各式小说。当总体性溃败之后，用"代际"概念来表达创作的差异性也许本身就是一个错误，但文学批评就是这样，虽然是临时性的概念，但要试图对之进行有效阐释时又不得不用之，而它的通约性也为我们提供了讨论问题的方便和可能。

或许这样表达不同代际作家的文化记忆或类型是合适的："50后"、"60后"可以看作是一个"历史共同体"。他们有共同的历史记忆，以及大体相似的对于历史的认知方式和情感方式，在大体相似的历史经历中，完成了一代人的文化塑形。"80后"是一个以话语方式与关注对象形成的"情感共同体"，特殊的情感认同是这一代人近似的文化性格特征。"70后"如前所述，他们隐约或模糊的历史记忆难以形成明确的历史共同体，同时又不像"80后"那样没有任何历史负担。因此，他们只形成了一个代际的"身份共同体"。这个共同体并不具有天然性，而是在文学实践过程中逐渐"建构"起来的。"70后"作家曹寇说："在早已成名的'60后'和'80后'作家之间，确实存在一个灰色的写作群体，说白了，他们就是'70后'。虽然写作者大多讨厌将自己纳入某个代际或某个类别中去，但'70后'作为'60后'和'80后'之间的那一代亦为客观事实。而且考虑到每代作家的成长环境、知识结构对他们写作的影响，剔除清高和矫情而接受中间代这一说法也未为不可。此外，'70后'与上下两代人的差异也是有目共睹的。迄今没有一位'70后'能像'60后'作家那样获得广泛的文学认可，在'60后'已被誉为经典之际，'70后'仍然被视为没有让人信服的'力作'的一群。"[①]更重要的问题是，无论是"50后"、"60后"的"历史共同体"，"70后"的"身份共同体"还是"80后"的"情感共同体"，他们都是"被想象"的共同体。一方面，这一划分方式有一定的合理性；一方面，这个合理性并

[①] 见《曹寇谈70后作家：适逢其时的"中间代"》，《南方都市报》2012年3月30日。

没有被充分证实。王安忆曾经说："我们这一代的人都有人进了天国，可是还没有来得及建立一个传统，所以，千万不要再说'读你们的书长大'的话，我们的书并不足以使你们长大，再有二十、三十年过去，回头看，我们和你们其实是一代人。文学的时间和现实的时间不同，它的容量是根据思想的浓度，思想的浓度也许又根据历史的剧烈程度。总之，它除去自然的流逝，还要依凭于价值。我们还没有向时间攫取更高的价值来提供你们继承，所以，还是和我们共同努力，共同进步，让二十年三十年以后的青年能真正读我们的书长大。"①如果是这样的话，"70后"的身份之"迷"完全是被杜撰出来的，现在的代际划分过二三十年后也将沦为子虚乌有。那时回头看现在，原来是一场毫无意义的白忙活。

然而另一方面，"70后"作家个体的独立或分散状态，也就是今日中国文学状态的缩影和写照。文学革命终结之后，统一的文学方向已不复存在。但是，70年代出生的作家还要特殊一些，这就是他们很难找到自己的历史定位。2009年诺奖获奖者赫塔·米勒说，她的写作是为了"拒绝遗忘"。类似的话还有许多作家说过，但是，这样正确的话对中国"70后"作家来说或许并不适用。普遍的看法也认为，"70后"是一个没有集体记忆的一代，是一个试图反叛但又没有反叛对象的一代。事实的确如此，当这一代人进入社会的时候，社会的大变动——急风暴雨式的社会与文学变革都已经成为过去。"文革"的终结、启蒙主义年代的终结，使中国社会生活以另一种方式展开，经济生活成为社会生活的主体。日常生活合法性的确立，使每个人都抛却了意义又深陷"关于意义的困惑"之中；同时，自80年代开始的"反叛"又日甚一日地遍及了所有的角落，90年代后，"反叛"的神话在疲惫和焦虑中无处告别，自行落幕。不知道是幸还是不幸，不论"反叛"的执行者是谁，可以肯

---

① 王安忆：《在同一时代之中》，见中国作家网，2013年9月24日。

定的是，这一切都与70年代无关或关系不大。这的确是一种宿命。于是，70年代便成了"夹缝"中生长的一代。这种尴尬的代际位置为他们的创作造成了困难，或者说，没有精神与历史依傍的创作是非常困难的。但是，任何事物都有例外。在我们看来，虽然很难对这代作家做出整体性的概括，但他们也确乎没有形成一代人文学的"同质化"倾向。换言之，他们生成了另一种难得的丰富性——他们之间是如此不同，除了一个"身份共同体"以外几乎很难找到他们之间任何两个人的相似性。正是这种不同，使他们在历史缝隙中的突围成为了可能。于是，我们在世纪之交或者新世纪以来，便看到了由魏微、戴来、朱文颖、金仁顺、乔叶、李师江、徐则臣、鲁敏、盛可以、计文君、付秀莹、冯唐、瓦当、路内、曹寇、慕容雪村、梁鸿、李修文、安妮宝贝、哲贵、阿乙、张楚、李浩、石一枫、李云雷、东君、黄咏梅、娜彧、朱山坡……这样一群人构成的"70后"小说家的主力群体。

关于"70后"作家的特征，宗仁发、施战军、李敬泽三位很早即发表过对话《被遮蔽的"70年代人"》。十几年前他们就发现了这一代人"被遮蔽"的现象，比如他们完全在"商业炒作"的视野之外，还有部分作家所负载的"白领"意识形态对大众的蛊惑诱导等等。但现在看来，之所以会有这些看法，一个很重要的原因，就是"50后"这代作家形成的"隐形意识形态"对他们的压抑和遮蔽。"'70年代人'中的一些女作家对现代都市中带有病态特征的生活的书写，不能不说具有真实的依托。问题不在于她们写的真实程度如何，而在于她们所持的态度。应该说1998年前后她们的作品是有精神指向的，并不是简单的认同和沉迷，或者说是有某种批判立场的。"这些看法确乎是有远见的，上一代作家在文坛建构起的统治地位和主流形象，作为一只"看不见的手"持续压抑和遮蔽了后来者，他们被早已形成的经典化秩序规定了自己的身份与姿态——"你是一个年轻的、生于70年代的作家,你就是'新新人类',否则你就什么都不是。"这一描述道出了"70后"的身份之"迷"和精神的困窘。

但是,许多年过去之后,"70后"仍然以他们的创作实绩,显示了他们令人不可忽略的文学地位。假如要让我们举出例证,那么例证是不胜枚举的。

魏微——她的中、短篇小说,因其所能达到的思想深度和艺术的独异性,已经成为这个时代中国高端艺术创作的一部分。魏微取得的成就与她的小说天分有关,更与她艺术的自觉有关——她很少重复自己的写作,对自己艺术的变化总是怀有高远的期待。盛可以,她一出现就显示了不同凡响的语言姿态,她语言的锋芒和奇崛,如列兵临阵刀戈毕现,她的长篇小说如《火宅》、《北妹》、《水乳》以及短篇小说《手术》等,都不是以触目惊心的故事见长,甚至也没有跌宕起伏刻意设置的情节或悬念,可以说,其最大的魅力就在于她锐利如刀削般的语言。在她那里,"怎么写"永远大于"写什么"。李师江,他几乎纠正了现代小说建立的"大叙事"的传统,个人生活、私密生活和文人趣味等被他重新镶嵌于小说之中。李师江似乎也不关心小说的"西化"或"本土化"的问题,但当他信笔由缰挥洒自如的时候,他确实获得了一种自由的快感。于是,他的小说与现代生活和精神处境密切相关,他的小说也是传统的,那里流淌着一种中国式的文人气息。鲁敏,她的小说既写过去也写现在,既有虚构也有写实,关于"东坝"的叙述,已经成为她小说创作的重要部分。这个虚构的所在,在今天已是只能想象而无从经验的了——就像当年的鲁镇、乌镇或其他类似的地方。现代化的进程决绝地剿灭了这些力不从心或没有抵抗能力的脆弱区域,那些渺小而令人心痛的生命。中国的小镇是一个奇异的存在,它在城乡交界处,是城乡的纽带,是过去中国的"市民社会"与乡绅文化存在的特殊空间。在那里,我们总会看到一些奇异的人物或故事，这些人物或故事是带着与都市和乡村的某些差异来到我们面前的。张楚，他的小说的魅力，就在于难以一眼望穿的模糊。这是一个有巨大野心的小说家，他的作品难以用谱系的方式找到来路，他的小说有诸多元素：深受西方十八九世纪文学、现代派文学和后现代文学的影响，也受到中国现代小说的影响，甚至受到《水浒传》以及其他明清白话小说的影响。经过杂糅吸收和重新铺排，诞生了这个奇异的张楚。看来他是真的理解了小说，他的每篇作品，在生活的层面几乎都无可挑剔，生活的质感、细节和真实性几乎达到了"非虚构"的程度，但是整体来看，其虚构性甚至诗性又都一目了然。在亦真亦幻、真假难辨之间，张楚的小说像幽灵一般在我们眼前飘过。哲贵，这个擅长集中书写富人的存在与精神状况的作家也是一个特例。他所描写的这个阶层在中国是如此特殊——他们是一个"成功者"的阶层，是一个被普通人羡慕乃至仰望的成功人群，但这个人群无所归依、空虚空洞的内心世界，在哲贵的讲述中可谓令人有难以言喻的震惊。东君的小说写的似乎都是与当下没有多大关系的故事，或者说是无关宏旨漫不经心的故事。但是，就在这些看似不经意的、暧昧模糊的故事中，他表达了对世俗世界无边欲望的批判。他的批判不是审判，而是在不急不躁的讲述中，将人物外部面相和内心世界逐一托出，在对比中表达了清浊与善恶。计文君，她的小说仿佛出自深宅大院：它典雅、端庄，举手投足仪态万方。因此她是一位带有中国古典文化气息和气质的作家。另一方面，它诡异、繁复、俏丽，修辞叙事云卷云舒。她的小说有西方20世纪以来小说的诸多技法和元素，但是计文君却又既不是传统的也不是西方的，她是现代的。付秀莹，作为一位后来居上的新秀，起初很长一段时间，她只以孙犁式简约而又清丽的笔触书写她记忆中的乡村，乡村的锦绣年华风花雪月曾让她迷恋不已。近年来，她的创作视野也逐渐转移到了城市，但她仍然写得温婉而跳脱、节制而耐心。娜彧的小说创作，在某种程度上接续了80年代现代主义的文学传统,接受了存在主义哲学的精神馈赠。作为潮流的现代主义虽然已成为了过去,但是,现代主义文学曾经揭示和呈现的关于人的惶惑、迷惘甚至反抗的精神状态和内心要求不仅依然存在,甚至在某些方面比80年代更加普遍和激烈。娜或显然发现或感受到了这一精神现象的存在,因此,以极端化的方式表达这一精神现象,显然是娜或刻意为之的。

……

就在我们梳理"70后"创作成绩的时候,另外一种批评的声音也如期而至。青年批评家张莉认为"70后"小说家的创作,是"在逃脱处落网"。她认为:"70后作家创作遇到的困境,也是新时期文学三十年发展的一个瓶颈:从先锋写作、新历史主义到新写实主义、晚生代/新生代写作,中国文学已经被剥除文学的'社会功能'和'思想特质',它逐渐面临沦为'自己的园地'的危险。70后作家参与建构了中国当代文学近十年来的创作景观——如果我们了解,九十年代以来,中国文学一直在强调'祛魅',即解除文化的神圣感、庄严感,使之世俗化、现实化、个人化,那么70后作家整体创作倾向于日常生活的描摹、人性的美好礼赞以及越来越喜欢讨论个人书写趣味则应该被视作一个文学时代到来的必然结果。"①这一提醒并非惘然。整体看"70后"作家的创作,历史全面隐退已经是不争的事实。这虽然切合了这代人的身份,但也从另一个方面暴露了他们难以与历史建构关系的真实困境。

显然,如果从一般性的常识来看,"70后"作家的多样性是一个非常大的优点,问题就在于他们迄今"经典化"程度的严重不尽如人意。到了应该"挑大梁"的年代,到了应该登堂入室的年纪,到了应该有普

---

①张莉:《在逃脱处落网——论70后小说家的写作》,《扬子江评论》2010年1期。

遍代表性的时候，一切却几乎还在镜子里，是一个"愿景"。中国文学中占据主要地位的仍然是"50后"和"60后"的一帮中年作家。究其原因，在我们看来，当然有各种难以言喻的外在因素，但如果从内部讲，恐怕就是因为个人经验书写与共同经验与集体记忆的接洽问题。在现阶段，否认个人经验或者经验的个人性当然都是幼稚的，但一代作家要想成为一代人的代言者，一代人的生命的记录者，如果不自觉地将个体记忆与一个时代的整体性的历史氛围与逻辑，与这些东西有内在的呼应与"神合"，恐怕是很难得到广泛的认可的。

或许这与作家的"抱负"有关，也许他们会说，去你们的狗屁"抱负"吧，只不过是一些历史的幻想狂或自大狂的假象，我们就是要写局部、碎片、个人情境。那谁也没办法，但是我们想提及的一点就是，任何人想进入历史都得有代价，这个代价就是如同当代法国的社会学家莫里斯·哈布瓦赫所说的，个人记忆是必须要有"社会框架"的，否则就会产生奇怪的失忆症。或许这代人过于无序的经验书写，也是某种社会与历史失忆症的表现吧。

另一方面，90年代以后的中国文学，带着西方文学的影响和记忆开始了整体性的"后退"，这个"后退"就是向传统文学和文化寻找资源，开始了又一轮的探索。值得注意的是，这个探索是在总体性瓦解之后的探索，因此它有更多的个人性。这也是"70后"作家整体风貌的一部分。"70后"隐约的历史记忆，使他们不得不更多地面对个人的心理现实——因为他们无家可归。但是，他们在矛盾、迷蒙和犹疑不决之间，却无意间形成了关于"70后"的文学与心路的轨迹。无论如何，这代作家的成就和问题，都是我们当下中国最典型的文学经验的一部分。因此，我们在注视这代人文学实践的时候，事实上也就是在关注当下的中国文学。

2014年2月25日于北京

目 录

突然 ………… 01

向黄昏 ………… 11

茄子 ………… 23

给我手纸 ………… 39

潘叔叔，你出汗了 ………… 49

前线，前线 ………… 61

要么进来，要么出去 ………… 75

准备好了吗 ………… 89

两口 ………… 101

剧烈运动 ………… 117

亮了一下 ………… 129

在床上 ………… 143

自首 ………… 153

外面起风了 ………… 165

等待 ………… 177

后来 ………… 187

没法说 ………… 199

对面有人 ………… 213

突然

说起来缪水根家和日本人是有深仇大恨的。缪水根当年已身怀六甲的母亲被日本兵强暴后不但流了产,还差一点送了命。已经两代单传的缪水根的父亲一心想着要在自己这一辈上让缪家的香火重新兴旺起来,谁知缪水根他母亲那块地从此没了动静,任他父亲怎么辛勤地劳作,就是没有收成。这一年开春,不甘不愿的老缪咬咬牙用一担大米娶了同村才十六岁的哑女小石榴。整个春天,老缪都在辛勤地播种,可秋天过去了,冬天也过去了,什么动静也没有。老缪憋足了劲骂了一句:操小日本他祖宗!然后回过头来,伸出手用力撸了撸水根的脑袋,叹了口气,说,看来缪家就只有指望你了。

缪水根生下来时又瘦又小,哭起来像只生病的小猫,浑身毛茸茸的,跟只猴子似的,而且右手长着六根手指,若不是看在他两腿间的那截玩意儿上,老缪真想把这怪物摁在马桶里淹死算了。1959 年,城里的丝织厂来农村招能吃苦的挡车工人,18 岁的缪水根瞒着家里报了名。他向往城市生活,更主要的是,他不想和父亲为他看上的那个骨盆宽广、屁股肥硕、大嘴大脚的丑女人结婚。在丝织厂干了两年,缪水根成了一名机修工,又过了两年,他得意扬扬地把一位白白净净的城里姑娘领到了父亲面前。老缪上上下下打量了一番姑娘,一言不发地进了里屋,缪水根急忙跟进去，父亲竟然老泪纵横，拍着床铺道：这个女人不能要，她生不了儿子，娶了她，缪家可要断子绝孙的。

老缪说得没错，在接下来的八年里，这个城里人连着为缪水根生了三个女儿，虽然一个比一个漂亮，但那有什么用呢？厂里的同事和他开玩笑，再加把劲嘛，加把劲就凑足五朵金花了。每次回乡下去见老父亲，在缪水根看来，更像是对他当初没听父亲忠告的一种惩罚。

不知从什么时候开始，大家开始称缪水根为老缪了。一转眼，他的三个女儿都长大成人了，大女儿从小就爱读书，埋首读完了研究生后，还没有停下来找工作嫁人的意思，进而不顾父亲的极力反对，去了那个让老缪咬牙切齿的日本，继续攻读博士学位，因为对方大学为她提供了一笔数目不小的奖学金。更叫老缪生气的是，老大在日本一站稳脚跟又把老二弄了过去，护照签证当然是瞒着他悄悄办的，他知道的时候，老二已经拿着机票来向他告别了。现在只剩下三姐妹中脸蛋最漂亮也是老缪最喜欢的老三了。无论如何，这个女儿要好好地看住她了。

让老缪伤心的事一件接一件地传来，先是大女儿拿到博士学位嫁了个日本人，而且放弃了收入颇丰的工作，准备一门心思在家生孩子；接着是他所在的丝织厂效益不好，他下岗了；昨天他接到二女儿的电话，她也准备要结婚了，当然还是个日本鬼子，并且结婚以后也不工作了，打算像传统的日本女人那样在家做专职主妇。今天一大早，老缪就起床了，因为炎热和心里不痛快。他昨晚几乎一夜没睡，那台两年前大女婿孝敬的三菱分体空调，他看着心里就有气，所以这两年的夏天都是老太婆和女儿一个房间，他一个房间。今年夏天天热得有些邪乎，往年连电风扇都不大吹的老缪今年居然生了一身的痱子，看着对面墙上的空调，老缪觉得更热了。

外面的空气比室内要凉爽一些，可老缪知道那是短暂的。走到油条摊时，老缪没像平时那样买一副大饼油条当早点，他已经吃了十几年的大饼油条，这种经济实惠的早点尽管他还没吃厌，但今天他要换换口味了。他这么节俭还不是为了这个家。他和老太婆的工资都不高，要撑起这个五口之家不精打细算怎么行。不过现在两个女儿都有了人家，成了他妈的日本鬼子的老婆，这一点他一想起来就觉得心里难受得厉害。平心而论，他老缪并不是个保守的人，和外国人结婚的事他还是不算勉强地能接受的，可哪怕是和没有进化好如猴子那样一身毛的美国鬼子结婚也比嫁给日本人好呀。为什么我们老缪家的女人就注定要给日本人操呢。

一碗鲍鱼鳝糊双饺面吃得老缪一头汗，他抹了把嘴，起身站到点心店当中的吊扇下，一只手拉着衬衣的门襟不停地抖动着。不断有端着碗的顾客蹭着他的身体走来走去，突然有个童声小声说了一句："好狗不挡道。"老缪的脸一下子绷紧了，问："谁，是哪个小赤佬在那儿放屁？"老缪四下看了看，店里仅有的四个小孩都仰着脸无辜地看着他。"没人承认，是吧？"这下老缪更来劲了，他的声音明显地提高了，"哪个狗崽子说的，怎么不敢承认？"一个老板模样的人快步走过来，赔着笑问，"老伯，出什么事了？"

"也不知是哪个小畜生，说什么好狗不挡道，我这一把年纪的人了，被人当狗骂还是头一回。也不知是谁家的小赤佬，嘴里这么不干不净，一点家教也没有，他家的大人也不管管。哼，我看这家的大人也不会是什么好东西，上梁不正下梁歪，教出这样的孩子，说不定自己就是个劳教分子。"老缪越说越来劲，他一手叉腰，一手在空中挥动着。这时，坐在墙角的一个小男孩"腾"地站了起来，泪流满面地叫道："不准你那样说我爸爸，我爸爸不是坏人，他是冤枉的，他不会做坏事的，他不是坏人。他是冤枉的。他不是坏人。"

正是上学上班的高潮，老缪站在路边，看着那些急匆匆奔向就要开动的公交车的腿们和快速踩着自行车的脚们，就像是第一次看见似的有些吃惊。路上竟然有这么多人。没有下岗之前，老缪都是坐单位的厂车上下班的，一路说说笑笑就到了单位。厂里的女工居多，所以这近四十年来，老缪的工作积极性一直很高。突然歇下来了，突然自己就成了一个每月拿168元下岗工资的闲人，他真有些不习惯。好在家里现在已经不指望他那点钱了，两个女儿经常往家里寄钱，当然是他妈的日元，由此他也成了邻居们羡慕的对象。看，还是生女儿好吧，女儿贴心，能想着孝顺父母，而且时下的日元可坚挺着呢。

  好像在突然之间，家里就宽裕起来了，家里的电器都换了一遍，房子也按宾馆的样子装修过了。老缪感觉这套自己住了十来年的单元房更像是别人的家了。他每天都拥着这种奇怪的、让自己都好奇的感觉入睡。特别是他下岗后，有了大把大把不知该如何安排的时间，他就更觉得这个家没法待了。而他的老太婆不是这样的，她早两年就退休了，既然现在有时间又有钱，何必还待在家里呢？没过多久，她就培养了几样需要钱和时间做保证的兴趣，旅游、养宠物和搓麻将。她为家人订了六份牛奶，每人一天两份，早一杯，晚一杯。老缪是坚决不喝的，以前是没有这个条件，现在是喝不下。日本人的吝啬是出了名的，他的小日本女婿肯在他女儿身上花钱还不是因为她们长得漂亮。妈的，这样的奶，我老缪能喝得下吗？所以，他的奶都是由那只叫爱丽丝的哈巴狗喝掉的。它在老太婆心目中的地位早就取代了老缪，正势头强劲地直逼小女儿。

  红旗桥桥堍有家专卖渔具的商店，老缪突然想起自己以前也曾钓过一阵子鱼，每个星期天，只要不下雨，他都会起个早，带上干粮去城外的小刘河钓上一上午。其实他也不是真喜欢钓鱼，熟悉他老缪的人都知道，他不是一个坐得住的人，说穿了，无非是想让肚子里缺油水的孩子们能吃点鱼腥。这会儿时间尚早，商店还没开门，老缪走得有点累了，蹲在店门口打算歇一歇。从红旗桥下来的自行车由于惯性一般都冲得很快,加上桥块那儿有一小块路面坏损了,没能及时绕开的骑车者往往被弹得脸颊上的肉发抖。

突然一位头发理得特别短打扮特别扎眼的女孩,骑着一辆山地车从桥上众多自行车中以特别快的速度脱颖而下。她本来要是直线冲下去的话,是完全可以绕开那块路面的,但她似乎就是要去颠簸一下,刺激一下。

不知什么时候,老缪已经站了起来,望着那个像鱼一样在车流中游去的橘黄色的背影,他有些气喘吁吁。我刚才看见了什么?他索性走到了离那块路面最近的人行道边,这样能看得更清楚一些。

被热醒的那一会儿,老缪没有马上睁开眼,他摸索着摸到了枕边的一条毛巾,擦了擦脸和脖子上的汗。隔壁房间一点动静也没有,老缪知道老太婆肯定正拥着毛巾被在呼呼大睡。她累了,她搓了一上午的麻将,连饭也没顾上做,中午俩人只凑合着吃了点面,而且老太婆还是端到空调房去吃的。她说这种天气简直不是人过的,不端到空调房里,她是一点胃口也没有。老缪说,以前的那些夏天你不都过来了吗,也没见你哪顿不吃。人呀,其实他是什么功能都有,但你要老不用,就退化了,归根到底,毛病。老太婆大概上午赢了钱,心情很好,没有理会老缪,顾自回房间边吃边看电视了。对了,她们把电视也搬了进去,不过那台松下 29 寸大彩电即使放在老缪面前,他也不会看的。那两个小日本骗到了他两个如花似玉的女儿不算,还用日本电器俘虏了他的老太婆和小女儿。难道家仇国恨真就抵不过现代生活的享受吗?前些年的生活苦是苦了点,然而一家人很快乐,这比什么都重要。

对面 25 幢的那个神经病又在大声地自说自话了。她的生活规律跟季节有关,冬季和秋季相对安静一些,而春夏两季则精力充沛,尤其是别人休息的时候,她的精神头就更好了。其实她翻来覆去就是一句话:疯了,都疯了。但她能连着说上两三个小时,直到午睡的人都起来了,她才爬到床上去睡觉。到了晚上，如果忘了给她服药，她会用同一种腔调不知疲倦地说上一个晚上。情况好的时候，她会在儿子的陪伴下在新村里走一走。她的脸很白，老是一副很吃惊的表情，并且像个大人物似的对每一个走过她面前的人点头致意。她早年丧夫，与两个都挺孝顺的儿子却反目成仇。和事业有成的大儿子住了一段时间后，她还是回到了一事无成、连个正经工作和老婆都没有的小儿子这边。大家说，这样她的小儿子就更找不到老婆了。有一次突然下雨，老缪去阳台收衣服，看见她竟然脱光了衣服站在自家的院子里，头朝天仰着，双臂伸向天空，一动不动地在雨中保持着这个造型。老缪看不懂她在做什么，事实上，大概连她自己也不知道想干什么。从老缪家的五楼望下去，她的身体白得耀眼。

突然，一对上下跳跃、活泼迷人的乳房灵感似的在老缪眼前一闪，他一下子从床上坐了起来，揉了揉眼睛，对，乳房，或大或小的快乐的乳房们正在向他召唤，与其待在家里出着汗生闷气，还不如去红旗桥桥堍过一个有意思的下午。

蹲在人行道边的树荫下，老缪看见地面有像蒸汽一样的热气袅袅地向上升腾。路上几乎看不到行人。从红旗桥上冲下来的自行车好像接到过提醒似的都及时地绕开了那处路面，而且由于车速太快，一会儿就不见了。

老缪已是第三次推开渔具店的玻璃门了，里面那台空调他留心看过了，是春兰牌，国产的，所以他觉得特别受用。柜台里面的那位正在读报的女营业员，他也留心看过了，年近四十岁，颇有几分姿色。

老缪背着手，就像一个内行似的把店堂里的货物又看了一遍。那个营业员没像第一次那样招呼老缪，也没像第二次那样笑脸相迎，而是好奇地看着他。突然，她的脸莫名其妙地红了，老缪主动解释道，随便看看,随便看看,我等的人还没来,外面太热了,进来随便看看。女营业员很理解地笑了笑,重又低下头小声地读起报来,她读报的样子十分认真,一口又糯又软又慢的苏州话说得字正腔圆,一根胖胖的食指在字里行间慢慢移动着。她正读到一则外国孩子控告亲生父母虐待的报道,一个叫什么什么科的名字被她的苏州话读得支离破碎。老缪干脆放弃了装模作样的东瞧西望,站到了柜台边。

那只手背上有四个肉坑的手就像一只胆小可爱的小白兔在报纸上小心翼翼地挪动着,好不容易爬到一端,又敏捷地跳回另一端。老缪吃惊地发现一个年近四十的女人居然有这么一双细腻白嫩的小手,而他的老婆的手从来都是粗糙和青筋毕露的。

读完这条,她抬起头来,看见老缪在一旁,她吃了一惊,脸又红了,问,你要看,我这儿还有。老缪连忙摆手,不要,不要,站着听你读读就蛮好的。她的脸更红了,说了句"叫你笑话了"就收起了报纸。老缪有了和这位像小姑娘一样爱脸红的女人瞎聊聊的想法,但是说什么呢?这时一个穿红T恤的小伙子兴冲冲地走了进来,进来后,他警惕地看了眼老缪,又看看那女的,然后走到了柜台里面。那女的不知为什么脸又红了,有些局促地问,这么热的天,你怎么来了?

"来看看你呀。我打车过来的,也不觉得怎么热。"说完小伙子又看了老缪两眼。

"我有什么好看的。"女的因此更局促不安了,她把柜台上的报纸递了过去,"今天的报纸,你先看看吧。"

"我不要看报纸。我是来看你的。"小伙子说这话时眼睛再一次盯着老缪,然后像个任性的孩子似的把报纸往旁边一扔,"我就是来看你的嘛。"

四点过后,路上的行人和自行车开始多了起来。蹲累了,老缪就站一会儿，站累了，就再蹲一蹲。他一直关心着从桥上冲下来的自行车和身后渔具店里的动静。在刚刚过去的一个多小时里，共有二十九个女的骑着自行车从桥上下来，只有两辆没有绕开那块路面，也就是说，有四只乳房在老缪面前跳跃着经过。而渔具店里的小伙子一直也不见出来，他们在搞什么名堂？老缪真想返回去看看，但他知道，那样只会是自找没趣。黄昏来得很慢，而从黄昏的桥上冲下来的自行车的速度却极快，让老缪激动的下班放学的高潮就要来了。经过多次变换对比，他最后找到了一个最佳的观察角度。

然而真正的高潮到来之后，老缪却极为失望。车实在太多了，密密麻麻地挤作一团。车速不得不慢了下来，只有少数车技娴熟的小伙子表演似的在车流中绕来绕去。老缪遗憾地蹲了下来。他在热浪滚滚的路边站了两个多小时，等来的却是一个乱糟糟的场面。

要是现在手上有支烟就好了，老缪又烦又躁地站了起来。早些年他是抽烟的，而且抽得还蛮凶的，后来因为经济的原因，他戒掉了，一戒就戒掉了。看着家里那三张嗷嗷待哺的小嘴，有什么戒不掉的。反正他这大半辈子一直在围着钱这个轱辘打转，拼命去挣，拼命节省，培养一些省钱的习惯，戒掉那些花钱的爱好。好了，现在家里倒是相对有钱了，可他一点也不快乐。他的两个女儿竟然自作主张把自己卖了，卖给那狗日的小日本。她们认为他动不动就挂在嘴上的那点家仇国恨，根本没必要经过这么多年还如此耿耿于怀。哪个民族不犯点错误，日本现在对中国人民还是很友好的嘛。说到底，天下一家。老缪说，呸，谁和小日本是一家人。

而他的老婆却欢天喜地地接受了这两个日本女婿，并且开始以家里的功臣自居，因为她认为是她将自己的美丽毫不吝啬地遗传给了女儿们，那才是吸引男人的关键。她相信小女儿肯定能找个更为出色的，也就是更有钱的男人。说起来老太婆跟着他过了三十来年的穷日子，也不容易，突然有一天不用再为钱操心了,她有点乐疯了。就像一个长期处于饥饿状态的人忽然坐在了一堆香喷喷的白馒头上,她当然不会嫌多,也顾不上问问从何而来,首先做的,就是往嘴里填往口袋里塞。

六点半,穿红 T 恤的小伙子从渔具店走了出来,看见老缪,他愣了一下,然后转身对正在锁卷帘门的女的低声说了句什么,后者赶紧回过头来,看见老缪,她的脸一下子红了。俩人随后在店门口站了好一会儿,小伙子很激动,双手比画着说着什么。女的脸更红了,她一直不安地朝四周看着。突然她提高了声音,说,说好了的嘛,你打车走,我坐公共汽车,早就说好了的事,真是的。小伙子转过身来,对着正在路边好奇地看着他们的老缪,就像是在问老缪似的道,为什么不能一起打车?

"不是说好了的嘛,你要我说几遍?"女的脸上已有了明显的怒色,她已经锁好了门,伸手轻轻地推了一把小伙子,"你先走吧。"

"不,今天我偏要和你一起走,另外,"小伙子突然扔下女的,大步朝老缪走了过来。

直到奔过红旗路路口,回头发现小伙子没有追上来,老缪才停了下来。他双手撑在膝盖上,弯着腰,一面大口大口地喘气一面问自己,我干吗要跑?我什么也没做,那小伙子凭什么盯着我看?那个女的为什么脸红?也许小伙子朝我走过来只是想问我点什么,而我这么一跑,倒好像我真做了什么似的。我到底心虚什么?

真正的黄昏终于来了,同时闷热了一天的空气中有了些许热乎乎的微风。老缪疲惫地坐在路边的石椅上,看着那些快速踩着脚蹬的骑车者,只觉得自己的两脚发软。他们正在急匆匆地赶往一个叫家的地方,这有多好呀。风好像又大了一些,那个迈着一字步走过来的女人的真丝连衣裙被迎面而来的风吹得完全贴在了身上。她一脸骄傲,挺着一对在老缪看来形迹可疑的胸脯，经过老缪时竟然狠狠地白了他一眼。老缪一下子愣住了。等那个女人走出一大段路，他才冲着她的背影咕哝了一句：神气个屁！并很响地朝地上吐了口唾沫。

东南角上有一蘑菇状的乌云正在向这边涌来。路上的行人和车辆不约而同地加快了速度。老缪一次又一次地仰起了脖子，乌云朝这边飘过来了一些，形状也不断变化着，这会儿看起来更像是一只拳头。隐隐有雷声从很远的地方传来，并且越来越响，就像决堤的洪水在向这边一层一层推进。路上的行人和车辆的速度又快了一些。老缪仿佛是第一次看到这种景象。他看看天，看看马路，脸上一副迷惑不解的表情。

雨点突然就下来了，有黄豆般大小，落在身上能清晰地感觉到它的重量和那种让人欣喜的冰凉。不知谁异常欢快地吼了一嗓子，随即有人没命地奔跑起来，自行车的速度就更快了。老缪突然想起25幢那个喜欢裸体在雨里仰天长站的神经病，他伸手挠了挠已经湿透了的有些发痒的后脑勺，自言自语道：疯了，都疯了。

1998年9月

原刊于《长城》1999年 1 期

向黄昏

午饭后，老童照例靠在客厅的沙发上听着《午间书场》打个盹。陈菊花有午睡的习惯，同时还有神经衰弱的毛病，常年睡眠不好，所以每一回睡觉她都搞得很郑重其事，拉窗帘、铺床、烫脚，程序一样都不能少。

迷迷糊糊快要睡着时，陈菊花感觉老童爬上了床。她猛然睁开眼，只见老童脱得只剩下棉毛衫和短裤，双膝跪在床沿，正伸手过来掀她的被角。老童的手冰凉冰凉的，还湿答答的。厌烦从陈菊花心里油然而生，干什么，你？她一把从老童手里扯回被子，掖掖好，身体往里床缩了缩。

老童并不回答，面无表情地又把手伸了过来。陈菊花蜷着身子，被子裹得紧紧的，露出一张面色暗淡的脸。不知为什么，老童想到了他常吃的早点，面饼包油条，也叫荷叶包死人。

拉不开被头，老童就去拉被脚，可完全找不到下手的地方。陈菊花把自己裹成了一只粽子。老童转而又去拉被头，还是没门。他试图从被窝卷的中间打开突破口，然而被子和陈菊花的身体一样僵硬。最后，借助床垫的弹性，老童将左手从被窝和床之间插进了被窝。

进去后，老童感觉到了温暖和湿润，这里面完全是另外一个季节。他暗中观察着陈菊花的反应，后者似乎并未察觉到他进来了。老童多少有点得意这次突袭的成功,那只手谨慎地沿着床面一点一点往前挪动着,从位置上判断,这里应该是陈菊花身体的中间部分。

有那么一会儿,老童觉得陈菊花也在耐心地等待着他下一步的动作。在这方面,陈菊花从来就是个被动者。老童的左手现在就是个负责侦察的排头兵,这只手从来都没有像此刻这样被委以重任过,它因此难免有些紧张。它小心翼翼地匍匐前进着,一点一点,它碰到了一个绵软的障碍物,它的主人正在想这是敌人的哪个部位,整个被窝卷剧烈地一抖,然后它就被一个硬邦邦的东西坚决地顶了出来。

大白天的,你发什么神经。陈菊花怒目圆睁,斥责道。

老童的脸涨红了,一绺花白的头发耷拉在前额,使他看起来有些狼狈。出于自尊,老童继续着手上的动作,同时犹豫着是否该结束这件已经变得越来越没有意思的事。

而陈菊花那头,尽管身体做着抵抗,心里却迟疑着是不是放弃,因为上个礼拜,她已经拒绝过老童一次了。她觉得老童马上就要恼羞成怒了。老童有高血压,陈菊花最怕看到他脸红,她想老童要再坚决一点,她的放弃也就显得自然了。

对峙的局面就这么形成了,在这个安静的午后,俩人的呼吸声被放大了般地粗重。

老童又一次把手伸进了被窝,陈菊花往里床一个翻身,老童的手就暴露在了外面,它干巴巴的,而且青筋毕露,出现在床上仿佛是个意外。它只能跟着往里床去,连老童都能感觉到自己的动作生硬而勉强。陈菊花已经退缩到了床边。她已经无路可退了。

突然间,老童就收回了手,颓然地长吁了一口气。下床穿拖鞋的时候,老童遇到了一点麻烦,一只拖鞋底朝天远远地斜躺在大衣橱那边。他穿着另一只拖鞋一颠一颠过去,一手扶着衣橱,打算用那只光脚的大脚趾去翻拖鞋,翻了两次都没成功,情急之下,他干脆把脚上的那只拖鞋也踢掉了，光着两只脚走出了卧室。

足有五分钟的时间，客厅里一点声音也没有，陈菊花支着耳朵，耳边还回响着刚才卧室门被狠狠摔上的声音。她看了一眼床头柜上的闹钟，快两点了。下午的时间，老童雷打不动地是交给街心花园的，那里有他的聊友，看他那劲头，兴许还有个把勾着他魂的女人。

大门打开了，然后又关上了，接着是重重的下楼的脚步声，那动静，说明老童恼火极了。

和陈菊花想的一样，老童去了街心花园，否则，他还能干吗呢。

三年前，老童是背着手走进这个街心花园的。虽然在退休之前，他仅仅是个车间副主任，手下管着二十来号人，而在他上头，却有三十多号人可以对他指手画脚。退休，在老童看来就是再不用看谁的脸色，再不用赶着点儿去上班，他终于可以领导自己的身体和时间了。不过，真退下来，老童一时还真不知道该如何处置这身体和时间。经邻居提醒，他来到了街心花园。他东走走，西瞧瞧，竟然没有人搭理他。察言观色了大半辈子的老童迅速地看清了形势，调整了心态，两只手悄悄地从背后移到了身体两侧。

街心花园里的常客基本就是那些老面孔，按照年龄、兴趣、曾经的社会身份自觉地分成几个圈子，大家各有各的活动天地和活动主题。

那些七老八十腿脚不便的，固定地坐在一个地方，也不太说话，努着嘴，眼神空洞，偶尔眼睛一亮是因为有那么一个女人在他们视野里经过。时间的长河在那一刻起了一点波澜。到了他们这个年纪，还能在外面走动的女人在他们眼里都是年轻的。换句话说，一个男人，看谁都觉得年轻，那说明他老了。这些老人凑在一起更像是在取暖。

公园里最大的那块空地是女同志们的领地。她们一早一晚在这里跳两场健身舞。当她们舞蹈起来的时候，整个公园都有了生气。她们显然清楚这一点，所以跳得很卖力。在这个几乎没有年轻女性的场合，她们顺利地找回了自信。她们的存在也是老年男同志们聚集在这里的原因之一。

最大的那个圈子人员最杂，流动性最大，也最热闹，就像是一个信息发布站，国内的，国外的，经济的，文化的，什么都说。反正谁都可以过来听上两耳朵，但也就听听，因为主角就那么几个，都站在内圈。其中有两个是坐惯了主席台的，虽然现在已经没有机会在台上发言了，可只要走到三人以上的公共场合依然有着强烈的发表个人意见的欲望。他们离休之前的主要工作就是开会、发言以及和同志们握手。现在环境和对象尽管变了，他们还是习惯背着手，挺着肚子，说不了几句话就会带出一两个手势，他们关心的依然是宏观的涉及政策调控方面的问题。年前，一度官居副市长的那个中风后，当区长的这个就成了眼下公园里曾拥有职务最高的。

这会儿，老区长正在就虚高不下的房价发表高见。老童也有满腹牢骚，不过一时半会儿还轮不到他说话。这时，老童忽然发现站在他身边的老范正在朝不远处使眼色。不用看，他都知道那是冲小赵去的。

小赵二十多年前和老范共过事，据说俩人之间是有故事的。小赵后来的离婚，也和老范有着间接的关系。有好事者不止一次旁敲侧击地向老范打探过，均被当事人断然否认了。老范是个内向温和的人，在这件事上过于激烈的反应被大家理解为做贼心虚。而单身的小赵由此有了某种公共的想象。

小赵五十有五。年龄在这里有了重新地划分，四十多岁的是小年轻，五十多岁的尚年轻，六十来岁的正当年，七十以上才是老人。尚年轻的小赵有时候会把孙女带到这里来，男人们普遍对那个长着一对斗鸡眼的小女孩表现出过分的喜爱。大家心里都清楚，男人们与其说是在逗小孩，不如说是在逗颇有几分姿色的小赵。老童是不凑这个热闹的，他一般会把自己安排在外围，淡淡地看着这些跃跃欲试的男人，同时趁小赵不注意，使劲地看上她两眼。小赵似乎对木讷少言的老童很有几分好感，偶尔会主动和他说说话。老童分外珍惜，每逢此时，他总会搜肠刮肚地说出几句让小赵感动的话。

老范不知道是什么时候离开的，悄无声息的。那是一个沉闷的人，极少主动开口说话，就是听别人说话也是一副心不在焉的样子，所以有人就猜测，老范每天来公园，既不是健身也不是打发时光，其实是为了掩人耳目地将这段婚外情进行到底。

老童下意识地扭头去找小赵，果不其然，她也不见了。老童本就低落的心情又一次滑落下去，他觉得没意思透了，于是返身出了公园。他也不知道要去哪儿，先出来了再说吧。

老童开门进来，还在床上躺着的陈菊花有些意外，随口问道，你怎么回来了？陈菊花注意到老童没穿拖鞋。他的两只拖鞋还一东一西互不买账地在房间里躺着，就像她和老童的关系。

怎么，我的家我不能回来？老童板着个脸，径直走到衣橱前。

我说你不能回了吗？真是的，你爱回不回。

那你还废什么话。

废话？你倒说两句不是废话的话让我听听，真是的，夫妻间有多少正经的事可以说，可不就是些日常的废话嘛。

夫妻？笑话，我们还是夫妻吗？

平常俩人互不主动搭理，因为不管说什么，说不了几句就会掐起来。陈菊花认为老童从骨子里是看不起自己的，没有文化，没有美貌，没有他认为的好脾气。结婚头二十年迫于她在事业上的成功和对这个家庭所做出的贡献，他低声下气地扮演着一个惧内的丈夫的角色，后来她退休了，他立马变了嘴脸，不但把家务活完全扔给了她，不到吃饭的时间，连家也不回。她坚信老童在外面有人了，虽然手上没有证据。

　　老童蹲下，站起，一阵忙活，最后翻出一件厚毛衣，换下身上薄的那件。卧室的窗帘拉得严严实实的，陈菊花依稀听见外面起风了。

　　陈菊花明白老童指的是自己不和他过夫妻生活，难道过了夫妻生活就算是夫妻了？对陈菊花来说，这件事早就变得全无乐趣，甚至是一种负担。想想年轻时，他涎着个脸央求忙了一天累得动都不想动的她做这事时的样子，再看看他现在，真没见过这样的男人，做这种事还阴沉着个脸，仿佛她是一个没有生命的物件，好像是她反过来要求他做似的。老童根本就不顾及她的感受，就知道把自己的快乐建立在别人的痛苦之上。没错，这些年他就是这么对待她的。

　　什么少年夫妻老来伴，他们在一起更像是一对仇人。陈菊花无数次在电话里对两个孩子哭诉，自己这一辈子活得太亏了。儿子总是默默地听着，末了，答上一句，你多保重，该吃吃，该喝喝，别舍不得。儿子八年前去了新西兰，没多久就和当地的一个女人结了婚，不过似乎过得并不好，陈菊花至今也没见过这个洋儿媳妇。有时候，她禁不住怀疑这个儿媳妇是否存在。女儿是个直肠子，一听她诉苦，反过来批评她作为一个妻子和母亲的失职。

　　女儿说得也有道理，以前自己的婚姻好像仅仅是事业的一个附属品，压根儿就没把那当回事，包括在孩子的成长上，她也没怎么操过心。可那都是因为工作，陈菊花在心里辩解说。

　　老童也退休后，女儿建议俩人一起出去散散步、买买菜什么的。老童当时答应得就比较勉强，一起出了几趟门，每一次都不欢而散。陈菊花明显地感觉到老童和她在一起不自在，明明是一起散步，俩人却不平行，老童不是疾疾地走在她前面，就是落后十来步，似乎和她并排走是一件难为情的事。

　　去卫生间撒了泡尿后，老童走了。这回关门的声音不重，但也不轻。

这时，陈菊花对着楼道里的脚步声把哽在喉咙口的话吐了出来，不是夫妻，不是夫妻那算是什么？

刚才还有些阴沉的天，回一趟家的工夫，又放晴了。老童把外套扣到头的纽扣解开两颗。刚才扔给陈菊花的话让他感到非常解气，似乎自己回家就是为了把这一情绪发泄出来的。有时候，老童也反思自己是否过分了，可只要一想到陈菊花以前的样子，尤其是对待和他们一起生活的老童母亲的态度，他又认为自己现在的言行并不出格。自己现在这么做无非就是把以前她对自己和母亲的态度还给她。

早些年，陈菊花可是个厉害角色。六十年代末期，她顶替其母亲进了纺织厂，在随后的二十年里，她以平均四年一大步的速度从一名普通的纺织女工干到了副厂长，那是何等的风光啊。当年巷子里的那些老邻居至今记忆犹新，陈菊花每天风风火火的，早晨像一阵穿堂风似的穿过巷子赶着去厂里指挥四千来号工人，晚上回到家继续指挥家里的老老少少。他们说得好，这个陈菊花真是不得了，穿上风火轮简直就是哪吒嘛。而直到八十年代中期，老童都还只是个普通的工人，白天看班长的脸色，晚上看老婆的脸色。

角色的转换是在九十年代初期完成的，在企业关停并转的大潮中，陈菊花所在的纺织厂关停了，她也被精简了下来，象征性地给了她一个留守副厂长的职务。为了表达怨怒的情绪，她打了请求内退的报告，没想到上级部门爽快地批准了。归根结底，还是文化水平不高，陈菊花是这么总结的，反正她算是吃了没有文化的亏了。

令老童没有想到的是，陈菊花内退之后，他的工作却有了起色。在不知不觉中，两人在家庭中的位置发生了换移。原先由老童承担的家务，名正言顺地转移到了陈菊花身上，老童在有了职务之后，慢慢地又有了脾气，有了嗓门。他和陈菊花在家庭中的地位有点像跷跷板，总之从来没有达到过平衡，因此他们的日子过不好。

　　快到公园的时候，老童一眼看见站在水果店门口和人说话的小赵。他的精神为之一振。小赵也看见他了，冲他招招手，并且说了一句什么。他没有马上过去，而是左右观察了一下，确定老范不在之后，他才走上前去。

　　快四点了，陈菊花从床上坐起来。在黄昏来临之前，她有两件事要做，拖地板和准备晚饭。下床后，她首先打开了电视。电视是她生活中唯一的娱乐。

　　退下来之后，陈菊花忽然发现，不工作她什么也没有了，她的快乐和痛苦、她的成就感，居然都和工作联系在一起。

　　也就是在陈菊花退下来的那一年，他们家搬到了这个小区。那正是陈菊花最萎靡的时候，提了二十年的精、气、神突然泄了下来，并且一泻千里，她满肚子的委屈，看什么都不顺眼，可没人给她一句安抚的话，她甚至在老童和两个孩子的眼里看到了幸灾乐祸。当她指责老童对她不闻不问时，后者竟然振振有词地回敬她，在你向这个家庭索取的时候，你首先应该想想自己曾给过这个家庭什么。

　　以前给的是不多，可那都是因为工作，工作。老童和孩子们的态度让陈菊花意识到自己对这个家的亏欠比原来以为的要多得多。她也做过努力，想缓和跟老童的关系，然而后者摆出一副一切都晚了的架势，并不打算接受也不稀罕她的补救。由此，她更认定了老童在外面有寄托。

　　这些年，除了每礼拜主动和待在老家由哥哥赡养的父亲打个电话，陈菊花差不多断了与所有人的联系。她最怕听到别人问她这些年过得怎么样，她不想接到那些日子过得比她好的人的电话，而过得不好的很少给她打电话，时间长了，她和外界几乎断了联系，越不联系还就越怕联系，久而久之，也就完全没了联系。

陈菊花很少下楼，她既不愿意和邻居打招呼，又不愿意回应别人的招呼，实在需要下楼，也是等天黑了。她知道在邻居们眼里，自己是个怪人。她还知道，就算邻居们不这样看她，老童也是这么介绍她的。

电视里正在播放《动物世界》。陈菊花懊恼地拍了一下自己的脑袋，怎么把这给忘了。她对动物不感兴趣，她喜欢的是屏幕背后赵忠祥那浑厚低沉的嗓音。每次看见赵忠祥从大大的眼睛和厚厚的眼袋中挤出来的慈祥的笑容，她都倍感亲切温暖。

《动物世界》节目，陈菊花是每期必看的。只是这些年赵忠祥露面的次数太少了，好几次，她琢磨着给中央电视台领导写封信，反映一个普通观众的收视要求。有时候她会对着屏幕上的赵忠祥说上几句心里话，当然是老童不在的时候。她觉得自己心里的苦也许赵忠祥能理解也愿意理解。

拖完地板后陈菊花在椅子里坐了下来。所有房间的窗户都开着，地板上水渍未干，她有些木然地看着这块自己擦了十来年的地面，每天下午都擦一遍，就像早起洗脸一样，是程序化的，动作机械，基本无感觉。与此同时，陈菊花的脑子也进入了一种惯性的思维，那就是老童在干什么。

尽管早十来年，陈菊花就对自己说，这个人干什么和我无关，爱干什么就干什么吧，可只要闲下来，这个问题还是冷不丁会冒出来，还是困扰着她。

此时的老童正在超市里，他推着一辆购物车跟随在三个中老年妇女身后。老童总是对别人说，我老婆是个怪人，所以他更愿意和别人家的老婆一起逛街、聊天。

三个女人叽叽喳喳地品头论足着，不时停下步子来挑挑拣拣着两边货架上的商品。比起琳琅满目的商品，老童对前面的三个女同志更有兴趣。虽然她们的平均年龄已经超过五十了，然而她们是健康的，活泼的，温暖的。如果非要他排出个一二三来，那小赵毫无疑问是那个第一。

到了五十五岁这个年龄，身材还能保持得这么好，不容易啊；为人热情、大方，不做作，对谁都客客气气的，不笑不说话，不容易啊；作为一个女人，得到了男人们普遍的喜爱，不容易啊；更不容易的是跟周围的女人们也相处得不错。老童颇为感慨地冲着小赵的后背点了点头，刚好小赵扭过脸来，关切地问，怎么啦？老童连忙摆手，没事，没事。

在小赵面前，老童始终竭力塑造着一个稳重得体的男人形象，从不主动打听她以前的生活，对她眼下的生活也保持着一定的距离。一句话，不做让小赵不舒服的事。当然，老童并不妄想和小赵有什么事，就这么不近不远地看着她，他已经感觉非常美好了。

再看家里那个陈菊花，浑身上下哪有一点女人样，不把自己当女人已经够成问题的了，更要命的是她还不把男人当男人。在外面指东画西惯了，家里人也成了她的手下，吆五喝六的。老童认为，一个女人当了领导，把权利使用得硬邦邦的，把自己搞得硬邦邦的，从本质上来说，她就已经不是女人了。

女儿一贯是同情老童的，他退休之前，女儿就有言在先，随时欢迎老童和她一起生活。有一次她甚至暗示他实在过不下去可以离婚，她的意思是做儿女的希望他把后半辈子过得快乐些。老童想好了，只要小赵还来这个公园活动，他就在自己家住下去。

不想了，不想了，老童摇了下头，摇完他看了一眼前面的小赵。

陈菊花起身走到窗前。楼下的小径上两只小狗在嬉戏，那是隔壁9号楼的那对老夫妻养的。搬到这个小区十三年了，陈菊花几乎每天黄昏都能看见这两口子挽着胳膊出来散步。看看别人的婚姻，再看看自己的，剥去穿了三十二年的婚姻的外衣，露出来的内里让陈菊花不忍细看。除了失望，还是失望，她一直在调整着期望值，直到再也不在老童身上寄托期望。

让陈菊花失望伤心的还有两个孩子，感情上和自己不亲不说，言行上从来都是毫无原则地站在父亲那一边的。尤其是女儿，往家里打电话，一听父亲不在，三言两语就把电话挂了。陈菊花想好了，哪一天自己的父亲走了，她就离开老童，离开这个家，去老年公寓生活。

9号楼前的草坪上，一个老头在夕阳里坐着。只要天气不错，他每天都坐在那里，佝着背，拱着肩，身体和膝盖几乎合为一体，从陈菊花所在的三楼看过去，一点样子也没有。他坐在那里，却一点样子也没有。你能感觉到他老了，并且还在衰老下去。他时不时地把假牙从嘴里拿出来，看看，又塞回去。

我也会有这么一天的，陈菊花想，很快的。然后她想到了八十三岁的老父亲，自己已经有三年没去看他了。想到父亲，陈菊花瞬间热泪盈眶。

不容自己多考虑，陈菊花收拾开了行李。她的心脏剧烈地跳动起来。她动作很快，像是怕自己又改变主意了。依稀中，她找到了十多年前接到一项重大的生产任务时的感觉，那个雷厉风行、干练果断的自己又回来了，那个日程安排得满满的、手里做着这件事脑子里已经在想着下一件事的自己又回来了。

陈菊花的心脏跳得更快了，都有点喘不上气来，她整个人被一种新鲜的将要开始新生活的冲动裹挟着，不允许她停下来多想，连换鞋、锁门和下楼的动作都是连贯的，一气呵成的。

下到楼底的时候，陈菊花深深地吸了口气，习惯性地眯起了眼睛抬头看了眼天空。光线并不如她以为的那么强烈，已经是黄昏了，白天就快要过去了，趁着夕阳的余晖，她迈开了步子。好了，上路了。

老童提着大包小包跟在三个谈笑风生的女人后面。女人聚在一起，就算上了年纪，还是叽叽喳喳的。分量最重的三个马甲袋，老童坚持由他来提着。小赵不时回过头来看他一眼，让老童觉得手里的分量也不是很重。另外，他认为小赵其实是想和他并排走的，只是碍于那两个女人。

此刻，心情愉悦的老童已经把午饭后那不愉快的半小时从这个黄昏里剔除掉了，就因为小赵那一句：没事的话，和我们一起去超市吧。更因为小赵比平时多看了他两眼。

远远地，老童看见一个挺像陈菊花的女人朝他们这边过来。真是挺像陈菊花，那体态，那闷着头向前冲的架势。走近了，他发现连她手里提着的那只旅行包也像是他们家里的。她这是要去哪里？看见陈菊花，老童下意识地板起了脸。

陈菊花也看见他了，然而只看了一眼，目光仅仅是从他脸上略过。老童诧异地看着陈菊花目光坚毅面带微笑地朝这边过来，并且从自己身边走过去。她走得很急，似乎赶着要去做一件什么事。

老童不安地回过头去，他以为陈菊花也会回头，可她走得异常坚定，那个往西而去的背影让他觉得又熟悉又陌生。

走出去一段后，老童想，也许在擦肩而过的时候，自己应该叫住她，问问她这是要去干吗。

2007年5月
原刊于《收获》2007年4期

茄子

从家到彩扩店有两站路，慢慢地走，也就是两根烟的工夫。老孙一般点一根烟在嘴上叼着，检查一遍窗户和煤气，然后锁门，走出一站地，第一根差不多抽完，再走半站地，点第二根。

三个月前，老孙盘下了这家彩扩店，一间三十来平米的店堂，一台柯达彩扩机，一只经过精心伪装的破沙发，以及算不上稳定的客源。好像就是这些了。哦，对了，还有两盆老孙叫不上名的植物和一盒顾客还来不及取走的照片。店主老牛迫不及待地想要转让这家店铺，那是个吃苦耐劳的中年人，有着掰着十个手指头都数不过来的优点，就是有一个缺点，嗜赌，可就这一点让老牛失去了经营了十来年才像样的彩扩店和家庭。最辉煌的时候，老牛一共有六家彩扩店，差不多霸占着全市三分之一的彩扩市场。老孙还记得那天他将钱递给老牛，后者的手在颤抖，一个胡子拉碴的中年人捧着自己缩了水的多年的奋斗，个中滋味只有他自己才清楚。

说实话，这家店是给儿子小龙盘的，那小子眼看着都二十七了，一直都没个正经工作，整天还跟个孩子似的光知道玩，玩电脑，玩游戏机，玩酷。不过好在没给老孙惹什么麻烦，就这，老孙已经谢天谢地了。看看邻居家的强子，和小龙同岁，念完大学念硕士，念完硕士念博士，他的父母说起儿子，嘴就停不下来，直到有一天一辆警车停在他们家门口。谁会想到一个就生活在你身边还念了那么多书的孩子是个强奸犯呢。老孙觉得孩子给家里争光是其次，首先不能丢脸。

对小龙，老孙曾经也满怀期望过，但事实证明他过于乐观了。期望孩子成材，落空了，期望和老婆白头到老，可半途她跟别人过日子去了，现实生活让老孙慢慢学会了也习惯了不期望。不期望也就不容易失望。

第二根烟抽到三分之二处，老孙到了彩扩店门口。开门进去，脱掉外套，打开饮水机开关，往茶杯里放上茶叶，等待水热的那会儿，老孙拿起柜台下面的抹布抹了一遍柜台。柜台一角有一堆开心果的壳，肯定是小龙的女朋友，那个胖女孩梅子扔在那儿的。那女孩，怎么说呢，人还不错，傻呵呵的，就是太胖了点。老孙几次想和小龙说说这个事，可这又算是件什么事呢，还真不好说。

老孙坐了下来，习惯性地拿过那个装照片的盒子，那里面是冲印出来等待顾客来取的相片。他打开一份，是一个大家庭的合影，前排后排加起来有十三四个人，前一排老的老，小的小，后排站在最中间的那个中年男人一脸混得很有名堂的样子，他左边的女人十分努力地笑着，可看起来更像是在哭。他们应该是两口子，老孙自言自语道，一对快走到尽头可还硬撑着的夫妻。

再打开一份，大概有六七十张，两个卷，里面面孔众多，出现得最多的是两男两女，像是关系比较亲近的两个家庭的一次春游，大家都尽力做出一副休闲随意的模样，可看了几张后，老孙发现这只是一个假象，两对夫妻之间的关系有些微妙。

在盒子最里面，有一份长时间没人来取的照片，老孙抽了出来，这里面的照片他已经看了无数遍了，客户一栏写着：费，一共有37张，照片里只有两个人，所有的照片都是关于这两个人的，一个年轻的女孩和一个已不再年轻但穿得很年轻的男人。从背景判断，全是在一个房间里拍的，大部分是俩人的合影，像是自拍的，神态亲昵，看起来关系很不一般。然而就在前几天老孙亲手接的一个活儿里，他发现了与之令他惊诧的关联。

那顾客姓穆，他走进店堂的时候，老孙就觉得面熟，却一下子想不起来在哪见过。第二天照片冲出来了，里面七七八八地出现了很多人，像是家庭聚会的留念，那个姓穆的顾客也在其中，里面有他和另一个跟他年龄相仿的女人以及一个二十来岁的小伙子的多张合影，看起来像是一家子。老孙突然意识到这个男人就是与那年轻女孩合影的男人，可显然那份没人来取的照片不是他拿来冲印的，否则他应该会顺便把它们取走。

老孙无数次地推断这个男人和那两个女人之间的关系，似乎不言而喻，但真的是那样吗？反正这几天，翻看这两份照片已经成为老孙每天必温习的功课，而推断这些个人之间的关系则成了他百做不厌的自测题。他差不多已经认定了自己的判断，而且越看越琢磨越觉得就是那么回事。

快十一点的时候，小龙推门进来。他是来接替父亲守店，好让后者回家做午饭，做好饭后再拿到店里来。有时候父亲会和他一起吃，那也是父子俩一天唯一共处的时刻。两年前，父亲经人介绍认识了一个女人，依稀有了要在一起生活的苗头，小龙乘机从家里搬了出来。自从母亲离开这个家以后，父亲有一段时间很消沉，小龙真怕他会出事，半年以后，老头子恢复了过来，甚至比原来还要开朗，不过小龙觉得那是个假象。

这一段生意不是太好，几乎就没什么像样的生意，所以大部分时间小龙不是盯着柜台角落那台小电视看碟片，就是戴着耳机冲着店外的马路发呆。通常这时候，他的脑子是不转圈的。

小龙把音量调大一点。这是他听过的最奇怪的一首歌，两个声音分别在他左右的耳机里各自唱着各自的歌，一个欢快、明朗，一个缓慢、抑扬顿挫，就像是下定了决心要盖过对方的声音，可事实上，他们还是各自在唱着各自的歌。

透过玻璃门，可以清楚地看见马路上和马路对面的一切。门把边上的那个"推"字是梅子贴上去的，花里胡哨的，但那是梅子认为的所谓的艺术。梅子鼓励小龙把头发留长，她觉得她的男友哪怕不是一个艺术家，也至少应该看起来像个艺术家。她热爱一切以艺术的名义进入她视野的东西。小龙觉得总有一天，她会在碰到一个看起来更像是艺术家的家伙后离开他的，同时她也会为分手找到一个艺术化的借口。

小龙随手拿过相片盒，熟练地抽出两份照片。这两份照片之间的关联他一眼就看出来了，三天前，当那个男人的脸从彩扩机里出来时，他吃惊得差一点叫出声来。他也貌似无意地问过父亲来冲印的客户的模样，父亲只说是个五十岁上下的男人，看起来蛮斯文的，像是个知识分子。他没有把自己的发现告诉父亲。他觉得没必要。

这个男人，这个让小龙好奇还隐隐有些嫉妒的男人，究竟是个什么样的家伙呢？仔细看，小龙发现他在两组照片里的状态是不同的，和那个女孩在一起时的笑是甜蜜的、由衷的，似乎还有点羞涩，而在另一组照片里，他也笑，但笑得中规中矩，是那种为了笑而做出来的笑。

不知为什么，小龙就是觉得照片中的那个女孩一定会来取走照片的。女孩留着一头特别长的长发，人很瘦，显得羸弱。有一张她挽着那男人胳膊的照片给小龙留下了深刻印象，那男人的袖子被她拽得紧紧的，她的头挨着男人的肩膀，面对镜头的眼睛里透出一种绝望，可能那仅仅是一瞬间的情绪，但被镜头捕捉到了。

虽然小龙差不多认定这是个落在俗套里的婚外情的故事，可他还是希望能亲眼见见照片中的人，尤其是那个女孩。他觉得女孩挺特别的，不是漂亮，而是她神态里那种绝望的东西在吸引着他。看久了，他居然隐隐有点心疼。那是个需要帮助的女孩，他对自己说，也许她已经厌倦了眼下的生活，一直在想办法摆脱那个男人摆脱她现在的生活，但那需要勇气。小龙觉得那女孩也许一直在苦苦等待着那个冥冥之中能拉她一把的人，那个人现在出现了，那个人就是他，小龙。

他私下又加印了两张他认为最能体现女孩神韵的单人照搁在他的住处，有一次被梅子发现了，追着问，不依不饶地要他交代清楚，可是他能说什么呢？

纸袋上客户一栏写着个"费"字的这一份的收件时间是二月七号，已经两个半月过去了，小龙曾经按客户留下的电话号码去过电话，却总是没人接。他也试过在别的时段打，同样还是没人接。打到后来，小龙觉得这个电话似乎永远都不可能接通了。他设想过电话没人接的各种可能性，有一次他想到了女孩可能遭到了某种不测，这么一想，他的后背猛然就冒出了一层冷汗。

闲着无聊的时候，小龙就会拨拨这个号码，因为他几乎可以肯定不会有人接的。然而没想到这次竟然通了，一个女声在电话那头"喂"了一声，小龙想也没想就慌忙挂断了电话。

小龙正准备关门的时候，梅子来了。她就住在离这不远的泰和小区。她喜欢照相，说实话，她也上相，她知道怎么在按下快门的一瞬间把自己最美的那一面表现出来，而且，她对自己容貌的估计要比实际情况来得高。

在小龙接手这家彩扩店的头两个月，梅子频频光顾，她的胶卷，她同学的胶卷，她邻居的胶卷，她亲戚的胶卷，她三天两头地在小龙的店堂里进进出出，给后者一种自己这儿冲印技术高超和顾客盈门的错觉。第三个月，她成了小龙的女朋友。

只要梅子往店堂里一站，小龙立刻就觉得屋里拥挤了起来，同时温度也开始上升。小龙琢磨过这个问题，没琢磨出来。有一天梅子弯腰捡东西的时候，她撅起的肥硕的臀部让小龙茅塞顿开，对了，是她的体积和她的体积传达出来的某种性的召唤在起作用。梅子很忌讳谈她的体重，就像半老不老的女人忌讳谈其年龄一样。如果小龙不小心触及这个敏感话题，那她会很不高兴，甚至拂袖而去。据小龙的直观判断，梅子的体重应该在130到140斤之间，对于一个身高一米六的女孩来说，确实有点恐怖。

在认识小龙之前，梅子的业余生活就是看侦探小说和影碟。她喜欢在晚上夜深人静时分捧着一本侦探小说躺在被窝里，越恐怖越吸引她，当然也就越睡不着。她对付恐惧的办法一般就是拼命吃东西，一个130来斤的梅子就是这样诞生的。

梅子在一家超市做收银员，每天站在收款机前对着来付钱的顾客不断重复着，欢迎光临，谢谢光临。小龙也希望她有一天会对他说同样的话，当然不是作为她的顾客。小龙无数次想象过这样的场面，他一把将她搂在怀里，他的脸埋在她的头发里，他的手试探性地在她的后背迂回了几次后，果断地冲向那片他渴望已久的肥沃的开阔地。做这样的想象是小龙每天睡前的作业，有时候他会觉得如果非得有个具体的场景的话，那么是在他的小房间里，如果非得有个更为具体的方位的话，那么是在他的床上。

梅子递过来两张她刚租的碟片，伊万·迈克格雷格的《猜火车》和《看谁在尖叫》，是给小龙租的。小龙想说这两部他都看过了，不只是这两部，伊万的所有的东西他几乎都看过。但他还是说，你挺有眼光的，这是最能代表伊万风格的东西。

梅子晃着脑袋有些得意，好像脸还隐隐地红了。她有意无意地朝小龙这边靠了靠，后者立即感到有一股气场向他涌过来。他下意识地往另一边让了让，梅子又往他这边靠了靠，这一次她肯定是有意的，因为她在笑，笑得很顽皮。小龙突然赌气似的伸手搂住了梅子的肩，他这一搂反倒有些吓着梅子了。为了掩饰自己的尴尬，小龙说去外面抽根烟，走到了店堂外面。

马路对面有两家美容院，雪莉和莱丝，两个俗气的名字，它们之间仅隔着一家超市，所以它们的竞争也是显而易见的。雪莉的规模要大一些，生意也要好一些，它不断地有各种优惠活动推出，而莱丝却似乎总是慢了半拍，小龙无聊的时候就趴在柜台上看对面进进出出的人。梅子在店堂里大声喊着小龙的名字，然后问，照片上的这个人是谁？

"不知道。"小龙根本就没回头。

"这是谁？"梅子的嗓音尖得刺耳。

小龙猛然意识到了她在说谁，他僵在那儿，他在想上一次是怎么搪塞过去的，他在想这一次该怎么回答。

吃过晚饭后，老孙打开写字台抽屉的锁，从抽屉的最里头拿出一个鼓鼓的牛皮纸大信封，又从里面抽出一个相片袋。他戴上老花镜，打开桌上的台灯，把照片分两行排开，一共有六张，上面三张是那个女孩和男人的，下面三张是那个男人和他老婆的，这些照片是他私下加印的。他的牛皮纸大信封里还装了一些别的照片，也是他偷偷加印的，基本上都是女的，而且以四十来岁的中年妇女为主，她们给了他广阔的想象的空间，她们填补着他乏味孤寂的单身生活。

相片袋里还有一张纸条，他在那上面抄了3个电话号码，姓费的留的号码是5字开头的，应该就在彩扩店那一片，那个姓穆的先留的是个座机号码，但是他后来又画掉了，改留了个手机号。他还记得那个男人，瘦瘦高高的，戴着一副无边眼镜，样子谦和。按说前天就能取相片了，但直到今天中午老孙离开的时候都没取走。

这女孩和小龙年龄差不多，也许更小，而那个男人应该是她父亲辈的，他们是怎么认识又有了这种不正常的关系的？那个男人看起来不像是有钱的人，那女孩贪图他的到底是什么呢？

他们那种样子（究竟是哪种样子，老孙也说不清楚），怎么看都不像是正经关系，再说了，如果是正常的男女关系，那么多的照片，为什么不能去外面好好的照，非得窝在家里拍呢。后来那男人送来冲印的照片证实了他的猜测，明明是有家庭的人，还在外面胡搞，就像他的前妻，放着好好的日子不过。他妈的，老孙骂了一句，骂出口后老孙自己也吃了一惊，那声音在这个没有人气的家里显得突兀刺耳。

老孙起身，把电视打开。他还是习惯家里有点声音，有点声音感觉还有点人气。

重坐回到写字台前，他拿起女孩和那男人相拥而笑的那张照片放到台灯下，他们笑得是那么开心，女孩的眼睛都笑成一条缝了。老孙叹了口气，他觉得那男人十有八九在欺骗那女孩，大概会告诉她自己没有家庭，或者正在为她闹离婚，如果女孩知道这个男人前几天还欢欢喜喜地和家里人一起合影，那她会做何反应呢？你应该知道真相，老孙非常严肃地对着女孩说道，你应该知道他是个什么样的人。老孙突然有些激动，他拿起纸条走到了电话旁。

"喂——"是个年轻女孩的声音。

"我是'阿龙彩扩店'的，我找一个姓费的姑娘。"

"我就是。"

"太好了，你在我们店里冲印的照片一直没来取，快三个月，再不取走，我们就要处理掉了。"

"哦，对不起，我前一段一直不在家，刚回来，好，我这就去取。哎呀，那个取相片的条我不知道放哪儿了，也不知道还能不能找到。"

"那照片上的人是你吗？"

"是呀。"

"那就没问题，你明天上午来吧，我在店里，另外——"

"什么？"

"没什么了，你明天上午来吧，来了再说吧。"

费了半天口舌，小龙也没能让梅子相信自己和照片中的女孩没有任何关系，于是他干脆耷拉着脑袋不再说话了，而梅子则是一副我对你那么好你还不知足的委屈样。俩人僵在了那儿。后来梅子主动退了一步，说过去了的她就不计较了，但要小龙保证以后不再和那女孩有任何关系。小龙猛然抬起头，冲着梅子吼道，凭什么？啊？你算是我的什么人？

梅子气鼓鼓地推开店门，并狠狠地摔上了。小龙没有追出去，他看着门上那个来回晃动的"推"字，直到它完全停下来。小龙也在诧异自己刚才怎么会那样穷凶极恶，完全没必要。对梅子，爱是谈不上，但还是有感情的，从来还没有哪个女孩像梅子这么依赖过他，那种被需要的感觉让他很受用。他点了根烟，使劲地抽了几口，然后把散落在柜台上的照片码齐。最上面的是女孩的一张单人照，十分随意地坐在沙发上，指间夹了一根烟，样子有点蔫，看久了，会觉得蔫里还透着点厌烦。

她在厌烦什么？和那个男人在一起她快乐吗？她了解那个男人的真实情况吗？那个男人到底有什么可吸引她的？社会地位？钱？床上功夫？为什么这么久了她也不来取照片？她忘了？和那男人分手了？小龙的手伸向了电话，摁重拨键，在电话接通之前，他做了个深呼吸。

"请问费小姐在吗？"

"我就是。"

"你好，我是'阿龙彩扩店'。"

"哦，我正在找那个取件条。"

"是这样的，你在我们这儿冲印的照片已经两个多月了，按照规定，顾客超过三个月不来取，我们将自行处理。"

"我知道,你刚才已经说过了,我明天上午就过去拿。"

挂了电话,小龙还是没有反应过来,他想下午电话接通后自己什么也没说就把电话挂断了,难道是父亲给她打的电话?

远远地,老孙就看见店门口立着的那个柯达女郎的纸模型,难道小龙昨晚忘了收进去?走近了,他看见店门也开着,小龙竟然弯着腰在扫地。真不知道这小子哪根筋搭错了,印象中,就没见他动过扫把,而且那也叫扫地?老孙一把夺过小龙手里的扫把。

"这么早来干什么?你不是不过10点不起床的吗?"

"醒得早,也没什么事,就过来了。你回去吧,今天上午我来守着。"

"那不行,"老孙一下直起了腰,随即他意识到自己的反应过于强烈了,又解释,"我回去也没事,你又不是不知道,还不如在这儿待着,你走吧。"

小龙既没表示走也没说不走,而是掏出烟来给老孙递了一根,并点上,然后自己慢慢踱到了门外。

扫完地后,老孙又抹了遍柜台,然后在柜台里面坐下。看着站在门外抽烟的儿子的背影,老孙觉得这小子今天有点反常,好像有什么事,难道他也是来等那个女孩的?老孙下意识地看了一眼相片盒,那个相片袋还在,因为时间太长了,而且经常被抽出翻看,看起来有些旧和脏。

看着儿子抽完手上那根又点了一根,然后转身走了过来,老孙抓起旁边的抹布,使劲擦拭着柜台上并不存在的一个污点。小龙进门后在沙发上坐了下来,多少有些夸张地伸了个懒腰,老孙感觉他似乎有话要说。

自从小龙搬出去住后,父子俩很少有在一起聊天的机会,当然以前就没聊天的习惯。儿子小的时候,是他低着头呵斥,儿子低着头听,后来儿子长得和他一般高了,他说的话不是进不了儿子的耳朵就是被儿子顶回来,再后来儿子长得比他还高,俩人反倒没什么话了。

足有五分钟，俩人就那么坐着，各自抽着烟，气氛有些尴尬。老孙几乎肯定儿子是有话要和他说，不出意外的话，是关于小龙他母亲的事。他知道离婚后，儿子一直和他母亲有联系，他一度也想过干涉，但想到当初那女人能把孩子留给他，总算还讲点良心，他现在也不能太过分。

"最近见过你妈吗？"老孙决定自己来挑开这个话题。这些年他断断续续地从别人嘴里知道了一些她的情况，又生了个儿子，那男人待她很好，他们的儿子考上了大学，但他认为那只是表面现象。

"见过。"

"她——过得怎么样？"

"老样子。"小龙似乎并不愿就此说什么。

"什么叫老样子？"

"就是还那样，过得不错。"

"怎么个不错法？"她怎么就能过得不错呢，这是老孙始终想不通的问题。一个女人和一个男人生活了六年，还有了孩子，然后一转身又跟别的男人过日子去了，她在心里能完全放下她以前的男人和孩子吗？如果放不下的话，她的日子怎么可能过得不错呢？

"就是不错，有房子有车，他们的孩子去年考上了大学，还要怎么样？爸，你到底想知道什么？"小龙显得很不耐烦，站起来就往外走。

"你是不是想跟你妈他们过去？"老孙忍不住冲着儿子的背影叫嚷了起来。

晚上不到六点，老孙就关了店门，这一天下来他觉得异常地累，他想尽快地回到家里，躺到床上，闭上眼睛，什么也不想地睡一会儿。但是怎么可能什么也不想呢，和儿子的不愉快让他心里堵得慌，儿子描述的他母亲的状况是一方面，主要还是儿子的态度让他不舒服。还有那女孩，前后在店里待了不超过两分钟，她看起来比照片上还小，那单纯的模样更让老孙觉得自己对她负有某种不可推卸的责任。老孙相信如果女孩的父母知道了这样的情况也会想办法阻止的。

进了家门,老孙顾不上喘口气洗把脸就直奔写字台,找出了电话号码。

"我是'阿龙彩扩店'的,今天中午我们见过。"

"又有什么事?"

女孩极不耐烦的口气让老孙摸不着头脑,中午那女孩还客客气气的,一再感谢他们的服务。

"是这样的,有件事我本来中午就想和你说,但那时候不方便,不过要是不说我会觉得心里——"

"行啦,"女孩打断道,"你不用说了,你们已经有人给我打过电话了,嘿,我真不明白,干你们这行的怎么对顾客的隐私那么感兴趣。"

"姑娘,我这是为你好,我这儿有那个男人和他老婆孩子的照片,你要看了就知道他是个什么东西了。"

"你们还是多为为你自己好吧,我看你们是有病。"

老孙还想说"你这样下去终有一天会后悔的",电话那头已经挂断了。老孙的手按在电话机上,半天没回过神来。女孩的口气,女孩的态度,女孩的回答都让他意外和吃惊,现在的女孩怎么会这样轻率地处理男女之间的问题,根本不在乎什么道德伦理,好像只要自己快乐,什么都无所谓。

已经快七点了,晚饭还没做,一个人的生活,就得自己关心自己,也只能自己对自己负责。所以平常的一日三餐,老孙是很准时而且注意搭配合理。老孙慢慢起身,走到厨房。中午因为匆忙,吃下来的脏锅碗还堆在水池里,看着这油腻腻的一堆,他觉得一点胃口也没有。

跟自己较劲似的又在厨房站了会儿,老孙感觉自己实在是没有食欲,不但没有食欲而且想吐。他回到屋里,重又在写字台前坐下,抄有电话号码的那个纸条还摊在那儿，老孙脸色凝重地看着上面的三组数字，他想不通那女孩怎么能这样对待一个好心好意为她好的人，自己这么做，又没什么可图的，可她竟然说他有病。

不管怎样，自己已经介入了这件事，就得有个对自己说得过去的结果，况且还有那个至今蒙在鼓里的女人。想到那个女人，老孙精神一振，对了，给她打电话，让她了解自己的丈夫是个什么样的东西，她这个年龄的女人应该不会像那女孩那么糊涂的。

老孙不敢确定那个写完又画掉的号码一定是姓穆的家里的电话，但他还是拨了，等待电话接通的片刻，他在心里默默祈祷着。

"这里是穆先生家吗？"

"是，你哪里？"

"你是穆先生的爱人吗？"

"是，你是哪一位？"

"那太好了，太好了，你听我说，这事我只能跟你说，我不知道穆先生现在在不在家，反正别让他知道。是这样的，我是'阿龙彩扩店'的，你老公前几天送来一个卷冲印。"

"这个我知道。"

"你听我说，问题是，大概两半月前，我们这儿还收过一个卷，冲印出来后一直没人来取，那天你们家的卷冲出来后，我发现你老公和那个没人取的卷里的男人是同一个人，那个卷全是你老公和一个年轻女孩的合影，而且一看就知道关系不一般，你懂我的意思吗？喂，你在听吗？"

"在听。"

对方的镇静是老孙意料之外的，由此，他也觉得这个女人是个厉害角色。短暂的停顿之后，那女人用一种不动声色的语气问道，你告诉我这些究竟想干什么？

"我没想干什么，"老孙委屈地叫了起来，继而气不打一处来地说道,"你以为我想敲诈你?那样的话我就打你老公的手机了。"

"对不起,我不是这个意思,我能看看那些东西吗?"

"可以,明天上午你过来,我在店里等你。"

"今天行吗?我马上过来。"

那么多天过去了,小龙还是经常会想起那女孩,想起她就会想起那种绝望的眼神,虽然他至今还不知道她的年龄、职业和名字。

那天女孩取走相片后,小龙给她打过电话,问她是否愿意看看那个男人和他老婆的照片,没想到她居然一口回绝了,说没兴趣也不在乎,还说小龙多管闲事。小龙解释他没有别的意思,只是想让她知道真相,他反复问女孩,你真的不在乎?大概被问急了,女孩的嗓音越来越高,越来越高,最后简直是在吼了,她说她根本不在乎,其实什么都不在乎,挂电话前她好像还骂了一句"神经病"之类的话。

可只要看看那种绝望的眼神,小龙就相信女孩并不像她说的那样什么都不在乎,什么都不在乎的人不可能有那样的眼神的。他坚信给他机会就能说服女孩开始一种新的正常的生活,至于新的生活中是否有他,那是另外一回事。

后来小龙忍不住又给女孩打过一次电话,女孩烦了,竟然问小龙,你是不是想泡我?而后小龙就再没和女孩通过话,有时候他会拨那个号码,女孩的声音传过来后他就轻轻地把电话扣上,他也不知道为什么要打这个电话,也许只是想听听女孩的声音,仅此而已,再后来那个电话就打不通了,可能女孩换了号码或者搬走了。

"十一"过后这些天,彩扩店的活儿特别多,小龙也比往常来得早一点,走得迟一点,每天看着一张张的笑脸从彩扩机里出来,看着他的顾客的生活瞬间排着队出现在他眼前,他也会忍不住地笑。大家都习惯了在镜头面前或自然或勉强或夸张地笑,一、二、三,茄子,咔嚓,那一刻被留住了，但那是真实的吗？

这一对夫妻模样的男女进来的时候，小龙正在彩扩机旁干活，那个女人喊了声"师傅"，小龙扭过头去，他愣了一下。

"那个年龄大的老师傅呢？"女人问道。

"他回家了，他一般上午在。"

"那我们星期六上午来取。"她问男人，"星期六上午行吗？"

"星期六上午我有事，你自己来吧。"男人被小龙看得很不自在，装模作样地环顾着店堂，他的胳膊被女人紧紧地挽着。

"那就星期天上午，"女人的口气是不容置疑的，"我们一起来。"

自始至终，女人一直挽着男人的胳膊，即使在后者掏钱包付钱的时候也没松开，就好像要说明什么似的，让人看着别扭。小龙相信星期天上午这俩人还会这般模样出现在父亲面前的。

快九点了，小龙一直没腾出时间去外面吃晚饭。以前和梅子好的时候，她会在下班后来他这儿替他一会儿。说心里话，梅子是个不错的女孩，自己没能把握住她多少有点遗憾，但同时小龙也很清楚自己没去把握是因为根本就不想把握。他还记得梅子曾哭着发誓一定要找个比他强的男朋友。如今她又有了新的男友，一个长头发、乍一看有点艺术家味道的男人。他们趁着"十一"长假出去旅游了一趟，现在照片就在小龙手上，刚冲印出来的。小龙一张一张地看过去，梅子瘦了，由此小龙也断定她这场恋爱谈得很辛苦。不过，俩人都笑得很甜，看他们的口型，就知道俩人肯定一遍一遍异口同声地说了那两个字：茄子。

看完一遍，小龙又看了一遍，然后把它们摞齐了，塞进照相袋，放回照相筐。

2003 年 4 月

原刊于《人民文学》2003 年 6 期

给我手纸

岑晟掐灭手中的烟,合上膝盖上的书,伸手去拉纸的时候摸到了一个纸芯,卷纸用完了。岑晟冲着门外喊了一声:哎——有水流声从和卫生间一墙之隔的厨房传出,刘逸梅大概正在收拾厨房。岑晟又喊了一声:哎——水流声停了,但仅停了一下,又响起了。

"哎,在干什么呢?"

"老是哎,哎,哎的,我没有名字?"刘逸梅这一次反应之迅速口气之冲让岑晟摸不着头脑。水流声没有了。外面一点声音也没有。刘逸梅似乎正在等待着岑晟的回应,然后根据他反应的强度决定她的反应。

"怎么啦,这么大的火。手纸用完了。"

"我没有名字?"刘逸梅很较劲地追问着。

"有名字,当然有名字,刘逸梅同志,请帮我拿卷纸,谢谢!"

"我最烦你这种口气了,像什么似的。"

"怎么啦,我什么口气?"

"你自己清楚。"

岑晟茫然地看着卫生间的门。隔壁的水流声猛然响了起来,哗哗的,显然开到了最大。

卫生间大概有五个平方，完全是按刘逸梅的意思装修的。她上厕所有阅读的习惯，所以在马桶的右侧做了个搁物架，可以放书和杂志。岑晟也慢慢养成了边拉边翻两页的习惯，他甚至建议在搁物架上方装一盏可伸缩的阅读灯，刚说出口就被刘逸梅否决了。也许她也有此想法，但因为岑晟提出了，所以她必须否定掉。经常是这样的，刘逸梅貌似诚恳地就某件事征求他的意见，然而只要岑晟说出来，无一例外地会被否定掉。岑晟不得不认为，否定他的想法否定他的意愿乃至否定他这个人能给刘逸梅带来快感。因此到后来，岑晟干脆什么也不说。有一次刘逸梅急了，不罢不休地盯着问，非让岑晟拿出个意见来。岑晟就说我不讲是因为不想被你否定掉。刘逸梅冷笑一声，说，你就这么在乎我的态度。岑晟说，我不是在乎你的态度，只是觉得很无聊。刘逸梅说，觉得无聊了？呵，还是搞婚外恋比较有意思啊。再往下就没法说，一说就是一场争吵。

两年前决定买这套房子的时候正是岑晟恋爱谈得昏天黑地之际，但不是和刘逸梅，而是跟这套房子的售楼小姐汪菁。差一点，就差一点把婚离了。离婚的过程进展得异常顺利，刘逸梅似乎对此早有心理准备，她连一句多余的话也没有，爽快得让岑晟觉得她好像一直以来就在等着这么一个结局。他们有商有量地草拟好了离婚协议，还是刘逸梅打印的，一式三份。约好去民政局的当天下午，刘逸梅的单位打来电话，让他火速去急救中心。刘逸梅在该吃午饭的时间吃下了100片安定，并且用一把吉列牌刀片割了手腕。打电话的那个人一再强调：是两只。但她显然并不想死，所以选择了在办公室。岑晟赶到的时候，刘逸梅已经被抢救了过来，脸色苍白，双眼紧闭，两只搁在被子外面的手腕上醒目地包着纱布。岑晟在病床边站了一会儿，被刘逸梅单位的领导拉到病房外的过道上谈了一会儿，回到病房又在床边坐了一会儿。刘逸梅把脸扭向另一侧，始终没有睁开眼。她正在心里宣判岑晟在和她的婚姻里是有罪的。

就在岑晟坐立不安时，刘逸梅娘家的人风风火火地赶到了，冲着岑晟劈头盖脸就是一通质问，他们从来就不喜欢这个女婿，出了这事，岑晟就更没好日子过了。

那天从急救中心往外走的时候，岑晟清楚地意识到这场婚姻还得维持下去，因为他已经被判有罪，所以他得戴罪服刑下去。

再回到婚姻生活中的刘逸梅完全是一副债主的嘴脸，而岑晟当然就是那个欠债的人。俩人都没有再提离婚的事，岑晟不知道刘逸梅是怎么想的，反正在他心里他们已经离过一次了，至少在精神上是这样。

厨房的水声停了，看来收拾完了。岑晟闭眼运气，就在刘逸梅的脚步声经过卫生间的时候，他憋足劲喊了一声：刘逸梅。

脚步停了下来，就在卫生间门口，停了有两秒钟，然后朝客厅方向去了。

"你他妈什么意思？"岑晟扯开嗓门吼道。

"没什么意思。"传进卫生间的刘逸梅的声音不阴不阳的。

"那你把纸给我。"

"你嚷什么嚷，不会好好说话。"

"你他妈到底想干什么？"

岑晟把刚才掐灭的烟屁股又从烟缸里捡了出来，点上。他注意到自己的手在微微地颤抖。妈的，权利这个东西真是能异化人，一个掌握了手纸权的人竟然就能这么趾高气扬的。脚步声又折回到了卫生间门口，刘逸梅一字一顿、心平气和地说道，他妈的，他妈的，请你嘴里放干净点。

"有本事你就永远不要给我纸。"岑晟几乎是在咆哮了。

"好，别的本事我没有，这个本事我有。"刘逸梅声音温顺地接受了岑晟的建议。

岑晟抓起一本书朝门上扔了过去。

卫生间搁物架上方的墙壁上有一部电话，米黄色的，和卫生间用的瓷砖一个颜色。岑晟一直认为在卫生间装一部分机更像是一种装饰，而非需要，反正他从未在卫生间接到过电话。经常在卫生间接到电话的会是怎样一些人呢？岑晟想，一种人是有洁癖，待在卫生间的时间比待在房间里的时间还多，要不然就是常年受便秘之苦、坐马桶比坐凳子的时间还长的家伙。这时电话铃响了。看着话筒顶上不断闪烁的指示灯，岑晟想，应该加上一种人，那就是方便后发现手纸用完了却没人给递手纸只能干坐在马桶上的。

电话是程功打来的，一位年纪轻轻却备受便秘折磨的诗人。他和岑晟同岁，小时候住在同一条巷子，毕业于同一个中学，曾经喜欢过同一个女孩。程功从小就是一副苦大仇深的样子，很少笑，到了十来岁，更是经常做忧国忧民状，后来去外地念了几年大学，回来摇身一变成了诗人。朋友们私下里猜测，他的那些诗十有八九是在便秘的时候使劲分泌出来的，所以臭不可闻，所以狗屁不通。朋友们一致认为，那句"愤怒出诗人"应该改成"便秘出诗人"。大家一度就程功是先得了便秘还是先写诗争论不休，这实在是没多大意义，不管怎样，程功现在确实是又便秘又写诗。程功并不避讳说自己便秘，但他绝对听不得别人把便秘和写诗联系在一起。近两年，岑晟很少和程功见面，他实在不愿意看见后者那副饱受摧残的样子。

程功兴冲冲地问岑晟在做什么。岑晟说什么也没做，在马桶上坐着。程功问大清早的在马桶上坐着干什么。岑晟说，妈的，在马桶上还能干什么，当然是拉屎了。

"哦，是这样的。"程功似乎终于恍然大悟。

"这么早打电话来干什么？难道你也是在马桶上？"

"嘿嘿。"

"怎么样？还顺利？"

"意犹未尽，意犹未尽。"

"妈的，拉屎还用成语，汉字就是被你这样的人用臭的。"

程功顿时就有些不高兴。尽管岑晟看不见对方的脸，可他感觉到了。但程功没有马上发作，只是用淡了许多的口气问道，最近过得怎么样？他正在伺机反击岑晟一把。

"不怎么样，还那样，老样子。"

"最近见那个汪菁了吗？"

"没有。提她干什么？"

"还有联系吗？"

"没有。"

"我昨天见她了。"程功卖关子似的停了下来，他在等岑晟往下问，岑晟偏不问。岑晟知道就是不问他也会往下说的。

"就在我们以前常去的那家饭馆，汪菁和一个男人也在那儿吃饭，那亲热劲。我还故意过去和她打了个招呼，她倒挺大方的，就像什么也没发生过一样，还给我介绍那男人，说是她的男朋友。什么男朋友，肯定又是她的一个客户，等把合同签了，定金付了，就没戏了，你等着看好了，肯定是这样的。"

"行啦，这和你有什么关系，我不想听。"

"不管你愿不愿意听，我最后都要说一句话，这句话我以前就跟你说过，今天我还要再说一遍——"

"你知道你为什么便秘吗？"岑晟打断道，"那是因为你操闲心操得太多了。"

当汪菁的声音传过来的时候，岑晟如同被小伏电流击打了似的，浑身一颤。难道我还爱着她？

"是我，岑晟。"

电话那头好像愣了一下，然后就挂断了。岑晟再打过去，被告知机主关机了。印象中，汪菁是从来都不关机的，她的公司要求销售人员必须让客户随时都能联系到他们。岑晟记得有几次俩人在亲热的时候汪菁的手机响了，汪菁都是先接一下，然后把电话关了，等完事了再打过去。她跟客户是这样解释的，刚才电话没电了。

岑晟慢慢把电话挂回墙上。他想把精力集中到他眼下的问题上来。眼下的问题是他已经在马桶上坐了半个小时了。他眼下迫切需要的是手纸，可他眼前出现的却是一张床，上面有一个面容不清的男人，当然还有汪菁。岑晟和汪菁已经有一年没联系了。发生了刘逸梅企图自杀的事后，岑晟曾经找汪菁谈过，希望后者理解他的难处，希望她能再给他一些时间，但她面无表情地给了岑晟四个字：你真自私。

大约两分钟后，电话铃响了，岑晟想也没想拿起电话就说，怎么，电话又没电了？

"是呀，你怎么知道的？"

"现在又有电了？"

"真的是没电了，我现在是用座机给你打的。"

"是吗？"

"我没有骗你。"汪菁听出了岑晟的话外之音，有些不悦，"真是的，我没必要骗你。"

"是啊，我现在又不是你的客户。"

"我不知道你打电话来想说什么，如果是为了找我的不愉快的，我看我们还是不要说了。"不过汪菁并没有马上挂电话。

"好吧，就当我没打过这个电话。"

话筒是已经挂回去了，岑晟的思绪还停留在刚才的对话上，他的身体别扭地朝右拧着，手举过头顶，搭在话筒上，他在想自己为什么会给汪菁打电话。

电话铃随即又响了。当然还是汪菁，嗓门很大，而且在哭，间或夹杂着吸鼻涕的声音。她一个劲地质问岑晟凭什么那么对她，那么久都没联系了，突然打个电话来，说一通莫名其妙的话，然后把电话挂了，到底是什么意思？岑晟只能道歉，说自己也不知道这是怎么了，可能是刚才想给别人打电话的，结果拨错了号，总之，他不该打这个电话。汪菁不无矫情地说，可是你已经打了。岑晟说，那你只当没接到过我的电话，只当是做了个梦。好了，我现在就把电话挂了。

岑晟慌乱的回答反倒让汪菁冷静了下来，她"哼"了一声，说，拨错了号，你自己相信你自己的解释吗？

"你到底想怎样？"

"我不想怎样，事实上，我早就不想怎样了，今天这个电话是你先打的，我知道你这个人的，不会无缘无故打电话的，肯定是有什么事，对了，是听程功说什么了吧？于是受刺激了，觉得还是丢了的马大，觉得——"

"行啦。"岑晟粗暴地打断了她。

有那么一会儿，岑晟觉得汪菁已经把电话挂了，他拿话筒的那只手有些僵硬，发麻的双腿似乎已经离他而去了，坐在马桶上的仅仅是他的上半身，紧贴着耳朵的听筒让他感觉硌得难受，但他坚持保持着那样的姿势。他低头看见了自己褪到膝盖处的裤子，裤腰上面一截裸露的大腿，腿上的汗毛微微竖着，还有轻微的鸡皮疙瘩。

这时汪菁吸了一下鼻涕，问，你还记得你两年前的话吗？

"什么话？"岑晟机械地问了一句。

"你说要我给你一年时间，就一年时间，你肯定会把婚离了的，你还记得吗？"

"我是说过这话。"

"那么,这话现在还有效吗?"

"我不明白你的意思,而且我现在回答你还有意义吗?"

"我只是想知道答案。"

"算了,现在说什么都没有意义了。"

"那你为什么要给我打电话?"

"我已经道过歉了,挂了电话我再也不会给你打了,而且我保证以后也不会打错了。"

"你以为不打电话不联络一切就都了结了?"

汪菁又一次哭了起来,异常伤心,而且毫不掩饰。她开始回忆和岑晟的交往,她付出的情感,她付出的青春岁月,她付出了能付出的一切,而岑晟是怎么待她的呢,这样的回忆让她除了伤感又生出了愤恨,她越说越来气,居然破口大骂起来,她骂岑晟是个懦夫,骂他人面兽心,骂到后来,岑晟觉得她骂的这个人和自己已经没有关系了,就连在骂的这个人他也不认识。他拿着话筒没有挂断仅仅是因为他知道就算挂断了汪菁还会再打来的。

不知为什么,岑晟就是觉得此刻汪菁的眼泪、难过和极端的情绪都只是一种姿态,或者说,只是她在这一瞬间情感的爆发,这一刻是真实的,但不乏夸张和渲染。事实上,她并不十分难过,她现在越来越激烈的情绪完全是被自己调动起来的,而她这样做无非是想安慰他岑晟过去的一切都是真的,而今她依然还在乎着,哪怕她有了新的男友,开始了新的生活,她还是怀念和岑晟曾经的这一段情感。想到这里,岑晟心里一惊,他被自己的想法吓着了,我怎么会这样想,我这个人怎么竟然冷漠到了如此的地步。太不应该了。

外面一点声音也没有,岑晟无从判断刘逸梅在干什么。他觉得整个上午都快要过去了，可汪菁还在电话那头哭哭啼啼的。反正他已经打定主意不再说什么了。他握电话的那只手僵硬得没有了感觉，手里的话筒随时都有可能滑落。他几次想换个手，可他就是跟自己较劲似的还那么握着。他认为这是他该承受的。

有一只蜈蚣正沿着浴缸底部缓慢爬行着，它知道自己要去哪里吗？岑晟和自己打赌，等蜈蚣爬过浴缸的二分之一长，汪菁就会停止哭诉的。他盯着那只小东西。他使劲地盯着。

为什么要给汪菁打电话？难道真如汪菁所说是被程功的话刺激了？他曾经爱过这个女孩，这没错，掐头去尾，无论如何，过程是真实的，双方都倾心投入了。当然，在形式上如今他和汪菁是没有联系了，然而在内心，在情感上，和汪菁有关的一切仍然让他不能割舍。岑晟突然想到，他两年前的那次折腾和他现在的处境是何其的相似啊，简单地说，就是至今没有擦干净。他想起了父亲经常唠叨他的话，做事别光顾头不顾尾，由着性子来，净让父母跟在你后面替你擦屁股，擦了一次又一次，你现在成家了，做事可要动脑子，别再办那种拉了屎不擦屁股的事。

汪菁终于冷静了下来，她用正常了的声音向岑晟道了歉，她说她一会儿要去见一个客户，所以得挂电话了，不过她并没有马上挂，好像还有话要说，但又很难说出口。犹豫再三，她才分外迟疑地说了出来，她说，如果从现在开始，我再给你一年时间，你会把婚离了吗？

"做梦去吧，你这个不要脸的东西。"

这声音来得实在是太突兀太意外了，岑晟禁不住一哆嗦。他听出了这是刘逸梅的声音，然而他一时还转不过这个弯来。那声音尖锐并且歇斯底里的一句话似乎就把汪菁刚才说了半天的话全给淹没了，真是奇怪，自己明明是在和汪菁通话的。

卫生间的门被推开了，走廊里的自然光一下子投射了进来，刘逸梅一手搭在门把上，一手撑着门框，怒不可遏地直视着岑晟。岑晟下意识地去拉裤子。他觉得刘逸梅的目光像把刀，毫不手软地冲他刺过来，挑破了他的衣服，挑破了他的皮肤，他的脂肪和肌肉组织裸露了出来，并且四散开去，他的五脏六腑以及他的灵魂被翻检了出来。岑晟再也坐不下去了，他猛然站起身，提起裤子推开挡在门口的刘逸梅往外跑去。他一口气冲到了楼下，他也不知道这是要去哪儿，只是一味向前跑着，跑着。他的奔跑引来了路人好奇的目光，他管不了那么多了，他只有一个念头，尽快离开这儿，这时他听见了一个稚嫩的童音：这个叔叔没擦屁股。

刘逸梅挡在门口，什么也不说，就那样看着他。她就是要让岑晟无地自容。一个男人坐在马桶上，手里握着电话，电话线那头是旧情人，而老婆就站在跟前，鄙视、怨恨地看着你，这是怎么回事？这算怎么回事？这个早晨过的。岑晟低下头去，在刘逸梅脚跟前躺着一本他发火时扔的书，《新居室》，挺括的铜版纸泛着光泽。

岑晟想说，不管怎样，先把手纸给我。他缓缓抬起头，从他这个角度看过去，刘逸梅显得高大壮实，并且因此有了某种不容置疑的威严。你已经无路可逃，岑晟对自己说，告饶吧。

给我手纸。

刘逸梅没有动，依然那样看着他，只是脸上多了一丝迷惑。

给我手纸。

给我手纸。

刘逸梅的目光好像柔和了一些，脸上渐渐有了好奇，她甚至稍稍探下了身子。她听不懂吗？岑晟张着嘴，他觉得自己已经使出了浑身的力气，可愣是发不出声音来。

2003 年 12 月

原刊于《人民文学》2004 年 4 期

潘叔叔，你出汗了

对夏天的厌恶曾让潘蒙咬牙切齿地对着身边人发过誓，如果一年可以跳过夏季只过三个季节，那么他宁愿少活十五年。这十五年是潘蒙依据假设活六十岁推算出来的，也就是四分之一的人生。说那话时潘蒙不到二十岁，还在长个，不知天高地厚，认为六十岁遥不可及。可如今潘蒙已经四十六岁了，也就是说，潘蒙这辈子要真的只过三个季节的话，现在他已经是个死人了。

遗憾的是，时至今日，潘蒙依然讨厌夏天。每年临近春末，他就开始像孕妇似的烦躁不安起来，你不知道，他担心出汗啊。而立秋之后，倘若秋老虎来袭，潘蒙的夏季抑郁症状又会延长一段时间，你猜到了，他的汗出不停啊。潘蒙的前妻形容得好，她说自己每年四分之一的时间是和一个精神异常的人生活在一起，四分之一的时间是睡在一块冒着热气的肥肉旁边。因而她有理由认为自己每年至少有一半时间是在受一个精神和肉体都不正常的人的折磨。

顺便说一下，潘蒙的前妻是个高中数学老师，习惯用数据和公式来看待世界和分析生活。久而久之，这个女人变得和潘蒙一样讨厌夏天。当然，后来她带着看似偶然的必然性离开了潘蒙，分开时潘蒙连一丝一毫挽留的意思都没有，这一点也让她至今都耿耿于怀。

潘蒙确实认识到自己还是独自生活为好。八年的婚姻生活，只要有机会，他的前妻就会用言行反复敲打潘蒙的神经，使其认识到自己确实身体有缺陷脑子有问题，就算她勉强接受了潘蒙的胖，也实在不能忍受一个脑子有问题的胖子。

没错，潘蒙是个胖子，从小就是。眼下，潘蒙身高 1 米 73，体重 115 公斤左右，这样的体形在夏天里什么事儿也静不下心来做，只能干一件事，那就是出汗。而且越担心出汗，汗出得还越多，它们从潘蒙的毛孔里渗出来，汇流成串，而且源源不断。所以整个夏天，只要可以在空调房里待着，潘蒙绝对不出门。最令潘蒙尴尬的是面对着一个自己在乎的女人时，话未出口汗先流。

近四年来，潘蒙紧紧地勒着 120 公斤这根缰绳，他怕一过 120 公斤，体重就会载着他的健康、信念呼啸而去，一发而不可收。就像结婚前，潘蒙一直小心翼翼地把体重控制在 100 公斤内，一度安逸的婚后生活让他放松了警惕，仅仅两个来月，潘蒙就一举突破了 105 公斤，直抵 110 公斤。

在成为今天这副模样的过程中，潘蒙尝试过无数种减肥的方法。从某种角度说，潘蒙从一个少年到中年的过程也是一个和体重作斗争的过程。问题是越减越肥，每每想到这一点，潘蒙就觉得活着没意思透了。而当他偶尔狂吃海喝时，那种混合着罪恶感的类似于偷情的快感就会油然而生。

想到要去潘晓晓家吃饭，钟馨下意识地咽了口口水。晓晓的爸爸能做一手好菜，虽说都是些家常菜，但味道和他的体重一样不一般。潘叔叔的体形像个厨师，可他不是，他是二建的工程师。

钟馨不知道是不是大块头做出来的菜都可口，反正她的父母是两个瘦子，很少做饭，做得也难吃。买菜做饭在他们看来是一件浪费时间的事。他们一天的生活是围绕着麻将展开的,每天起床都分外艰难,因为昨晚的战斗一般会延续到凌晨。白天去上班只是在熬时间,就像钟馨上学一样。她母亲更是于七年前主动下岗在家半公开地开了个棋牌室,六张麻将桌从客厅摆到了卧室,每天都是满满当当一屋子人。在这个家,没有隐私。经常会有这样的情况,有些个暂时没有位置的牌友,像个悠闲的参观者似的从这个房间走到另一个房间,看到抽屉,就毫不犹豫地打开,翻翻。钟馨为此发过火,可她妈是这样告诉她的,这些人是我们的衣食父母。钟馨从小就觉得自己是父母的累赘,尽管他们口口声声说现在所做的一切都是为了她。奶奶去世后,钟馨就基本把一日三餐放到了街边小吃摊来解决。她做梦都想赶紧从这个家里独立出去。

今天区教育局要对全区范围内的学校进行巡视,这是配合上头"为教师减压,为学生减负"精神的一次例行公事的检查,学校通知晚自习临时取消了。在同学们的欢呼声中,钟馨收到潘晓晓的小纸条,请她一起回家吃饭。

放学后,钟馨在1号教学楼后面的水泥篮球场等潘晓晓。后者正在办公室挨班主任的批评。钟馨怀疑晓晓喜欢上了那个下巴上长着一颗黑痣的班主任,所以老是故意违反课堂纪律,然后站到办公室里去接受那位"有痣之士"的谆谆教导。潘晓晓当然不会承认,她反驳钟馨的时候,脸涨得通红,还发誓赌咒的,由此钟馨认定自己的猜测是有道理的。

钟馨和潘晓晓是发小,同岁,住同一个小区,上的是同一个幼儿园,快要读小学的那个夏天,晓晓的父母离婚了,之后晓晓就和她母亲从邻居们的视野里消失了。再见晓晓是四年前,她母亲因为二度婚变精神出了问题,她这才回到了父亲身边。14岁的潘晓晓这时已经出落成一个满脸阴郁和青春痘的少女,和白白净净朝气蓬勃的钟馨站在一起就像是一个词语的两种风格的注解。这个词语就是青春。初中毕业后,俩人考上了同一所高中,她们每天一起上学放学,形同亲姐妹,有着聊不完的话。不过晓晓很少谈她的父母，从她的神态和语气中，钟馨感觉到潘妈妈要比潘爸爸在女儿心中的地位高一点，但也就一点。

想到要去晓晓家吃饭，钟馨忍不住咽了口口水。与此同时，她还有点兴奋。

潘蒙吃得很快，在饭桌上他显得有点局促。这是他的家，他倒像个客人。扒完最后一口饭，他起身说了句你们慢慢吃啊就端着自己的碗筷进了厨房。

两个女孩在说学校的事，"有志之士"这个词不断地从钟馨嘴里冒出来。显然，"有志之士"是个人，不出意外的话，应该是个男人，而且还和晓晓有着某种不寻常的关系。潘蒙有些担心。

在厨房磨蹭了足有五分钟，潘蒙才走到和餐厅相连的客厅，迟疑了一下，在那只侧对着电视的单人沙发上坐下。这个角度刚好对着餐厅的饭桌。他在等两个女孩吃完好去收拾桌子，接下来是洗碗，整理厨房，收拾屋子。家务是什么，是眼里的活儿，你要看不下去就去做好了，可是做起来永远也做不完。

一个人生活的时候，潘蒙下班回来弄完吃的就打开收音机，调频FM104.8，交通广播台，然后去藤椅里蜷着。那张老藤椅真是辛苦，一年四季，潘蒙没事的时候不是在床上躺着就是在它这里窝着。即使冬天也不得闲，加两块棉垫子，再吱吱嘎嘎叫唤还得接住那堆上百公斤的肉。尽管坐着不动，这时潘蒙却已经在路上了。他不会开车，也从来没打算要去学，可他觉得自己已然是个经验丰富的老司机了。一天里至少有四五个小时，他都在这座城市如脑神经般错综复杂的道路上行驶着，哪儿容易拥堵，哪儿实施单行，哪儿最近在施工，他都了然于胸。现在女儿回来了，没法闭着眼生活了，他就尽量把家务活集中到女儿在家里的这段时间做。他希望给女儿留下勤快负责的印象。

从一开始，潘蒙就很欢迎钟馨来家蹭饭。这个女孩的出现，给这个阴沉的家投射进了一束阳光。她朝气蓬勃，爽朗，爱笑，嘴也甜。不像晓晓，整天拉长着个脸，在这个家进进出出连个招呼也不打，家里再多的活儿都不搭把手，不把他这个当爹的放在眼里，好像自己是她的佣人。钟馨给这个家带来了生气。

和晓晓的单薄瘦高不同，钟馨身材娇小却丰满。青春啊，潘蒙在心里又一次感叹。他习惯暗中打量钟馨，直到有一次目光被钟馨截住。之后潘蒙担心钟馨会和晓晓说什么，他设想了若干种可能会出现的局面，他甚至想到了最坏的结果。可是钟馨再来时仍然潘叔叔潘叔叔地叫，就像什么也没发生似的。

"哎，'有痣之士'到底和你说什么了？"钟馨用近乎撒娇的语调在问晓晓。

晓晓小口小口地抿着蛋羹，不回答。蛋羹是她晚餐的全部内容，一个鸡蛋，五个鹌鹑蛋，打碎，加200毫升水，出锅时浇上1/2汤勺美极鲜。原先潘蒙还会滴点儿麻油，但晓晓必定要用汤勺把油撇干净了才吃。她已经够瘦的了，可还是不懈地减着肥，拒绝一切带油脂和糖分的东西，只要是有助于减肥的讯息她都奉若圣旨。因为她认定父亲已经把肥胖的基因遗传给自己了，她怕稍有松懈，就会如父亲一般成为一个胖子。而潘蒙不得不认为女儿自虐性的减肥是对他肥胖的惩罚。

饭桌下，钟馨用脚踢了晓晓一下，你要这样，以后我的事也不告诉你了。

"不说就不说，我又不想听。"

钟馨的脑袋凑近晓晓耳边，低声说了句什么，后者脆脆地回了她两个字：放屁，然后俩人大笑起来。钟馨边笑边用眼角的余光瞟了潘蒙这边一眼。潘蒙随手拿起手边的一张报纸，展开。

这个女孩不简单。潘蒙至今还记得那天，也就是自己的目光被她截住的第二天，当时他正在准备晚饭，钟馨突然就出现在厨房门口。潘蒙一下子乱了方寸，他等着钟馨就昨天的事说点什么，可后者只是含笑看着他。在抽油烟机的轰响声中，时间被拉细拉长了，潘蒙觉得自己随时都会失态的。他真希望抽油烟机能把自己从这个尴尬的场景中吸走。足有做一道茭白炒肉片的时间，钟馨就那么不言不语地站在厨房门口。潘蒙不停地埋头忙活着，烧菜的间隙洗砧板，抹灶台，整理调料罐，不让自己停下来。就在他出锅的时候，钟馨冷不丁冒出一句，潘叔叔，你出汗了。潘蒙手一抖，一块茭白掉在了地上。事后，潘蒙反复咀嚼这句话，总觉得话里有话。

刚才潘蒙在厨房忙活时，钟馨又来厨房了，就那样，靠着厨房的门框，也不说话，长时间地饶有兴趣地看着他。这个女孩确实不简单呐。

我只是多看了两眼，只是看看，潘蒙对自己说。自从他找到了"爱美之心人皆有之"这句话来回答内心的不安后，他的目光坦然了不少。当然还不能做到完全自然。钟馨是自己邻居的孩子，女儿的同学，一个口口声声喊自己叔叔的女孩，你能怎么样呢？但是，真的一点念头都没动过吗？每当这样的自我追问冒出来时，潘蒙都会迅速把注意力转移开。

钟馨能感觉到沙发上的潘叔叔正在偷偷看她。她知道只要一扭脸就能迎上他的目光，然后他就会收回眼光转向别处。第一次捕捉到时，钟馨意外极了，不是因为潘叔叔在看她，而是他慌乱的反应。

钟馨尝试着用刚学过的解二元二次方程的方法通过消元降幂来解开这其中的答案。她数学学得不怎么样，解这样的方程却天生有悟性。第二天再去，潘叔叔的神情极不自然。有意思。那天，钟馨故意走到厨房门口，油烟四起的厨房里，围着围裙的潘叔叔正在忙活，钟馨的出现顿时让他手忙脚乱起来，手中的铲子和锅磕磕碰碰地发出陌生的不连贯的声响。钟馨的身子倚着厨房的门框，笑吟吟地看着满头大汗的潘叔叔，他鬓角处的汗流到了领口上。她只不过随口说了一句"潘叔叔，你出汗了"，没想到潘叔叔紧张到把锅里的菜都铲到了外面。一个近五十岁的男人，在小姑娘面前慌乱紧张成这样。好玩。

每当潘叔叔的眼光停留在她身上时，钟馨是有感觉的。有时候她会故意冲着潘蒙的方向猛然抬起头，看到后者慌乱的样子，心里便涌起恶作剧般的开心。不过时间久了，潘叔叔的反应趋于平淡，面部的表情越来越若无其事，有时候甚至还会迎着她的目光停留上那么几秒钟。

"哎，"钟馨一把揽过晓晓的肩膀，凑在她耳边压低嗓音问道，"你老爸有女朋友吗？"

"他那样，谁看得上啊。"

"也许暗地里有一个，你不晓得罢了。"

"可能吗？"晓晓是问钟馨更像是在问自己，"我是没看出来，反正等我工作了就搬出去住，他想怎么样不关我的事。哎，我想起来了，他还真有一个女朋友。"

"哦？"

"他的女朋友就是他的那台破收音机。他只要一回房间就打开那破玩意儿，烦都烦死了，而且你知道他听什么吗？交通台，交通广播电台。"

"他又不开车，在家听交通台干什么？"

"我哪知道，真是烦死了。"

"你爸爸好特别啊，他不会是个潜伏在大陆的台湾特务吧？你看《潜伏》里那个余则成和组织联系就是靠听收音机的。"

"去你的，你爸爸才是特务呢。"说完晓晓朝父亲那儿白了一眼。

这一眼白得有些莫名其妙。钟馨都习惯了。潘叔叔也习惯了。有时候晓晓摔摔打打地使性子，潘叔叔顶多无奈地摇摇头，从不多说什么。钟馨要是胆敢用这样的眼神看她的父母，而且不巧又被她妈发现，耳光跟着就上来了。

晚饭后晓晓进了卫生间。节食带来的严重便秘让她每天都得在马桶上跟也许只存在于精神上的便意较长时间的劲儿。

钟馨懒洋洋地趴在晓晓房间的写字台上写作业。第一道英语填空题就把她难住了，再看第二道，还是不会，她嘟囔了一句"什么鬼题目"就把笔扔在了卷子上。进入高三后，钟馨她们的课业反倒比前两年来得轻松，因为她们和家长以及学校都已经提前看到了高考的结果，那就是考不上。不过两人的情况还不完全一样，一个是基本考不上，一个是根本考不上。

钟馨轻手轻脚地来到厨房门口。她还记得第一次来潘家吃饭，经过厨房时，看见潘叔叔在里面利索地颠锅抡勺，还哼着小曲。在略显拥挤的空间里，他的脸上散发出愉快、自信的光彩，和平日里动作缓慢、像一头年迈的大象的潘叔叔简直判若两人。那一刻，钟馨都看呆了。她甚至萌生了跟潘叔叔学做菜的想法。

潘蒙正背对厨房门蹲着擦地板上的水，后背的衣服绷得紧紧的，袖子与衣服侧面连接处的线缝暴露了出来。他还在猜刚才两个女孩嘀嘀咕咕的到底在说什么。应该是和他有关系的。因为期间晓晓还朝他这边看了一眼，准确地说是瞟了一眼，神情里有他已经习惯了的冷漠和厌烦。女儿在这个家进进出出的老是耷拉着个脸，对他爱答不理的，就算跟他要钱也是一副理直气壮的口气，他妈的跟她妈一个德行。他还清楚地听见晓晓说了一句"去你的，你爸才是特务呢"。她们是在暗示他坐在边上像个特务吗？

当潘蒙吃力地挪移过半个身子打算擦门口那块地面时，看见了两只穿着拖鞋的脚。他吓了一跳，差点儿一屁股坐在地上。

"吓着你了，潘叔叔？"

潘蒙手扶着旁边的橱柜想要站起来，可能过于情急，而且地上有水，他脚下一滑,身体一个前倾,脑袋冲着那两只脚的方向而去,一声惊叫的同时那两只脚敏捷地向后跳了一步。

"没事吧,潘叔叔?"

潘蒙撑起一点上半身,用舌尖舔了舔上嘴唇。幸亏右手在脸着地之前撑了一下地面,所以只是嘴唇被牙齿磕到了。潘蒙重重地喘着气,没有接茬,眼睛盯着面前的两只脚。他甚至闻到了拖鞋的塑料味道。露在拖鞋外面的那十只脚趾甲居然涂了深蓝色的指甲油,右脚的大拇指还在调皮地一动一动的,不过在此刻的潘蒙看来就是对他的嘲笑。

从钟馨的角度看下去,趴在地上的潘叔叔撅着肥硕的屁股,后背的衣服湿了一大块,脖子后部层层叠叠的肥膘堆积出几条深深的褶皱。他就那样趴着,好像并不打算起来。猛然而至的生理上的厌恶混杂着心理上的同情让钟馨刚才还怀有的恶作剧般的心情荡然无存。

潘蒙的离开更像是逃跑。他沿着东环路一口气走到了新辰街。记忆中,自己很久没有步行这么长的距离了。但是,我这是要去哪呢?潘蒙埋头走着,一下子给不出答案。这是通往市中心的一条主干道,也是他坐单位班车上下班的必经之路,日复一日,他再熟悉不过了,再往前走,穿过东振路,右拐,就到他单位了。可我这到底是要去哪呢?潘蒙越走越迟疑,干脆停了下来。

往回走的途中,潘蒙三番五次地回过身去看有无空的出租车。他累极了,气喘吁吁,大汗淋漓,样子狼狈。不过最后潘蒙还是放弃了,他倒要看看自己的耐力。

快走到自家楼跟前时,潘蒙看见晓晓的母亲站在他家单元门口。近来,她冷不丁地就会出现在潘蒙面前,一脸焦虑地来和他谈他们女儿的未来。然而不出意外的话,说着说着就会绕回到他俩的未来。

潘蒙认为前妻放不下的其实不是他这个人,而是当初离婚时他过于爽快的态度。她或许只是在等他提出重修旧好，然后再由她来否定掉。第二次失败的婚姻似乎让她归纳推理出男人都不是东西这个结论。说起来，她够点背的，结了两次婚，离了两次，从概率来说失败率是100%。一度，潘蒙认为她是犯了简单归纳法的错，好比她尝了一颗葡萄，不甜，于是又从另一串上摘了一颗，一尝还不如前一颗，由此她得出了葡萄这种水果不好吃的结论。然而她好像心有不甘，她究竟是怎么打算的，潘蒙并不能确切地把握，由此也不免跟着焦虑起来。好几次潘蒙旁敲侧击地提醒她要么从此放弃吃葡萄的念头，要么再换一串尝尝看，反正他这一颗是不可能再给她吃了。偶尔，潘蒙会冒出这样的念头，那就是他的前妻未必是真的精神出了问题，而是选择了一种偷懒的方式来回避她生活中出现的问题，也许她还就此体会到了快乐。当然这只是潘蒙的猜测。

她好像比潘蒙上个礼拜见到时更瘦了。她生气的时候紧抿着嘴唇，嘴角边的纹路让她陡然添了几分老态。

"你去哪儿了？电话也不接，我等了你快一个小时了。"

这个女人黑着个脸，一副质问的口气，让潘蒙很是不快，他反问道，你又有什么事？

"晓晓最近学习怎么样？"

"你上个礼拜不是刚问过。"

"我问的是这个礼拜的情况。"

"她什么情况你又不是不知道。"

"怎么，难道你就真的放弃了？至少要争取一下，实在考不上明年再考。"

潘蒙想尽快结束这种重复了无数次的谈话，他耐住性子答道，知道了，不是早就这么说好的吗。没事你回去吧，我要上楼了。

"怎么，我让你不耐烦？"

"没有不耐烦。哪有不耐烦。"

没想到她来劲了，提高了嗓门，你以为我愿意来找你，不是为了女儿，我根本不想见到你。

"我知道，我知道，我是想赶紧回去洗个澡，这一身汗出的，衣服都湿透了。"

"都立秋了还这么能出汗，"她忽然停下话头，从头到脚打量了潘蒙一遍，又移步到他侧面上上下下地用那种挑剔的眼光看了看，"咦，我怎么觉得你又胖了，你现在有多重？"

潘蒙觉得自己就像是一块案板上的肉，被顾客拨弄来拨弄去地挑了半天，完了又丢回案板，看不上眼不买也就罢了，还说嫌弃的话。他没好气地说，我的胖瘦现在和你没关系了。

"我知道你的，总是以给晓晓做饭的名义做一堆吃的，结果都吃到你肚子里了，你这叫自欺欺人。你这再胖下去可怎么弄啊，以后麻烦着呢，以后——"

"行啦，我的事不劳你费心，而且我认为我们以后没必要见面。"

"你这是什么意思？"

"我的意思很明白，我们已经离婚了，而且是你提出来的，你当初要离婚不就是觉得和我一起生活不合适吗，那么还有必要见面吗？晓晓的情况，你要想知道最好打电话问我。再要不放心，你就让她住你那儿去。"

把那个满脸诧异的女人撂在一边，潘蒙径直朝小区外走去。他走得有些急，怕她会追上来。他回过头去看了两眼，她还在原地，定定地看着他。

眼下的频率是潘蒙陌生的，他越走越快，走着走着居然摆动双臂跑了起来。这样的运动强度近二十来年只是在他想象中发生过。

汗不出所料地流了出来，它们恣意畅快地流着，没有一点羞涩和顾忌。潘蒙觉得自己总算为它们找到了一个名正言顺的理由，运动。

潘蒙跑得很快，马路两边的景物依次向后退去，他甚至听到耳边有呼呼的风声，同时他的身体异常轻盈。

可事实上，我们看到的是马路上一个体形臃肿的男人正用一种更像是慢动作的节奏努力地做着介于奔跑和快步走之间的动作。他那费劲的样子真让人不忍心看，可又忍不住要看。那一身好肉啊，随着节奏左冲右突地颤抖着。

2011 年 11 月
原刊于《江南》2012 年 2 期

前线，前线

1

凌晨两点多接到老婆的电话时，石松正在被窝里忙活。老婆劈头就问他和儿子谈了没有，石松那刚才还紧绷着奋勇向欢悦的巅峰攀爬的身体，陡然跌落了下来，无处安置，无比虚空。他说你哪根筋搭错了，半夜三更来电话说这个。石松恶劣的反应是她意料之外的，她有些发蒙，一下子不知道说什么好。

石松从床上坐起来一些，用手按住话筒下端，闭着眼，调整呼吸。电话那头还是没有声音，不是在克制怒气就是在聚集更大的怒气。石松点了一根烟，按捺住性高潮将临被硬生生拽下马的怨愤，用缓和一些的语气劝她，睡吧，睡吧，我明天就和他谈。不等老婆回话，他立即挂掉了电话，并且拔掉了电话线。

一根烟抽完，石松又点了一根。抽了两口，他才意识到又点了一根。但这根是什么时候点的呢？

儿子近来举止反常，突然注重起打扮来，每天在卫生间待的时间比石松和他老婆加起来的还长，放学回到家的时间则迟得没有道理。当妈的怀疑儿子在谈恋爱。在对儿子的房间搜查未果后，她搞起了盯梢，结果发现这小子放学后竟然和一个女生缠缠绵绵地在公共汽车站待了老半天。她差一点就上前抓个现行。

老婆向石松描述那个女孩的模样，白胖白胖的。这是跟踪的安全距离所能看到的全部。石松的老婆是个近视眼，五百度近视，外加一百度散光。如果要石松来描述他老婆的长相，那就是，黑瘦黑瘦的。因此石松不得不认为，女孩的白胖是对他老婆的一种冒犯。

凑巧的是，当晚地方电视台报道了一则中学生早恋怀孕的社会新闻，石松的老婆猛然意识到儿子已经到了有可能犯性的错误的年龄。可怜这个本就够焦虑的母亲随即陷入了更为巨大的焦虑之中，恨不能立马就把熟睡的儿子摇醒，问个究竟。

所以，那天夜晚石松夫妇是这样度过的，妻子先是抱怨儿子不懂事，眼看着快高三了，把全部精力放在学习上都未必能考上好大学，居然还有心思谈恋爱。而后，她又开始担心儿子和那女孩弄出不可收拾的事。老规矩，最后抱怨都集中到了石松身上，说他对儿子不管不顾，对她不冷不热，对这个家不闻不问。后两条，她已经认命了，可儿子的事，他这个当爹的无论如何是脱不了干系的。

石松的老婆在儿子面前有两副面孔，一副是絮絮叨叨着把饮食起居安排得舒服妥帖的慈母，一副是管头管脚脾气暴躁但同样絮絮叨叨的恶母。有时候石松是她的另一个儿子。

反正只要老婆一嘟囔儿子，石松就识相地走到她视线之外。他最怕她说着说着儿子，忽然话锋一转，指向他，然后把两个儿子都骂得灰头土脸的。石松的老婆认为自己的唠叨都是让家里这两个男人逼出来的，说一遍，不听，说两遍还是不遵守，重复到第三第四遍时，火气难免就上来了。

得承认，她的确很能干，忙完单位的事，忙家里的。她干起活来真叫一个利索，有时石松想插手都插不上。她总是嫌石松做得不好。她的口头禅是，你让开，我来。连俩人的性生活，她也是大包大揽的，完全按她的意志进行。

  对儿子进行性教育，理所当然是你的活儿，我这个当妈的不方便，不过我有三点建议供你参考。石松能怎么回答呢，只能连同她的建议一并接纳呗。

  为了给爷俩儿腾空间，昨天下班后，她直接去了娘家住。然而当天下午石松母亲的到访打乱了石松的安排。

2

  母亲的突然出现让石松意识到家里出事了。石松的母亲患风湿性关节炎多年，退休后，情况越来越糟，关节变形，疼痛，进而影响到了行走。同一处关节部位，看她五年前的样子，再看现在的，你就能想象得出再过五年会是个什么样子。近两年，老太太已经习惯把自己看做一个腿脚不便的残疾人，不过她暂时还不习惯被别人当残疾人看待，因而不是必须出门，她宁愿在家待着。

  没有理会石松的意外，母亲直接递给他一个本子，市立医院的病历卡。上面患者的名字很有时代特点，张援朝。石松不解地看着她。母亲用下巴指了指病历卡，示意石松自己看。

  内页上的字体潦草，像就是为了让别人看不懂才这样写的。仔细辨认，石松找到了一个认识的字：肛。病历卡里用曲别针别着几张单子，市立医院检验中心检测报告单，是机打的，倒是一目了然，上面的检查项目为：人乳头瘤病毒分析，结果：检测出 HPV-6 亚型，还是看得石松一头雾水。他再看母亲时，她已是眼含热泪。

  "你爸的。"

  石松又去看病历卡上的名字。

  "不用看，就是他，用的是假名。看病不用医保卡，还用假名字，你去想吧，"母亲侧过脸去，一个劲地摇头，"他的事，我都没脸说。"

"什么毛病，是痔疮吗？"

"是痔疮倒好了，性病，是性病！"说着她伸过手来，一根食指哆哆嗦嗦但很用力地点着那个"肛"字的部位。如果不是病历卡有二十来页厚，石松想，老爷子的"肛"就被她戳破了。

"这是'肛周鳞状上皮乳头样增生'，是性病！性病！"

石松在脑子里迅速地判断着父亲和性病之间可能存在的关系。老爷子70岁，除了十多年前做过一次胆囊切除手术，身上的各个器官基本都还在原处待着。当然损耗是有的，不过暂时还不影响使用。另外，牙是补过了的，头发也所剩不多，比较而言，前列腺的问题稍微突出一点，可是和他的同龄人比起来，父亲算得上基本健康。老爷子从来都是不服老的，至少嘴上不服。他经常用年轻人的饭量向家里人证明他还有的是活力。即使如此，一个70岁的老人和性病之间的关系是怎样生成的呢？

母亲哭哭啼啼的讲述给了石松部分的答案。父亲这些天行为诡异，在家待不住，就算待着也像是一只无头苍蝇。问他吧，他什么也不说。于是母亲卷起袖子，自己来找。病历卡是她在石松父亲的写字台抽屉的夹层里翻到的，虽然上面的名字不是父亲，但藏在如此隐秘的地方，只能说明有问题。母亲戴上老花镜，用研究甲骨文的热情琢磨出了"肛周"、"乳头"等字样。随后的某个半夜，母亲采取非正常手段对父亲的肛门做了取证。当证据摆在后者面前时，在片刻的恼怒、羞愧之后，老爷子不得不承认自己失足了。

父亲辩解一开始他只是好奇，那个叫"前线"的地方经常在周围那些老家伙嘴里进进出出的。他们聊及这个地方的神态和语气暧昧而又暧昧。"前线"是家新开的发廊，就在胜利路战国策火锅店的斜对面。那里原来是家经营湘菜的小饭馆。理发倒也不算是个幌子，她们有两套人马，服务于需求不同的客户群。不少老人去过，大多数只是背着手从那家发廊门口走过，装作闲逛的样子，偶尔和里面的女人对上一眼，便觉得占到了便宜，也似乎就此和"前线"多少有了那么一点关系。真真实实上过前线的应该不多，然而上过一回，难免就有第二回。

母亲泪水涟涟的，还在纠结老爷子到底去过一次还是两次。她觉得两次和一次有着本质的区别。石松认为当务之急是把病看好。母亲猛然抬头，问，这病真的能看得好吗？

3

把房间的窗帘拉严实之前，老石先戴上了老花镜。这是难得的机会，家里只有他一个人。他一边解腰带，一边打开了床头灯。光线不够亮，他调整了一下灯罩的角度，同时在心里暗暗祈祷，不要有变化，不要有变化。白天，他在卫生间看过很多次了，但看得仓促，总有点做贼心虚。他怕老婆会破门而入，大喝一声：你在干什么？

老石弯下腰，把裸露的下体尽可能凑近床头灯。淡红色乳头状的突起物，不痛不痒，早些天它们还是不起眼的散兵游勇，现在已经连成了一片，来势汹汹的样子。盯着看久了，它们似乎正在一点一点长大。老石知道这只是焦虑带来的错觉。他用力闭上眼，片刻后睁开，定睛再看，天哪，真的是比昨天观察到的面积大了。而且在原来平整的部位冒出了一些细小的颗粒，它们极不显眼，但摸上去能感觉到它们确实存在。恐慌瞬间扼住了老石的心脏，他提上裤子，跌跌撞撞地往隔壁房间去，嘴里嘀咕着，放大镜，我的放大镜。

写字台抽屉里没有，台面上也没有，前几天还用过的，用完就放回写字台抽屉里了，老石记得清清楚楚的，难道老太婆拿去用了？他猛然想到了什么，一只手探到抽屉最里头去摸，没摸到。情急之下，忘了提裤子这一茬，两只手合力把整个抽屉抽了出来，裤子一下子褪到了脚背上。他顾不得去提，把抽屉放到写字台上，一通乱翻。他有预感它已经不在里面了。果真没找着。老石一屁股坐在椅子上，忍不住骂了起来，这死老太婆。

她必定是找儿子去了。可说好了不告诉孩子的，这也是老石交代问题的前提。想到儿子这会儿可能已经知道了，老石恨得牙根痒。她会怎么说呢？儿子会是什么反应呢？许可证的事她一定不会说。

老太婆退休后，俩人的夫妻生活也处于半退休的状态。等老石也退休了，老太婆单方面提出终止这一婚姻内的双人项目。两个原因，一是，她身体不好，这件事让她身心受罪；二是，老石到了该修身养性的年纪了。

几乎每一次过夫妻生活，老石都要苦口婆心地做动员工作，还不是每一次都能动员成功的。不止一回，在劝说失败老石口干舌燥老婆也被他烦得筋疲力尽的时候，她半真半假地说，你实在想，就去外面找一个吧。有一次无功而返后，老石不无恼怒地威胁说，我有这个权利，别忘了，你也有这个义务，你总是这样，是在逼——逼我犯错误。老石差一点说出"逼良为娼"来。没想到老太婆一听就急了，有本事你真去找啊，你真还以为自己很行？话赶话，老石只能接招，说，这可是你说的。对，这算是我给你颁发的许可证。

4

年纪大了以后，觉少了，时间多了，可老石觉得从某种意义上说，他眼下是在用倒计时的方式过日子。尽管身体硬朗，他还是时不常地会生出时日不多的惶恐感。想想在已经过去了的七十个年头里，大部分时间，他都是在为别人活着，自己的想法、欲望和脾气总是尽量克制着。即使这样，身边人还是对他有那么多的不满意。如今，老石想通了，在这一辈子就要过去的最后日子里，谁的脸色他也不看，谁的难听话他也不听,他好歹熬到了"七十而从心所欲"的年纪了。

年轻的时候,总是往前看未来的日子,年纪大了,就开始习惯往后看了,就算难得往前看,看的也是自己的后路。老石和老太婆合计过,哪天他们都不行了,就去住养老院。儿子,他们是不指望的。身边太多的例子在那儿摆着呢,和小辈一起住,生活习惯不同,住久了,矛盾就出来了。等搞得不愉快再去住养老院,就没意思了。

老石也说不清楚是从哪一天起,精力开始不济的,而且思维特别发散,一个不留神就会掉进对过去岁月的回忆里。有时候正和别人说着话呢,脑子已经漫游到了别的地方。

关于那个上午,老石已经回忆过无数遍,至今,老石还认为那是一次意外。每个人都难免会碰上意外,不是吗?他起初只是想进去实地考察一下,就像他以前在单位跟着领导去基层调研一样。没有调查就没有发言权嘛。这样,以后当那帮和他一样闲着无聊的老家伙聊到"前线战事"时,他也就能发表自己的看法了。

进去后的情况比老石想象得复杂,完全是他经验之外的。不知道是不是时间不对,里面一个顾客也没有。三个姑娘懒洋洋地坐在一只长沙发上闲聊。他一进门就成了焦点。她们仰脸看着他,用那种挑剔的眼光,似乎还有些好奇和意外,却不招呼他。老石浑身不自在,不知道自己哪儿不对劲,感觉在她们的注视下,自己正在变小。他指指脑袋,尽量挺直腰板,义正词严地告诉对方,理发,我是来理发的。三个姑娘还是看着他,其中一个用和他一式一样的语气一字一顿地回答他,好——的。说完三个人笑了起来,一边笑一边互相拍打着对方,笑成一团。

老石脸色难看。按他的脾气,他该掉头就走的。可就这么走了怎么都像是落荒而逃,这不符合老石的作风。就在这时,小白出现了。

她的脸真叫大,扁扁的,有点像老石原来一个绰号"汤婆子"的女同事。笑容也像,暖暖的,在那张大脸上铺开来,显得真诚而友善。她狠狠地白了姑娘们一眼，随手拿过围裙很职业地抖了一抖，同时一扬眉示意老石在她跟前那张椅子上坐下来。她什么话也没说，一单生意就开做了。

5

石松送完母亲刚回到家，几乎前后脚，儿子就回来了。进家后，这小子连招呼都没打直接进了自己的房间，并且锁上了门。

今天放得早嘛。石松站在儿子房门口，不无讨好地冲着门里面的人问道。里头一点声音也没有。石松又问了一遍。儿子声音低沉地应了一声"嗯"，并不做解释。

晚上想吃什么？

随便。这次倒是答得很快，但语气颇为不耐烦。

石松没心情也懒得做，说，那就叫外卖吧？他想着儿子还是会回答"随便"。儿子热爱一切快餐。同样的内容，装在快餐盒里的，他吃起来就比盛在碗里的来得香。石松投其所好，说，那就叫必胜客吧。这次儿子的回答里明显地有了愉悦之情。

打好外卖电话，石松上网查了这个"肛周鳞状上皮乳头样增生"。原来它就是大名鼎鼎的"尖锐湿疣"。这四个字时常以小广告的形式出现在我们生活的各个角落里，给人感觉这是一种隐晦的说不出口的常见病。网上关于它的链接多得要命，看来尖锐湿疣也是这个疾病缠身的时代的一个疣。

不到半个小时，石松对这个病的病理和治疗流程有了个大概的了解。治疗及时得当，根治没问题。他决定不通过在医院做会计的老婆找关系，省的下次俩人吵架，老婆嘴里又多了一个攻击他的话柄。

送必胜客外卖的那个小伙子，长得眉清目秀，说话也是细声轻语的，有些姑娘气。好像每次点餐,都是他送的。好像每次从石松手里接过钱,他都会脸红。有意思。

不等招呼,儿子已经从房间里出来了,去冰箱拿了可乐,顾自先喝了起来。石松在对面坐下,点了一根烟,为了让接下来的谈话显得自然,他就像是突然想起来似的,说,对了,你好久没去爷爷奶奶家了吧?

嗯。

刚才奶奶来了。

嗯。

可惜她早走了一步,没碰上你。今天作业多吗?

嗯。

儿子埋首于食物和手机中间,全然不理会处心积虑坐在一旁眼巴巴看着自己的父亲。如果他妈在,一准会要求他把手机拿开,专心吃饭。一般说到第三遍,儿子才会不情愿地照做。好像手机是他身上的一个器官。他妈一转身,他又会迅疾拿过来,然后,他妈就该发火了。

这两年,儿子在家话越来越少,而他妈越来越唠叨。石松愿意相信这是正常现象。大部分处于青春期的孩子都是这样的,大部分有个处于青春期孩子的母亲也都是这样的。与此同时,他也愿意相信,大部分有个处于青春期孩子的家庭里的父亲也只会是像他这样的。

大概是看到什么有趣的东西了,碍于父亲坐在对面,儿子咬着下嘴唇强忍着。从石松的这个角度看过去,儿子俨然是个大小伙子了。眉眼长得和他很像,但身高远远超过自己当年十六岁的时候。

十六岁的石松,是个内向少言的少年,学习成绩普通,身高长相普通,家庭条件普通,走进校门,就像一滴水汇入河里,毫不起眼。

高一那年，他喜欢上了新来的英语实习老师，他喜欢的方式也很普通，就是默默地喜欢。那是怎样的一个学年啊，焦虑、甜蜜、沮丧、期盼、绝望，默默积累发酵的情感如同气球不断膨胀。石松眼睁睁看着这只气球变大、变薄，同时身体上的变化更是让他极度不安。

临近期末考试，气球爆炸了。他给英语实习老师写了一封信，花了一个晚上，写了誊，誊完又改，改完又誊。信是通过邮局挂号寄出的。四天后，在转了多个蹊跷的弯后，信竟然落到了他父母手里。

父亲把信团成一团扔向石松，母亲用那种天要塌下来的表情看着他。在一阵劈头盖脸的责骂羞辱后，父亲首先冷静下来。冷静下来后，他就又变回了一名擅长做思想工作的政工干部。而母亲只会在一旁无声地落泪。

父亲做思想工作的特点可归纳为"三个贴近"，贴近实际，贴近生活，贴近群众。他善于运用现实生活中活生生的事例、结合当前要解决的问题、辅以相匹配的成语，来启发和引导对方。父亲对成语有着不一般的热情。他认为成语简短精辟，却饱含着深刻的哲理和丰富的人生智慧。父亲有个随身携带的小本，用于随时记录新学到的成语。有时候，石松觉得父亲是为了显摆他肚子里的成语才给他讲故事的。

每当需要鼓励石松排除干扰好好学习时，父亲通常会讲这么一个故事：当年石松的爷爷早逝，父亲不得不中断了初中的学习，在家帮奶奶干农活。等终于有机会重上初中时，他已经十七岁了，坐在他那帮初一的同学里面，就像是他们的叔叔。可是他埋头学习，对别人的嘲笑视而不见，凭优异的成绩靠着人民助学金完成了中学学业。当他以二十二岁的高龄走出中学校门时（初中还跳了一级），他许多儿时的玩伴都已经当爹了。在这个故事里先后出现了五个成语，心无旁骛、朝斯夕斯、卧薪尝胆、孜孜不倦、废寝忘食。

此刻，已经40岁的石松忽然有个疑问，29岁才结婚的父亲，青年时期性的问题是怎么解决的。抽完手里的烟,没和儿子打招呼,石松拿上钥匙下了楼。

7

胜利路,石松并不陌生。偶尔骑车去上班,他会选择走这条路。这是一条生活气息浓郁的老街道,饭馆林立,一到晚上,满街飘香。

战国策火锅店在胜利路的东头,很容易找到。火锅店旁边有家小烟杂店,石松进去买了盒烟,撕开封条,然后在店门口站定,抽了起来。

前线,他们管那个地方叫前线,你别说,还真形象。石松冲着街对面那家名叫"月半湾"的理发店,禁不住乐了起来。没错,那的确是个有危险的地方,如果条件允许的话(身体的,经济的),去那儿可不就是去打炮的吗。

抽到第二根时,老板在柜台里面搭讪,等人啊?石松能说什么呢,只能回答,是啊。实际上,他也不清楚自己站在这里干什么。对父亲战斗过的"前线"的好奇心,现在已经满足了,他也没有进去进一步了解的打算。他坚持在这里站着,只是有个问题没有想明白,那就是父亲是如何克服掉对自己衰老变形的身体的厌恶,克服掉关键时刻有可能硬不起来的担忧,克服掉背叛老婆的负疚感跨出这一步的?这一步跨得实在是有些大,而且突兀,石松至今没有回不过神来。

8

毫无疑问,当后来老石起身跟着小白往里间走的时候,已经偏离考察的轨迹了。老石记得当时脑袋是蒙的,心跳得厉害,身上一阵一阵起鸡皮疙瘩。他应该知道里面才是真正的前线,真枪实弹,硝烟弥漫,难道自己打算仅仅凭着一个共产党员坚强的意志去和敌人搏杀？还是在起身的那一刻，自己已经投降了。他甘愿被俘虏，被敌人蹂躏。

房间狭小，小白进门后开了灯，还是昏暗。里面有一股怪味道，裹着潮气。仔细嗅，还有精液的味道。也许这存在于老石的想象中。

此刻，老石觉得自己正航行在回忆的大海上，有风吹来，一些更细碎的心思浮了出来。忐忑，对，他十分忐忑。他担心一会儿自己应付不来。老石强装镇静，自始至终，他都在掩饰自己的惶恐不安。小房间闷气得厉害，即使现在想起来，老石依旧有透不过气来的憋闷感。另外，他好像还这么告诉过自己，进了这个门，哪怕什么也没干，别人也会认为他干了什么。或许这只是事后他给自己找的借口。

好吧，老石现在愿意承认，在落荒而逃与冲锋陷阵之间，他选择了后者是因为心里隐隐有着别的期待。这期待在他踏进店门前就有了，在隔夜辗转反侧的床上就有了，在他试图带着批判的立场听老家伙们谈论"前线"的时候就有了。甚至，更早的时候就有了。

其实也就三四秒钟，也许更短。他很想在那个地方多待一会儿，温暖，湿润。前线！前线！小白一点儿也不白，年龄也不小了，可在老石眼里她还年轻着。让老石对她好感倍生的是，她不但没有嘲笑老石的三秒钟，还安慰老石可能是太紧张了。不像自家那老太婆，快了吧，叫他"快枪手"，慢了，又嫌他磨蹭。反正在这件事上，她从来没给过他好脸，从来都是一副受罪的样子，好像他的快乐是建立在她的痛苦之上的。

更为清晰的记忆是，过于汹涌的快感让他差一点当场昏厥。随之而来的是侥幸和害怕，倘若就此倒在这个地方，那他这一世的英名也就毁了。他想到了家里人，他的邻居、同事、那帮老家伙们。有那么一个瞬间，他依稀看到了儿子的表情，惊诧、鄙视、怨愤。

但是，小白怎么会有病？老石喃喃自语道。事实上，老石已经把这次感染归结于考察过程中意外失足之外的另一场意外。

老石气喘吁吁地在床沿坐下来，仿佛回忆也是一件累人的体力活。虽然明天和医生约好要去做激光去疣手术，考虑到眼下患处日趋严峻的形势，老石决定在医嘱之外加用一顿药，先内服再外涂。同时，他在想，是否去趟胜利路，劝说小白赶紧上医院做检查。医生明白无误地说了，这个病不难治，只要治疗及时，是可以根治的。

9

石松以前从没想过老年人也有性的需求。参考他自身的经验，他估计自己到六七十岁时，十有八九已经不行了，恐怕连精神上的出轨也力不从心。别的不说，首先对自己日渐衰老的身体的厌恶，他就很难克服。

鉴于老年人身体的特殊性，容易在性活动的过程中出现状况，医生一般都建议以控制为主。政府提倡老年人多参加丰富多彩的社区活动，除了借此排遣孤独寂寞，石松想，另一个目的大概就是消解掉那点可怜的来之不易的力比多。

石松想起以前看过的一则报道，调查研究表明，老年人的性冲动更多的是源于精神而非身体本身，烦人的是，最后的实践却又需要落实到身体。显而易见的是，大多数老年人可获取的性资源是那么有限，即使身边最便捷的资源——配偶，往往也是不配合不理解不给与。

这样的人群有多大，石松不清楚，但无论如何，他们的存在不应被忽视。一个白发苍苍的老人，谨小慎微了大半辈子，他们所受的教育告诉他们远离性，性是不洁的，是麻烦的，一切欲望都是要克制的。在他们的人生经验中，当性欲来敲门时，隐忍和转化是两种最常用的处理方法。他们把性欲转化成理想，转化成工作热情。他们从未意识到从追求理想中获得的成就感满足感，有一部分来自于性欲成功转化带来的性高潮。他们从来没正视过自己的性欲。在生命的最后二十年，或者更长，可能更短，他们解决性欲的方式一般就是通过精神活动加上该死的手淫。因此，偶尔以交易的形式获取自己需要的资源，也是可以理解和接受的。

在刚刚过去的半个小时里，"月半湾"的门前前后后被推开过三次，两个出来，一个进去，都是男的。石松注意到，出来的那两只脑袋的确像是刚修理过的。其中一个从里面出来后探头探脑的，怎么看都有些鬼祟。看来，下头也修理过了。

当然，她们是专业人士，知道怎么帮你卸下伪装卸下思想上的包袱。她们上上下下打量了你一番，然后婉转地告诉你，你的下头也该适时打理打理了。

父亲退休前是名政工干部，做了大半辈子别人的思想工作，石松真担心他完事后也会习惯性地给小姐做做思想工作。不知为什么，石松突然想到了那个爱脸红的送外卖的小伙子，当老爷子付钱的时候，伸手的那个小姐会脸红吗？

10

电话铃响的时候，石松正在被窝里忙活。在这之前，他已经在床上躺了两个小时，身体异常疲惫，却就是睡不着。

有那么一会儿，石松觉得自己已经老了，老得都动弹不了了，可是脑子异常活跃，生活的过往片段像是放电影一样在他脑海里闪过，当画面定格在"前线"的时候，他手上的频率也随之加快了起来。

2012 年 7 月
原刊于《作家》2013 年 1 期

要么进来,要么出去

"昨天晚上你到哪儿去了?"

"这不关你的事。"

"可是我等了一夜。昨晚你到哪儿去了?"

"我加班了。"

"我知道,我知道,你当然是加班了,关键是你和谁加了一晚上的班?"

每次都是这样,对此,安天厌烦透了。每当他经过辗转反侧的一夜,第二天终于等来红光满面的刘洁时,他觉得真他妈的没意思透了。怎么会这样的?刘洁关上门走了进来,经过客厅时,她顺手将茶几上安天的茶杯拿起来咕咚咕咚喝了个干。她的样子看起来渴极了。安天知道,经过一夜的折腾,她还累极了,所以这会儿,她该回房间好好地睡上一觉。

安天把枕头从客厅抱回自己的房间。明知道等不来刘洁,昨晚安天还是一直躺在客厅沙发上听了一夜门外的动静,就像他原来单位里的那条德国黑背一样,值了一晚上的班。当然,没人要他这么做。事实上,他也没有权利和义务这么做。刘洁早把话说得很清楚了,你算我什么人?说这话时,她双手叉腰,两根拔掉后手工绘制的眉毛和挺直的人工鼻子摆出了一个凶巴巴的"丫"字,下面的话她就不多说了。说到底,你安天也就是我的一个房客。自从老房东——刘洁的母亲——去世后,新房东就免去了安天每月一百五十元的房租。老房东得以此为生，而她年轻的女儿并不在乎这两个钱，她有的是搞钱的渠道。至于究竟是何种渠道，安天目前尚未搞清。不过，他越来越怀疑刘洁的整夜不归与搞钱有关。反正跟"搞"字有关。

阳光透过半开半合的百叶窗洒在靠窗而放的写字台上，那上面散乱地堆放着烟缸、茶杯、稿纸、报纸期刊和历史悠久的灰尘。除了刚搬来时，安天擦过一两回桌子——不过，那都已是一年半以前的事了，后来就再也找不到他的抹布了。安天现在想起来了，抹布不久变成了擦鞋布，这会儿正在床底下他的一只废弃的鞋肚里躺着呢。

老房东未去世之前，安天还时不时地会挪开桌上的东西，腾出一小块地方来吃他的方便面，而今他已和刘洁共用一张饭桌了。但安天觉得自己和刘洁的关系却越来越糟。因为如今，刘洁再也不用摸黑蹑手蹑脚穿过客厅钻他的被窝了，她完全可以像安天堂而皇之地坐在她的饭桌前吃饭一样无所顾忌地睡在安天身边，所以，她一下子就对没有了偷欢乐趣的游戏失去了兴趣。她不是个安分的人，你要让她规规矩矩地生活，还不如让她去死。

根据电线杆上招租启示的地址，安天找到了泰和新村11幢601室。门虚掩着。安天轻轻地敲了敲，等了一会儿，屋里一点反应也没有。有人吗？他又敲了两下。门不是开着嘛。一个公鸭嗓音不耐烦地从里面传了出来。

安天将门推开，脚仍然站在门外。只见一个介乎于中年和老年之间的男人侧对着门坐在一张圆桌前，正用他快要滴出水来的红眼睛打量着来者。他的面前放着一只酒杯、一瓶酒和一袋花生米。看起来他正在喝酒，而且喝了不是一时半会儿，也许从昨天晚上开始他就坐在这张桌子前了。安天略微有些犹豫，是否该跨进门去。和一个酒鬼打交道，他的经验是，敬而远之。他农村老家的一个叔叔，年轻时是远近闻名的好酒量。更叫大家佩服的是，他虽然能喝，但不上瘾，有的喝，则放开喝，没的喝，也无所谓。村里谁家办个事请个客都会喊他去陪客，活跃席间的气氛。他甚至由此赢得了"豆腐西施"她爹——一个村里公认酒风酒德俱差的老酒鬼的青睐，娶到了他像嫩豆腐一样水灵的女儿。在丈人的鼓励和培养下，他不但酒量见长，而且继承了他丈人喝醉了见东西就摔见人就打、酒醒后又揪着自己的头发骂自己王八蛋的臭德行。有一次，他竟然将和安天一起去串门的一条小狗随手扔到了他家的屋顶上。安天的婶婶为此苦恼极了，以前她动不动就挨自己酒鬼父亲的打，现在三天两头被自己的酒鬼男人打，身上从来就没有过一块好皮肉，这大概就是她的命。从小，安天的父亲就告诉自己的儿子，离叔叔远点，特别是在他喝了点酒之后。眼前这个人倒是稳稳地坐在那儿，看不出来有几分醉意，从桌上那瓶二锅头来判断，他似乎喝得并不算多。

"我是来看房子的。我从广告上看到你这儿出租房子。"安天小心地说，一边观察着对方的反应。

"哦，租房子的。"那人若有所思地点点头，随手拈起一颗花生米，动作娴熟地往张开的嘴里一扔，"那你为什么不进来呀。"

房间里弥漫着一股浓郁的花生和酒精的混合味。安天用力嗅了嗅。很好闻。应该说，安天并不讨厌酒精，某些时候，他甚至希望能通过酒精帮他找到急需的灵感和勇气。然而他的肠胃就是不愿意接受那个叫酒精的家伙。就是不愿意，你有什么办法。安天现在所处的这间屋子大概应该称作客厅了。看起来有十来个平方。整个屋子除了一张桌子、两只椅子和屋里的两个人外，其他就什么也没有了。安天环顾了一下四壁，确实没有其他东西了。客厅的南北两侧各有两扇门，不过都关着。不出意外的话，应该分别是厨房、卫生间和两个卧室。主人仍然坐着，很响地喝着酒，一边一颗接一颗地往嘴里扔花生米，每一颗都能准确地扔进那个张着的黑洞里。他肯定意识到了安天在看他，所以有些得意，并且加快了频率。到后来，安天就只看见一条来回晃动的白线了。简直疯了。安天闭上眼，用力摇了摇脑袋。

"你可以先看看房子，"房主终于停止了那个叫人发疯的动作，扬起下巴指了指南边的一扇门，"就是那间。"

同样很简单，一张单人床，一张小写字台，一把靠背椅子。墙上有招贴画没撕干净的痕迹，还残留着半只银灰色的高跟鞋和一个知名度颇高的名字：玛丽莲·梦露。比现在年轻七八岁的时候，安天也着迷过那个喜欢搔首弄姿的形象。用安天当时朋友的话说，那是个让男人一听就会勃起的名字。说那话的老兄后来真的如愿以偿地娶了个梦露型的身材丰满、说起话来眼睛会流水、眉毛一动一动的女人。和安天当初一起听过那句经典名言的朋友，如今也基本上都有了自己的家庭，或大或小来路各异的房子和一个流着口水咿咿呀呀的小杂种。而他安天，至今仍一无所有一事无成。所以，在朋友们的眼里，安天真是莫名其妙透了。你到底想干什么？他们问。说实话，安天认为这个问题实在不好回答，因为说出来的答案连他自己也觉得不太可信。如今他们已不问这样的问题了，他们只是不无同情又无可奈何地说，没事来家坐坐。

"怎么样？房子没什么可说的吧。搬进来就能住。另外，卫生间和厨房我们合用。"房主依然坐在那儿，一边往酒杯里满上酒。对自己的房子，他是很有把握的。

"房子可以。那我们谈谈房租吧。"安天走到北边，推开没有气窗的那扇门，他估计这该是卫生间。一股刺鼻的尿骚味扑面而来。不等看清，安天就将门关上了。

"不忙谈房租。我还有两个条件，你要是具备这两个条件，我们再谈房租的事。你坐嘛。"

"什么条件？要学历还是健康证明？"说着安天先笑了起来。但坐着的那个人很严肃，他一本正经地看着安天，让安天觉得自己实在是不应该笑的。因此,他又一点一点地把笑容收了回去,换了副和房主相匹配的正经面孔,重又问了一遍,"什么条件?"

"你先坐下。"房主用手指了指对面那张椅子。安天不禁有点紧张,对方的神态让他觉得他们接下来要谈的是两个很重要的条件,很可能直接关系到安天的生死存亡。他掏出烟,让了对方一根,接着又为自己点了一根。

"第一,你不能讨厌酒。我爱喝酒,这你也看到了。以前我的工作常常耽误了我喝酒,所以两年前我干脆办了病退,一心一意地在家喝酒,喝它个痛快。可是竟然没人能理解我,我的朋友们都骂我是个老混蛋,喝酒喝坏了脑子,而我的老婆整天跟我吵、吵、吵,吵得我头都大了。我对她说,你就当我是个病人,酒就是我的药,不喝我就得死,这样总可以了吧。可她根本不理解我,我的儿子也不理解我,所以她们收拾收拾走了,妈的,走了,都走了。"

是这样的,安天多少松了口气。这会儿,他才注意到房主穿了件杜康酒的广告衫,胸前写着:喝出来的名牌,999杜康酒。面对这么一位为了自己的爱好不顾妻离子散、众叛亲离,也要爱好到底的义无反顾者,安天不由地肃然起敬起来。你能说他就不是个人物吗?如果他凑巧喜欢上某项发明创造,凭着他这股不管不顾、一往无前的韧劲,你能说他就不会成功吗?

"还有一个条件,"房主的脸色在刚才的基础上又严肃了几分,使得安天不得不认为这第二个条件才是房主要谈的关键。"我先问你,你喜欢足球吗?"

"足球?什么意思?是男人,谁不喜欢足球。"

"那可不一定,不一定的。在你之前的那个小伙子就不喜欢足球,从来不看。你跟他谈足球,他就像只呆鹅似的冲你傻瞪眼。妈的,连越位都不懂。——但是,你是真正的球迷吗?"房主用他的红眼睛热切地盯着安天。

"怎样才算是真正的球迷呢？"安天有点摸不着头脑。

"你看星期六的德甲，星期天的意甲吗？"

"看，看，有时间就看。"

"那你知道德甲这个赛季最大的冷门是什么吗？"

"那当然是凯泽斯劳滕队了。"

"你清楚中国队如今在A组中的积分和出线形势吗？"

"知道。三场比赛后一胜一平一负，和小组第二、三名一样积四分，因为净胜球少，列第四位，形势不容乐观。"

房主"嚯"地一下站了起来，由于动作过猛也过于迅速了点，使坐在其对面的安天又一次紧张了起来。他想干什么？房主探过身子，一把抓住安天放在桌面上的左手，脸上一副终于找到了失去联系多年的组织的激动之态。他握得很紧，并且上下不停地晃动着，眼眶里含着泪花，嘴唇连带着面部肌肉不自觉地颤抖着。显然，他想说点什么，然而由于激动，一时半会儿还说不出来。于是，他就这么握着安天的手，不停地晃动着，晃动着。

安天终于被握得不耐烦了，他一用力，抽出了被握得汗腻腻的左手，然后在空悬着一双手的房主惊愕不安的注视下，夺门而出。

下到底楼，安天停住了脚步，朝身后看看。没有人。房主当然不会追下来。事实上，安天猜房主只要走出家门，就会醉倒在地的。一大早，他就把自己灌醉了。另外，安天认为，房主刚才想说而没有说出来的其实就是两个字：同——志！

经过人民路路口时，安天和一群跟他一样准备穿过斑马线的行人被红灯拦住了。站在安天右边一个五、六岁的小男孩，仰脸看看安天，然后转脸看看牵着他小手的一个一脸不耐烦的年轻女人，再然后又看看安天。安天冲他友好地笑了笑。小家伙摇头晃脑地自顾自大声说道：红灯停，绿灯行，我知道的。说完仰脸观察安天的反应。后者冲他赞许地点了点头，并伸出手去想摸摸那只可爱的小脑袋，但小家伙头一偏，让开了。如果早几年结婚，他现在也应该有这么大一个小杂种了。可是，可是，为什么是红灯停，绿灯行呢？小家伙又一次将小脸对着安天。那张小脸又白又嫩。安天想说，叔叔也很想知道为什么会是这样的，但是没人告诉过叔叔，所以叔叔也不能回答你。另外，叔叔还想知道，牵着你的手的那个女人是跟哪个王八蛋把你搞出来的。

穿过斑马线后，安天忽然有些迟疑。他拿不定主意是否再去拜访一次那位董老太太。两个月前，在和刘洁一次内容雷同的争执过后，安天根据朋友的介绍，找到了急于出租房子的董老太太。那可真是一位爱说话的老太太。在详细地讯问了安天的年龄、职业、学历、家庭情况之后，她更为详细地介绍了自己的生平。恍惚之中，安天有了将要和她生活一辈子的感觉，他知道，这是荒唐的。老太太让安天坐在距床至少三米之外一张靠墙的椅子上，而她则略显拘谨地坐在床沿。她说她已经很长时间没有和男人单独说过话了。她一直很注意与男同志保持必要的距离，因为寡妇门前是非多。对，她是这么说的，寡妇门前是非多。可怜董老太太结婚仅两年就做了寡妇，那时候她才十九岁，花一样的年龄呀。对，她是这么说的，花一样的年龄呀。年纪轻轻就做了寡妇，已经很可悲了，可恨的是，她的死鬼丈夫竟然没有给她留下一男半女。老太太说得悲愤起来，神情也就不那么拘谨了。这条街，老太太说着用她的下巴极随意地指了指窗外，原来全是她丈夫家的，解放后就给革命掉了，到头来，她只分了这两间房。

有那么一会儿，安天觉得老太太眼光迷离，而且高过他的头顶，似乎并不是在对他说话。他回过头去，他身后的墙上挂着一桢碳条肖像画，上面一位留着两撇小胡子的瘦男人正笑吟吟地正视着前方，恰好和董老太太的目光会合。安天猜，此君大概就是老太太的死鬼丈夫。好几次，安天想打断老太太如洪水决堤般来势汹涌的回忆，问一问她丈夫是怎么死的。可后者根本不给她这个机会，她只管自己滔滔不绝地讲下去，讲下去。那个下午，安天被迫地了解了一个与自己毫无关系的老太太不太走运的大半辈子。告辞出来的时候，俩人都有些疲惫，一个是说累了，一个是听累了。老太太甚至没有力气替她的房子美言几句。俩人约好，第二天一手交钱，一手交房。

　　交通岗亭的外边挂着一块小黑板，上面用粉笔写着：十月五日，星期天，以及今天的风力风向和温度。安天平时很少关心天气，星期天跟他似乎也没有多大关系。因为两年前，他不顾家人的反对，执意让自己成了一个待在家里、坐在写字台前靠写字吃饭的人。不过，他的朋友和他农村老家的父母并不这样认为，前者更倾向于他是坐在家里发呆，而后者干脆认定他们的儿子是在发昏、胡闹。这两拨人比较一致的看法是，他不会有好结果的。安天有的时候也会同意他们的说法，好在这样的时候并不多。

　　这时候，安天的眼睛定在了"星期天"这三个字上。他已经很久没在意过"星期天"这个日子了。只要他愿意，他天天可以过星期天。安天环顾了一下四周，人似乎是比往常多一些，而车辆要少一些，大家商量好了似的脸上都模糊不清地挂了同一副表情，很难说是悠闲还是麻木不仁。安天点了一根烟，站在路边，神情严峻地盯着来来往往的路人，他猜自己大概是想从他们的脸上找到不同于平常的那种星期天的表情。一些人从安天面前走过去了，又一些人走过去了，更多的人走过去了。安天越看越糊涂，他问自己，我到底打算从他们脸上看到怎样一副面孔？再有，星期天对我而言又意味着什么呢？抽完一根烟，安天想清楚了，对前一个问题，他只能摇摇头，而后一个问题的答案是这样的，星期天对他安天来说，也就是意味着三个字的排列组合：星—期—天。仅此而已。

另外，这根烟也让安天打定了主意，他倒是想看看，董老太太的房子租出去了没有，租给了哪路角色。

从大马路拐进这条两边屋檐低低的小巷子，安天又一次感到了压抑和紧张。住在这儿，不用一个星期，整条巷子的人就会像认识自己的家人一样认识你的。当然，这并不是安天两个月前最终没有搬过来的原因。这一年来，他前前后后看过不下一二十处房子，每次和刘洁争执后，他都会依据朋友介绍或租房广告去看上一两处房子。越看，他就越能体会到自己眼下的住房是多么舒适、宽敞和方便，而且是免费的。如果碰上女房东心情不错的时候，他还可以获得一次免费的性生活，这一切，对于目前经济拮据却又想安下心来做点事的安天来说，是至关重要的。他不断地用那个碰巧小时候和自己一样被打扮成小女孩的里尔克的话告诫自己：何言胜利，挺住意味着一切。经过一整天他执意为自己安排的寻房的奔波，他就能精疲力竭地回到他的免费住处，心平气和地开始他"挺住意味着一切"的生活了。就是这样的。

董老太太正在洒满阳光的天井里，青衣黑裤、一双尖尖的小脚、脑后挽了一个圆圆的发髻，她手持一根藤条，围着摊开在一张藤椅上的一条被子绕圈拍打着。她的架势不由得使安天想到了一个手持马鞭，由后台亮相到舞台上的武生，那么雄赳赳、气昂昂。一阵有节奏的拍打过后，老太太停住了脚步，手上的动作却没停下，她站在那儿又上上下下把自己拍打了一通，直拍得整个人好似站在阳光下的一个灰尘堆里，这才停下手来。安天笑眯眯地走上前去，他拿不准老太太还认不认识自己。但是后者首先"咦"了一声，是你吧？我没认错人吧？我不会认错人的。

"是我。"

"哎呀，小伙子，你怎么说话不算数呢，让我空等了一场。我可是要指望那几个钱吃饭的呀。小伙子，这不作兴的呀。"

是这样的，好婆，你听我说，是这样的——在路上，安天就编好了一个他失约的理由，现在终于用上了。不过，老太太还是不太满意，她认为一个三十来岁的小伙子让一个七十多岁的老太婆空等一场，无论如何是说不过去的。

"那你现在还来干什么？"老太太气咻咻地问。

"我来看看你的房子租出去了没有。"安天近似献媚地朝老太太赔着笑，他希望后者能接受他的歉意，至少不要再生气了。生他这种人的气，真是犯不着。

"租出去了，早就租出去了。要租我房子的人多的是。"

"那就好，那就好。"安天由衷地说。说实话，他真怕房子还空闲着，那样的话，老太太这两个月的损失，无形中他安天就负有了不可推卸的责任。

"不过——"老太太忽然警惕地四下看了看，然后朝安天做了个"跟我来"的眼色。站在这儿说话不方便，给人看见了，又有的闲话说了。老太太颠着她的小脚，走在前面，后脑勺上又黑又圆的发髻让安天感觉更像是个安上去的装饰。唉，常言道，寡妇门前是非多呀。

"房子是租出去了。"俩人坐定后老太太说。她坐在她的床沿，而安天当然还坐在离床有三米之远的一张椅子上，安天不得不这么认为，这三米是老太太刻意为她和一个男人安排的距离，也是她勉强可以接受的距离。"可租我房子的小伙子，那个小伙子，让我很不满意。"

"哦，怎么个不满意？"安天尽量装出一副感兴趣的样子。他知道，这是老太太希望看到的。作为对他失约的补偿，安天愿意坐在这儿听一通想想也不会有趣的唠叨，也顺便替自己打发掉这个无聊的星期天。

"租房子的时候，大家面对面讲好了的，不能太吵闹了。我老太婆一把年纪了，最怕吵闹了。还有，当初我问他结婚了没有，他说没有，可搬来以后，三天两头带些不三不四的女人回来，一个个打扮得，打扮得，我也说不上来，反正一看就不是好人家的姑娘。一闹就是一晚上，一闹就是一晚上，有时候是男男女女一大屋子，有时候就一男一女。哎哟，真是想想都叫人脸红。"

安天真替那个小伙子感到害臊。你看，你不知节制的举止已经多么不应该地伤害到了这位七十多岁的老太太。这不好。人家老太太辛辛苦苦、令人难以想象地守了五十多年的寡，到头来，却得忍受近在咫尺的男欢女爱之声的折磨。天哪，这太不人道了。

"你倒说说看，现在的年轻人怎么都这样。我们前面43号里王家的小儿子也是不知道学好，交了一帮乌七八糟的朋友，吃吃喝喝、偷偷摸摸，女朋友也是三天两头地换，把他爹妈给气的急的，唉，要是摊上这么个儿子，还不如不生呢。"说着她抬头看了一眼墙上的丈夫，"不过，我要生个儿子，肯定不会这么混蛋的。从小我就给他立规矩，没有规矩怎么了得。可我这个死鬼丈夫……"

安天已经抽了三根烟了。刚掏出烟的那会儿，老太太皱了皱眉，于是他又放了回去。但说着说着老太太就进入了一种忘我的境界，她的眼睛盯着墙上笑吟吟的丈夫，脸上渐露出一种既爱又恨并且不无撒娇的表情。这时候安天已经不存在了。她是在对自己永远年轻的丈夫说话。她想到了他们的好日子，他对她的好，他对她的柔情蜜意，还有，还有。

街上流动的卖快餐的小车提醒安天，午饭时间到了。安天走过去，有两种荤菜和三种素菜，可自己随意挑一荤一素搭配。安天早晨没吃东西，可站在这些看起来还算可口的饭菜面前，还是没有食欲。就在他睁大眼睛，努力想把其中一锅红绿相间的蔬菜辨认出来的时候，摊主已经动作麻利地往一次性饭盒里盛了一团饭。想要什么菜？今天的大排不错，还有这炒素，怎么样，要这两样吧？

付过钱，安天还是觉得自己没有胃口。那么，我为什么要买这盒饭呢？安天拿着饭盒站在路边，有些发蒙，好像手上突然就多了这么一个饭盒和一双方便筷，然后出于礼尚往来的原则，他又掏了点钱给人家。就是这样的。

已经有人在好奇地注意这个拿着饭盒呆呆地站在路边的男人了。安天不得不催促自己赶紧离开这儿。虽然他暂时还不知道自己接下来要去哪儿，但走动起来，最好和周围的那些人一样装出一副行色匆匆的样子，这样就正常了，这样就能混迹于人群中了。尽管他曾经——这个"曾经"屈指算来，距今少说也有八九年了——是个特立独行，至少在形式上不屑于与大众混为一体的家伙，可如今，他最怕的就是被别人视为异己，他讨厌别人用诸如吃惊、诧异的目光看他。

走出去一大段后，安天放慢了脚步。他转过身去。那个快餐摊这会儿生意兴隆了起来。安天现在明白过来了，刚才那个让自己发蒙的问题其实该由那位自作主张的摊主来回答。

作了一番思想斗争之后，安天终于说服自己继续拿着那份该死的盒饭向前走，而不是随手扔进路边的垃圾筒里。虽然眼下他不饿，并且也找不到一个可以坐下来吃饭的地方，但总会饿的，他相信。再说，这好歹也是一份花钱买来的饭菜。

当安天终于走到那个免费住处的楼前时，他真切地感到自己确实如愿以偿地筋疲力尽了，手上那盒快餐这会儿越来越夸张地沉重起来，所以也就越来越让安天觉得别扭。一个手拿快餐盒，毫无目的埋头在大街上从中午走到下午的男人，应该是个有点意思也有点问题的男人。

楼前的空地上聚着一些人，他们三三两两地站在那儿，一边聊天一边等待一对脸黑黑的男女为他们爆制米花。安天抬腕看了下表：四点二十分。通常这是加了一晚上班的刘洁小姐起床的时间，她睡醒了，因此就有了精力也有了食欲，如果这会儿让她再加个班，应该没问题的。

令人尴尬的是，安天此刻的胯下居然不合时宜地坚挺起来。那个加班的念头就像一声要求开火的命令，刚下达，战士们就迅速地调好了他们威风凛凛的小钢炮。安天局促不安地四下看了看，还好，没人注意他。他今天穿了一条质地柔软的纯棉长裤，衬衣习惯性地塞在裤腰里，本来平坦的腹部这会儿在下端支起了一个意外的圆点，并且，安天能感到它还在不断地充血、膨胀。情急之下，他将手中的饭盒挡在那个部位，一屁股在花坛边上坐了下来。

以前安天只知道大米、玉米、蚕豆、黄豆能放在炉子里爆，他的邻居们今天算是让他开了眼界，他们拿来了栗子、花生和因为距离的缘故安天一下子认不出来的东西。安天真想走上前去看个究竟，因为他认为他的一个邻居竟然拎来了一袋围棋子。人们对食物的想象力是越来越丰富了，妈的，连围棋子都吃上了。

太阳下山之后，天慢慢有了凉意。十米之外的那只炉子一直没有停过，那对黑头黑脸看起来像是夫妻的男女也没有停过。他们应该很高兴这样。安天也替他们高兴。真的，在食物越来越丰富的今天，还有这么多人对爆米花恋恋不舍，真是件值得高兴的事。

一个姿势坐久了，腿有些发麻，安天站起身来，活动了几下，并且下意识地瞄了眼自己的腹部，当然是平的。

楼道里飘出的炒菜香味，让安天实实在在地感到肚子饿了，他甚至能听到自己腹腔内叽里咕噜的吵闹声。该吃晚饭了，安天一边上楼一边对自己说，妈的，又是一天过去了。他已经整整一天没吃东西了，这会儿吃什么，他相信自己都能吃得津津有味。而且得承认，刘洁在烹饪上的确很有一手。吃过晚饭后，安天希望自己能安心地回到自己的房间，找块抹布，把写字台擦一擦，然后拿支笔，坐在桌前。也许并不一定能写出什么来，但必须开始了，首先必须让自己进入某种状态。他已经荒废了不少的时间。

客厅的饭桌上果真摆着好几只盘子。刘洁正一边吃饭一边看电视。安天打开门后，并没有马上进去，他忽然想到他把那盒快餐忘在花坛上了。他拿着它走了一个下午，最终却把它留在了花坛上。刘洁吃得很香，看得出来，她也饿了。她瞥了一眼门口的安天，然后用一种蛮有把握的口气说，站在那儿干什么，要么进来，要么出去。对，她是这么说的，要么进来，要么出去。

1997 年 4 月

原刊于《人民文学》1998 年 4 期

准备好了吗

　　天气预报预报今天有阵雨。万树生站在厨房的窗口，手上夹了一支烟，神情呆滞，仔细看，还有几分严肃。这会儿天已经黑了，雨还没落下来，但相信它吧，万树生对自己说，人总要相信点什么才能心平气和地活下去。

　　年轻的时候，万树生相信自己总有一天能出人头地，所以他认真做人，努力工作，尽管运气老是不够好，可他尽力了。二十六岁的时候，他和母亲替他相中的姑娘结了婚。那会儿正值"文化大革命"高潮之际，他白天在外喊口号贴大字报，闹革命，晚上回到家继续干革命。1968年，他的大女儿卫红出世了。说实话，他有点失望，他的大哥早他三年结婚，已连着生了两个儿子了。他从小就输给大哥，个头比大哥矮，学历比大哥低，老婆也不及大哥的漂亮，因此无论如何也不能在生孩子这事上再输给大哥。看来大嫂已经没有再生的意思了，那我万树生要是再生一个儿子，一儿一女，至少在花色上比过了他们。一年多后，万树生的第二个孩子出生了，又是一个丫头，这下万树生跳了起来，难道我万树生命中无子？这时有个老邻居神情诡秘地面授机宜，关键是行房事的日子，阴历逢单行房事易生女，逢双行房事则八九是个男。万树生问为什么，对方说，你看，女儿俗称千斤，儿子是一吨，两千斤，一是单，两是双。再细问，对方一个劲摇头，说天机不可多泄漏，否则老天爷会怪罪于他的。

不管怎样，1972年10月，万树生抱上了儿子，取名双康。

这两年，老万明显地感到自己老了。特别是记忆力大不如从前，爱忘事，有时候想着要去拿一样什么东西，等习惯性地把烟点上后，却干开了其他事。儿子背地里给他起了个外号，叫心不在马，甚至有时候和朋友说起他，干脆称他为老马。

三个孩子中，最让老万操心的是儿子，没完没了，简直是没完没了，一说就要说到他小时候那些调皮捣蛋惹的祸，不过比起他后来搞出的那些动静，那又能算什么呢。1993年秋天的一个星期天，在市中心最热闹的人民路上，双康身穿一件背后缝有"此人出租，价格面议"字样的衣服，从路南走到路北，从路北走到路南，走了一整天，第二天双康的相片上了晚报头版。

而这仅仅还只是开始，在接下来的几年里，双康的动静越搞越大。在1994年广州的双年展上，已自作主张改名为万一的万双康，半裸体站在一只高190厘米、长宽均为90厘米的玻璃箱内，浑身涂满蜜浆，然后由他亲手打开一个装满包括苍蝇、跳蚤在内的各种虫子的罐子，一时间飞的爬的虫子们落满了他的身体。万一给他的这次行为艺术取名为：生存状态。在长达四十分钟的行为实验中，万一用一种自虐的方式进入对自我价值和生存经验的切实体验中。而事后，已肿成发面馒头的万一在接受记者的采访时说，如果再延长二十分钟，他的体验将会更加深刻。上个月，在本市的和平广场，万一郑重其事地向路人分发了200只涂了各种颜色的避孕套，此次题为"彩色的安全生活"的行为实验是他历次行为中最温和、最感性也最性感的一次，每送出一只，他都会附上一句，仅供把玩，切勿使用。所以，等把两大盒安全套送完，广场上丢满了彩色的小气球。

如果没有生这个儿子，老万也许一辈子都不会知道"行为艺术"这个名称，那些发疯的举动竟然能被冠以艺术之名，这是老万无论如何也想不通的。然而儿子由此成了艺术家，不管国内承不承认，反正儿子的相片上了外国杂志，在那些蚯蚓一样的外国字中，儿子的照片赫然其中，并且儿子已出了好几次国，被外国人请去交流，交流什么？当然是艺术啦。

尽管在老同事老邻居面前，老万总是摆出一副儿子已经功成名就、自己从此可以高枕无忧的架势，但在内心，他老有一种隐隐的不安，就怕哪一天儿子闹出不可收拾的事，为此，他的牙三天两头地疼，还经常在半夜里突然惊醒。

这样的情况近一段在老万身上出现得尤其频繁。据他所知，就在近期，万一将和他的两位分别来自瑞典和南非的外国朋友在医务工作者的配合下，进行一个名为"循环"的行为实验。届时，他们会在和平广场上，卷起各自的衣袖，从右手臂分两次抽出500毫升鲜血分别输入另两个实验者的手臂，同时，另两位的等量鲜血也会通过万一的左手臂进入他的体内。这一看似简单实质复杂的过程在老万脑子里变得险象环生，那两个外国人的健康状态是他最为担心的，另外，身体好好的，抽血输血的，这算怎么回事呀。行为艺术，行为艺术，在老万看来简直是疯子艺术。

卧室里传来老伴的喊声。老万探头从打开着的窗口往下看了一眼，然后才无奈地摇着头进了卧室。还没回来？床上的老伴支起身子问。老万重重地出了口气，没接茬。再呼他，老伴从被窝里坐了起来，嚷道，就说我快死了，看他回来不回来。老万没有动。你不打我去打。老伴掀开被子就要下床，可有一只拖鞋却一下子找不到了。老万出神地看着老伴坐在床沿，弯腰吃力地往床底张望。后者看见老万在那儿发愣也不知道过来帮帮忙，有点急了，赤着脚就跑到了客厅。

传呼机响的时候，万一正和他的两位外国朋友在另一个朋友家瞎聊。真的是瞎聊，万一能派上用场的英语也就和那两位来中国不到一个月的外国朋友会的中文差不多。大部分时间他们都在用手比画，这样的交流很吃力也很滑稽。传呼显示：父出事了，速回。母。万一知道肯定又是父母要他回家的花招。他冲暂时停下手中比画的朋友耸耸肩，接着比画。

直到姐姐的传呼过来，电话那头姐姐的语气从未有过的严厉，万一才相信这一次真的是出事了。尽管上午他还收到母亲生病的传呼，尽管以前每一次在他的想法真正落实到行为前家里总会岔出一两件人为的事件。

万一知道，在父母的眼里，尤其是父亲眼里，他的成功是没有理由的，因此也是不可信的。他们一方面捧着他所谓的成绩到处炫耀，一方面又时刻担心着这一切仅是个美丽的假象。从小到大，父亲对他寄予了那么大的希望，他固执地认为儿子是个绘画天才，成功对他来说，只是个时间的问题。让老父亲至今耿耿于怀的是，万一有一天竟然扔下了学了十来年的油画，转而搞起了行为艺术。万一说我只是暂时换了一种更为直接的表达方式而已，油画我是不会放弃的。然而他的任何解释，在老万听来都是强词夺理。

老万从未站在这个高度看过自己住了十来年的居民区，这个全新的高度让他感到了一种空旷，视野的空旷，一切拥挤和嘈杂都在他的脚下，他好像一下子就远离了叫他心烦的这一切。他背着手走了走。走着走着居然有了一种至高无上的感觉。妈的，以前怎么从未想过来这儿散散步，看看远处。

老万的老伴仰着脖子，挥着手冲他在喊，好了吗？可以开始了吗？

老万掏出烟。六楼楼顶上的风有些大，老万换了几个角度，最后蹲下，借助衣襟才把烟点上。因为老伴那一嗓子，已经有人在注意他了。

他们三三两两，仰着头，冲上面指指点点。老万忽然想起了3幢的那个疯子，一个在其潜意识里已是著名歌唱家的疯子。去年春天，趁家人不注意，他爬上了楼顶。那是个典型的人来疯，人越多他越兴奋。那天他在楼顶手舞足蹈，放声高歌。老万听说后也跑去看了一会儿。疯子在上面从通俗唱到美声，每曲完必鞠躬致意，应该说台风真好，似乎根本没有要往下跳的意思。后来午饭的时间到了，围观的人也就陆续散了，就在这时疯子纵身跳了下来，就像是这个热闹的上午的一个惊叹号。一个血肉模糊的惊叹号。后来有人说他是因为不能忍受观众们退场才跳楼的，还有人说那个上午疯子又唱又跳的其实是在和这个小区的居民告别，相当于一场告别演出。

　　老万从裤兜里掏出事先预备好的报纸，摊开在地上，缓缓地颇为吃力地坐了下来。真的是老了，老万自言自语道。就在三四年前，他还能在上了一天班后，去街心公园和一大帮中老年邻居一起跳上半个小时健身舞，并且顺便和女同志们聊聊天。那会儿儿子还在画画，只是偶尔才在他的视线之外搞搞行为艺术，眼不见，也就心不烦。现在可倒好，画是干脆不画了，十几年的专业说扔就扔开了，儿子肯定不知道，与此同时，自己老父亲的希望也在四散开去。这两年，儿子更是越来越不像话，据说儿子搞的那些行为艺术中的意识形态已引起了当局的关注，虽然老万一再地告诫儿子，什么错误都能犯，就是不能犯政治错误，可眼下他的话根本进不了儿子的耳朵。事实上，谁的话，那小子都听不进去，否则他怎么会去那么疯折腾呢。

　　如果说老万有时还能说服自己用艺术的眼光来看待儿子的行为的话，那么他的老太婆则不止一次地用迷惑和惊恐的眼光追问，我们儿子到底想干什么？被问急了，老万会没好气地回答：发疯。当然更多的时候，他还是会耐心地从艺术的角度去替儿子解释。他已经够不安的了，不能再让老太婆跟着担心。

而这一次儿子简直是疯了，跟外国人换血，怎么给他想出来的，不要命啦。这两天老万被这个"换血"的事给闹得寝食不安，他有一种可怕的预感，儿子是在惹祸上身。作为父亲，他始终没有什么好办法，眼看着儿子这头荒唐的牛在往绝路上走，他除了担心，只能站在原地生闷气。孩子大了，父母也就老了，也就没有力量了。

老伴双手围成喇叭状，在下面大声喊，打了，电话打过了。

老万站起身，朝下面挥挥手。好了，演出马上就要开始了。这场戏当然是做给儿子看的，他已经没有更好的办法了。下面小路上有人好奇地抬头朝上面张望着。老万退回去，重新铺好报纸，坐下。老实说，他有点紧张，同时他开始怀疑自己这个决定是不是有些欠考虑，刚才脑子一热，不顾老伴的反对，他就爬上了楼顶。他近乎愤怒地认识到，对于他这个爱走极端的儿子只有用极端的方式来教育他。然而这会儿老万又迟疑了，自己这么一来，丢人现眼不说，往后邻居们指不定会有多么稀奇古怪的猜测呢。人们的猜测永远源于生活又高于生活。

老万又点了一根烟。由于连着两晚没睡好，他的牙又上火了，其实这会儿应该少抽烟，多喝水，多休息，但儿子就是不让他消停，连片刻的消停也不让。前一阵刚大张旗鼓地在街上发过避孕套，风言风语还没过去，这又想出什么换血，简直是不想让人活了。老万把才抽了两口的烟扔在地上，用鞋底使劲地踩灭。他实在不明白，儿子怎么会变成现在这副样子。不就去外面念了几年书嘛，怎么突然间就有了那么多因为古怪所以不容你忽视的想法，这些来路蹊跷的想法究竟是谁灌输给他的呢。

老万真愿意回到过去，那时候一记毛栗子就能让儿子乖乖地跟他回家，如果狠狠心请儿子吃上一顿板子，那么后者至少要老实上四五天，而更小的时候，只需一个眼神，或者说话的语气稍微重一点，那小子就会哭出泪来。那会儿父亲是父亲，儿子是儿子，很明白的，儿子听父亲的，天经地义的，而现在一切都乱了套了。

不知不觉中，老万手指间又夹了一根烟。吸了一口后，他有些意外，自己什么时候又点了一根。他觉得此时自己的身体需要的不是一根烟，而是一张床，他的牙疼，他的脑子发胀，他渴望能安安静静地躺在床上，什么也不想地睡上一觉。然而这仅仅只能作为一个渴望悬浮在六楼楼顶上，他没法什么也不想地躺在床上，所以他需要一根烟，就像他有时候需要一点酒一样。对老万来说，酒从来都不是一种好喝的东西，但他还是需要它，纯粹是一种精神上的需要，与身体无关。

孩子大了，与父母的接触，尤其是身体上的接触就少了，在老万的感觉中，除了儿子血管里流动着的血液，他的身体和自己好像已没有更多的关系。倒是两个女儿时常回家看看他们老两口，关心关心他们的身体。想穿了，生儿子其实也就是一种精神上的需要，弄好了，能得到精神上的慰藉，弄不好，就得忍受精神和身体的双重折磨，就像他现在这样。

老伴的声音从下面传上来，准备好了吗？

老万很费劲地站起身，身下的报纸在他屁股离地的那一瞬间被一阵迎面而来的风吹走了。他走到楼顶边缘，猛然而至的眩晕让他下意识地退后了几步。开始了，犹豫也好，后悔也好，总之已经开始了。

不多一会儿，楼下就聚集了一堆热情的观众，有人手搭遮阳篷，眯着眼在冲老万喊，干什么呢，站那么高，多危险呐。有人茫然地看看老万的老伴，看看老万。而有几个熟识的老邻居正围着老万的老伴在询问。老万看见自己的老太婆一个劲地摇头。突然她拔脚朝家跑去，她跑得是那么仓促，就像是一只受惊的小动物。在老万的记忆中，她从未跑得这么快过，这下她身后正在跟她说话的邻居更不解也更好奇了。

与此同时，老万看见儿子从楼群拐弯处骑着车冲出来，儿子骑得很用力，从上面看下去，连人带车都在幅度很大地摇晃。老万的心一阵狂跳，好了，真的开始了。

万一的车还没停好，立即有人围了上去。万一拨开人群，仰起脖子朝上面喊道，爸，快下来。他的语气是不容置疑的。他的语气让老万来气。老万眼望前方，朝前迈了一小步，这就是他的回答，同样是不容置疑的。他已经走到了楼顶的边上，再跨出同样的三小步，他就没命了。

爸，你这到底是为什么呀？

老万眼望前方，他在心里嘀咕，什么事，你装什么糊涂呀。

从父亲那儿没有得到回答，万一在人堆里找开了母亲。当然找不到。不过随即有人自告奋勇要帮他去找。从眼角的余光，老万看见儿子朝楼梯口奔了过去。他知道这出戏的高潮马上就要开始了。

在儿子上来之前，老万往后挪了下面的人不易察觉的两小步。因为他很清楚，在接下来的谈判中，每一步都将是一个很重的砝码。

儿子气喘吁吁出现在楼顶口的样子有些狼狈，却是老万想看到的。老万说，你别过来，你往前走一步，我就往后退一步。万一摆着手说，好，我不过来，我们就这样说。我知道你不希望我做我现在的事，可你也没必要用这种方式来表示反对，这不好，这是威胁。

你别跟我说什么是好，什么不好，你先问问你自己，你懂好坏吗？你让父母整天为你提心吊胆的，这就好吗？放着好好的画不画，去搞那个狗屁行为艺术，这就好吗？你从小到大，让我和你妈省过心没有？我们总是跟在你后面替你擦屁股，擦了一次又一次，没完没了。现在你大了，我们也老了，我们不可能一直跟在你屁股后头啊，我们总有一天要死的。

万一点着头，不管是不是由衷的，总之他在点头，他的这副样子老万已很久没见了。孩子大了，翅膀硬了，就开始对父母摇头了。

爸，你听我说，我知道行为艺术眼下在中国还没有一个很好的社会环境和接受机制，绝大部分的人还不了解它，这些我都有思想准备，可您也用这种口气谈论这门艺术，真让我难受。油画是我的专业，我喜欢油画，您不知道传统的架上绘画限制着艺术家主体意志的体现，我一直在寻找一种更好的最能表达我想表达的艺术形式，现在我找到了，那就是被您称为狗屁的行为艺术。

废话少说，今天你要答应我从此不再搞那些乱七八糟的玩意儿，我就还是你父亲，否则你就没有父亲了。老万说完眼睛死盯着儿子。后者非常为难也非常无可奈何地苦着脸。老万又加了一句，我知道我老了，对你来说没有了更好。

万一歪着头愣在那儿，父亲的态度和必须做出的选择显然叫他很为难。他看看父亲看看自己的脚尖，突然发足跑到了楼顶的另一侧。老万还没反应过来，就看见儿子已经站在了对面和自己成一直线的楼顶边沿。万一说，要不这样吧，这个选择由您来做，如果您还同意我继续干我眼下的事，我就还是您儿子，否则我就从这儿跳下去。说完他看着老万，脸上像抹奶油似的抹上了一层得意，不多，也就薄薄的一层，可就这一薄层已够刺激老万的了。

老万先是吃了一惊，随即他的火就抑制不住地往上蹿。妈的，这就是近两年他和儿子对话的一个缩影。每每俩人硬碰硬地发生冲撞，儿子总是胜利者，因为这小子的态度总是更为强硬和无赖。就像这一次，他一口气就跑到了边沿，连一点退路也不留。

好啊！你看着——老万伸出一根手指指着儿子，脚下往后退了一步，楼下传上来一片惊呼，又像是欢呼。他又退了一步。尽管两腿发软，但老万的的确确退了两步，他已经不敢也不能往后看了，他清楚自己正站在六层楼顶的边沿。儿子扑倒在地，嘴中大叫着，好啦，我答应您。

楼下的围观者还没有散去。他们到现在也不知道究竟发生了什么。他们先是看见一向乐呵呵的老万站在六楼楼顶上，站上去后，他老伴就莫名其妙地逃走了，然后他儿子来了，儿子来了后老万仿佛才下决心要跳下来。他们看见干瘦的老万一手叉腰，一条手臂幅度很大地挥舞着，有风吹过的时候，老万的裤管晃动着。他们的心都提到了嗓子眼，他们很紧张，同时又很兴奋。他们庸常的生活中终于出现了一个兴奋点，因为是意外的兴奋所以也就格外地兴奋。他们仰着脖子，等呀等，脖子都酸了，可是突然老万又从那个让人心跳的边沿消失了，不一会儿，他的儿子下来了，问人借了一支笔和一张纸又奔回了楼顶。这父子俩到底在搞什么名堂。

这时有人提醒大家，别忘了万一是个古怪的艺术家，经常要弄出些稀奇古怪的事来。于是有人马上想起来，前不久万一还在广场发过彩色避孕套，他还有幸拿到了一只，挺漂亮的，可惜不能用。

吃饭的时间过了，大家的肚子早就饿了，不过再等等吧，上一次就是急着回家吃饭，错过了疯子惊心动魄的那一跳，实在太可惜了。说起疯子，大家暂时放下了眼前的迷惑，七嘴八舌地争论开了疯子跳楼的原因。

有那么一会儿，老万只觉得脑子里一片空白。他隐约记得刚才自己已经跳了下去，准确地说，是腿一软掉了下去。他异常清晰地听见楼下人群中爆发出一阵更像是欢呼的惊呼。

这时老万发现自己竟然双手撑地跪在地上，他想站起来，可腿上一点力气也没有，是那种过度用力后的虚脱，并且身体发沉。他扭头一看，20厘米之外就是楼顶的边沿，他手脚并用往前爬了几下，然后一屁股坐在了地上。

现在连老万都好奇，自己怎么会处在这个高度的。他掏出烟盒，抽出一根，叼在嘴上。他看见儿子爬了上来，手中拿着一张纸，他们互相看了一眼，彼此都觉得有点陌生。

万一趴在水箱上，写几个字抬头看一眼老万，大概是吃不准该怎么写才好。老万手里拿着打火机，"啪嗒啪嗒"空打着，这样的结果是他期望看到的，然而过程比他想象的要激烈和惊险。他差一点就没了命。假使他真的跳了下去，别人会怎样议论他的死因呢，老万想，大约就像他和邻居们饶有兴趣地猜测疯子的死因一样。

一辆110警车警笛呼啸着停在楼下。万一走到老万这一侧往下看了一眼，嘴里嘟囔着，谁他妈多事。没一会儿，一只戴大盖帽的年轻的脑袋出现在老万视线里。小伙子开口就问，谁要自杀？万一一脸纳闷地反问，谁说有人自杀了？紧跟在小伙子后面的一个看起来像是头儿的家伙口气十分严厉地说，那你们在搞什么，下面围了那么多人。

是这样的，万一一本正经地解释道，我是一个行为艺术家，今天我们在做一项行为实验，名字叫"围观·致命的高度"，简单地说，就是在民众空间中收集民众视觉经验和情绪反应。好了，现在已经结束了。

没错，老万没听错，他的儿子的确是说他们刚才搞了一场名为"围观·致命的高度"的行为艺术。一不小心，自己也成了一个行为艺术家。

一阵睡意从不知什么地方飘了过来。老万打了个哈欠，由于牙疼和心里不干净，他已连着两三个晚上没睡好觉了，他看了一眼重又趴在水箱上写字的儿子，把脑门抵在屈起的膝盖上，疲倦地闭上了眼睛。

1999年11月

原刊于《收获》2000年3期

两口

晚上六点刚过,老安的酒已经倒上了。今年冬季供暖提前了一周,暖气很足,在室内薄毛衣都穿不住。把碗筷摆好后,老安随手把灯关了。儿子安晖窝在一旁的沙发里,头枕着胳膊,身子缩成一团,有一眼没一眼地看着电视。这是安晖最惯常的姿势,从小就是这样,站没有站相坐没有坐相。老安看着就生气。

"你和小马到底怎么回事?"

"什么?"

他听见了,老安知道的,这小子就是不想回答。老安放下已经端起的酒杯,起身走到沙发边,语气里有了怒气,你和小马到底怎么回事?

"不都跟你们说了嘛,没什么事。"

你跟我说实话。老安弯腰探身,想看清儿子的表情。

"实话?"安晖斜眼瞥了一眼父亲,"你到底想听什么实话?"

"你小子跟我装糊涂呢?都一个多月了,你不回去,小马也不来这儿,连电话都没有一个,这说得过去吗?这正常吗?"

"很正常。"

"什么?正常?"老安陡然提高了音量,他站在那里,紧抿着嘴,克制住往上冒的火气。电视屏幕闪烁的光亮打在安晖的脸上,忽明忽暗的，那张脸让老安觉得有点陌生。过了片刻，老安用一种语重心长还带点痛心疾首的口气说道，"我和你妈都这个年纪了，还要操心你的事，操不完的心——"

"我不知道你们想听什么实话，"安晖不耐烦地打断道，"你们告诉我，我来说给你们听。"说着他在胳膊弯里蹭了蹭脸，调整了一下姿势，把另一条胳膊搭在脸上，身体团得更紧了。

"我就是想从你嘴里听到你和小马真实的情况。这么说吧，我和你妈一直担心——，你们两人该不会瞒着我们已经，偷偷地离了吧？"艰难地说出了多日来的猜测后，老安长长地舒了一口气。

安晖就像是没听到似的一点反应也没有，过了一会儿，他慢慢把胳膊从脸上移开，将目光从电视屏幕转向老安，脸上带着研究的倾向，并且撑起一点身体，问，你们是怎么知道——，我们已经离了呢？

"这么说，你们是真的离了？"

笑意一点一点在安晖的脸上荡漾开来，眼看着就要变成一张笑脸时，他忽然眉头一皱，说，没有的事，您喝酒去吧。

"那你为什么不回去住？"

"不都说了嘛，她妈身体不好，她回娘家照顾她妈，我就算回去也没饭吃。"

酒这玩意儿，安晖是不碰的。从父亲身上，他看到了酒精伪善邪恶的本来面目，闷闷不乐的人喝下去后居然会快活起来，再喝，就该不开心了。反正喝着喝着不是把自己喝丢了就是把自己喝膨胀了，以为自己无所不能，什么话都敢说，什么离谱的事都敢做，变得都不是他自己了。

小时候，安晖无数次目睹父亲喝多了被同事架回家的场景。那时候，他们家还在老房子里住着，整条巷子的邻居彼此都喊得出名字，数得出家底，一条巷子就是一个大家庭。每每父亲喝醉，第二天安晖穿过巷子去上学，依稀还能闻到飘散在巷子里的酒气，还有父亲那带着哭腔的笑声从老墙的砖缝里渗出来。安晖觉得羞愧极了。可是又能怎么样呢。父亲退休后，原来的酒友很少在一起喝了，因为他们已经架不动老安了。大家都老了。

然而现在，安晖不反对父亲在家喝点酒。这一顿酒对父亲很重要，它能帮助父亲度过一个不多想的夜晚，它能驱散笼罩在这个家上空莫名压抑忧伤的气氛。喝多了的父亲脸红扑扑的，笑眯眯的，脚步飘忽，这时候他已经把现实生活中的不快抛到了身后。老爷子先是一点一点开心起来，再喝，眼皮就耷拉下来了，因为身边没有外人，也就没有人来疯的那一出。喝完酒他能做的就是上床躺下。这样，一天又被翻了过去。

偶尔，安晖也劝父亲少喝点。当然他知道劝了也白劝。谁要劝父亲少喝，他能跟你白话出一大篇喝酒的心得，并且强调喝酒一定要喝透，否则比不喝还难受还不如不喝。安晖曾经听见父亲大着舌头这样回答母亲的劝说，这喝酒呐，好比过夫妻生活，过到一半不让继续了，那么接下来的时间你脑子里只剩下一个念头，怎么把那件事搞完。

安晖用眼角的余光扫了一眼餐桌边的父亲，后者正就着暗淡的并且还在暗淡下去的光线和中午的剩菜喝闷酒。还不到晚上七点，他已经把自己喝得差不多了。

对于安晖的滴酒不沾，父亲是有些遗憾的。背着母亲，当爹的一再鼓励儿子不妨做些尝试。父亲总是不无得意地拿他自己做例子，他们家里往上查三代就没有一个会喝酒的，言下之意，他老人家是自学成才的。

早十年，父亲就憧憬过日后和儿子推杯换盏的情景。关于"天伦之乐"，他是这样定义的，由第二代陪自己喝着酒，看着第三代在膝下嬉耍，同时老婆儿媳妇在厨房忙活着为他们爷俩儿做下酒菜。

非常遗憾，时至今日，安晖也没能让父亲享受上天伦之乐。反正陪爹小酌肯定是不行了，父亲期盼的第三代现在看起来也遥遥无期。上个月中旬，他和马昕彻底闹崩了。想不翻脸都不行，马昕明明白白地告诉他，自己怀孕了，但肚子里的孩子不是他的。安晖提着旅行箱出家门的时候，出奇地平静，就像往常提着行李去出差一样，似乎早就在等待着这样的结局。只可能是这样的结局。走到楼下的时候，他才茫然起来，自己这下能去哪儿呢？

在别人眼里，安晖和马昕是还算般配的一对，年龄相仿，自由恋爱，门户相当。好像是挺般配的。可是在一块儿过日子就不是这么简单的事了。

两人恋爱的时候，安晖阅尽了马昕温柔、体贴、善解人意的一面。她偶尔生个气，安晖也觉得挺可爱，甚至是性感的。可结婚后，马昕一个转身，亮出了她另外一面。起先是小脾气不断，继而发展到稍不顺她的心就摔碗砸凳，再后来就是冷战。她毫不掩饰对安晖的失望对这桩婚姻的失望，她骂安晖是个骗子。

婚后很长一段时间，安晖都有些发蒙，他一度觉得和自己生活的这个女人不是原先跟自己谈恋爱的那个。后来他不得不这么认为，结婚前他看到的是这个叫马昕的女人化了妆的表演，而结婚仪式似乎是一块舞台上的幕布，结完婚就好比拉上幕布，回到了后台，脱下戏服卸掉脸上的油彩，接下来就是本色表演了。

有时候，安晖也用周围过来人的经验安慰自己，这一切都是正常的，大家都是这么过来的，磨合久了日子就顺畅了。可马昕那头不打算磨合，她让别人在她肚子里播下了一粒种子，她要在收获期来临之前结束和他的关系。

心里不痛快时，安晖也想像父亲那样一个猛子扎到酒精里，然而那种又苦又辣的液体太难喝了，他实在无法从中体会到乐趣。所以直到今天，他依然更习惯在体育直播节目中忘却烦恼，那让他瞬间热血沸腾激动忘我的五大联赛啊，那些居住在他心里的球星啊，他们才是他生活中真正的伴侣。

　　一旁传来一声拖着尾音的心满意足的酒嗝，安晖看了一眼父亲，新闻联播还没开始呢，他已经喝得差不多了。

　　多年来，老安对自己1988年突然升任车间主任心存疑问，自己没有背景，工作能力说实在的，也很一般，而那时车间里有两个副主任，按常理，主任的人选应该从这两个人里面产生，可主任这顶帽子却像天上的馅饼似的一下子砸到了调配车间调配班班长老安的头上。当年厂里流行这样的说法，他们的厂长提拔人一般就两种原因，一是此人有后台，再有，就是他看上这个女人或者这个男人的女人了。除此之外，还有一种原因，它听起来不太靠谱，可还是得到了部分人的认可，那就是厂长其实是个隐秘的同性恋者。

　　老安曾拐弯抹角貌似随意地询问过老婆郑小雯，后者回了他三个字：神经病。她回答得极其干脆，让老安觉得自己确实脑子有问题。而喝了点酒后，同样的问题老安思考起来就深入得多，联想到同事们讥笑的眼神和话里话外的冷嘲热讽，想到这些年来自己头上可能一直顶着一顶绿色的帽子，老安就坐卧不宁。酒喝到一定量上，老安的胆子和脾气都舒展开来了，在他的潜意识里，酒话是可以不负责的，由此听者也不能较真。对于满嘴酒气的老安的话，郑小雯通常是不予理睬的。有一次，只有一次，借着酒劲，老安盯着问了一遍又一遍，最后郑小雯恼了，说，你是不是在暗示我要去和你们厂长睡一觉，这样一来，你就有机会当副厂长了。郑小雯以攻为守的反应让老安一下子不知所措。可话说回来，哪天他老婆真要承认和厂长有一腿，他还真不知道该怎么弄。

　　那第二种原因久久折磨着老安，二十多年过去了，业已退休的老安有的是时间去探究事情的真相。同时他也清楚，真相已经被岁月这件外衣腐蚀了。

在喝下二两衡水老白干之前，老安通常会劝自己绕开这个问题，不要钻牛角尖，而半斤下肚之后他能做的也就是找个地方躺下了。清醒的时候，他想也许正是为了不去想这个问题自己才常喝常醉的。

在二两和半斤之间，是一段难过的和自己较劲的时间，这时候的老安脑子异常活跃，同时头顶上那顶帽子也愈发地沉重。有时候老安想，可能正是为了有勇气迎着问题而去，自己才喝酒的。

客厅里电视的声音不知什么时候关掉了。老安缓缓扭过脸去，只见安晖正站在门口穿外套，一边穿还一边从鞋柜里取出鞋来。

"你这是要去哪儿？"

安晖没回答，他连鞋后跟都没拔上就开门冲了出去。他的动作迅速而又连贯，有点风风火火的味道，和刚才蜷缩在沙发上的那个安晖判若两人。老安都有点不认识这个儿子了。他这是要去哪儿？老安问自己。他扶着桌子站起来，脑袋有些晕乎。他稳了稳，然后走到门口，打开门，身子倚着门框，冲着楼道里那一连串脚步声问道，晖晖，你去哪儿？啊，你去哪儿？

妈的，这小子竟然不睬我。老安想起了什么，来到厨房，打开窗，探出脑袋，等儿子从楼道里出来他还是要这小子给个回答，这究竟是要去哪儿。

儿子会说，我去那儿需要跟你说吗？

要说，今天一定要说。以前不说以后不说今天一定要说。

儿子会说，凭什么？

凭什么？就凭我是你爹。

老安点点头，对自己的回答很是满意，就这么说。自己的要求一点也不过分，我需要的就是一个回答，真实的，确切的，没有修饰的，不得似是而非，不准模棱两可，不要再他妈的让我猜来猜去了。

可半天了，安晖还没从楼道里出来，老安趴在窗沿，伸长脖子，把脑袋尽量伸出去，外面的气温也就零度，冷冽的寒风吹得老安牙齿打战。楼前的小径上也不见安晖的人影，他就像是被这幢楼吃掉了似的。真是见了鬼了。

"你来这儿干什么？"从电梯里出来的马昕有些意外，更多的是不满。

"我怎么就不能来这儿？"

马昕用力瞪了安晖一眼，并且更为用力地白了他一眼后擦着他的肩膀走了过去。

"等等。"

马昕停下脚步，并没回头。下班时间早就过了，偌大个大厅空荡荡的，只有两个无聊的保安在门口聊着天。安晖听到自己的声音带着回音在大厅里水波一样荡漾开去。他用低一点的声音说，你还没和你家里人说我们的事？

"我会说的，"马昕咬牙切齿道，"我说过了，等我妈身体好一些就说，你有什么等不及的。真是的。"

安晖一听急了，我有什么等不及的，哈，我是为你肚子里的杂种着急。他还想说点难听话，马昕走了。他站在原地，看着那个袅袅而去带着香味的背影，他使劲盯着，直到她走出大厅，消失在转弯处，安晖忽然拔足朝马昕跑去。

"他是谁？"

马昕冷笑一声，我还以为你不感兴趣呢。

"他是谁？"

"我不想说。"

"这是什么时候的事？是什么时候开始的？"

"你没必要知道。"

"我老婆给我戴了一顶绿帽子，还在肚子里埋下了一颗野种，我想知道这是谁干的，就这点要求，我的要求不过分吧？"

马昕眉头紧锁，表情严肃，似乎正在下决心。

"我有权利知道。"

"如果不发生这件事，你主动关心过我吗？你眼里有我吗？除了球赛和你的狐朋狗友，你心里还有什么啊！"

"所以你就和别人乱搞。"安晖的声音不由地提了起来。

"乱搞？"

"那你肚子里的杂种是谁的？"

马昕把右肩上的背包拿下来，低头调整了一下，重新背好，她慢慢抬起头，眼睛看着别处，眼里竟然有了泪光。

"是的，我是和别人乱搞了，这不是你希望看到的结果吗，然后你也就有理由出去乱搞了。"

"那杂种是谁的？"安晖完全是在咆哮了。

"反正不是你的。"

"我知道不是我的，你没必要再说一遍。"安晖握紧拳头，胡乱挥舞着，马昕下意识地往后退了一步，门口的两个保安紧张地朝这边张望着。

"行啦，换个时间和地方再说吧，你走吧，我不想让别人看笑话。"

"笑话！我不怕别人看笑话，反正我早就已经是个笑话了。不是吗？你能说不是吗？"安晖的脸凑向马昕，越凑越近。

"你疯啦？"

打听到秦厂长家的住址颇费了些工夫，老安按照若干个人口述的地址摸到厂长家则更为曲折。不过老安十分享受寻找的过程，他已经很久没有正经做一件称得上有意义的事了。早十五年，厂长家曾和老安住一个小区，是单位八十年代后期购置的福利房，一共十四套，当然主要是分配给中层以上的干部。厂长在这个小区住了不到两年就搬走了。和一帮同事住在一起是不方便啊，老安想，走后门的人也不愿厂长住在这里。

走到二楼楼梯转弯处，老安就听到有女人的叫骂声从上面传下来，声音尖细，像是变声没变好的童声。在三楼站定后，老安确定骂声是从301室传出来的，间或夹杂着摔摔打打的动静。三楼的感应灯一直亮着。他蹑手蹑脚地走到301室门口，试图听清楚骂的内容弄明白挨骂的对象。

"我每天忙里忙外的，最后我落什么了？啊——，什么也没落着。你风光的时候，我沾到你光了吗？啊——，没有。我可以明明白白地告诉你，没有。不但没沾到光，还被人背后戳脊梁骨。鬼知道你的光都让谁给沾了。当然，我也不想沾，我有工作，我有工资，没你，我也能把女儿拉扯大，我们娘俩也能生活得好好的。"

除了女人慷慨激昂的控诉，压根儿没有其他回应的声音。她一个人提出问题，然后自己又回答了，而且语速极快，明明只有一个女声，却让人觉得屋里不止一人。老安又抬头看了眼门框上的号码，没错，这儿就是自己要找的301室。这会儿叫门实在有些尴尬，老安打算等女人骂完了再摁门铃。

"女儿从小到大，你带过吗？啊——，她读书的时候你管过她学习吗？啊——，现在女儿结婚了，生孩子了，你倒当起现成的外公来了，你怎么好意思的？啊——，我问你，你怎么好意思的？"

这一连串的问题，女人没有马上作答，被质问者也没有回答，门外的老安就更给不出答案了。感应灯终于灭了。如果屋里只有女人一个人，那毫无疑问她精神有问题，可要是秦厂长在里面，那就太有意思啦。那么强硬的一个人，被女人骂得跟孙子似的，还不回嘴。老安至今还记得当年的秦厂长在全厂职工大会上的风采，正襟危坐在主席台上，目光炯炯地扫视着台下，从左到右，再从右到左，台下各位明显地感觉到有像探照灯一样的强光一遍遍从脸上扫过。还有那手势，以及透过麦克风传到会场每个角落的声音，那阵势，真是相当有派头。

掐指算来，老安已经有八年没见过秦厂长了，后者 1997 年调到轻工局，没多久，老安也心不甘情不愿地内退回了家。这一调和一退之间存在着的因果关系，不用脑子老安也能想出来，这也进一步论证了自己头上的确戴着顶帽子。这是一顶什么样的帽子啊！不过老安至今也不能坦然接受，因为不能接受，他还在使劲说服自己接受。

"怎么，你哑巴了？在外面你不是挺会说的吗？啊——"

"你有完没完？你有完没完？你到底想怎么样？"

这一声怒吼来得是那么突然，就像是大晴天里的一声响雷。感应灯亮起的同时，门外的老安不禁倒退了一步，是那一声怒吼的后挫力造成的。301 室一下子安静了下来。

老安醒过来的时候，首先听见一个女人歇斯底里的声音，看你到底怎么说，你说。然后一个男声愤怒地回道，要我说什么？你疯了，你完全疯了。那是陈道明的声音，老安听出来了。他老婆郑小雯最近在看《手机》。她睡眠不好，因而她晚上前半夜经常是以看电视连续剧的方式睡觉。郑小雯早些年就嚷嚷着要和老安分床睡，她受够了他种种不良的生活习惯，比如在床上抽烟，比如睡觉磨牙，当然，最不能忍受的还是酒味。郑小雯坚持说酒的味道是臭的。

"还没睡？"

郑小雯没接他的话。这在老安的意料中。这态度是针对他傍晚喝下去的那半斤衡水老白干的。他已经习惯了，没觉得有什么不好，甚至有时候他故意装出喝高了的样子，这样他耳边就清静多了。

老安感到口渴得厉害。他下床去厨房倒了杯水一口气喝了下去，又端了一杯回卧室，放在他那一侧的床头柜上。这一折腾，已睡意全无，老安靠在床头,很想和老婆说说今晚去秦厂长家的事。但显然现在时机不对,十有八九会招来后者的嘲讽。掂量再三,他用一种不经意的口吻说道,我今天和晖晖谈过了。

郑小雯很轻地哼了一声,尽管很轻,却代表她对这个话题是感兴趣的。而老安这边却没了下文,算是对她之前态度的报复。两人的眼睛都盯着电视屏幕,都在等着对方先开口。电视里的女人说,就是这样啊?陈道明无奈地答道,就是这样。女人接着问,没事儿?陈道明说,没事儿。郑小雯终于打破了沉默,晖晖怎么说?

老安看了郑小雯一眼,眼里禁不住有一丝得意,在这一细小的环节上,他赢了。他把靠垫从身后抽出来,放在腿上,拍拍松,然后重又垫回身后,这才不紧不慢地回答道,看来他和小马闹得很僵。

郑小雯一下子坐了起来,朝老安转过半个身子来,僵到一个什么程度?因为什么事?

"他没具体说。他那个人你又不是不知道,什么事都愿意烂在肚子里。"

"这算谈个什么呀,没个头没个尾的。"

"那你怎么不自己去问他。"

"我问他就肯说?这都几点了,还不回来,快给他打电话,让他赶紧回来,要不就别回来了。"

"我不打,要打你去打。他又不是小孩子,都三十岁的人了。"

"他在这个家里住着就得遵守家里的规矩,再说了,他做的事像是一个三十岁的人干出来的事吗?"

合上手机,安晖一屁股坐在一家已经打烊的水果店的台阶上。今天是回不去了,刚才母亲在电话中气急败坏的声音让他没有勇气和必要的耐心去面对下半夜的质问。

屁股一着地，疲惫席卷而至，想到今晚的住处还没着落，安晖觉得更累了。他两条小臂交叉搭在并拢的膝盖上，脑袋埋在臂弯里。之前他已经在街上漫无目的地晃悠了近五个小时，从马昕公司所在的城东走到了城北，见到商场他就毫不犹豫地进去，一个柜台一个柜台地看过去，逛完一层乘电梯往上，一层一层，直到顶楼。再小的店面，他也进去转一圈。他唯一能确定的是他什么也不打算买。安晖平常最烦逛商店，近两年，他购物的渠道就是网络。马昕也是网购的忠实拥护者和积极实践者，可她并没有因此放弃逛街。从中获得的快乐是不一样的，她是这么告诉安晖的，这两者不冲突，也是互相不可替代的。现在安晖很想问她，是不是就像尽管婚姻里有个男人，但还是要在婚姻外寻摸若干个情人，这两者也是不可替代的。

这个点儿，能去哪儿对付一宿呢？该死的身份证没在身上，所以今晚住旅馆是肯定不行了。平素要好的几个朋友的情况安晖清楚，不是睡下了就是正张罗着要睡，这不重要，关键是他们身边还有一个女人。女人让他的朋友们的生活主动或被动地变得规律起来，同时也过上了有规律的性生活。

安晖很想就此睡过去。他能感觉到有行人和自行车从他前面经过时放慢了速度。如果自己是个流浪汉，今晚就可以名正言顺地在街边过夜了。也许醒来，身边还有好心人扔下的零钱。可他不是，他有工作，某合资企业的白领，有住所，二手房，建筑面积82平米，属夫妻共有房产，首付38万，月供3700，分期十五年，以及一个尚未解体但岌岌可危的婚姻。

没坐一会儿，安晖就觉得寒气透过身上还算厚实的衣服穿过皮肤和脂肪浸渗到了骨头里，他的屁股生疼，身上一阵阵地打着寒战。他想站起来，活动活动，然而最后他只是把头从臂弯里抬了起来。临近子夜时分，路上十分冷清，虽然机动车道离他这儿有七八米的距离，偶尔有车疾速而过时，他还是感觉有冷风扫在脸上。

十米开外，一个流浪汉模样的男人正朝他这边过来。那家伙单肩背着一个行李卷，步态悠闲，还在抽烟，不是烟屁股，很长的一截夹在其手指间。他走到安晖跟前，冲后者努了下嘴，示意让开，一边肩膀一抖把行李卷卸在了地上。

安晖不由地重新打量眼前这位老兄，胡子和头发都很长很纠结，穿着臃肿繁复，脖领处露出很多层衣领，腰间系了一根碎花布腰带，身体貌似没有残疾，也许心理也很健康，至于年龄嘛，不好判断，大致在三十五到五十岁之间。同时对方也在看安晖，目光凶狠，骂骂咧咧的，一副在黑社会混事的模样，而且还不是马仔那一类的小角色，是大哥。

安晖只能站起来，和一个把床安在路边的人争地盘，确实说不过去。走出一段路后，安晖回头看，那位大哥已经就寝了。得承认，那个呈L型的角落确实不错。

再往前走不到两站路，然后右拐，就是安晖家所在的那个小区。一个老旧但生活气息浓郁的小区。当时决定在这里买房是双方父母共同的意思，这一片是市实验小学的学区。老人们考虑得很长远。他们的社会经验和生活经验以及从牙缝里挤出来的首付款让两个年轻人提不出异议。

安晖实在不理解自己当初为什么要拖着行李箱离开这个家，过错方是马昕，他没道理离开。如果仅仅是为了表达愤怒，这么做不仅幼稚而且愚蠢。他更不理解眼下的自己，大半夜站在自家楼下眼巴巴地看着亮灯的卧室窗口到底要干什么。灯亮着，说明马昕还没睡着，这么晚了，她会在干什么呢？她的身边，也就是他安晖的位置上该不会躺着另外一个人吧。这个想法出现地过于突然，把安晖吓了一跳。

门被从里面锁上了。平日里他们也是这么做的。然而此刻安晖不这么认为，一个固执的念头瞬间撑满了他的脑袋，并且还在不断地膨胀。他猛捶了一阵门后才想起摁门铃。楼上楼下的感应灯全都亮了。首先开门的是对门的邻居，一个时不常见面还点个头的老小伙子。此人年近五十，未婚，和年迈的父母一起住。他探出一颗乱蓬蓬的脑袋，抱怨道，大半夜的，还让不让人睡啦？安晖转过脸去，双目怒睁，面部扭曲，生生让老小伙子把更难听的话咽了回去。

里面门锁刚拧开，安晖就推门冲了进去，直奔卧室。床上的被子掀开着，一目了然，他转身又往书房去，接着是卫生间、厨房和阳台，屋里所有的灯都打开了，足够亮堂。穿着睡衣的马昕自始至终站在大门口的鞋柜旁，双臂环抱，冷冷地看着如一头疯狗般窜来窜去的安晖。

当脑部的热血一点一点回落到心脏后，安晖想说声对不起，但他说不出口。他不知该如何收场。屋里有种尘埃落定后的宁静，安静得不真实。安晖手扶着厨房的门框，清楚地听到自己粗重的喘气声。

僵持了一会儿，马昕顾自回了卧室，并且随手带上了卧室的门。关门的声音应该说已经很轻了，却再一次触动到了安晖敏感的神经。没错，今晚他是做过头了，可错误的源头不在他这里，不是吗？本来他生活得好好的，每天按部就班地上班、下班，做马昕分配给他的家务，偶尔吵个嘴，打个冷战，在安晖看来也都正常，是马昕打破了生活的平衡，所以自己才会在这个莫名其妙的时间以这么莫名其妙的方式站在这里。

安晖故意用力推开卧室的门，门重重地撞在门吸上，带着明显的挑衅的意味。马昕背对着门侧身坐在床沿，身上披了一件米色的开衫。

安晖绕过床尾，站到马昕面前。让他没想到的是马昕竟然在流泪。安晖一阵厌烦，同时心也软了下来。他在马昕对面的飘窗上坐下，沉吟片刻，开口说，我们谈谈吧。马昕眼帘低垂不作答。安晖清楚地看见一行泪顺着马昕的脸颊淌下来，在下巴处稍作停留，最后滴落在她胸口。安晖用更缓和一些的语气说，我看我们还是谈一谈吧，有些事早晚得说清楚，绕是绕不过去的。

"我不想吵架。"

"我也不想吵架，我们心平气和地谈一谈。这些天，我把我们从谈恋爱到结婚，一直到那天你跟我说要离婚的过程想了一遍，我居然有个荒唐的感觉，那就是好像我们从开始谈恋爱就在等待这样的结局，现在谈离婚就像当初我们要结婚一样地顺理成章。只会是这样的结局。我不知道为什么会有这样的感觉，我很困惑。还有一个问题我也想不明白，那就是你完全可以不告诉我你怀了别人的孩子，你了解我的，你没必要用这个理由来逼我离婚的。"

马昕猛然抬起头，一副受了刺激的样子，我是没必要用这个理由来逼你离婚，我当然了解你，你早就厌倦了，巴不得我提出离婚，然后你好顺着杆往下爬，不是吗？难道不是吗？

"你要这么说，我看我们今天还是没法谈。"

"爱谈不谈，没人请你来，是你半夜三更跑这里来说要谈的。我算是看清楚你了，自私、狭隘、没有责任感，出了问题从来都是在别人身上找原因。"

"在别人身上找原因？哈，在别人身上找原因！我不否认我自身也有问题，可是难道你外面的那个男人是我给你找的，然后又逼着他在你肚子里下了种？"

马昕突然"哇"的一声哭开了，怎么不是你，怎么不是你，是你逼我的，那天我只是说要离婚，但你非得让我给出一个像样的理由，你说我肯定是外面有人了，也许还不止一个，你还说我早就把退路找好了。

郑小雯是带着一肚子气睡下的。不知道儿子在电话那头跟她说什么了，挂了电话她直接就气鼓鼓地钻进了被窝，背对着老安，被窝裹得紧紧的，还不住地长吁短叹，看起来气得够呛。

郑小雯的脾气，老安了解，如果今晚不让她把刚才淤积的那点儿火气发作出来，她是睡不着的。可在气头上，她要是不想说话，你盯着她问，只会招来一通臭骂。同时，老安也很了解自己，心里搁不住事，他实在很想和郑小雯说说晚上他的秦厂长家之行。老安把电视音量调小，一边看电视剧，一边等待郑小雯转过身来说，气死我啦。

又去卫生间尿过一泡后，老安确定自己这下是睡不着了，晚上喝下去的那点酒都冲进下水道了。他最受不了这样的时刻，死了一般寂静的夜，连睡不着觉的郑小雯都睡着了，他却醒着，脑子清楚得要命，过往生活的点点滴滴电影似的在眼前一幕幕闪过，尤其是他不愿再想起的那些情节分外地清晰。

"你还记得老秦吗？"老安伸手轻轻地象征性地拍了下郑小雯的被窝卷。他不想把她弄醒，可是他有话要对她说。她听不听得见不重要，关键在于他对她说过了，"你应该记得的，就是我们厂原来的秦厂长，晚上我去他家了。没想到，真是没想到啊，他现在过的是这样的日子，被老婆像孙子一样骂，都不敢回嘴。以前风光有什么用，现在还不是当孙子，看到他现在这样，我觉得他过得还不如我呢。"

说完，老安悉心体会郑小雯的呼吸，均匀，踏实，看来确实是睡着了。老安一手搭在被口上，随时准备下床，他在想，是不是再喝上两口。

2010 年 10 月
原刊于《上海文学》2011 年 2 期

剧烈运动

晚饭后，程翔照例下楼走上半个小时，而何天雯则躺下养胃。胃下垂虽然不是什么大毛病，但你要不把它当回事，最后吃苦头的是你自己。这是两年前医生的原话，不过当时新婚不久的何天雯坚持在饭后挽着程翔的胳膊又走了一个多月，她认为婚姻不只是两个人在一个锅里吃饭一张床上睡觉，更重要的是用同一种节奏朝同一个方向前进。然而程翔日益突出的小腹和何天雯下垂的胃很显然是两个不同的方向，最终何天雯躺了下来，而程翔接着走。什么是婚姻生活中不可调和的矛盾？啤酒肚和胃下垂就是一对不可调和的矛盾。

何天雯把电视的音量关掉，听着程翔下楼的脚步声，它是轻快的，急促的，似乎将要开始的散步让它很是兴奋，也让何天雯觉得程翔其实更愿意一个人散步。他这是要奔向哪里？何天雯大致知道程翔散步的路线，不过何天雯越来越怀疑这只是程翔嘴里的路线。

今天日报上的一则社会新闻让何天雯浮想联翩。本市一个读高二的女生被家长发现怀有身孕，在追问下承认大半年前曾被人强暴，地点是一座废弃的洗浴城内。据女孩描述，她每天上下学都从洗浴城门口经过，那天经过时听见有人在里面唱歌，出于好奇她从后门一个窟窿钻了进去，进去后还没等她分辨清东南西北就被人摁倒在地。强暴者是个中等身高身材偏胖的男子，大概三四十岁。当时正值严冬，那人不但戴了一只绒线帽，还戴着一只差不多盖住了半张脸的白口罩，自始至终没有摘下来。因为时隔多日，给案件的侦破带来了极大的难度。

　　在何天雯所住的小区后面就有一座关门歇业的洗浴城。那里的生意一度十分红火，后来突然就停业了，门上贴着法院的封条。对此的传闻很多，反正怎么传都沾着"腐败"这两个字。刚被查封时，还有人看守，后来里面的东西搬空了也就没什么好守的了。何天雯曾和程翔散步经过那里，原先鲜绿整齐的草坪早就杂草丛生了，所有的门窗都用砖头砌死了。他们俩绕着建筑走了一圈，在后门发现了一个半人高的窟窿。程翔还探头往里面张了张，然后转身半开玩笑地说，我们进去做一把，怎么样？

　　在一起生活的时间长了，何天雯认识到程翔是个懒惰散漫的人。这种懒散，溶于血液深入骨髓。他不爱动，加上家族遗传，刚过三十已经有了一副中年人的体态。他疏于走动关系，所以至今还是一个小小的科员，尽管他偶尔也表示不满意现状，不过更多的时候也就是在嘴上说得热闹，因而他至今一无所成。当然，这些在有过一次不成功的婚史的何天雯眼中，就是成熟，就是稳重，就是淡泊名利，所以她不顾朋友的劝告和程翔的犹豫执意嫁给了他。

　　婚后的生活，既没朋友预言的那么糟，也没什么美好可言。面对一个平庸的温吞水一样的男人，更多的时候，何天雯只能安慰自己，程翔虽有许多缺点，可至少能给她安全感。他基本准时回家，虽然钱挣得不多，但稳定，也没有不良嗜好，没什么花花肠子。对这个男人，她是有把握的。而她的前夫，一个做事雷厉风行为人八面玲珑的男人在有了点钱有了点势后完全变成了另外一个人，原先的生活，原先的朋友，原先费劲吃力才搞到手的老婆全都看不上眼了。如今，他的事越做越大，他的行踪时常出现在日报的头版上。对何天雯而言，这个男人已完全是另外一个世界的另外一类人了。她甚至很恍惚自己是否真的和他一起生活过。

程翔是不会做什么出格的事儿的，何天雯想，就自己对他的了解，就他那一身肉，他那四平八稳的性格，稍微激烈一点的运动都被他本能地排斥。也许他下楼后哪也没去，只是在小区的阅览室翻了半小时的报纸杂志，或者在路边看别人下棋。

下楼后，程翔照例先绕小区走半圈，从西门出去，然后沿着康宁路一直走到花卉大市场。市场门口有个小广场，一到傍晚，那儿总是聚集着附近吃饱了出来闲逛的居民。走到这儿，差不多是程翔散步的一半距离。他一般会找个地方坐下，抽上一根烟。他已经这么走了两年了，对于白天几乎就是坐在那儿办公的程翔来说，散步是他这一天中最剧烈的运动了。

何天雯总是用一种焦虑并且恨铁不成钢的语气对他说道，你不能再这样下去了。似乎一直以来他程翔都在过着一种不正确的生活。何天雯对他是不满意的。这一点，程翔在结婚前就充分估计到了，这也是他不愿意结婚的原因之一。另一个原因是，他不想改变自己的生活，生活内容和程序的改变会让他不安、心慌和无措。

与此同时，日复一日的单调的线形生活也让程翔感到厌烦，提不起劲来。结婚前，程翔还有几个谈不上喜欢但隔三岔五通个电话见个面的老同学，结婚后因为何天雯不喜欢也就不交往了。没什么可惜的。不过由此他的生活面更窄了。他从来都是不引人注意的，在任何场合都习惯安静地站在一边做一个看客。他被动地接受着生活的给予，包括他的婚姻。

抽完手里这根烟，程翔又点了一根。他再一次认识到自己是个没有力量的人，他无力把握这个瞬息万变的时代，无力把握自己的生活，无力把握家里的那个女人，他能做的只是顺应。即使这样，这个时代和他生活里与他有这样那样关系的人们还是对他不满意，尤其是何天雯。事实上，他对自己也很不满意。然而他改变不了什么。他知道的。他没这个能力，也没这个自信。他甚至不愿去多想。

不想事的最好的办法就是闷头睡觉或者像个白痴一样坐在电视前陪何天雯看她爱看的节目。在这个家里，就算何天雯什么也不说也是她说了算，连性生活的节奏和方式都是按何天雯喜欢的进行，从一开始就是这样。程翔讨厌安全套，但每次何天雯都坚持要他戴上，即使在安全期内也必须戴，就像开摩托车必须戴头盔一样。程翔把这称为他和何天雯之间的"交规"。何天雯不想要孩子，至少眼下还没做好要孩子的准备。程翔也并不特别想要孩子，可他讨厌安全套那玩意儿，讨厌那层橡胶薄膜。凭什么要把自己的激情和欢乐喷射到这么一只没有生命的小口袋里，然后再扔进垃圾桶里，那让他有种荒诞的虚无感。

有时候，程翔觉得何天雯和她带给他的婚姻生活就像是个茧，不断吐着丝把他包裹起来，而他却连反抗的姿态都懒得去做。

什么都没做也是一种做法。程翔自言自语道。这句话出现得是那么突兀，带着某种哲学的意味，更像是灵光一现，以至于他的手一抖，一截烟灰掉了下来。程翔有些不安地朝两边看了看，一切依旧，只是天色不知什么时候已经暗了下来。

七点十分，程翔看了下表，出来快半个小时了，该往回走了。这会儿到家，不出意外的话，已经养过胃的何天雯应该正在洗他们晚饭的锅碗，水流哗哗的，又一个夜晚来临了。

程翔起身，扯了扯衣角，手下意识地抚摸了一下被何天雯称作"已经六个月了"的小腹。两个穿滚轴溜冰鞋的小男孩嬉笑追逐着从程翔面前滑过，滚轴与地面的摩擦声和他们夸张的尖叫声让这个已经到来的夜晚有了那么一点点生气。程翔看着两个男孩的背影。他们越滑越远，越滑越远，直至完全消失在夜色里。程翔目光呆滞地站在那里，静静地感受着他们的自由和欢乐。自由是有代价的，程翔想，快乐也是有代价的，所以这些年来，他更习惯间接地从别人的身上去体会。在他没有意外的生活里，别人的喜怒哀乐就是他的喜怒哀乐。

程翔猛然想到今天在日报上看到那则女孩被强暴后怀孕的报道。让他感兴趣的是文中提到的那个废弃的洗浴城。女孩说的那个窟窿使他几乎可以确定就是他家附近的那座。他多次从那儿经过，尽管没在里面洗过，但他总觉得那里曾经就是一个搞的地方，进去洗就是在为搞做准备的，搞玩后再洗一洗就像一个月都没搞过似的干干净净地回家。他记得有一次自己还挑逗何天雯进去搞一把，被后者一口否决了。

一个男人在一座废弃的洗浴城把一个读高中的女孩给强奸了。程翔感觉自己心脏的跳动莫名地加速起来。他又点了一根烟，吸了一口后他才意识到怎么又点上了。

站在挂历前的何天雯再一次对自己说这是不可能的，自己的猜疑是荒唐的。可另一个声音随即回应道，这个年代没有什么事情是不可能的。她的眼睛盯着日历上那些阿拉伯数字，似乎想从中搜索出某个可疑的日子来。时间是大半年前的冬天，以此推断，事情应该发生在一月份或者二月份。绒线帽，对，程翔有一只绒线帽，黑色的，今年冬天戴过一阵，就在最冷的那些天。这么说，二月份可以排除掉了，那时候天气已经开始转暖了。何天雯把日历翻到一月份。

元旦过后没几天，他们之间闹了些别扭，起因是什么想不起来了，也不重要，反正不是鸡啄了狗就是狗咬了鸡之类的没什么道理好讲的琐事。这之后有四五天俩人互相不说话，都阴沉着个脸，都不正眼看对方，动作却夸张了般地大，弄出很大的动静来发泄和表现自己的不满。同时，程翔饭后散步的时间变得越来越长，回来倒头就睡。

何天雯想起来了，有一天，程翔散步回来后脸色很不好，歪在沙发上看了会儿电视突然起身进了卧室。何天雯支起耳朵听着，里面传出了开衣柜门的声音，她的火一下子蹿了上来。那句"你要出了这个门，就别再回来了"已经准备在嘴边了，但从里面出来的程翔只是提了个很小的马甲袋。他在门口换鞋的时候，何天雯忍不住还是问了一句：你干吗去？洗澡。半夜三更的洗哪门子的澡。程翔没有接她的话，打开门走了出去。心神不宁的何天雯坐在客厅里自问自答了半天，直到快十二点了，程翔才回来。他看起来脸色更不好了，放下东西就找药吃。何天雯的心软了下来，在一旁嘀咕，既然病了还去洗澡。没想到他居然急了，语气很冲地说，这么大的人了，难道连这点事都做不了主。

和好后程翔曾解释那天去蒸桑拿是想出身汗把体内的寒气逼出来，可在何天雯此刻看来，纯粹是借口。他是在销毁罪证。那晚的程翔实在太反常了。虽然何天雯不敢确定那天程翔散步时戴帽子了没有，但这并不重要，帽子和口罩他一定早就准备好了，路线和场地也是反复侦察过的，那个时间那个地方基本没人会去，只需要不多的一点时间就解决问题了，说不定得手后程翔如法炮制又有了第二次第三次。天哪，太可怕了。

何天雯完全被自己的推断吓着了，一屁股坐在了椅子上。她仿佛一下子想起了很多细节，而这些细节都在论证着这个推断的正确性。比如让程翔深恶痛绝的被他称之为"交规"的过性生活必须戴安全套。在无数次抱怨"戴着安全套做爱就像穿着雨衣洗澡般不爽"之后，程翔曾经说过类似于"总有一天找个人彻底爽一把"的赌气话。何天雯想，在程翔的潜意识里，肯定渴望着没有安全套的性生活。他一直在找着这么一个机会，他找啊找啊，终于找到了。

那是个什么样的女孩？她当时反抗了吗？事后想过要告诉家人或朋友吗？她是怎么被强奸的？那座洗浴城废弃已久，里面是怎么一幅景象呢？何天雯猛然站了起来，她不能再待在家里胡思乱想了，她决定要去那里看看。

洗浴城后门的窟窿比印象中的小了很多，看起来像是重新堵上后又一次被砸开的。虽然颇为费劲，程翔还是钻了进来。他首先就闻到了一股刺鼻的尿骚味。借着打火机的光亮，他看见里面到处是被扔弃的各种垃圾，方便面的包装袋，碎碗，破袜子，朝南的那面墙有一大块被烟熏的痕迹，说明曾经有人在这儿住过。

打火机有些烧手，只得灭了。程翔站在黑暗里一边吹着发烫的拇指一边小心翼翼地移动着脚步。这个足有一百五十平米的地方原先大概是个大厅，他记得上次和何天雯一起经过这里他探身往里看时，里面还堆着一些水泥包什么的，没现在这么脏乱，而且在大厅中央竖着一尊少女沐浴造型的雕塑，白色的，尽管只是粗粗地看了一眼，但少女莹润细腻的后背还是给程翔留下了深刻的印象。

重新打着火之后，程翔在脚边发现了一只安全套，他以为自己看错了，弯腰凑近一看，没错，是一只用过的安全套，尺寸应该和他的一样，中号。他奶奶的，程翔一脚踩在上面，使劲蹍了蹍。如此看来，不只是那个强奸者，还有别的人在这里快活过。那是一些什么样的人？他们是因为没地方可去，还是来这个破烂肮脏的地方寻求别样的刺激？在这个连脚都下不去的地方，他们是如何完成他们的快活之旅的？

又一次站在黑暗里的程翔感觉自己的思维异常活跃，身体也随之有了反应。他想到了那个女孩，她才17岁，花一样的年龄啊，饱满，鲜活，对程翔而言，别说尝试了，他连想都不敢想，而那个男人却在这里占有了她的身体。

程翔逐字逐句地回忆着那则报道，绒线帽，口罩，这两样他都有，文中提到的那个男人三四十岁，中等身材，偏胖，这些也都跟他相仿。还有什么？让我想想。

走近后门那个窟窿，何天雯听到了一种奇怪的声音，像是喘气声，也像是在倒吸冷气，似乎离她很近，却又带着空旷的回声，所以听起来就像是从音箱里发出来的。她停了下来，紧张地朝四周看了看，没人。她很后悔没带手电筒。不过她马上就意识到声音是从建筑物内传出来的。她没敢马上就把头伸进去，而是猫着腰尽可能把脸贴在窟窿口，一点儿一点儿往里探。

黑暗里有人背对洞口站着，身体怕冷似的颤抖着，幅度不大，节奏很快，并且还在加快，同时声音也越来越急促，似乎被人扼住了咽喉已濒临窒息。何天雯已经反应过来是怎么回事了。她本就狂跳的心脏这会儿更是让她感觉随时会破胸而出。她的呼吸也变得困难起来，并且浑身发热，尤其是脑袋，好像全身的血液都涌向了那里。她一只手扶着洞口，另一只手用力捂着自己的胸口。

在适应了里面的黑暗之后，那个抖动着的轮廓在何天雯眼睛里变得清楚了一点，令她感到意外的是里面只有一个人。

何天雯几乎是一路狂奔着回的家。程翔还没回来。他当然还没回来。何天雯坐在沙发上喘了半天，脑子一片混乱。那个在黑暗里伴随着喘息声的动作反复在她眼前晃动着，看不分明但又分明知道是谁。不会错的，最后那一声破喉而出的长吟她实在太熟悉了。

其实就在去洗浴城的路上，何天雯还是对自己的猜测做着谨慎的质疑。离洗浴城越近，她越怀疑自己的判断。不该是那样的。她太了解这个男人了，懦弱，无能，从来就没干出过像样的事，不出意外的话，也永远干不出像样的事。而现在一切怀疑都落到了实处。真是知人知面不知心啊。

有脚步声在往楼上来。何天雯赶紧打开电视，坐回到沙发上，并把电视的声音关掉。脚步声迟缓，沉重，好像非常疲惫。对，他应该累了，脚步声在何天雯家门口停了下来，然后就没了下文，足有一分钟，既不敲门，也没有钥匙的声音。何天雯蹑手蹑脚走到门口，凑着猫眼往外看，只见程翔耷拉着脑袋站在门口，似乎还没想好到底进不进来。

"你干什么去了？"

正弯腰换鞋的程翔抬头快速瞥了一眼沙发上的何天雯，什么意思？

"我问你干什么去了？"

"散步啊。还能干什么。"

"散了一个半小时的步？"

换了拖鞋的程翔没有接何天雯的话直接进了卫生间，而且锁上了门，很快从里面传出了水流声。何天雯"嚯"地从沙发上站了起来，受了刺激般冲到卫生间门口，握紧拳头朝门上捶了一记，咆哮道，你给我出来。说着又是一通乱捶。里面的水声停了，程翔怒喝了一句，你发什么神经。

"这个时间洗什么澡。"

"怎么，这个时间不能洗澡吗？"

程翔打开了一条门缝，但用身体抵着。何天雯使劲推了几下没能推开。

"你以为你洗洗就干净了？！"

程翔愣了一下，随即有些不自然，他强装镇静地盯着何天雯的眼睛，我听不懂你在说什么。你到底想干什么？

"我不想干什么，我有什么好干的，我只是想问你吃完饭下楼后都干了些什么，不只是今天，还有昨天，前天，上个月，再上个月，再上上个月，你每天像那么回事地下楼去散步，可实际上你都去干了些什么？你告诉我，你说实话，你今天必须说实话，否则我不会放过你的，你说，你说。"

门一下子被推开了，程翔没有设防，不禁后退了一步。他浑身裸露透湿，半张着嘴，用那种难以置信的表情看着胡乱挥动着手臂歇斯底里地叫喊的何天雯。一串水珠从程翔的下巴流了下来滴落到他突出的小腹上，短暂地停顿了一下，又滚了下去。一阵厌恶由何天雯心底升起，它出现得是那么突然并且来势汹涌，何天雯忽然什么也不想说了。

考虑再三，何天雯认为还是使用路边的投币电话最为合适。正是上班上学的高峰时段，车来人往，大家都是一副火急火燎赶时间的样子。平常何天雯也是他们中的一员。不过此刻这番情景看在何天雯眼里跟没看见一样，她头昏脑涨地循着电话亭而去。

昨晚何天雯基本上一夜没睡。前半夜是听程翔坦白强奸女孩的经过，是他主动要求说的，何天雯不想听都不行。他就像是一个喝多了还要喝你不让他喝就跟你闹的酒鬼，显得非常亢奋。他说既然你怀疑到了，那我也就不瞒你了，是我干的，的确是我干的，没想到吧？程翔说得极其详细，声情并茂。刚开始说时，他还有些忸怩，放不太开，时不时停下来观察一下何天雯的反应，不过说着说着，他完全沉浸到了大半年前的那个傍晚。有那么一会儿，何天雯甚至在他脸上看到了意满志得。那一瞬间，何天雯觉得自己其实并不认识这个男人。后半夜，何天雯在床上翻来覆去的，根本睡不着，程翔说的那些细节和她自己看到的那一幕电影一样在她眼前循环播放着。天快亮的时候，她决定了，给公安局打匿名电话告发。不过早晨起来时她又有些犹豫，这个电话可能意味着程翔的后半辈子将在监狱里度过了。

已经一连经过三个电话亭了，何天雯都没有停下脚步，而下一个电话亭又在眼前了。她实在不满意自己的迟疑不决，索性走到离路边远一点的沿街商店的台阶上，站定。她深深地呼了口气，也许自己还需要酝酿一下怨恨愤怒的情绪。

"咳，真是的。"有个声音在何天雯右首说道。声音不响，但那种怪怨的语气好像是针对此刻的何天雯发出的。何天雯吃了一惊，转过脸去。一个七十多岁的老头正对着一张报纸在感叹。他似乎并没有意识到何天雯在看他，或者故意装作不知道。他继续看他的报纸。过了一会儿，他又感慨了一句：真是的。这一次他加重了语气，同时把脸对着何天雯，很显然是在和她说话。何天雯并不想搭他的腔，只是很淡地看了他一眼。

"看今天的日报了吗？"老头并不介意何天雯的态度，他的脸上堆砌着友善甚至讨好的笑容。因为是一下子堆上去的，多少有些突兀，给人不怀好意的感觉。

何天雯摇摇头，正想说她不爱看报，老头已经把手中的报纸递到了她眼前，一根手指哆哆嗦嗦地点着上面的一个标题，你看，你看，这个社会现在成什么样了。何天雯被迫扫了一眼。在版面的右下角，有一篇题为"七旬老太被狠心子女遗弃在外地火车站"的文章，大概五百来字，面积比我们常吃的五香豆腐干大一点，但也就一点。正要把目光移开，另一个粗体黑字的标题进入了何天雯的眼帘：

花季少女被奸致孕 警方全力追查
疑点陡生巧询妙探 原是弥天大谎

何天雯一把抓过报纸。这则报道足足占了有四分之三个版面，她跳过对昨天报道的回溯：

……随着警方调查的深入，出现了很多疑点，女孩的叙述中有着许多明显的自相矛盾的地方。在警方的耐心开导和说服下，她终于承认根本没有什么强奸，肚子里的孩子是她和同班的一个男生偷食禁果的结果……

老头凑过来，指着报纸的下方，是这儿，我让你看的是这儿。何天雯拨开老头的手并且转过身去背对着他继续往下看，然而老头那只长着老年斑的手坚决地伸了过来，是这儿，下面，我让你看的是这儿。何天雯往旁边走了两步，老头有些不乐意了，跟过来，喂，你这个女同志。

何天雯捧着报纸疾步走了起来。老头跟在后面。他跟得很紧，手一撩一撩地想要抓住何天雯。有一次已经搭到了何天雯的肩膀上，被她一抖胳膊，甩开了。老头急了，就像被同伴抢了玩具的小孩似的嚷着，还给我，把报纸还给我。何天雯越走越快，后来干脆奔跑了起来。她也不知道为什么要跑，跑起来后就更不知道了。

2005 年 9 月

原刊于《长城》2006 年 1 期

亮了一下

卫生间的灯光惨白幽深，因为带着一层雾气，所以显得并不那么刺眼。洛杨一边系皮带一边把脸凑近梳妆镜，他又在鬓角处发现了几根白头发，再凑近，眼角的鱼尾纹更清晰了一些，这也直接影响到了洛杨早晨的心情，当他从卫生间出来的时候，脸上有了一层凝重。他走到卧室的衣橱镜前，从各个角度端详着自己的身形，腹部那一块怎么吸气收腹也下不去的赘肉，让他的心情再一次以加速度低落下去。他不无厌恶地看了一眼镜中的自己，然后快步向阳台走去。

尚云在厨房大声问，你在干什么，要来不及了。

洛杨眼前出现了和小美在床上时的情景，小美年轻光洁的身体是那么美好而充满生机，让他自惭形秽。他咬着牙又做了两个俯卧撑，这才应了一声，来啦。

女儿洛嘉已经坐在餐桌边上了，正面对着一本语文课本边看边喝牛奶。才小学五年级，书就读得这么吃力，这是洛杨以前没想到的。女儿小的时候的那股子机灵劲一进学校就不见了，孩子一天天长大，你就越来越不敢对她寄予希望，因为希望越大到头来往往失望也就越大。

"今天下午的家长会，你真的没时间？"尚云抱着一堆换下来的脏衣服从卧室出来。

"你不是已经请过假了吗？我今天下午得去见个客户，恐怕晚上还得晚回来。"

洛杨以为尚云会埋怨他几句，可她进了卫生间后却没再说什么。桌上是老三篇的牛奶、面包和包子，洛杨低头看了一眼自己的腹部，拿起杯子将牛奶一饮而尽。我来不及了，洛杨说着拿上包开门走了出去。

29 路中巴，坐五站，换 4 路公交，坐两站，就到了洛杨工作的莲花大厦。

洛杨所在的鸿翔公司设在八楼。洛杨没有乘电梯，而是从安全通道的楼梯慢慢往上爬。他需要运动，他好像是在今天早晨猛然发现自己需要运动，曾经健壮的体魄因为近几年相对安逸的生活而走了形。

在三楼的转弯处，洛杨拨了小美住所的电话，和他预料的一样，没人接。这会儿小美应该还在床上。她和朋友在汇源路合开了一家小酒吧，生意不算太好，但客源比较稳定。她一般凌晨两点多回来，上床前她照例会把电话线拔了，她认为良好的睡眠是最好的美容的方法。其实洛杨只是想温习一下那七个阿拉伯数字，那是他和小美之间的一种温馨的联系。小美的出现是他平庸乏味生活中的一个亮点，她让他觉得自己还有活力、激情和爱的能力，同时也正在令人沮丧地老去。

在认识洛杨之前，小美和朋友合开一家酒吧，有一个固定的男朋友以及一套租住的一室一厅的单元房，和洛杨交往近一年后，她依然和朋友合开小酒吧，有一个固定的男朋友以及一套租住的一室一厅的单元房。她基本上不要求洛杨什么，似乎也不期望改变什么，他们就这么交往着，每天通一到两次电话，每星期见一到两次面，一起吃饭，然后上床。床上的小美任性、疯狂，还有一点贪婪，同时也让洛杨觉得是真实而有能力把握的。

曾经有一段时间，他们彼此互相深深吸引，或者说迷惑。那会儿他们刚认识，坐在吧台里面的那个小美看起来是那么文静端庄，还有一点厌倦和颓废，在那个热闹的酒吧里显得与众不同。整个晚上，她就那么坐着，手里捧着一杯水，小口小口地喝着。偶尔会点一根烟，夹在指间让它慢慢燃着。她让洛杨感到好奇。注意她久了，洛杨心里升腾起了一种惜香怜玉的感情。她看起来不快乐。他想让她快乐。

与此同时，洛杨的周到体贴也让小美在身心上得到了极大的满足。俩人在一种虚幻的惺惺相惜中不可避免地疯狂起来，开始有了不切实际的想法，进而展望起了俩人的未来。不过，上帝保佑，激情很快就过去了，剩下的是彼此肉体上的欢娱和精神上的慰藉。

在八楼的楼道里，两腿发软的洛杨碰到了市场部的叶子荣，他们是从一所大学出来的不同届的校友，洛杨刚跳槽进这家公司的时候，因为这层关系，俩人曾经走得很近，叶子荣喜欢吃尚云做的梅菜扣肉，所以每个周末洛杨都会把他叫到家里喝上两杯。说实话，他喜欢这个有点腼腆的小师弟，他让他想到了许多年前的自己，有热情，有梦想，走路的时候腰挺得直直的，目光清澈，所以整个人看上去是有朝气和光泽的，而且以为只要努力和争取，这个世界都可以是自己的，因此还有点傻，但可爱，总的来说，还是摔的跟斗不够多。

"气喘得这么急，是不是刚从马上下来。"和洛杨擦肩而过的时候，叶子荣笑着说道。

洛杨笑了笑，拍了一下他的肩膀，没有接他的话。走过去后洛杨回头看叶子荣，现在的叶子荣差不多就是眼下的他了，眼睛浑浊，小腹微凸，这样的变化是必然的，不过比他估计的快。不知什么时候，他们之间的来往就少了，即使在一起好像也没什么可说的了。另外，尚云似乎也不喜欢叶子荣，说这个人话说得太多，酒喝得太多，让她烦。

整个上午的工作忙碌而紧张。午饭的时候洛杨往小美那儿打了一个电话，起先是没人接，过了几分钟再打过去，却占线，打她的手机，关机了。足有十分钟，洛杨不停地打过去，打过去，可是一直占线。洛杨忽然想到了小美的男友前天出差去了沈阳，这电话十有八九是他打来的。洛杨想把注意力放到眼前这些饭菜上，然而一股没有来由的嫉妒在洛杨的内心左突右撞。他突然觉得一点胃口也没有了，和办公室的同事打了个招呼，他就离开了单位。

夏天还没来，可中午时分的太阳已露出了夏的狰狞。洛杨埋首走了不到十米，拦住了一辆靠边缓缓行驶的出租。上车后，洛杨才发现司机正在打电话，而且情绪激动，他一个劲地问着电话那头的一个什么家伙，昨天晚上为什么不接他的电话，也不回他的传呼，到底在搞什么名堂。洛杨有些尴尬，可车门都已经关上了，所以他只有耐心地等司机把电话打完。

"你先把昨晚的事解释清楚，再说其他事。什么，你不想说？哦，你想说就说，你不想说就不说，怎么我们俩的事都由你说了算呢。不行，你今天想说也得说，不想说也得说，你等着，我一会儿就到。"

司机关了电话，一踩油门，车猛然冲了出去，洛杨叫了起来，我去三元。司机这才想起车上还有一个人，一个急刹车，他转过身来看了洛杨一眼，说，你下去。

什么？洛杨以为自己听错了。

下去。

你这个人怎么这样。

司机打开了他那一侧的门，下车，绕过车尾，打开了洛杨这一侧的门，下来。

洛杨一口气冲到五楼，在敲小美的门之前，他先看了看她家门口的奶箱，里面的牛奶没有了，那说明她已经起床了，他又拨她的电话，仍然占线，这个热线打的，妈的。洛杨努力调整着自己的呼吸和情绪，然后才摁门铃。

小美穿着睡裙,看见洛杨,她有点意外。她一手拿着电话,嘴里还含着一支冒着牙膏沫的牙刷,她示意洛杨进来时把门带上,然后就转身进了卫生间。

"行了吧,我这正刷着牙呢。"小美口齿不清地对着电话说道。

洛杨站在卫生间门口,一手撑着门框,对面墙上的梳妆镜里一个男人正和他对视着,神情憔悴,而且略显老态,洛杨心里猛然一惊,这就是眼下的我吗?他伸手撸了一下自己的脸,还是那样。往下看,背对着他在刷牙的小美的身体随着刷牙的节奏晃动着,披散在肩膀两侧的长发晃动着,她身上那件质地柔软的睡裙的裙摆也在晃动着,瞬间,一种对自己无法把握的岁月流逝的恐慌感攫住了洛杨的心,他走过去,紧紧地抱住了小美,把脸贴在小美的后背上。

先是听见小美的心跳,很有力,然后有一个似乎很遥远的男人的声音也传到了洛杨的耳朵里。小美扭过头来白了他一眼,又用右胳膊肘撞了一下洛杨的手臂,试图摆脱他的环抱,却反被抱得更紧了。

"昨天被那两个沈阳人灌得够呛,妈的,这东北人真能喝,要不是我留个心眼,这会儿肯定和老刘一样躺在医院里,像个半死人,不过,这回总算把合同签了。"

小美嘴里哼哼哈哈地应着,她已经刷完牙了,所以腾出一只手来掰洛杨的臂环,当然掰不开。

"这两天生意怎么样?想我了吗?"

小美转过脸来冲着洛杨又皱眉又瞪眼的,洛杨一下子把她的身体整个扳转了过来,并堵住了她的嘴。

"想我了吗?"那个男人在电话那头用一种近乎撒娇的腔调问道。

小美用力推着洛杨的身体,但后者一把就抓住了她的手腕,情急之下,小美抬腿顶了一下洛杨的下腹。受痛的洛杨差一点叫出声来,他双手捂着腹部。

"想,当然想,"小美灵巧地跳到卫生间门口,看着龇牙咧嘴的洛杨故意声音很响地说道,"你什么时候回来?"

洛杨直起身,做了两个深呼吸,然后朝小美走去。他看见小美脸上那种孩子气的报复后的得意一点一点在淡去,取而代之的是不解、好奇和一丝恐惧,他就这样看着她朝她走过去,与此同时,小美一步一步后退着。在这一进一退中,洛杨感觉到了一种力量,一种让他又兴奋又不安的暴力的倾向。在快要退到卧室门口的时候,洛杨一个箭步上去拦腰抱起了小美,走进了卧室。

洛杨想也没想,就把小美扔在了床上,并夺过她手中的电话,关了。

原先那种惜香怜玉的感情不见了,说不见就不见了,对此刻的洛杨来说,眼前的小美就是一个女人,年轻、生动,衬托着他的日渐衰老,让他愤怒和绝望。在小美惊恐的注视和顽强的抵抗之下,他最终用力量和略显粗暴的方式进入了敌人的腹地。这是从未有过的,往常他总是小心翼翼的、按部就班的,而且把小美的感受放在第一位,今天的强度和节奏是个意外。

在抵抗失败后,小美似乎默认了这种方式,在急促的呼吸中,她白皙的脸上有了红晕,洛杨禁不住想也许她一直就在等待着这样一次意外,这样的强度是她愿意和喜欢尝试的。

电话铃声猝然响了起来,洛杨和小美同时把眼光转向了床头柜,并迅速地对视了一下,就在这短暂的交流中,他们达成了默契,继续回到让他们都感到新鲜的高强度的运动中来。

阳光透过玻璃窗直射进来,正好照在洛杨的胸膛和小腹上,他低头看见自己小腹的赘肉随着运动的节奏颤抖着,而他下面小美的身体却处处显示着青春和活力,他不想做这样直观无情的对比,他把头转向床头柜。那只该死的电话还在不停地响着,洛杨想电话那头的男人做梦也不会想到自己的女朋友正在他热切的牵挂中和别的男人翻云覆雨。洛杨盯着它,铃声在传到他耳朵里的同时,他也感受到了某种隐秘的力量,让他更加奋不顾身,勇往直前。

电话铃声忽然就停了,仿佛是个意外,但没一会儿又响了起来,就在刺目的阳光和固执的电话铃声中,洛杨完成了他这半天来最激烈的一次运动。

从一阵"咯咯咯"的笑声中醒来,洛杨才发现自己竟然睡着了。他想可能这样的强度对像自己这样平时缺乏锻炼的男人来说,确实有点过于剧烈了。此刻的洛杨感觉到了一种虚脱后的无力,他趴在床上,一动也不想动。

洛杨的身上搭着一条毛巾毯。从这条毛巾毯,他迅速判断出小美并没有对他刚才的行为生气。卧室的窗帘拉上了,屋内开着空调,光线和温度都很适宜,小美就蜷缩在墙角的一张圈椅里,用肩膀和脸夹着电话,一边听一边在抹指甲油。她抹指甲油的样子十分认真,让洛杨想到了女儿小时候写描红时的神情。抹完以后,小美开始往手指上吹气,吹吹,她看看,还放到鼻子底下闻闻,然后再吹。

突然小美又"咯咯咯"地笑了起来,十分灿烂,带着几分孩子气,是洛杨从来没有见过的。

"还有吗?再说一个,我喜欢听你说黄段子。"她换了个姿势,并把电话也换到了另一侧,"什么?你要是吊我胃口,我就挂电话了。"

小美不经意抬起头往床这边看了一眼,正好看见洛杨也在看她,她张嘴冲洛杨无声地说了一句什么,洛杨没有明白,她又比画了几下,后者还是一头雾水,小美耸了耸肩,对着话筒说了句,要不就这样吧,你回来再说给我听吧。她已经站起身了,对方不知道说了句什么,她又坐了下来。

　　洛杨很想抽根烟,但他知道小美不喜欢他在空调房里抽烟。他从床上坐了起来,咽了口口水。小美又笑了,尽管有意克制了,可笑声还是从她的嘴里喷涌出来,她把脸埋在臂弯里,肩膀剧烈抖动着。此刻的小美让洛杨感到陌生。印象中,她从来没有如此快乐过。以前,她给他的感觉就是两个字:淡雅,说话声音轻轻的,饭菜口味清淡,化淡妆,穿冷色调的衣服,即使忧伤也是淡淡的。洛杨实在想抽根烟,他下床从衬衣口袋里掏出烟盒,去了阳台。

　　有那么一会儿,洛杨觉得那个该死的电话永远也不会挂断了。小美笑着,偶然朝他这边不无歉意地点一下头,但笑容水波一样在她脸上荡漾着。他不知道那个男人用了什么办法能让一个女人如此快乐。他感受到了某种无形的挑战,同时,小美的快乐情绪也让他的自尊受到了伤害。他走过去,把双手搭在小美的肩膀上,揉捏着,后者歪过头来用脸颊来回蹭着他的手背,就如一只被挠得很舒服的小猫。

　　在肩膀和颈部徘徊了一会儿后,洛杨的手果断地伸进了小美的衣领。他感觉小美的身体僵硬了一下,随即就软了下来。看着小美面部那说不清是快乐还是痛苦的表情,洛杨体会到了胜利,当然只是局部的。那个男人还在说着,他用市面上泛滥成灾的黄段子控制了她的情绪,那么我就占领她的身体,洛杨相信一旦身体被攻占,那么她的精神也将被一并收复。

　　洛杨想把小美手里的电话拿开,被小美用眼神拒绝了。他知道还是因为强度不够。他抱起小美,放到了床上。

　　洛杨侧卧着,然后把小美揽在自己怀里,小美挣扎了一下,反被抱得更紧了。洛杨把手伸进小美的衣服内,四处游弋起来。他暗暗积攒着力量,尽管他心里也在担心这一次是否还能像上一次那么成功。

"还有一个最绝的等我回来再讲给你听。"

"那好,我挂了。"

"等等,你想我吗?"

"不是说过了吗?"

"还想听你再说一遍。"

洛杨的手在小美的腹部短暂地停留之后,向山丘而去。山不高,但挺拔,有着美妙的坡度。他能感觉到小美在努力调整着呼吸。洛杨轻车熟路地走走停停,他觉得这里面的风景真好。他真想一辈子待在这里。小美的身体在他怀里扭动着,像一条柔软的水蛇。他的手忙碌着,由面到点。不知为什么,他想到了钢琴家在琴键上的手指,灵活,流畅。他的手下意识地加了两层力并加快了节奏,小美一下子叫出声来,她伸手打了一下他的手背。

"怎么啦?"

"哦,没什么,一只蚊子。"

"怎么,你那儿有蚊子?"

"是呀,一只大蚊子,他真厉害,叮得我又痒又疼。"

"那你拍到了吗?"

"拍到了,要不就这样吧,我得去洗洗手。"

"你还没回答我呢。"

"你想听什么?"

"你知道的,怎么啦,气喘得这么厉害,声音好像也有点不对嘛。"

"没什么,就这样吧。"

把小美送到酒吧后,坐在出租车后座的洛杨更加真切地感觉腰部一阵一阵发酸,就像他的肾被掏空了似的,同时,没有进食的胃也空得难受。他把头靠在椅背上,对司机说去东湖小区。他不想回公司了,不想见他那些看起来肾和胃都没有毛病的同事。

　　车子在到家之前，洛杨又小睡了一觉，不知怎么就睡过去了，还是司机把他喊醒的。上楼的时候，洛杨不由地对自己的身体机能产生了疑问，难道我的身体已经差到这般地步？他回忆着自己最近身体的一些变化，又和公司里几个和他年龄差不多的同事做了比较，从身体外部看，他似乎和他们没什么差别。

　　防盗门没上锁，进门后，洛杨挨个房间看了看，尚云不在，但饮水机的电源开着，旁边还有一杯冒着热气的茶，洛杨想起尚云请假开家长会的事。

　　洛杨一进卧室就倒在了床上。床单是新换的，还散发着淡淡的樟脑丸的味道。平心而论，尚云是个不错的妻子和母亲，这些年，家务和孩子的事，她能做的基本上都做了，虽然有时候也会有怨言，可日子还是一如既往地过着。说实话，洛杨从来没有想过有一天自己真的会在婚姻之外有别的女人，当第一次和小美发生关系之后，他觉得简直无法面对尚云，深深的愧疚折磨了他好几天。后来，他又和小美有了第二次，第三次和许多次，对于美好的新鲜的刺激的体验，他实在无法拒绝。与此同时，某种他固守已久的观念轰然倒塌了，内心的自责不再像一开始那么强烈了。他甚至希望尚云能在他之外也找个别的男人。当然，他知道这是不可能的，尚云是个保守传统的女人。

　　洛杨把手机关了，脱了衣服，打算睡一觉，可真的摆好了架势却又睡不着了。那个给小美打电话的男人的声音不断在洛杨耳边响着，你想我吗？你想我吗？你想我吗？然后是小美的喘息声。它们交织在一起，让洛杨心烦意乱。他再一次认识到，小美从来就不完全属于他，他能给她的只是她需要的一小部分，所以她不向他提要求，因为她知道他给不了她更多。

　　有开门的声音，洛杨抬腕看了眼表，两点半，当然是尚云。洛杨首先想到的是尚云肯定会问他怎么这个时候在家。他从床上坐起来,等待尚云推门进来,可客厅里传出了电话免提的声音,接着是快速摁电话键的声音。

"你好,请问洛杨在吗?我啊,我是他爱人,哦,他不在,你知道他去哪儿了吗?你也不清楚,哦,没什么事,就这样吧,再见。"

又是免提,快速摁键的声音,一大串,似乎是手机的号码。电话接通后,传出一个男人的声音:喂——,尚云拿起话筒。

"哎,是我,你现在在哪儿?什么,已经在路上了,我说要不今天就算了吧,我刚才往他办公室打了好几个电话,他都不在,手机也关了,我怕他会突然回来。你别不高兴,我也不想这样,其实一大早起来,该做的准备我都做了,还做了几样你爱吃的,我真的有预感他随时都会回来。"

洛杨猛然发现床头柜上他们一家人的合影不见了,再看墙上,他们的结婚照也不见了。

"我当然能理解你,我又何尝不是这样呢,都等了一个礼拜了,昨天晚上折腾到后半夜才睡着,什么?当然不是和他做,老实说,我们已经有一个多月没做过了,就是做也是敷衍了事,谈不上什么质量。"

洛杨想起昨晚尚云确实老在翻身,他睡觉很容易惊醒,所以他昨晚跟着折腾了半夜。他们确实有很久没有过性生活了,性在他们之间就像是一顿吃不吃都无所谓、有也不多没有也不少的没有特色的饭菜,他们之间生活得越久性趣越淡。有时候,洛杨觉得他们更像是兄妹而不是夫妻,原先那种被称作爱情的东西到如今更像是亲情。没有更多的矛盾分歧也没有激情,俩人就像是在一起生活了几十年般地熟悉,说难听点,待在家里的时候,在彼此的眼里,大概和家中一件用了十来年的家具也没什么两样。

"你真的不要过来了,碰上就糟了。你别说赌气的话,我不想把事情搞得不可收拾,你赶紧让司机掉头,回去吧,我们再约时间,星期六,我去你那儿,好吗?要不星期五中午,好了,听话,今天不行,我说过他随时都有可能回来的。什么,我去你那儿,这会儿?不行,不行,我五点钟还得去学校开家长会。什么,你已经在楼下了?好了,好了,我马上下来。"

尚云刚从楼里出来,就有一辆蓝色的出租开了过来,她俯身和车内的人说了几句,似乎颇为犹豫,她不断地朝远处看着,最后还是上了车。

洛杨在卧室转了两个圈子,他突然想到了相片,他挨个抽屉柜子地找,终于在尚云的衣柜里找到了全家的合影和换下来的床单,然后又在洛嘉的写字台后面找到了他们的结婚照。他一屁股坐在洛嘉的床上,这件事是从什么时候开始的?自己居然一点都没察觉,尚云每天准时地上下班,像个标准的贤妻良母。一股被捉弄了的怨愤从心底缓缓升起来,吞噬着洛杨的理智,虽然他心里也在对自己说,你不是也在偷情,也在把什么都做了以后还装作什么都没干过的样子。但这是不一样的,洛杨反过来又为自己辩解,至于不一样在哪儿,他一时半会儿也说不清。他盯着那幅做了油画效果处理的结婚照,突然脑子一热。

洛杨首先把新床单撤下来,铺上旧的,接着把相架放回床头柜,在挂那幅结婚照的时候费了点事,但好歹挂上去了。他真不知道尚云是怎么做到的,她那么瘦小。不过经常做同一件事也就熟能生巧了。

做完这一切,洛杨点了根烟。他站在卧室门口端详着这间十五平米的屋子,一切都是熟悉的,他日复一日地生活在其中,平淡、死板、程序化的节奏让他感到厌倦,那对于尚云呢?

十分钟后,洛杨又把相片和床单都换了回来,不管怎么样,他想,日子还要过下去。

小美的酒吧名叫"烟灰"，很奇怪的一个名字。洛杨初次来这儿就是因为这个别致得让人费解的名字。对于这一天里的第二次见面，小美似乎并不意外。她淡淡地看着洛杨，意味深长地说了一句，缓过劲来了？她总是淡淡的，一副处乱不惊的样子。

"他又给你打电话了吗？"洛杨点了根烟，装作很随意地问道。

小美看了洛杨一眼，很短暂但很用力，她的嘴角掠过一丝不易察觉的讥笑，对，我刚把电话挂了。

"他又给你讲黄段子了？"洛杨也听出了小美话里赌气的味道，可他还是问道。

"我要他讲的。"

"有意思吗？刺激吗？"

小美把脸别向了另一边，没有回答。

"你会和他结婚吗？"

小美仍然没有反应，淡淡地看着坐在角落里的两个客人。

"然后生个孩子，每天伺候老公孩子，孩子慢慢长大，而你和老公的话越来越少，性生活越来越少，后来这样的生活让你感到厌烦了，"洛杨顾自说着，"你想远离这种生活，也尝试着做过努力，不过后来你发现这只能作为一个愿望想想而已，你把眼睛转向你的生活以外，找个情人，或者两个，"

突然洛杨停了下来，用一种十分诚恳的语气问道，是不是因为他不能满足你，所以你才和我这样的？

"你受刺激了？"小美的脸上露出了几分不耐烦，这是不常见的。

"你回答我？"

"你想听什么样的回答？"

"实话。"

小美的嘴角又一次掠过那种不易察觉的讥笑。

"那好，我告诉你，和你在一起只是我生活的一部分，就像你和我在一起也只是你生活的一部分一样，和他能不能满足我无关。"

"不是这样的，你没说实话。"

"这就是实话，"小美的语速平缓，脸上什么表情也没有了，因而显得异常的冷酷，"顺便说一下，其实你并不能满足我，和你做爱我并没有你以为的高潮，我不说是因为不想打击你，我知道你受不了打击。"

是女儿开的门，她把洛杨的拖鞋从鞋柜里拿出来，放在门口，等他换好了又把鞋放进鞋柜。看她乖顺的样子，洛杨就知道肯定是又从家长会带回来坏消息了。尚云正在从冰箱里往外拿东西，她背对着洛杨问了一句，你下午去哪儿了，手机也不开。洛杨说临时被总公司喊去开会，一开就是一下午。说着他进了卧室，床单换过来了，照片们也回到了它们原来的位置，就像从来没被挪动过。

饭菜都端上来了，碗筷也摆好了，洛杨随口嘀咕了一句，这么快。尚云解释，知道下午要开家长会，所以一早起来就把菜做好了，放微波炉里加热一下就行了。洛杨突然闻到了一股熟悉的香味，他的神经被触动了一下。他走到饭桌边，有些紧张地看着桌上的饭菜，在最当中的白瓷盘里，盛着满满一盘热气腾腾的梅菜扣肉。

洛杨感到自己的腰部一阵发空。他在饭桌前坐下，今天的菜比往常要丰富一些，尽管没有胃口，他还是拿起了筷子。尚云正在说着去开家长会的事，洛杨清楚地知道，这是他熟悉的生活，也是他没有力量改变的生活，不出意外的话，他还将这样过下去。

2001年7月

原刊于《收获》2001年5期

在床上

老张不无厌恶地推了推身边那个体积庞大的朱秀美，后者此刻正仰面而躺，打着震天响的鼾，一点反应也没有。老张手脚并用，在他的手推脚蹬中，鼾声戛然而止。打鼾是朱秀美10年前添的毛病，45岁以后，她突然发起福来，而且一发不可收拾。让老张想不通的是，说胖就胖，连一点过渡也没有。他感觉好像有一天醒过来，猛然就发现自己娇小的老婆已经变成了一个庞然大物。老张觉得"一口吃成个胖子"这句话说的就是朱秀美。

与此同时，老张却在令人担忧地瘦下去，瘦下去。他的睡眠一直不好，长期靠安眠药入睡，最多的时候，他得服3片，而且在入睡之前和入睡初期，周围还不能有一点声音，否则等于没服。只是近年来，朱秀美的鼾声让安眠药失去了药效，服得再多也没有用，反正只有等朱秀美睡醒起床了，老张的这一觉才能真正开始。有时候，似乎是睡着了，但其实只是半梦半醒地悬浮在朱秀美的呼噜声上。对老张来说，睡觉是件特别辛苦的事，噪音、废气和没头没脑的胡思乱想充斥着他的睡眠。

什么办法都用过了，每天老时间老地点，呼噜声依旧回荡在这套建筑面积为69.8平米的两室一厅里，粗暴地撕扯着老张可怜的睡眠。一度，朱秀美接受儿子的建议，打算去做手术，可在决定去做手术的前两天，她的眼皮跳得厉害。这辈子，除了生孩子和探视病人，她和医院基本不打交道，有个头疼脑热的，扛一扛也就过去了。她从来不认为自己是个病人。朱秀美忧心忡忡地生活了两天。那两天她奇迹般地没打呼噜，似乎一个做手术的念头就把毛病治愈了。而那两天朱秀美是怎么过的呢，白天蔫蔫地坐着打盹，猛然就会很惊悚地睁开眼，紧张地看看四周，确认不是在医院，她才重又闭上眼。晚上则几乎不睡，想到就要去医院了，躺在手术台上，旁边站着一身白、只露出两只眼睛的医生，手里拿着血淋淋的手术刀，朱秀美浑身就是一激灵。弄不好自己这条命就留在那儿了，朱秀美越想越害怕，恍惚中，仿佛这会儿已经躺在手术台上了。

老张实在看不过去了，违心地说了一句，要不，就算了吧。没想到，心惊肉跳的朱秀美就此打消了做手术的念头。这样，当天夜里，心宽体胖的朱秀美又打起了鼾。

如果再多一间房就好了。3年前，倍受呼噜声折磨的老张第一次发出这样的感叹时，朱秀美伤心地流下了眼泪。结婚26年，在一张床上睡了26年，现在要分房间睡，朱秀美难过极了。家里是两室一厅，那时候儿子还没结婚，正在废寝忘食地谈恋爱，老张要睡只能睡在客厅。可是在安眠药的帮助下好不容易才有睡意的老张，一声马桶抽水的声音就把那三片安眠药轻易地冲进了下水道。老张硬着头皮在客厅的沙发上躺了三个晚上，第四天他又回到了床上。

关于对付失眠，老张能说出一大串办法，久病成医啊。然而用在他身上，没有一样是长期管用的。失眠最厉害的那阵，老张每天晚上所做的就是试验那些方法，是先喝牛奶好呢还是先服药好，是左侧睡好呢还是右侧睡更易入睡，他试图为他认为可能有效的办法找到一种最理想的排列的次序。比较来比较去，老张总结出这样一个顺序，先长距离地疾步走上一个小时，回到家用热水泡二十分钟脚，边泡边用喝药的心情喝下一杯牛奶，最后服两片安眠药。反正只要老张上了床，全家的一举一动都会下意识地放轻放慢，家里也即刻有了一种鬼鬼祟祟的气氛。

然而经常是这样，家里人都已经睡了一觉了，老张还在辗转反侧着，痛苦啊。

如果说在老张退休前，失眠作为一个问题还显得不是那么突出的话，那么退休后，这个问题就变得突出而尖锐起来。他首先要面对的就是这个问题。晚上睡不好，白天一整天就脑袋昏沉沉的，似睡非睡地躺在床上，没有胃口吃饭，没有气力也提不起兴致做别的事，而在床上躺了一个白天，晚上就更睡不着，好像退休回家就是为了在床上躺着的，好像在床上躺着就是老张退休后的生活。

躺在床上睡不着的时候，老张时常会想到王芳，一个年龄不小但声音依旧年轻的出纳员。她和会计老张一个办公室，而且面对面办公长达15年。老张看着那张脸一点一点老下去，老下去，失去了水分，失去了光泽，有了色素沉淀，有了皱纹，他很伤感，真的很伤感。尤其是看到他们那个一直想从王芳身上捞点什么的科长现在对王芳熟视无睹的样子，他就更伤感了。他想那家伙肯定已经从王芳身上捞到了他想捞的，而且捞到的还不是一点半点，所以现在没兴趣了。

然而老张却什么也没捞到，15年了，除了心情好时给他一个笑脸，王芳平常和他话都不是太多。其实他们是有共同语言的，别的不说，失眠就是他们一个都感兴趣的话题。一个偶然的机会，老张从王芳和别人的交谈中得知王芳多年来一直饱受着失眠的痛苦。他记得当时自己正在做当月的工资表，手一抖，点错了一个小数点，给一个刚进单位的小青年的工资翻了十倍。

当然王芳的失眠没有老张严重，不过想到同样的夜晚，这个白天坐在自己对面的女人晚上也和自己一样在为睡不着觉苦恼着，老张立即感觉到俩人之间有了某种隐秘的关系。说不清，但和睡觉有关的关系怎么也算是一种不同寻常的关系吧。老张曾经想,如果王芳是他老婆就好了,睡不着觉的时候,至少可以聊聊天,有兴趣的话,还能干点什么。

老张第一次见到王芳,后者才21岁,那叫水灵,嘴也甜,一口一个师傅,心花怒放的不止老张一个,科室里的男人们都蠢蠢欲动了起来。当大家还在动脑筋怎么以工作的名义介入她生活的时候,那个满口黄牙的科长抢先一步把王芳叫到他的办公室,用他满是眼屎的小眼睛上下打量了片刻这个一脸清纯的姑娘,异常亲切又不无暧昧地说道:跟着我好好干吧,年轻人。

等大家反应过来的时候,这个小姑娘看他们科长的眼神已经不对了。大家都明白有些事在他们的眼皮底下发生了。然而有什么办法呢,老张是这么安慰自己的,比你有钱的,比你有势的,比你会说的,比你长得像样的人有的是,所以像你这样什么也没有的能饱饱眼福也就不错了。

王芳在老张对面坐了15年,期间,俩人都有可能离开这间办公室,王芳曾经被抽调去区里搞过一阵团工作,干得不错,正当区团委有意把她调去的时候,她和科长的事被抖了出来。而老张有那么一年,差一点被提为副科长,当了副科长就不在这里办公了。就在节骨眼上,他不合时宜地摔断了一条腿,结果因为该走动的没走动到,他也没走成。就这样,他们俩面对面坐了15年。15年呐。老张认为王芳已经把她人生最美好的一段给了他,至少白天是这样的。

至于这15年来,王芳把她的夜晚给了谁,老张不很确切地知道个大概,首先当然是她的丈夫了,6年前她离了婚,于是他们的科长又凑了上去,劳资科的胖大海凑了上去,就连传达室一头白发的老孙头都有了想法。一个女人离了婚,似乎就有了某种公共性,就像是街心公园里的石凳,她周围的男人谁都可以上去坐一坐。老张也想上去坐一坐,可直到上个月他退休,也没坐过一回。

朱秀美的鼾声只停了不到半分钟，重又响起。老张幅度很大地翻了个身，背对着朱秀美，并且用胳膊挡住耳朵。

有段时间，老张逢人就问，你睡觉打呼噜吗？被问者大都承认，打。再问，你老婆打吗？被问者就不悦了，妈的，我老婆打不打呼噜和你有什么关系。调查表明，在老张认识的人中间，大约有四分之三的人有打呼噜的习惯，其中又有五分之一的人每天都打。老张对另两项数据十分好奇，那就是这些呼噜的最高分贝和平均分贝，但说实话，考据起来难度太大了。需要说明的是，被调查者仅限于男性。老张无数次地想象过王芳睡觉时的样子，他想无论如何，一个睡不着觉的人是不可能打呼噜的。

这会儿的王芳睡着了吗？还是和我一样在为睡不着烦恼？此刻她的床上有男人吗？想到王芳，老张感觉心脏类似于痉挛地收缩了一下，继而剧烈地跳动起来。一个女人在你对面坐了15年，你看她比看老婆的时间多得多，而你跟她看来看去看了15年，关系始终停留在看来看去上，现在你没有机会看了，现在坐在这个女人对面的那个人可能根本就没兴趣看，看在眼里跟没看见一样。老张有些伤感，而伤感的情绪是无助于睡眠的，于是他起身下床，摸黑进了厨房。

老张倒了一杯水，从橱柜里拿出一瓶安定，拧开盖，往瓶盖里倒了两粒，想想，又放回去一粒。临睡前，他已经服过一粒了。水有些烫，药片吞下去后，口腔里残留着一股古怪的苦味，老张悉心体会着一股热流从咽喉进入食管，慢慢流进胃里，然后它们就要发生效用了。尽管老张已经不像前几年那么信赖它了，但是他习惯了和它共度夜晚，不出意外的话，他们会一直相处下去。

如果朱秀美是安眠药就好了。老张自言自语道，说出来后他有些紧张，下意识地朝儿子儿媳的房间看了一眼。门关着，小两口早就睡了。老张在黑暗里又站了会儿，在确信没任何动静之后，他蹑手蹑脚走到客厅，在茶几上摸到烟和打火机。

老张先就着打火机的火光看了一眼客厅墙上的钟，十一点二十，按照惯常的经验，老张与失眠作斗争的夜晚才刚开始。接着他点了根烟，在沙发里坐下。抽了两口，老张又看了看钟，这会儿的王芳睡着了吗？老张猛抽了几口，转过脸来，眼睛紧张而热切地盯着桌上的电话，一个突然冒出的念头灵光般在老张的头顶在这个黑乎乎的客厅里一闪而过。

当一声"喂"传过来的时候，老张慌忙挂断了电话。打这个电话，他是有心理准备的，可王芳那边的反应实在太快了，感觉中，他刚拨完号，电话就接通了，似乎王芳的手一直就搭在话筒上。那一声"喂"在这个漆黑狭小的卫生间里仿佛被放大了般地响和脆。老张贴着门听了听外面的动静，听到的是自己的心跳。

卫生间的门早就该修一修了，每次开关都会发出"哼哼叽叽"的声音，而且你越小心它还越响。老张只开了一半的门，侧身走出来，把电话放回原处。

走进卧室，老张没有马上上床，他在朱秀美那一侧的床边站着。一个熟睡中的人的脸其实是挺可怕的，当这个人无声无息睡着的时候，你盯着他的脸看久了，会有恐惧感，太像死人了。可是老张的切身体会是，躺在你身边的哪怕是个死人都比一个打鼾的人来得好。早两年，老张就希望自己能把这呼噜声当成夜晚的一部分来看待，就像蛙声是夏天的一部分鸟鸣是春天的一部分那么自然。遗憾的是，至今这声音依然无法融入老张的夜晚里来。

儿媳初来乍到这个家也曾经很不适应晚上从隔壁房间飘过来的呼噜声，她吃饭的时候老是会不由自主地去看婆婆的嘴和鼻子。那次儿子建议做手术根治，儿媳十分天真地问了一句，打鼾和裁判吹的哨子的发音原理是不是一样的。但是她不失眠，所以很快她就习惯了家里这只一到晚上就会吹响的哨子。

　　老张绕到床的另一侧，在他的那一边躺下。有一次，老张服了一片安定，熬到凌晨快四点了，还是没睡着，于是又爬起来加服了一片。烦躁郁闷的他故意弄出很大的动静，试图把朱秀美吵醒，陪他说会儿话，至少别再打鼾了。可朱秀美却连动都没动一下。看着床上的这个胖女人，老张恶从胆边生，瞬间竟然产生了扑上去一把掐死她的念头。

　　老张期望刚才服下去的那片安定能尽快产生作用，可是谈何容易。他想到刚才王芳那么快地接电话，肯定是在等谁的电话，要么就是旁边有人在睡觉，怕电话铃声吵着那人。可那人会是谁呢？

　　没完没了的呼噜声，没完没了，真是没完没了。老张凝神屏气，仿佛是想要在鼾声中聚集起足够多的怨怒和爆发的勇气。

　　二十分钟后，老张翻身下床，再一次拿着电话来进了卫生间。

　　卫生间不到四平米，浴缸、马桶、洗衣机，承担着一家四口人身体内外的清洁任务，拥挤而局促。老张在马桶上坐下，重新酝酿着勇气。他对自己说，可以肯定的是，王芳还没有睡着，我这个电话至少没有打扰她睡觉。

　　老张摁重拨键。这一次王芳的电话接得慢得要命，铃声响了要有七八下，老张总觉得下一秒钟就会接通的，可就是没人接。难道她出门了？她刚才是在等那个邀她出门的电话？出门去干什么？那还用说。老张已经打算挂了，王芳的声音传了过来。

　　"是王芳吧？"老张压低着声音，"我是老张。"

　　"哦，张师傅，你好！"王芳显得很意外，"真没想到会是你。"

　　"是，我也没想到会在这个时候给你打电话，本来我已经睡下了，睡不着，起来抽了根烟，想到离开单位有一阵了，不知你们怎么样，想起来就打个电话问问，当然，时间是晚了点，但我知道你也有失眠的毛病，估计不该这么早就睡了，所以打个电话，没别的事。"老张有些语无伦次。

"我也没想到你会给我打电话。真的没想到。"

"你睡了？"

"上床了，躺着。" 王芳的呼吸有些急促。

"我没打扰你吧，我知道你也有失眠的毛病。"

王芳含含糊糊地说了一句什么，老张没听清楚。

"最近单位里都好吧？"

"都挺好的。"

王芳大概是翻了个身，老张听见一阵窸窸窣窣的声音。

"你怎么样，也好吧？"

"我挺好的。"

"你是不是感冒了？"老张听到很重的鼻息声，似乎透不过气来。

"没有，没有。"王芳清了下嗓子，"可能是线路问题，我听你的声音就特别轻。"

"家里人都睡了，所以说话的声音比较低，能听得见吧？"

"可以。"

卫生间没有窗，不开灯的话，里面一点光亮也没有。老张的胳膊肘撑在马桶旁的洗衣机上，睁大眼睛，竭力捕捉着电话那头的声息。王芳好像又翻了个身。她好像一直没找到一个舒服的姿势。

"张师傅，你有事吗？"

"没有，没有，只是随便聊聊。咱们俩在一个科室工作了15年，从来都没好好说过话，聊一聊，现在我退休了，就更没机会了，哎，想想时间过得那真叫快，一转眼，我都退休了。"

"是呀。"

"我还记得你刚来时的模样，长头发，老扎一个马尾，你怎么了，声音不对嘛，是不是身体不舒服？"

电话那头突然传来一声极力压抑的低吼，几乎与此同时，王芳就像被谁掐住了喉咙似的发出了一声短促的呜咽，然后电话就被挂断了。

老张记得自己早已经在床上躺下了，怎么此刻会坐在马桶上的，握着电话，耳边回响着奇怪的声音。那种声音还在持续着，老张把电话贴在耳边，电话确实已经挂断了。难道是我的幻觉？他闭着眼又坐了片刻。忽然，他意识到声音是从儿子房间里发出来的。

老张冲了一下马桶，然后快速走回自己的房间，关上了门。过了一会儿，他听见儿子的房门打开了，听脚步声，走出来的应该是儿媳，卫生间的门刺耳地呻吟了一下，开灯的声音，锁卫生间门的声音，马桶冲水的声音，开卫生间门的声音，儿媳回房间后，儿子也去了一趟卫生间。

老张靠在床头抽了一根烟，努力克制着来自下体的冲动。朱秀美的呼噜声好像轻了一些。老张用手挥赶着面前的烟雾，仿佛想借此挥走耳边还在不绝回响着的那种可疑的声响。抽完手中的烟，老张使劲咽了口口水，然后将手伸向了朱秀美的腰部。

2003 年 7 月

原刊于《芙蓉》2003 年 5 期

自首

关洋坐在我对面,埋头抽着烟,屋子里全是烟雾。敲门进来去阳台晾衣服的母亲一阵咳嗽。晾完衣服,母亲走到关洋身旁,拍着他的肩膀,让他想开点,节哀顺变。

我大口大口地喝着水,努力克制着内心的兴奋,身边朋友的老婆突然不明不白地被人勒死在家中,公安局忙了多日,什么头绪也没有,换了你也会蠢蠢欲动的。前天晚上我还被公安局刑侦科的两个家伙堵在家里,询问了大半天,当然是有关关洋的。我一句话就给关洋下了结论,我说就是借给他两个胆,他也杀不了人。再说,那天下午他和我们几个哥们儿打了一下午的麻将。那天我的手气特别背,从头输到尾,六点半的时候,关洋要走,被我硬是拉住,要求再玩两圈,但最后他还是坚持走了。他说再不回去,老婆要吵翻天了。关洋怕老婆是出了名的。两年前,他迷上了在舞厅做小姐的吴艳,要死要活的居然把对方感动了,可结果是讨了个老婆跟讨了个后娘差不多,更何况,这个后娘在外面有的是爱慕她身体和风骚的男人。

案发后的第三天一大早,关洋阴沉着个脸来找我。我正要去上班,一只脚已经跨上了自行车。他就站在车前,什么也不说,低着头,油腻腻的头发草一样纠结在一起。我说你至少得让我去公司点个卯吧。他慢慢让开道,慢慢地走到路边,慢慢地蹲下,慢慢地掏出烟,我再也看不下去了，骑上车走了。

关洋坐在我对面，埋头抽着烟，屋子里全是烟雾。敲门进来拿东西的母亲一阵咳嗽。拿了东西，母亲并没有马上离开，她走到关洋身旁，拍着他的肩膀，让他想开点，节哀顺变。

吴艳的尸体已经火化了。她家在外地的亲戚来了一大帮，哭哭啼啼地在关洋家里住了下来，看样子只要案子一天不破，他们就将一天一天地住下去。关洋问我能否在我这儿借住几天，他实在受不了家里那种怪异的外地口音和他岳母神经质的自言自语。我已经很难过了，关洋苦着脸道，可他们给我的感觉好像一切全是我的错，他们把吴艳交给了我，可我却没把她照顾好。

关洋在我这儿住下后，他的母亲曾来过几次，劝儿子去她那儿住。最后一次，关洋患有风湿性关节炎的父亲也来了，在老伴的搀扶下，艰难地挪进了我的家。关洋什么话也没说，收拾起他简单的行李，就随他们走了。大约一个小时后，他又出现在我面前。他说如果可以的话，他还是想住在我这儿。

能看出来，我母亲十分关心关洋。她时常劝一天到晚坐在房间里发呆的关洋出去走走，或者命令我喊些朋友回家打牌。母亲平素最怕吵了，尤其听不得洗牌的声音。我知道关洋让她想到了我的哥哥。我的朋友只要是长得瘦一点话又不太多的，都会让她想到我的哥哥。十二年前的冬天，哥哥的尸体被人从青云水库捞上来后，我就没了哥哥，母亲就没了大儿子。没人知道哥哥为什么会淹死在那儿，大冬天的，谁也弄不明白他是怎么跑那儿去的。反正后来事情就那样不了了之，一个十五岁的孩子掉在水里，只会是个意外。

这天下班，在公司门口我又见到了曾打过一次交道的那两个警察。

说实话，我对警察没什么好感。和他们说话，我有一种被人算计的感觉。谈话当然还是围绕着关洋。从那个要年轻一些的警察问话的语气和神态，我可以感觉到这桩案子很伤他们脑筋，眼下他们似乎又把调查的重点放在了关洋身上。他说他们查问了案发当天下午和关洋一起打牌的另外两个人，据他们回忆，关洋中途曾出去过一次。我说没错，他赢了钱，所以我们让他去买几包烟来，主要是想跑跑他的运气。妈的，那天他的手气实在太好了。这时那个不大说话、一直在一旁冷眼观察、看起来像是头的家伙突然问道，关洋出去了有多长时间。

他们还问了一些其他的问题，我的心思完全停留在了刚才那个时间的问题上。二十分钟可以干很多事，如果一切顺利的话，我的意思是，来回都能顺利地毫不耽搁地打到车，那么这中间剩有的五六分钟完全可以从从容容地杀死一个人。可是关洋有杀人的动机和理由吗？现在回想起来，那天关洋从外面回来后，的确有些心神不宁，该打的牌不打，不该打的乱打，不过也真见了鬼了，不管他怎么打，就是不输。

从单位出来，我没有回家，绕道来到关洋家所在的健康路上。这儿是繁华地段，关洋住的公寓楼可谓闹中取静。凭这个除了抒情什么也不会的家伙的能力，当然住不上这样地段的房子，可人家有个好爸爸。老爷子为革命奋斗了大半辈子也清白了大半辈子，现在为了这个没本事的儿子也顾不了那么多了。据朋友们分析，当初吴艳并非被关洋的痴心所感动，而是关洋他老爸的权力和地位打动了她的芳心。

健康路上的出租车很多，两分钟里，就从我身边开过去十来辆，而且有近一半是空车。我拦了一辆豆绿色的富康，一上车就催促司机快开。司机笑着随口问道，先生有急事？我说我刚勒死了个人，赶着逃命。司机一踩油门，说，先生真会开玩笑。

后面有一辆红色桑塔纳一直尾随着我们，我们快它也快，我们停下来它也停下来。司机脸上的神色起了微妙的变化。他看起来有些紧张，嘴里频率很快地嚼着口香糖，瞅准时机，不断地超车，超车。而那辆红色桑塔纳就像狗皮膏药似的用同一种速度跟着我们。

车在饮马口吃了一只八十秒的红灯。前面已经停了一条足有五十米的车龙。司机不断地看着他那一侧的反光镜，并不时地偷偷用眼角的余光观察着我。我抬腕看了下表，已经用去五分钟了。

后面那辆桑塔纳的车门突然打开了，从里面钻出一个衣冠楚楚的小个子男人，他手里拿着一只公文包，撒腿奔跑了起来。

直到那个男人跑出去一大段，司机才把探在车窗外的头和半个身体缩回来。他长长地吐了口气，然后顾自摇着头，大概在暗自庆幸。过了一会儿，他把脸转向我，谨慎地问道，先生刚才是和我开玩笑的吧。但有一种逼真的感觉却猛然间抓住了我，我刚勒死了一个人，此刻正坐在逃逸现场的汽车上，而不巧又碰到了堵车，于是我打开了车门，狂奔起来。我气喘吁吁地穿过马路，我跑呀跑，很多好奇的目光也随着我在奔跑，我边跑边回头，这时，恰巧有一辆空车朝我这边开过来，我伸手拦住了它，不等车门关好，我就催促司机快开，快开。司机随口问道，先生有急事？我说我刚勒死了个人，赶着逃命。司机一踩油门，说，先生你真会开玩笑。我摊开双手，手心苍白，掌纹杂碎，由于刚才极度地用力和紧张，它微颤着，并且上面清晰地留着绳子勒进手掌的感觉。

当天晚上，我一不小心又滑入了那个泥潭般的梦里。多年来，这个梦总在我最脆弱最不设防的时候跳出来折磨我。我骑跨在自行车后座上，双臂搂着哥哥的腰，脸贴着哥哥的后背。哥哥穿着一件新做的藏青色的滑雪衫，尼龙的面料很凉，但贴的时间长了，也就慢慢暖和起来。去水库的路上，哥哥一直在哼一首没头没尾的歌，听久了，我也跟着哼了起来。水库的水很清，太阳照在上面，波光粼粼。不远处，一块形状怪异的石头上停了一只小鸟，一只好看的小鸟，它的背部和头顶各有一抹像是画上去的翠绿。有那么一会儿,我简直看呆了。我说哥哥,一只鸟,并头也不回地伸手拍了哥哥一下,也可能是推了哥哥一下,随后就听见一声叫喊。等我回过头去,身旁的哥哥不见了,水面有一圈大大的水波,它们逐渐扩大,扩大,然后一圈一圈散开去,直至归于平静。我吓傻了。愣了一会儿,四下看看没人,突然发足跑了起来。我不知道我为什么要跑,跑起来后就更不知道了。

在路上,我搭到了一辆大卡车。在几头被捆了前后蹄躺在那儿哼哼唧唧的猪的身边坐下后,我双腿发软,身体发软,连抬手擦一下鼻涕的力气都没有。那天晚上家里乱成一锅粥,哥哥始终没有回来,而我又发起了高烧。

每次从这样的梦中醒来,我就双腿发软,身体发软,连抬手揉揉满是眼屎的眼睛的力气都没有。关洋早就起来了,坐在我对面的一张椅子上,埋头抽着烟。屋子里全是烟雾。敲门进来的母亲一阵咳嗽。毫不迟疑地掀开我的被子后,母亲走到关洋身旁,拍着他的肩膀,让他想开点,节哀顺变。

我重把被子盖好。我说我今天有点不舒服,不去上班了。母亲说喝到半夜三更才回来,身体怎么会舒服呢。有朋友在家,也不知道早点回来,真是的。我默不作声地听着。我哥哥死后,有一阵子母亲很少说话,空下来就神情呆滞地捧着哥哥的相片落泪。她想不通究竟是自己做错了什么,老天爷要这样惩罚她。后来她似乎突然就想通了,这是一个神秘的过程。母亲的话又多了起来,多到连周围的邻居都嫌她啰唆的地步。退休了的父亲听得不耐烦的时候,通常会去外面逛上一圈,久而久之,父亲养成了不到吃饭睡觉的时间就不回家的习惯。每当我也有像父亲一样拔腿往外跑的冲动的时候,我就对自己说,你就当是替哥哥在听母亲唠叨,这样一想,我总能迅速地心平气和下来。

关洋已经在我这儿住了快一个星期了。本来我还以为他会和我谈谈他老婆的事，以他的直觉和逻辑推断出若干个可疑之人，若干种可能性。倘若你身边有个熟人的老婆被人莫名其妙地杀死了，而这个女人你曾见过，甚至隐隐还动过她的念头，这肯定是你平庸生活中的一个意外，一个兴奋点。然而关洋除了他老婆做头七那天很不情愿地回了一趟家外，整天坐在我房间里，一副苦思冥想的样子，大门不出，二门不迈。真搞不懂他在想什么。

我又在被窝里躺了一会儿。可是有一个人无声无息地坐在你对面，拼命地抽烟，而他的老婆前不久刚被人不明不白地勒死了，你怎么能睡得着。我从床上坐起来，说，给我一支烟，好吗？

你今天不去上班是不是有话要对我说？关洋从烟雾中缓慢地似乎很吃力地抬起头，胡子拉碴的他眼睛中布满了血丝，看起来就像好几宿没睡觉了。

昨晚喝多了，头晕，胃里难受。

关洋点点头，继续抽烟。过了一会儿，他好像颇为犹豫地问道，昨天公安局是不是又去找你了？

你怎么知道的？

猜的。凭感觉。

还是老一套，还是上一次那些问题。

他们，他们提到我了吗？

当然。看起来他们对你挺感兴趣的。你除了作案的时间不充裕，其他的，像杀人动机什么的，都存在可能性。

关洋点点头，同意我的分析。

该不会是你杀的人吧？我冷不丁冒出一句。

关洋咬着自己干裂起皮的下嘴唇，腮部的皮肉轻微地更像是在我想象之中抽搐着，最后他仿佛下了很大决心似的重重地点了下头。

别开玩笑了。怎么，难道真是你！

我已经等了快十天了。关洋猛然站了起来，烦躁不安地在屋里走动起来。我随时做好了被抓的准备，我每天都坐在那张椅子上，静静地等着，他们不来，我就一天一天等下去，总有一天他们会想到我的。

为什么不去自首，争取宽大处理？

我不需要宽大处理。我杀了人，当然要以命偿命。

也可能公安局那帮笨蛋永远也想不到是你杀的人。

如果是那样，我也将得到应有的惩罚。我每天都在受着良心的谴责，一天一天，我的日子不会好过的，法律不惩罚我，老天爷也会惩罚我的，我知道的，我的下半辈子就是为了还上半辈子的债才活着的，如果谁能给我一枪，那是对我最宽大的处理。

可是，可是你为什么要杀她呢？

为什么要杀她？关洋一步跨到我床边，梗着脖子，声音嘶哑地冲我嚷了起来，我一次次地原谅她，她却一次次地背叛我，一而再，再而三，好像我这一次的原谅就是为了等待她的下一次背叛，我受不了这种生活在欺骗中的感觉。

关洋的泪流了下来，他没有擦，也没有掩饰，也可能根本就没意识到，他冲我继续嚷着，你替我想想，你替我想想，换了你你也会杀了她的。

那你可以离婚嘛。

离婚？说到离婚，关洋仿佛被阉了似的忽然安静了下来，他重又坐回到椅子上，伸手撸了一把脸，撸了一手的眼泪。关洋茫然地看看自己摊开的手心，看看我，又看看手心，脸上一副很意外很不解的表情。

我重复了一遍，你可以离婚嘛。

关洋没有理我，顾自点了一根烟。我又重复了一遍。我承认我是故意的。这下关洋有些急了，他叫喊了起来，离婚，离婚，你说得倒轻巧，她也想离，可我不会和她离的。当初我费了多大的劲才娶到她，她生是我的人，死了也是我的鬼。

你真的不是在开玩笑？

你看我像是和你在开玩笑吗？

那你到底是怎么把她杀了的呢？

很简单，那天你们要我去买香烟，我下楼后看见正好有一辆出租车下了个客人，我就上去了。路上很顺利，我还和司机聊了两句，他说他最喜欢做这样的生意了，下了客马上就再上客，我说我也最喜欢坐你这样的车了，不用等也不用招手。上楼的时候，我忽然有些犹豫，也可能是害怕了，但都到家了就进去吧。吴艳正在打电话，看见我进来，她马上把电话挂了，我就知道她肯定是和哪个王八蛋在调情，而且她就像根本没看见我似的转身进了房间。这下我火了，跟着冲了进去，三下两下就把她勒死了，然后我又把家里搞搞乱，就出来了，就这么简单。

说完之后，关洋看着我，等着我的反应。杀一个人就像踩死一只蚂蚁这么轻巧简单，你让我怎么能一下子接受。我说这听起来像是一个故事。

什么故事，这是真实的过程。没杀人之前，我也觉得那是一件很复杂很难完成的事，干完之后，我才知道这其实非常简单，一切的困难和犹豫都存在于想象的过程之中，等事到临头了，等真正去做了，你就会发现其实真的很简单。对了，我走到楼下，一抬头，又是一辆空车，特别巧。在车上，我就想，也许一切都是老天爷安排好了的，他也觉得吴艳该死，所以就派我下了手。

可是你们家被偷走的那些东西呢？

都被我扔到河里去了。

好了，不要开玩笑了。

我没有开玩笑，关洋的嗓音又提了起来，他红着眼睛冲我叫嚷道，你他妈的为什么就不相信我杀了人呢，凭什么我关洋就不能杀人，啊？我知道你们看不起我，除了有一个能办事的老爸，我什么事也干不成，但这一次人真是我杀的，是我杀的，就这样，这样，然后她就没气了。

行了，我信了，你确实杀了一个人，现在你坐下来喝口水，抽根烟，有话好好说嘛。

真的很简单，这样，这样，她就没气了。

第二天一早，迷迷糊糊中有人在推我的肩膀。我知道接下来母亲会把被子整个从我身上掀走，我蜷着身子，想抓紧时间再眯上两分钟。但身上的被子迟迟没有被掀掉，这下我倒醒了，睁开眼。只见关洋站在我床边，穿戴整齐，连胡子也刮过了。我抓起枕边的手表一看，才六点十分。

关洋的第一句话就让我完全醒了过来。他说，我决定去自首了。我一下子从床上坐了起来，脱口而出，需要我陪你一起去吗？关洋说不用了。他递给我一张纸，说，这是我父母那儿的电话号码，你看怎么能婉转地把这件事情和他们说清楚，说完，伸出手来抓住我的手，握了一下，然后转身微笑着而去。我没有喊住他。我有些发蒙。我又在床上坐了一会儿。在关洋转身的那一瞬间，我脑子里蹦出四个字：视死如归。

每次从这样的梦中醒来，我就双腿发软，身体发软，连抬手揉揉满是眼屎的眼睛的力气都没有。近来，哥哥总是极其随意地在我梦中进进出出，说很多话，而说最后一句话前，他总会用力拍一下我的肩膀，右肩，然后才沉着脸问，老二，这些年你过得好吗？于是，那一整天我的右肩膀上都像是搭着一只沉重的手，以至于走起路来，肩膀都是倾斜着的。

母亲时常在我耳边提起关洋。她说那孩子真是可怜呐，老婆被人杀了，家里被偷了，自己也傻了。我说他没有傻，没傻，只不过受了点刺激，有点神经质罢了，他以前就有点神经质。母亲不同意我的看法，她说不傻会去公安局自首吗?

　　这一段,关洋去公安局自首的事已经成了朋友间茶余饭后的笑话和谈资。有人认为关洋太爱那女人了,他希望早一天结案以告慰死去的妻子,可公安局就是迟迟破不了案,所以他把自己推了出去。有人觉得一切都不像外面平常看到的那么简单,关洋爱他老婆只是个假象,事实上是他因为有些事(当然是男女之事,他老婆给他戴绿帽子是人皆知之的事)早已对她恨之入骨,所以找人把她杀了,杀人的人一直没有抓到,他现在是良心发现,因而主动投案。还有人倾向于关洋只是和公安局开了个玩笑,借此讽刺他们办案无能。最浪漫的一种说法是,关洋的老婆是被她的某个情人给杀的,关洋完全知情,因为不想让他老婆的死变得太难堪,所以他把一切揽到了自己身上。最后这种说法最孤立,连说者本人说完都觉得不可信。

　　朋友们都要求我也发表点看法。他们说关洋在你那儿住了一个星期,总该给你透露点真实情况吧。但我不想说,我突然觉得一切都是不可信的,就像一个经不起推敲的谎话。我甚至不知道关洋对我说的那些话是源于他日渐膨胀的想象力,还是某种暗示。

　　被公安局以人证物证俱不足请出来后,关洋住回了自己家。我给他打过几次电话,一直没人接,估计是把电话线拔了。听说关洋从公安局一出来就去剃了个光头,春寒料峭的,这只光头肯定十分扎眼。

　　天真正热了起来。换季之前,母亲照例要把不穿的衣服晒一晒,收起来,把要穿的衣服翻出来,晒一晒,准备穿。哥哥那些永远少年的衣服,每个季节母亲都会细心地拿到阳光下,照照太阳,然后折叠起来,等待下一个季节再拿出来。

　　我坐在关洋爱坐的那张椅子上,嘴里叼一根烟,手上捧了一本书,断断续续看了半天,才看了一小段。母亲走进屋来,一阵咳嗽。阳台上花花绿绿地晾满了全家人冬季的衣物。母亲一边收衣服，一边有一搭没一搭地和我说着话。收到那件藏青色的滑雪衫，她突然停下了手中的动作。从我这个角度望过去，母亲斜背着我站在那儿，久久没有动一下，只有鬓角花白的头发在阳光下泛着点点银光。

我喊了母亲一声。母亲好一会儿才回过头来看了我一眼。我说有件事我一直想对你说。母亲说是你哥哥的事吗？

有那么一会儿，我的脑子像是供血不足似的一阵空白。母亲没有转过身来。她的声音很平静，是我记忆中四十岁前那个不温不火、而不是眼下絮絮叨叨、动不动就发脾气的母亲。她把滑雪衫贴在脸上，说，你别说了，我知道，我早就知道了，出事的当天我就知道了。

理完发从理发店出来，我感觉头上一下子轻了许多，很意外很不真实。每经过一个玻璃橱窗，我都忍不住停下脚步来照一照，陌生和不安让我不禁自问，这颗铤亮的头颅是我的吗？好在天已经真正热了起来，一颗没有毛发的脑袋至少看上去还挺凉快的。

经过龙腾商厦时，一个牌桌上的牌友从我身边走过去后又返回来。他首先把我的头夸了一通，忽然话锋一转，转到了关洋身上。他说你知道吗。关洋那小子脑子彻底坏掉了，除了吃饭睡觉，其余时间就坐在公安局的刑侦处，要求把他抓起来，口口声声说他杀了人，他要交代杀人经过。刑侦处的人都怕了他了，见到他就躲。后来关洋又用极其抒情的笔调和诗一般的语句写了作案经过，寄到公安局各个科室，连局长也收到了一份，但是人家就是不抓他，这下把他给惹急了，于是干脆请人把他反绑了去了公安局。

吃过晚饭，我来到关洋家。看见我，关洋愣了一下，但随即眼睛一亮，拍了一下脑门，兴奋地叫了起来，我怎么没想到你，对，你能给我做证的。

关洋家里乱得不像样。几个月不见，他整个人缩水似的瘦了一圈，猛一看上去，精神却异常充沛，情绪亢奋。不等我坐下，他就转身不知从哪儿拿出一根尼龙绳，递给我，说，这就是我杀人的凶器，你认得吗？我从你们家拿的。那天你们让我去买烟，临走前，我在你家卫生间看见这根绳，就顺手装进了口袋，然后我打车回家，用最快的速度把我老婆勒死后，又打车回来接着和你们打牌。

没错，这的确是我们家的尼龙绳。我母亲还曾问起过我见过这根绳没有。

但是公安局那帮饭桶就是不相信我杀了人。他们说杀人的凶器他们在现场已经找到了，是一根鸡肠。可我明明是用这根尼龙绳勒死她的，就这么一套，然后使劲勒，使劲勒，起先她手脚乱抓乱蹬，后来就没劲了，像一摊烂泥似的瘫在了地上。关洋模拟着他老婆垂死挣扎的样子，身体后仰，双手掐着自己的脖子，伸出那截布满黄绿色的舌苔的舌头。

今年 8 月，在一场声势浩大的全国性的反逃追捕运动中，一个潜逃多年的杀人抢劫惯犯落网了。在他的交代中，审讯人员摸到了一条和关洋老婆的死有关的线索。这个五年里杀了九个人的男人，于今年四月份悄悄回到家乡，祭拜完自己过世的父亲后，他顺便做了几桩案子，也算是给家乡人民留下了点纪念。其中一桩就是谎称煤气公司抄煤气表的，入室装模作样地看了看煤气表后，伺机将毫无防备的女主人勒死，然后搜搜刮刮家里值钱的东西，扬长而去。

1999 年 10 月
原刊于《人民文学》2000 年 1 期

外面起风了

王树生家祖祖辈辈都是农民,老实巴交的只知道和土地打交道。到了王树生这一辈,情况有了改变。从小王树生就讨厌劳作,不是他父亲的棍子打到屁股跟头了,他绝不会自觉自愿地去田里。到十八岁的时候,王树生已是村里小有名气的二流子了,热衷于半夜三更蹲在别人房下听房,第二天随便往哪儿一站,就有人围上来,树生,昨晚又听什么好戏了,给我们学学。得承认,王树生的记忆力真是好,模仿力尤其强。凡是隔夜干过一把的夫妻第二天看见王树生都有点心虚,天知道昨晚后者是否光临了他们的窗下。

王树生二十岁那年,村东头白白胖胖的刘寡妇看上了他那一身精肉,三天两头给他留着门。这天天刚擦黑,王树生就兴冲冲地出门了,谁知道这一去就是四年。在刘寡妇的床上,他被国民党抓了壮丁。第一次上前线,枪还没摸热,转眼间就成了八路军的俘虏,紧接着受了一番教育后换了一身军装又上了前线。

四年后,当他带着性生活进行到一半的心情和一个他将用大半辈子的生活乐趣换来的排长的职务回到村里时,刘寡妇已成了别人的老婆,大着肚子,身后跟着一大串孩子。王树生对此无奈地摇了摇头(你不知道,他只能摇摇头),然后领着他的两个弟弟回了部队。这样,王家的三个儿子都吃上了官饷。

　　毫无疑问,王树生完成了王家由农村到城市的巨大转折,所以,他觉得自己有理由以王家的功臣自居了。喝了点酒,他时常会把最有耐心也和他一样没有混出名堂的二弟叫到跟前,没头没脑、感慨万千地说上一段他出生入死的经历,然后一挥手,让后者好自为之、珍惜来之不易的生活去吧。而他,则像一条疲惫之极的老狗,爬到床角,蜷缩着呼呼睡去。他的妻子———一位比他小十二岁的纺织厂挡车女工———却不吃这一套。在形式上,她当然是王树生的老婆,而在精神上,她早已脱离了后者。谁都知道,她男人的那东西不行。其实是根本没有。刚结婚的那一阵,她还东奔西走地试图找到一种神奇的秘方,但人家的回答是,你先去战场上帮他把那根玩意儿找回来接上再说。是呀,皮之不存,毛将焉附? 之后,她就开始以寡妇自居了。同情她的人很多,大家都咂着嘴说,可惜了一块好田地。其中一些人更愿意以实际行动实实在在地帮上她一把。尽管她不漂亮,可有一身好皮肉和某种野花的芳香。这就够诱人的。对此,王树生也只能睁一只眼闭一只眼。我又能怎么办呢?他对赶上门来抱不平的二弟说,是我当初骗了她,是我先对不起她的。背后已经有人私下里给年轻的王树生改了称呼,喊他老王或干脆:老王八。

　　三十多年后,也就是八十年代后期,我们已经年逾花甲的老王在老酒之外,又喜欢上了一样东西:看录像。像他这么一位头发花白、胡子花白、眼神也有点发花的老头子混在小青年成堆的录像厅里,是够扎眼的。好在,他已和录像厅里的那些常客成了见面点头的朋友。你要常去录像厅泡泡,你就会知道,那儿一年四季大部分的观众是固定的,只要有新片,我说的当然是带颜色的,18K,最好是 24K 的,他们一准会来。如今,老王已经退了休,有的是没处打发的时间和精力。对自己一度炙手可热、出尽风头的老婆,他不用再操什么心了。她那一具已完全走了形的肉体,老王相信,没人还能提得起胃口。因此,他尽可以放心地四处逛逛。

十二月二十八号这一天，老王吃过晚饭后，照例去街上转转，消消食。而他的胖老婆则连碗也不洗就爬上了床，守着她的电视机。进入更年期后，她的脾气变得相当厉害，不但坏话听不进，连好话也听不进了，动不动就扯开嗓门和别人一通大吵。她把所有的同事、街坊邻居都得罪光了之后，也就到了退休的年龄。她越来越不爱出门，需要买什么就支使老王去买。同时，她也越来越懒越来越胖越来越不爱动越来越古怪。老王夫妇退休后终于有了点共同爱好：迷上了屏幕。只不过是一个是国家放什么她看什么，而另一个则是国家越禁止的他越看得津津有味。

大约七点半的时候，老王携着一身冷空气进了家门。电视里正在预报天气，偏北风五到六级，北方的大部分地区都有雪，在未来的十二小时内，气温将下降近十度。电视的音量开得很响，老王在卫生间里就听得清清楚楚。这女人近一年来不断自我暗示自己的耳朵不行了，所以和她说话得用上吵架的音量。但有时，老王轻轻地一声嘀咕，她却能极准确地捕捉到。老王不知道她到底在搞什么名堂。反正，他从来就不了解她，现在就更弄不懂了。扪心自问，他王树生的确有愧于她。这三十多年来。除了一个徒有虚名的妻子的名分之外，他什么也给不了她。不过，为此他也做了几十年遭人耻笑的活王八。老王认为，如此这般，他们应该算是两清了。曾经他们也想过收养一个孩子，于是和王树生的二弟商量，把他的小儿子过继了过来。可惜王树生命中无子，一年后，他二弟的大儿子在河里淹死了，又把小儿子要了回去。王树生又试着和老婆商量，想去老家把刘寡妇的小儿子收养过来。刘寡妇先后嫁了两个丈夫，马不停蹄地生了七个孩子。可他的老婆一听就跳了起来，劈头给了他一巴掌，大喊，想也别想。王树生曾在一次喝醉酒后向她炫耀过自己和刘寡妇的事，他的本意是，他并不是从来就不行的，他曾经行过，而且很行过，如果不是那块该死的弹片，那么，现在让她心满意足绝对不成问题。没有问题的。

　　老王一只脚刚要跨出家门，他老婆在房间里响亮地说了一句：外面起风了。老王愣了一下，搭在门把上的手一哆嗦。她从来不这样和他说话的，尤其是用那种口气。可究竟是种什么样的口气，老王一时也形容不上来。总之，是种不同于以往的、让他陌生又熟悉并且受宠若惊的口气。老王关上门，走到卧室门口。躺在被子里的老婆只露出一张堆满横肉的脸和一只双下巴，眼睛直愣愣地盯着电视画面，并不理睬他。老王在房门口站了一会儿，他总觉得床上的人还会对他说点什么的。可后者似乎连看他一眼的兴致也没有。也许我刚才听错了，老王走出家门的时候对自己说，她怎么可能那样对我说话呢。

　　风比刚才回来的时候好像又大了点。老王将大衣领子竖起来，双手狠搓了几下老脸。天气对他从来不是个问题。这五年来，他风雨无阻地从这个录像厅奔到那个录像厅，手里掌握着第一手的新片资料。全市各个录像厅的售票员和检票员差不多都成了他的熟人。他们都知道这个一生风风雨雨、老来却无儿无女的不幸的老头却更为不幸地有一个像雌老虎一样凶的老婆，为了躲避老婆没完没了的唠叨，不得不整天在外游荡。录像厅好歹也算是个能遮风挡雨的地方。他们不无同情地接受了他。有时，他们也拿他开开玩笑。他们说，老王，你天天看这种毛片子，就没点什么想法？老王就"嘿嘿"地笑。他们又说，即使上面没有想法，下面总会有点反应吧。老王仍然只是"嘿嘿"地笑。他已经习惯了被别人开玩笑。事实上，这几十年来，他一直就是别人嘴里的笑话。

　　走到解放路路口的时候，老王犹豫了一下，然后向右一拐，进了学前弄。他临时改了主意，想先去看看曾做过自己半年儿子的侄子。两年前，这小子认为自己已经羽翼丰满，该有私人生活了，所以不顾父母的反对，从家里搬了出来，在学前弄租了一间破房子。老王有大半年没见他了。这些年,在心里,老王一直把这侄子当成自己的儿子,隔一段时间不见,就禁不住有些牵挂。然而,侄子对这个大伯却并没有好感。除了过年的时候硬着头皮去拜个年外,平时几乎不登王树生家的门。他最怕大伯回忆曾是自己父亲的那一段时光了,可后者一看见他,特别是喝了点酒后,嘴里翻来覆去就只有那段时光了。

大门开着。这是一座深宅大院的老房子,大门不显眼,里面却深得很,住了有十几户人家。老王的侄子住在院子边上一间据老王猜测以前是关狗的屋子里。窗口黑乎乎的。老王刚要抬手敲门,却听见里面有说话声。他蹑手蹑脚地走到窗户下,没错,是有人,而且是让老王兴趣陡增的一男一女。

有那么一会儿,老王觉得自己的心脏停止了跳动,要不就是跳得太厉害已经从喉咙口跳了出去。他不胜负荷地将手按在心口,大口喘着气。不会错的,就是那种腔调那种语气,细声细气,不紧不慢,夹杂着秋天里麦子的清香,向你吹过来,吹过来,吹得你耳根痒痒手脚痒痒,最要命的是心里痒痒。这股四十多年前的床头风,不远千里逆着时间的长空吹过来了,它轻拂着老王皱纹纵横的老脸、头发稀少的脑门乃至全身,而且它还在吹,从漆黑的屋里顺着窗户的缝隙源源不断地往外吹送。老王已经听不下去了,他走到门前,用力捶打着门,开门,开门,快开门,我知道你在里面,刘寡妇,开门。

屋里的灯亮了,过了半晌,门才打开。老王不等门开直就一头冲了进去。刘寡妇,刘寡妇呢?由于猛然进入一个光亮的地方,他的眼睛一下子还不能适应。他站在屋子中央,一手捂着他那颗可怜的老心脏,一只胳膊挡着头顶日光灯的光线,眯着老眼,四下看了看。只见床沿坐着一个三十来岁的女人,这会儿正一脸红晕和好奇地看着自己。身后的被子匆忙中好像整理过了,但仍很说明问题的蜷缩在那儿。

"你想干什么?"老王的侄子关上门后问他的大伯。看起来,小伙子很不高兴。

"刘寡妇呢？"老王还没有回过神来，一分钟之前，他还认定刘寡妇就在这间屋里，和他年轻力壮的侄子享受着鱼水之欢，就像四十几年前和自己做的那样。可眼前的刘寡妇居然是个瘦瘦的陌生女人，比起白白胖胖的刘寡妇，可差了远了去了。老王眨巴着眼睛看着床上的女人，一副认不出来却执意要认出来的样子。你得原谅他，他老了。你得体谅他，他最后一次性生活距此已过去了四十几年。

"什么刘寡妇，到底发生什么了？来，你坐下来，坐下来说。"小伙子给他大伯搬了一张凳子，然后点了一根烟，在床沿那女人身边坐下。对于这个大伯，他知道自己必须拿出他所有的耐心。他的父亲一再叮嘱他要孝顺这个不幸的大伯，你看，他没有孩子，没有文化，没有朋友，有一个老婆却还不如没有，他已经窝窝囊囊地在这个世界上生活了六十多年，唯一一段辉煌的时光又让他失去了人生的一大乐趣。

"——可是，可是，我刚才在门外听到刘寡妇的声音了，真的，她的声音我一辈子都不会忘记，我是不会听错的。"老王不解地看着自己脸色潮红的侄子，希望后者能给他一个解释。他实在太糊涂了。

"什么？"小伙子"腾"一下站了起来，扔掉了手中才抽了两口的烟，"你刚才一直在门外偷听？"

"嘿嘿！"老王低下头，躲闪着侄子的目光，不好意思地搓着双手，"我是听到刘寡妇的声音了。"

小伙子来回在屋里走了几步，看得出来，他正在努力克制着自己。这时，女人开口了。

"刘寡妇是谁呀？"

"她就是像你这样说话的。她说话的声音和你一模一样。真的，太像了。如果不看脸光听声音，我还以为刘寡妇就在这屋里呢。真的太像了。怎么会这么像？"

"但是，刘寡妇到底是谁呀？"

这个问题实在不那么好回答。刘寡妇是个什么样的角色？王树生从来没有想过。真要说起来，话就长了。反正，她首先是别人家的寡妇，然后才是他王树生短暂的姘头。那真是一段好时光呀，这四十几年来，老王每当遇到不顺心的事，尤其是他老婆冷嘲热讽他不是个男人的时候，他就将头一缩，缩回到那一段他流连忘返了大半辈子的好日子里。

"一个好女人呐！"

两个年轻人迅速交换了一下眼神。小伙子走过去，伸出一只手，拍了拍不停地喃喃自语"好女人呐！"的大伯。

"好了，好了，她是个好女人。可是，时间不早了，我婶婶肯定在家等急了。"

"她才不管我呢，你知道的。她巴不得我死在外面才好呢。不过，我是该走了，我还有事要去办。几点了？"

"八点二十了。"

走到学前弄口，老王听到一个近在咫尺的声音问自己，就这么走了吗？老王停住脚步，紧张地四下张了张。风更大了些，偶有几个骑车人也都缩着脖子快速地骑了过去。那个声音继续问他，你有多久没听到刘寡妇的声音了？

四十三年了。老王在风中回答道。

你就不想再听听吗？

再次将耳朵贴在窗口的老王再一次相信刘寡妇确实在屋内。妈的，那个从小就诡计多端的侄子这一次差一点又骗了自己。屋里的动静很大，间或夹杂着刘寡妇呜呜的哭声。这种独特的表达满足的方式，老王再熟悉不过了。四十几年前，他哪回都能叫刘寡妇这么哭上一阵，哭完之后，她就该笑了。妈的，就是这样的。

不过，这次没等刘寡妇笑出声来，老王的敲门声就响起了。不会错的，老王相信自己的耳朵，这对听惯了风言风语的耳朵从来都是认真负责的，不管主人愿不愿意听，它都丝毫不漏地网罗进来。它的工作就是收集声音。它做得好极了。

只一小会儿，门就打开了。光着上身，只穿了一条田径短裤的侄子皱着眉头挡在门口。让我进去。老王推了几推，没能推开身体像小牛犊一样健壮的侄子。

"让我进去。我知道刘寡妇在里面。你小子差一点又骗了我。"

"什么刘寡妇，没有刘寡妇，你刚才都看到了，没有什么刘寡妇。"

"你骗我，我知道的。你小子从小就鬼话连篇，虚头滑脑，你让我进去。"

老王踮脚向里张望。没人。可隆起的被窝里显然藏着一个人，不出意外的话，就是那个不好意思见自己的刘寡妇。老王突然一猫腰，从他侄子的胳肢窝下钻了过去，一个箭步冲到床边，一把掀开被子。

一声惊叫和一具白晃晃的肉体让老王一下子懵了。他几乎什么也没看清，被子就被床上的人夺了过去。但下意识里，他似乎又极快地浏览了一遍。很白，这就是他的全部印象。老王闭上眼，他的眼睛有被强光刺痛的不适感。

"你他妈的到底想干什么？"

身后那声怒吼使老王猛一哆嗦。他缓缓转过身。他的动作够慢的，即使这样，他的脑子也还是来不及跟上他的动作。他茫然地看着这会儿脸色铁青的侄子。

"你说什么？"

"你想干什么，你到底想干什么？"

"我，我又听到了刘寡妇的声音，但是——"

"够了，妈的，我看你是老糊涂了，越活越糊涂了。"说着，他从椅子上一大堆乱七八糟的衣物里找出他的棉毛裤，穿上，又往身上套了一件毛衣，然后给自己点了一根烟，在床沿坐下，闷头抽了起来。

"我是老糊涂了，我明明听到刘寡妇在屋里说话，这一次我听得很清楚的，她还在哭，那不是伤心，是高兴，我最了解她了，她在床上高兴的时候就是那样哭的，我最了解她了——"

"好了。"小伙子又是一声怒吼，接着站起身，走到门前，打开了房门。不知道是由于愤怒还是寒冷，他的身子一阵哆嗦。

究竟是怎么回事？快走到家门口时，老王还在问自己。他手里提着一把火红色的冲锋枪，那是他刚走到学前弄堂口时，他侄子从后面追上来扔给他的。他还记得二十几年前，他侄子从他手中接过枪时满脸的惊喜和随之而来的欢呼雀跃。那时小家伙才五岁，是他王树生的宝贝儿子。这小子从小就爱玩枪，老王陆陆续续给他买过十几把各式各样的玩具枪，这把冲锋枪是其中最漂亮也是最贵的，小家伙简直爱不释手，即使后来破损了，也没舍得扔掉。这小子现在把枪扔还给我，是什么意思？老王抚摸着枪管处裂开的一条缝隙问自己，这算是什么意思？

这个夜晚过得真是糊涂极了。老王记得自己本来是打算去双流录像厅的，却鬼使神差去了侄子家。接下来发生的一切犹如一场梦，这会儿老王能回忆起来的只有那种熟悉的呜呜声，就像一个委屈的孩子在旷野之中无助的哭泣，叫人心碎。可它真实的起因是由于满足和快乐。他知道的。

在电视晚间天气预报声中，老王的老婆正打着震天动地的呼噜，多肉的鼻子和微张的大嘴各自分工明确地完成着吸气和吐气的任务。她就是这样和他王树生睡了三十几年的。老王把枪放在床上，在床边站了一会儿。电视里在说，在未来的十二小时内，气温将下降十度左右。知道了，老王说，我早就知道了。

关了电视和卧室的门后，老王来到厨房，在饭桌前坐下。饭罩下罩着晚上吃剩下的一碗肉丝炖白菜和一碟咸水花生。老王将花生米移到跟前，打开桌上那瓶喝了三分之一的二锅头，对着瓶口，喝了一口。忽然，他想起了什么，起身走回卧室。那把冲锋枪正躺在属于他的那三分之一个床位上，他老婆伸在被窝外的一只脚搭在那支枪的枪把上。老王慢慢地小心翼翼地从她脚底把枪抽出来。床上的人翻了个身，继而又打起了呼噜。在她睁开眼之前，呼噜声不会停止，老王知道的。

现在好了，枪就摆在饭桌上，老王喝一口老酒，就几粒花生米，看一看已经旧得毫无光泽并裂了多处裂缝的冲锋枪。恍惚中，他觉得他的一生此刻就摆在这张桌上了。四十年前的那场战斗——不，准确地说，是遭到了敌人的突袭——又出现在他眼前。得承认，他王树生是个怕死的兵，他时刻担心着自己的小命。那一次，如果不是班里他称之为大哥、对他处处照顾的老乡——一名冲锋枪手，在他眼皮底下倒下，他不会急红了眼揣着冲锋枪不顾死活地从掩体一跃而出的。事实上，后来他后悔极了，为此丢掉的那根小弟弟让他责怪了自己大半辈子。他无数次设想过假如在战场上失去的是一只胳膊或一条腿，那他的生活都会比现在好上十倍二十倍。肯定的。

老王至今都没有想通，他那玩意儿——他生活和做人的乐趣，怎么不打一声招呼就离他而去了。和他的一些战友相比，他看起来倒像一个完整的人，可其实说难听点，他是连性别也丢在战场上了。他的老婆因此怨恨他，说实话，他能理解。包括这女人大张旗鼓地给他戴了一顶鲜艳的绿帽子，犹豫再三，他也接受了。他们没有自己的儿子，他们不可能有自己的孩子，然而有一次，他老婆的肚子倒真的大了起来。当然不是他的种。她竟然打算生下来，她发誓有了自己的孩子后就开始好好地过日子。她的意思是，不再给他戴绿帽子，一心一意地做孩子的母亲和他的妻子。王树生差一点就被她描绘的那幅景象迷惑了。这时，他的二弟站出来说了一句话：大哥，你的脑子也太简单了。王树生静下心来一想，确实，自己的脑子太简单了。谁知道那女人心里打的是什么主意，等孩子生下来以后，也许自己不但做不了孩子的父亲，弄不好连丈夫的位置都得拱手让给别人。

到现在，老王仍为当年自己没有头脑一热、枉想不播种就有收成感到庆幸，否则，他头上遭人耻笑的绿帽子上又会多一只臭不可闻的屎盆子。在不知不觉中，老王已将瓶里约莫七八两的二锅头全都喝了下去。他拿起酒瓶晃了晃，确实没有了。老王站起身，房顶上日光灯的镇流器发出"嗡嗡嗡"的响声。他抬头看了看，突然感到自己的心脏一阵猛跳。怎么回事？他问自己，继而又抬头看了看。什么也没看出来。不过，一定有原因的。老王闭上眼，使劲开动着脑子。

"嗡嗡嗡……"

对了，是飞机的声音，老王终于想起来了。那次遭小日本突袭之前，先是几架敌机神气活现地在上空盘旋。后来炸弹就下来了，接着他的战友倒下了，他的老乡倒下了，最后，他也倒下了。妈的，都倒下了。等他醒来的时候，一位脸上长着几颗雀斑的年轻军医不无抱歉地告诉他，他那玩意儿没有了，不是他们割掉的，从战场上抬下来时就没有了。妈的，没有了。此刻，老王再次感到了那种久违了的绝望的愤怒。他操起桌上的冲锋枪，对着日光灯，扣动扳机，嘴里模拟着：哒哒哒……

边打，老王边退。他眼观六路耳听八方，警惕地注意着周围的情况。他仍然爱惜着自己这条老命。推开卧室的门，他的老婆四平八稳地躺在床上，打着呼噜。老王朝着她就是一阵猛烈的扫射，后者丝毫不为所动，呼噜声依旧有板有眼地向四周扩散，扩散开来。

又是一阵更为猛烈的扫射，分别射向心脏、腹部和脸部，老王有把握能把敌人打个稀巴烂。而床上的人这时居然极为满足地努了努嘴（子弹很好吃吗？），然后又打起了在老王听来更为响亮的鼾。妈的，老王不顾一切地扑了上去，掀开被子。床上的呼噜声戛然而止，随之而来的是一声惊叫。

　　当看清楚是自己的丈夫时，床上的人怒不可遏地推了后者一把，你发什么神经病！老王抬手就给了她一耳光，接着把枪口抵在她的胸部，扣动扳机，哒哒哒……

　　没有用，她还活着，并且极为有力地挣扎着，叫喊着。突然，老王来了灵感，他一把扯开敌人的裤子，后者一下子安静了下来，惊讶同时饶有兴趣地看着他。这是一个让她感到陌生又新鲜的动作。老王顺利地褪下已被他扯破的裤头，又同样顺利地分开了敌人的双腿，他拿起他的冲锋枪，以迅雷不及掩耳之势，朝那个对于很多男人来说已是熟门熟路、而他王树生却从未光顾过的洞口伸了进去，毫不犹豫地伸了进去，扣动扳机，哒哒哒……身下敌人的目光由诧异变为温柔，呼吸声越来越大也越来越急促，就像今晚的西北风。老王忽然想起了他被抓壮丁的那晚也是一个刮西北风的天气，他被人从刘寡妇床上拉下来的时候，刘寡妇喊了一句：外面起风了。

1999 年 11 月

原刊于《长城》2000 年 2 期

等待

自从孙子小凡因持刀杀人被判刑入狱后,一向不认老也不服老的陈老太太一下子苍老了许多。早年生活的重负都没把她压趴下,到了八十二岁,对孙子后半辈子的一纸判决让老太太的腰迅速地弯了下去,与此同时,背驼了起来。在她看来,老实厚道的孙子竟然大白天的用一把西瓜刀捅死了一个大男人,是难以置信的。事后她反复为孙子骇人的举动寻找理由,最后她得出结论,那就是那人确实该死。

家里人因为怕老太太受不住,一开始一直瞒着这个消息,邻居那儿也打过招呼了,只说小凡去外地学习了。就在老太太整天嚷嚷小凡怎么还不回来的时候,她在弄堂口的点心店碰到了一个比她还要老上一些的老邻居,一见面就握着陈老太太的手,要她想开点,想开点。

但是这样的事怎么能想得开呢。陈老太太颤颤巍巍地回到家,在她那把坐了十来年已越来越爱呻吟的老藤椅上坐下。不知为什么,这把藤椅总是让她觉得自己还年轻,老胳膊老腿还算听使唤。

下午五点三刻,小儿媳准时从外面回来,手里拎着一袋菜,径直去了厨房。婆媳俩已经有近十年没说过话了,因为一场现在想想根本不值一吵的架。这一赌气就是十年。吵完架老太太就收拾收拾去了大儿子家,四年前,大儿子因病去世,多病的大儿媳进了老年公寓,她只得重新搬回了小儿子的家。婆媳俩除了不说话，相处得还算过得去，反正孙子和儿子是她们之间的传话筒，不正面接触当然不会有正面冲突，并且这一两年好像依稀有了和好的迹象。

从陈老太太坐着的这个角度望过去，刚好可以看见厨房的水池和料理台，小儿媳把马甲袋放在料理台上，脸冲着墙发了一会儿呆，然后好像猛然想起似的，把菜一样一样拿出来。

陈老太太的双手紧紧抓着藤椅的扶手，枯瘦得只剩下一张皮的手背绷得异常光滑。下午那个如五雷轰顶的消息并未完全将她击倒，她不能也不愿相信这是真的。她在等儿子下班，等儿子亲口告诉她这是谣言。她甚至想，一旦证实这仅是误传，她要去找那个瞎传话的老邻居，批评她一顿。陈老太太不断地安慰自己，不会有事的，不会有事的。

同时，陈老太太一直努力在回忆老邻居说话时的神情和语气，试图从中找出不可信的蛛丝马迹，为她今天不负责任的言行找到一个依据。然而小儿媳这会儿恍惚失常的样子让老太太禁不住身体前倾，不祥的感觉一点一点在她周身如滴在宣纸上的墨般慢慢洇开，屁股底下的藤椅发出一连串吱吱嘎嘎的叫唤。

因为共同的打击，陈老太太和小儿媳冷冻了近十年的关系冰释前嫌，集中突击似的谈了几天小凡的事后，大家突然商量好了似的不再提这件事。法院的判决下来了，无期徒刑，不是最坏的，可也足够坏。小儿媳怀着侥幸的心理绷了多日的神经一下子松了下来，松下来后身体就不行了，仿佛一个断了线的木偶，瘫倒在床上。家里请了一个保姆，料理家务和陪小儿媳去医院看病拿药。小儿子依然硬撑着。他是不能倒下的。他外面领导着几百号人，这里还要撑着一个破碎伤心的家。因为不能倒下，所以暂时还没有倒下。

眼下陈老太太最担心的是小儿子的身体。办事一向风风火火的儿子，如今行动慢了许多，路走得很慢，饭吃得很慢，入睡也很慢，晚上经常能听到隔壁卧室传来啪嗒啪嗒打火机打火的声音。事实上，一家人的节奏都慢了下来。小儿媳干脆请了病假，每天不是坐着就是靠着唉声叹气或者发愣。

陈老太太不想在家待着，午睡起来后，她搬了张小凳子走到新村外，沿马路挑了个阴凉坐下，等太阳落山，等儿子下班，等夜晚来临，等这一天终于过去。

黄昏。路上的行人和车辆多了起来。陈老太就像定格了般久久没有动一下，街上流动的一切她根本没看到眼里去，小凡成长的过程一点一点在她眼前晃过。

现在小凡已经二十三岁了，商校毕业后进了一家酒店当厨师，交了个和他同岁的女朋友。女孩起先挺胖的，一脸福相，经常上他家来，嘴特别甜，喊完奶奶，俩人就把小房间的门一关，在里面嘻嘻哈哈，半天不出来。其他人怎么想陈老太太不管，反正她挺满意的。后来女孩一点一点瘦了下去，人也不大来了，最后干脆不来了。而她的宝贝孙子开始不着家了，就是回了家也不说话，闷头在自己房间里睡觉。直到出事，大家才知道，他每天所做的就是跟踪那女孩，竟然连好好的工作都不要了。女孩另外有了新的男朋友，并且同居了。小凡的父亲说，我早就看出那姑娘不是个好东西，早晚会出事的，就算跟了小凡，早晚也会弄出点事来的。

陈老太太的肩膀被人拍了一下。她扭头一看，是那个总是兴高采烈的女疯子，就住在她楼后面。没人知道她是什么时候疯的，为什么疯的，只知道她每年春天都要去广济医院住上一段，然后一年其他三个季节就整天在新村里和新村附近散步。尽管有人对散步的说法提出过不同的看法，但她懒散的样子和缓慢的步子说明她是在散步。反正陌生人一眼还真看不出她有什么不对劲的。她总是笑眯眯的，对每一个从她身边经过的男人报以微笑。不过有心人还是能从她微斜的眼角发现一种带勾的邀请，相当于：来吧，不要犹豫。

记忆中，女疯子从来没和陈老太太搭过腔，也没拿正眼看过陈老太太（当然有人说她天生不会正眼看人）。陈老太太有些意外，把脑子从小凡那儿转到眼前这个女人身上颇费了些劲，她的脑子转得很慢。

"你在干什么？"女疯子问。

"不干什么。"

"是和我一样在等人吗？"

老太太摇摇头。

"你已经在这儿坐了一下午了，怎么不是等人，别骗我了。你是老了，挺老的，但一定能等到你要等的人的，只要你一直等下去。听我的，没错的。"

陈老太太只觉得她最后那句话耳熟得厉害，好像在哪儿听过，好像经常听到。她努力回忆着是不是小凡曾经那样说过。

女疯子走出去一大段后又折回来。她笑得真叫灿烂。她走到老太太跟前，弯下腰，凑到老太太耳边，非常神秘地说道，我等的人马上就要出现了，就在今天晚上，我有预感。

初秋的傍晚已有了些许凉意，偶尔有风吹过，陈老太太受惊似的猛然仰起了脑袋。时间不早了，她该起身拿上她的小凳子回家了。可回家一言不发地吃饭然后一言不发地看电视，真还不如再坐一会儿。她受不了饭桌上大家一声不响地闷头吃饭。以前有说有笑的日子说没有就没有了。

不远处，一个老太太碎步跟着一个两岁左右的小孩向这边走来。小孩胖乎乎的，脑袋很大，"咯咯咯"地一路脆笑，两只小手在胸前划动着。老太太一个劲地在后面嚷着,当心,慢点!跑到陈老太太跟前,小孩停了下来,歪着小脑袋好奇地看着她,突然咧嘴露出两排白白的牙齿,笑了。陈老太太朝他招招手,来,过来。小家伙扭过头去看了一眼跟上来的老太太,转身跑了。

陈老太太扬在半空的手慢慢放回膝上,她做梦都想有这样一个活蹦乱跳的重孙。当然现在不可能了。她嘴里喃喃自语着,无期徒刑,无期徒刑。他们对她说,那女孩为了减肥吸上了毒,后来肥倒是减了,人也毁了。为了弄到毒品,和一些不三不四的人搞在一起,弄得人不像人,鬼不像鬼。小凡受不了这样的结果,把和她同居的那个男人给捅了。他们反复感叹,为这样的女人去杀人,真不值得。但陈老太太不是这样看的,她认为这是命。命这东西就像是一张网,从你生下来那一刻起,它就张开在你头顶,逃是逃不过的。

一辆黑色的奥迪车在路边停下。一个脑门上已没有几根头发、体态介乎中年和老年之间的男人从车上钻了出来。他一眼就看见坐在人行道上的老太太,他快步走过来,边走,脸上吃力地挤出一丝笑容。

"妈,该回家吃饭了。"

陈老太太点点头,摆手示意他先走。

"我再坐一会儿,就回来。"

男人略一迟疑,顾自点着头,走了。老太太目送着儿子的背影,直到完全看不见。

也不知道这是疯子今天的第几圈,反正她又出现在陈老太太的视野中,老远就冲着后者熟人似的点着头。

"还没来?"走到跟前,她一脸关切地问道。

陈老太太点点头又摇摇头。她没人可等,也不知道疯子在等什么,但对方那副认真的模样让她觉得人家也是一片好意。

"再等等，会来的。"

没作停留，疯子向前走去。她的背影很快消失在下班放学的人流中。路灯亮了。陈老太太好几次想站起身，拿上凳子回家去，可那个站起来的动作被分解成几个步骤仅仅在她脑子里缓缓滑过。她觉得要完成那个动作对这会儿的她来说似乎特别吃力，所以她仍然双手按在膝盖上，像一个遵守纪律的小学生那样坐着。

来来往往的行人和车辆在陈老太太眼中快速交叉移动着，他们都赶着回一个叫家的地方，吃饭、看电视、睡觉，和家人说说笑笑。而她的家，因为小凡的事，变得死气沉沉的，一家人已经好久没有笑过了。以前的那些日子，多好，多好啊，包括她年轻时过的那些苦日子，现在想想，都是好日子。只要一家人能团团圆圆和和气气地生活，比什么都好。

她嫁给小凡的爷爷时，家里可真叫穷啊，吃了上顿没下顿。过门后，她伺候公婆，照顾年幼的小叔子，还要下田干农活，后来又有了自己的孩子，就更忙了。但她从来没有抱怨过，这就是她的命。是命，就得认。

后来那么多风风雨雨，她都挨过来了，因为她有盼头。对，就是那个叫"盼头"的东西让她觉得一切累和委屈都是可以忍受的。眼看着孩子们长大了，上了学，有了工作，娶的娶，嫁的嫁，又有了下一代，她乐滋滋地忙活着，只求她亲手带大的下一代能为她再生一个下一代，这样，她哪怕死，也瞑目了。但是，突然之间，一切都落空了，就像一堵原本建设中、眼看就要完工的墙，抽掉了其中的一块，于是整面墙都倒塌了。

两个二十岁左右的姑娘从马路对面挽着胳膊穿过来。她们边说笑边走，根本不顾两边的车辆。在陈老太太眼中，那个仅穿着一件露肚脐的衣服的姑娘真不该出门。这也能叫衣服？穿成这个样子，家里人也不管管。而旁边那个女孩更是荒唐，一件像蚊帐一样透明的衣服让里面的一切暴露无遗。陈老太太真替她们脸红。可她们竟然走得趾高气扬的。

无意中,她们挡住了陈老太太的视线。老太太冲她们的后背咳嗽了一声。姑娘好像并没听见,仍然说笑着。说到开心处,她们的身体大幅度地摇晃着。陈老太太又咳嗽了一声。这一次她很用力,引得喉咙口一阵痒,带出了一连串的咳嗽。其中一个姑娘回头看了老太太一眼,随即扯了扯旁边的另一个,俩人对视了一下,忽然没心没肺地大笑了起来。

陈老太太几次想站起身回家,然而下半身却像个千斤砣似的,试了几次,她都没站起来。就在今年上半年,她还每天去公园,和一帮像她一样的老家伙一起甩甩手,聊聊天,身体挺硬朗的。小凡出事后,她身体的各个关节一下子就僵硬了,上下楼梯特别费劲,上二楼就像以前上到六楼那么吃力。她突然就觉得自己老了,真的老了。老了,就成了别人的累赘,别人的笑柄。

两个姑娘的笑真是没完没了了。刚停止,回过头来看一眼老太太,又会抑制不住地笑起来。陈老太太生气地白了她们两眼,别过脸,不再看她们。可那刺耳的笑声还是不断地传到她耳朵里。

有那么一会儿,陈老太太忽然想不起来自己为什么会坐在这儿。她抬头看看渐黑的天空,那两个姑娘已经走到了人行道边上,一个劲地朝马路一端张望着。老太太在心里估摸着该有七点钟了,家里的晚饭应该已经准备好了。小凡在的时候,他们总是七点钟准时开饭,一家人围着饭桌,边看新闻边吃饭,小凡出事后,他们还是老时间吃饭,但不看电视,主要是不想看新闻,任何新闻类的节目都不看,因为说不定就会冒出一条持刀抢劫、杀人的社会新闻。现在这样的新闻太多了,真让人受不了。

一辆宽敞锃亮的林肯在疾驰中突然停了下来,两个姑娘招着手欢天喜地地朝它跑过去。陈老太太觉得这辆车比她儿子的那辆还要气派一些。儿子刚开始坐专车上下班时，陈老太太真是高兴啊。她经常会在儿子下班的时间准时站在路口，等儿子的车开过来，然后看着儿子从车中下来。儿子出息了，当妈的自然高兴。可是这两个姑娘踏上这辆车是要去干什么呢？

反正那两个姑娘等来了她们要等的车，可我坐在这儿到底是要干什么呢？陈老太太又一次抬起头看看天空，那上面稀疏地挂着几颗星星，看起来有些无精打采。她还记得小凡小的时候最爱看星星了，吃过晚饭，就拉着大人的手，嚷着，看星星，看星星。现在他还能看见星星吗？

陈老太太摇摇头，想要把关在牢里的那个小凡从脑子里摇掉，但是越不愿去想，那个穿着牢衣脸色苍白的小凡越是活灵灵地出现在她眼前。陈老太太自言自语着，小凡呐，并伸手在脸前抓了一把，什么也没抓住。

疯子突然出现在陈老太太跟前，吓了她一大跳。

"怎么，还没来吗？"

陈老太太迷惑不解地看了一眼笑眯眯的疯子。

"关键是要有耐心。总会等到的。"

一切好像都在疯子的意料之中，她边走边回头叮嘱。

"再等等，会来的。"

看着疯子远去的身影，陈老太太觉得自己好像真的是在等待什么，只是自己一时半会儿还想不起来。近半年来，他们一家人都变得有些丢三落四，前脚想要去做的事，后脚就忘记了，一点办法也没有。坐了一下午，天都黑了，可自己到底在等什么呢？

不知为什么，陈老太太忽然就想起了六十多年前自己嫁给小凡爷爷的那个晚上，她坐在床沿，头上盖着红头盖，透过红布，只能隐约看见一些模糊的影子在移动。闹到后半夜，满身酒气的新郎才在床沿的另一端坐下。一双大脚首先映入她的眼帘。她怀里像是揣着一只活蹦乱跳的小兔子，她不知道究竟是怎样的一个男人娶了她。

掀开盖头的那一刹那，她闭着眼。她不好意思看对方。记忆中，直到第二天，回门吃饭时，她才放大胆子看了一眼，哦，原来是这样的。后来的日子，苦是苦，但嫁的男人还算勤恳，知道体贴人，对一个女人来说，这比什么都重要。

陈老太太的思维十分发散，但异常活跃。她眼前又开始晃动起了小凡出生时的那一幕，那是个好日子，农历八月十五，小凡的爷爷抱着肉乎乎的孙子乐得合不上嘴。八岁的小凡上学了，神气地背着小书包，他那时是多么乖呀，嘴上总是挂着"老师要我们怎么样怎么样"的，学习成绩也好。读中学后，突然就变得不爱说话了，脸上整天一副心事重重的样子，学习成绩也越来越差。好不容易初中毕业考进一所技校，学了一门做菜的手艺。陈老太太总觉得只要有手艺，就会有饭吃的。谁也没想到开始工作了，开始做大人了，开始谈女朋友了，却陡然插进了这么一曲。可是谁又能想得到呢？

夜色中，陈老太太看见了她死去多年的丈夫，努着没有牙齿的嘴，在马路对面向她招手，使劲地招手。她定睛看了看，没错，就是他。他们已经有八年没见面了。她的枕头底下一直压着他的一副假牙，枕着它，她就觉得安心。每年老头子过生日，她都会拿把新牙刷，挤上牙膏，细心地刷上一遍。医生说，老头子当年牙痛的主要原因就是不注意口腔卫生。

陈老太太身体前倾，抬起胳膊，仿佛想要越过马路抓住老头子不停挥舞的手。实际上，这样的动作仅仅在她脑子里像电影中的慢镜头似的放了一遍。她仍然坐在那儿，一切都还是老样子。

女疯子曾经说过的话从远处晃晃悠悠地飘过来，飘过来，声音很轻，但带着让陈老太太浑身发颤的力量，关键是要有耐心，总会等到的。两行不由她控制的泪滚落了下来，它们滑过陈老太太满是皱纹的脸颊，在下巴处稍作停留，最后滴在她的衣襟上。

　　七点十分的时候，那个脑袋上头发很少的男人从新村楼群中冒出来。他走得很急，不时伸手撸一下头顶那几根少得可怜的头发。从他这个角度看过去，母亲双手端放在腿上，脑袋耷拉在胸前，一动不动，反正不是在发呆就是已经睡着了。自从小凡出事后，一向开朗的母亲就像换了个人似的，变得少言、木讷、行动迟缓，毕竟已是八十二岁的人了。事实上，这一打击也差不多把他和小凡他妈给击垮了。

　　男人走到陈老太太旁边，弯下腰，轻轻地拍了拍母亲的后背，谁知老太太往前一头栽了下去。

原刊于《钟山》2000 年 4 期

后来

老刘打来电话说要请我坐坐。坐坐就是坐下来一起吃个饭，喝个茶的意思，当然也可以引申出别的活动。总之，就是他要请我消费。我最近应老婆的要求正在减肥，所以不太想去坐。另外，每次和老刘一起吃饭，他总是电话不断，而他的口头禅又总是，没什么事就过来一起吃吧，所以我和老刘一起吃饭的过程经常变成跟熟悉或不熟悉的人握手的过程。早些年，这样的邀请我几乎有邀必赴，那意味着我不用找地方吃饭了，不用一个人打发漫漫长夜了。现在年龄大了，逐渐对集体活动失去了热情。当然，更主要的原因是老婆孩子也在家里等着和我过集体生活。

老刘是我朋友中为数不多的有钱人，难能可贵的是他有钱却不吝啬。因此朋友们都很喜欢他，有活动从来不忘拉上他。虽然钱在老刘口袋里，但从他口袋里把钱掏出来要比从老婆那儿掏出来容易得多。说实话，大多数朋友有意无意地已经习惯把老刘的钱当成自己的钱，在需要买单的时候首先想到的就是老刘。

再一次委婉地拒绝老刘之后，我能听出他声音中的不悦。他说怎么，有了老婆就不要弟兄了？我赶紧解释这一段在节食，不敢放开吃，对我这种意志薄弱的人来说，坐在一堆吃得热火朝天的人中间，实在是件残忍的事。老刘说这好办，那我们就去吃吃了跟没吃一样的日本料理。我还能说什么呢？再回绝就显得矫情了，就没劲了。

下班之后，我按照王馨的嘱咐去幼儿园接豆豆，然后送到她姑妈家。她姑妈一直没有生育，王馨五岁时由奶奶做主在口头上过继给了他们，虽然没有改口，但他们在心里是把王馨当女儿的。现在王馨有了下一代，他们更是宝贝得不行，每逢周五，一定要把孩子接过去住一晚。

如果不是和老刘约好了晚上一起坐坐，我一般会让豆豆在幼儿园的游乐设施上再玩一会儿，而我气定神闲地在一旁踱着步子，貌似随意地看着园里，嘴里时不时还催促上一句，儿子，差不多了吧。我当然不希望他走，就这么他玩他的我看我的，各得其所。他们园里的老师普遍很年轻，朝气蓬勃的，看着就赏心悦目。尤其是豆豆他们班的龚老师更是甜美靓丽，一笑就露出两颗俏皮的虎牙。看得出来孩子们很喜欢她，男家长就更不用说了。有事没事都寻机和龚老师说上几句，好像特别关心孩子的成长似的。有时候，当一个家长和龚老师说话，别的家长就耐心地有秩序地在一边等待，如同是等着看专家门诊一样。我从不往前凑，对我来说，远远地看上一眼，已经是一件快乐的事了。

我对豆豆说我们得快点了，因为爸爸晚上有事。你能有什么事。他的语气是轻蔑的不屑的，完全就是他妈平常对我说话的语气。这小子从来就是和他妈一拨的，我再怎么收买他笼络他，他仍然几乎无原则地站在他妈那一边。我说你老爸晚上有一个约会。是和一个女人吗？不是。那怎么能叫约会，一个男人和一个女人说好见面才能叫约会。

刚拐上人民路，天就下起了雨，雨滴不算大，但细细密密的。路上的行人都加快了脚步，有的干脆跑了起来。我抱着豆豆，一只手按在他头顶上替他挡雨，边走边留意着有没有空的出租车。

舅舅。豆豆突然兴奋地尖叫道，同时手指着马路对面的人行道。只见在快速交叉行动着的行人中，一个瘦瘦高高的男子低着头若有所思地慢慢往前走着。

我的这个小舅子是个奇怪的人，写过诗画过画，一度混迹于北京，后来生了一场大病，病愈之后回到了家乡，彻底地不写也不画了，连谈都不谈，并且和过去的同道之人也都断了来往，好像是打定主意要和过去的生活决裂。家里人帮着找过几份工作，没有一次做得长的，因而他经常处于待业的状态。家里人还发动亲友帮着介绍过几个女朋友，一个都没谈成功，所以他还经常处于失恋的状态。没事做没朋友可谈的时候，他就在街上闲逛，逛累了则回家睡觉。对于我的岳父岳母来说，儿子能像个正常的人一样生活，他们也就满足了。可依我看，我的小舅子压根儿就没打算正常地生活。

豆豆又叫了一声。有几个路人顺着他手指的方向看过去。而那个男人依旧埋首走在自己的节奏里，全然没有反应。他的头发湿透了，耷拉在头皮上，看起来有些颓废，还有些落寞。

送完豆豆出来，我撑着姑妈随手递给我的印有"中国人寿保险"字样的广告伞走了足有十分钟也没打上车。雨大了起来，雨滴落在伞面上能清楚地听见"嘭嘭"的声音。我的鞋面湿了一半，我觉得自己本就不多的吃饭的热情也随之去了一半。

我在沿街一家蛋糕房门口停了下来。我不想走了，哪怕雨此刻停了，我也不想走了。我对自己说老刘是我朋友中为数不多的有钱人，这没错，但对于老刘而言，我只是他为数众多的没钱的朋友中的一个，所以我对他来说是可有可无的。我不去也会有别人去的，照样高朋满座，照样觥筹交错。我进一步想，老刘每天都和有钱人一起吃饭，他吃烦了，所以找像我这样没钱的换换口味。这么一想，我就更觉得没必要去了。我掏出电话来，正要给老刘打电话，两个男人合撑着一把伞从我面前走过去，其中一个男人在大声地说着什么，语调激烈，并且夹杂着幅度很大的肢体语言。直到他们走出去一大段，我才意识到其中一个男人是我的小舅子。

我到松子的时候是七点零五分，比约定的时间晚了五分，不过老刘还没有到。我刚坐定，手机响了。

"是我，你在哪儿？"

"在松子，昨天不是跟你说了吗，和老刘约好了在这里吃饭，有事吗？"

"哦，没事，豆豆送过去了？"

电话那头"当"地响了一下，声音不大，很悦耳，还带着轻微的回音，有点像我小时候家里用的那只"三五"牌台钟到点时的敲击声。

"咦，什么声音？"

"没什么声音呀。问你呢，豆豆送过去了没有？"

"送过去了，当然送过去了。对了，你下班时淋雨了吧？"

"没有，我早晨带伞了。你什么时候回来？"

"吃完就回来。其实我并不太想来，你不知道……"

"行啦，"王馨颇不耐烦地打断道，"都已经答应人家了，还说这个，好了，我挂了。"然后不由分说地就挂断了电话。碍于穿和服的服务小姐正跪在我旁边布置餐具，我继续对着电话又说了一阵并且客气地道了再见才挂断。小姐笑容可掬地后退到门口，拉上移门的一瞬间，她的嘴角使劲抿了一下，仿佛是为了克制住就要溢出的笑容。她为什么要强忍着笑容？她在笑什么？难道她察觉出了刚才我对着电话是在自说自话？真受不了王馨的自以为是，尤其是她那种不容置疑的语气，好像她永远都是正确的。妈的，我的火一下子就窜了上来，不光是因为那个生硬的挂断电话的"咔嚓"声。在我和她的生活中，一贯都是以她为主，我若坚持自己的意见，只会自讨没趣。就说昨天晚上，我想和她亲热，可她一上床就背对着我，紧紧地捂着毛巾被，摆出一副"请勿打扰"的样子，我几次试探性地伸过手去都被她狠狠地拍掉了。她说，今天不行，我困了，睡觉。对了，就是那种该死的不容置疑的语气。

"你为什么把电话挂了？"电话接通后，我又有些后悔了，我已经想象到了王馨发火的样子，但我还是硬着头皮用我自认为严厉的口气质问道。

"话说完了当然挂了。"她很意外，似乎还有点好奇，不仅是对我把电话回拨过去，还有我说话的语气。

"可是我还没说完呢。"

"你还要说什么？"

"我看见小弟了，在送豆豆去你姑妈家的路上。"

"那又怎么啦，他不是成天在外面瞎逛嘛。"

"当时下着雨，别人都跑着找地方躲雨，可他却慢悠悠地好像在雨里散步。"

"这也没什么好奇怪的，他就那副德行，你又不是不知道。"

"可是我后来又看见他了。"

"后来？哎，我说，要不等回来再说吧。"

"怎么，你有事？"

"事倒没事，可你说的又不是什么急事，非得在电话里说。"

"老刘还没来，我一个人在这儿闲得无聊。"

我以为她会不容置疑地说，不行，然后再一次"咔嚓"把电话挂了。可是没有，她居然说，你要想说就说吧。尽管口气里有着毫不掩饰的不耐烦，然而她确实对我说，你要想说就说吧。

有音乐声传过来，是一首非常耳熟的流行歌曲，随即变成了新闻播报，又变成了奶声奶气的童音，它不断地变化着，越变越快，几乎捕捉不到具体的能够听清楚的声音，最后停留在了股市行情分析上。

"你把电视打开了？"

"哦，躺在床上接电话，反正眼睛也是闲着，你说，小弟后来又怎么了。"

"从你姑妈家出来雨越下越大，我走了半天愣是打不到车，我都有些不想去了，就在路边停了下来，打算给老刘打电话，他要不是特别坚持我就不去了。这时看见小弟和一个男人走了过来，不对不对，是他们从我身边走过去后我才发现两个人中有一个是小弟。他们在吵架，就算不是吵架也是在争论，小弟的声音很大，说的是普通话，说明那个男人不是本地人。我当时真的很好奇，想也没想就跟了上去。"

"等等，那个男人长什么样？"

"人很瘦小，穿着和你弟弟是一个风格，不男不女的，衣服和裤子都是那种灰不拉叽的颜色，像是旧货摊上淘来的，算是嬉皮风格吧。什么？有多大？他看上去比小弟年轻得多，可能是瘦小的缘故，猛一眼看过去就像个中学生，实际年龄估计也就二十二三岁吧。这不重要，你听我往下说，他们沿着白水街走到和东风路交叉的路口时拉扯了起来，好像是在直走还是拐弯的问题上发生了分歧，都想让对方跟自己走。突然那个人把伞塞给小弟，自己朝东风路的方向跑去，而小弟站在那儿有些发蒙。我犹豫着是不是上去和他打个招呼，不过想想还是算了。"

电话那头一连串的窸窸窣窣的声音，王馨大概翻了个身。

"我想看看他接下来会怎么样，说心里话，我真的不知道你弟弟一天到晚在外面做什么，你难道就不好奇？"

"好奇的，怎么不好奇。"

"过了一会儿，可能有半分钟的时间吧，小弟穿过斑马线继续往前走。一开始他走得很快，路也不看，我眼看着他踩了几个水塘，他自己好像并没感觉到。这样走了有五百米后速度慢了下来，并且越走越慢。我还正想他是不是改主意了，忽然，他就掉头朝我走过来。妈的，吓了我一身冷汗，以为他发现我了呢，亏得有伞挡着。他从我身边过去的时候，我听见他嘴里'操'啊'操'地骂着，然后一路小跑着往东风路的方向去了。不用猜也知道他是去找那个男人了。跑了顶多也就三百米，你猜怎么着，那个男人也返回来了，也是一路小跑，到了小弟跟前，一句话没说，抬手就给了他一巴掌。我完全看傻了。"

　　王馨又换台了，她似乎一直也没找到想看的节目。电话那头又"当"地响了一下，真的与我记忆中"三五"牌台钟的敲击声很像，接着迸发出一阵嘈杂的欢呼声，黄健翔激情洋溢地说着，这个进球有百分之五十的功劳要归功于小罗飘忽不定的跑位，他至少吸引了对方两名防守队员。我猛然意识这是一场正在直播着的足球比赛。

　　"怎么，你在看球赛？"

　　"哦，没有看，正好转到这儿。你接着说啊，后来怎么样了。"

　　话筒里传来了音乐声，好像又转回到了一开始的那个频道。

　　"小弟也被打傻了，他和那个人就那么站着，面对面的。那个人差不多湿透了，脸上都是水。我不敢离他们太近，不过还是能看见那个人的身体在颤抖，表情非常奇怪，说不清是愤怒还是委屈。你不知道我那会儿的感受，一个男人这样，真让人看不下去。"

　　"小弟是什么表情？"

　　"他背对着我，看不见他的脸。"

　　"后来呢？"

　　服务小姐拿着菜单进来了，看见我在打电话，欠着身子立即要往外退。我冲她一招手，示意她到我跟前来。我一边问电话那头的王馨，我说话你听得见吗？一边故意把电话往小姐的耳边靠了靠，我只是想告诉她我确实是在跟人通话，她先前的判断是错误的。

"过会儿,等人来齐了再点。"

"什么?"

"是跟小姐说话,她问我点不点菜。"

"妈的,真不应该过来的,都七点二十了,老刘这家伙还没来。"

"应该快了吧,也许已经在路上了。他说话一向挺守信用的。"

"是吗,我怎么不觉得。"

王馨"哎哟"了一声。

"你怎么啦?"

"没什么,那个,刚才翻身的时候扭着腰了,没什么的,你接着说。"王馨倒吸了一口气,看起来疼得不轻。

"真的没事?"

"没事,没事,你接着说。"

"后来小弟把伞举到了那人头顶给他撑着,也没说话,俩人就往东风路上去了。他们好像没事了,好像一巴掌就把事情给解决了。我在后面看见小弟还把手搭在那人的肩膀上,很亲密的样子,虽然觉得有些别扭,但我当时并没多想。可是走着走着不对劲了,那个人竟然伸过手来搂住了小弟的腰,还把头歪在小弟的肩头。我只觉得自己心里'咯噔'一下,完全没想到会这样,太吃惊了,我当时就想给你打电话。我对自己说,真没想到,小弟原来是个'同志',怪不得一直没有女朋友,给他介绍了也不好好谈。喂,王馨,你在听吗?"

"在听,在听。"

"怎么一点反应也没有,你难道不吃惊?"

"我在想这怎么可能呢。"

"是啊,我简直不敢相信我的眼睛。你们家小弟虽然平常行为怪异,但说实话,我从未往这方面去想过他,总觉得搞艺术的嘛,就该不修边幅的吊儿郎当的跟正常人不一样的。我甚至暗地里想过他是不是那方面不行，所以不敢和女孩深入交往，哪会往这方面想啊。做梦也想不到原来他是这样的。"

"再后来呢？"

"后来就更过分了，俩人越搂越紧，都快绞到一块儿了。他们根本不管路上行人的眼光，三步一吻五步一啃的，我真怕他们起性了当街就干开了。还好，他们可能走累了，进了一家茶餐厅。"

我卖关子似的停顿了一下，等待着王馨的反应，等待她往下追问。可电话里只有音乐声，仔细听，依稀还夹杂着粗重的很不均匀的呼吸声。

"你在看什么节目？"

"中央三套，那英的歌。"

"是吗？听着有些奇怪。你能不能把声音关小一点。"

"你说你的，我听着呢，不影响的。"

"那个时候我已经想好了，不去吃老刘的饭了。我要在门口等到他们吃完出来，然后看他们去哪儿。你去过丰宁路上的那个茶餐厅吗？卡夫卡，就是和那个很有名的外国作家同名的那一家，就在路西的那一侧，它旁边有一家华联超市，我们还在那儿买过一只炒锅，苏泊尔的，想起来了吧？卡夫卡沿马路的那面是整幕的玻璃墙，我站在外面可以清楚地看见他们。"

"俩人进去后直接走到了最里面的角落里，小弟刚好背对着外面。他们可能是要了两份套餐，连餐单都没看就把服务员给打发走了。他们是面对面坐着的，可是两只脑袋凑得很近，从我站着的那个角度看过去就像是连在一起的。我看不见他们的下半身，我猜下面肯定有小动作。"

"也不知道是因为那滴滴答答的雨声还是被他们的黏糊劲给刺激的，我忽然想尿尿。我左右看了看，还真不晓得这一片哪儿有公厕。卡夫卡里面肯定有，可不吃东西进去尿一泡尿就出来总归不太好意思。可越憋还越想尿，你不知道，我当时站在那里，觉得滑稽死了，那两个家伙在里面毫无顾忌地又摸又啃的，马上还有美食进肚，而我饿着肚子憋着一泡尿站在外面，你不觉得滑稽吗？喂，王馨，你在听吗？什么？你说什么？你的声音怎么那么轻啊，你把话筒凑近些。"

"好了，我的胳膊都酸了，回来再说吧。"

"快到高潮了，你听我说完，马上就完了。后来我实在憋不住了，只能进去尿。我一进去服务生当然上来问我预定了没有，还好是个小伙子，我装作镇定地冲他摆摆手，然后压低嗓门问道，'请问洗手间在哪儿？'他一愣，没想到我会这么回答他。他问我，先生，请问预定了没有？而我回答他，请问洗手间在哪儿？像不像接头暗号？最起码我当时的口气很像。我跟着他往洗手间去的时候，能感觉到自己走路的样子都不正常了，两条腿……"

电话里传来了"嘟嘟"的忙音。我连着"喂"了几声，显然，王馨把电话挂了。正眉飞色舞讲述着的我就像欢快奔驰着的马儿猛地被勒住了缰绳，一下子无法从这一意外的事故中回过神来，整个人尚处于一种亢奋的叙述状态里。我真想像马儿一样仰着脖子嘶鸣两声，但最后我也只是摩挲着手中微微发热的手机，对自己说，算了，她早就不耐烦了，她能听你说这么久已经是个意外了，再把电话打过去，她非发怒不行。

可是，老刘怎么还不来，已经七点二十五了。这家伙搞什么名堂，有事迟到也应该打个电话。我立刻调出老刘的号码打了过去。

老刘进来后一边用小毛巾擦手一边像一个日理万机但平易近人的大人物般问道，怎么，最近在减肥？我还沉浸在被王馨挂断电话的不快里，说不清楚为什么，反正就是觉得不痛快，心里憋屈。老刘递了一根烟过来。我说不抽了，有你这个烟鬼在，我还用自己抽。老刘"嘿嘿"地笑着自己点上了。我突然感到有什么东西在我脑海里闪了一下，它的出现和离去同样地迅捷，因而难以捕捉，同时我的心脏痉挛般抽搐了一下。我有些紧张地环顾四周，没什么异常的。

老刘点完菜后又要了一盒烟，七星。从我认识他的那一天起，他就抽七星。他一贯表现得非常怀旧。他说自己认定了的东西一般不轻易改变。二十年前，他在日本待过几年，从此就只抽七星了。上个月我们在一起吃饭，有朋友还劝老刘，大家都在抵制日货，你也该换换烟了。老刘直摇头，说，算了吧，我们在座的谁也避免不了使用日货，就算你白天不用，晚上也会用，就算你今天不用这个星期不用，一个月里也总会用那么几次吧。抵制日货，那不是跟自己过不去吗。

也有朋友私下里议论，认为老刘所谓的怀旧纯属作秀，是一个有钱人的故作姿态故弄玄虚。我不同意这样的说法，只要看看老刘鼻子上那副可笑的从我们认识他那天起就戴着的黑框眼镜，以及他那个用了二十多年早已经惨不忍睹的老婆，我们就该相信他的怀旧是骨子里的。

刚吃了两口，老刘的电话就响了。他叹了口气，可我知道他其实并不讨厌被人打扰。我已经想好了，等房间里坐满四个人我就起身回家，不是受不了不断有新面孔加入进来，而是不能忍受自己阴沉着个脸坐在一桌欢声笑语的家伙中间。老刘拿起电话的同时，习惯性地从烟盒里抽出了一支烟，点上。我的心脏又一次很突兀地抽搐了一下，继而快速跳动起来。我惊愕地看着老刘慢慢把手里的那只日本产的朗声打火机放回桌上。它的边缘已经磨损得很厉害了。我探过身去把它拿过来，然后打开，合上，再打开，再合上。

我到家时，王馨已经躺在床上了，手里拿着遥控器胡乱摁着，荧光屏闪烁不定的光亮照在她脸上。我一言不发地拿了睡衣直接进了卫生间。调水温的时候，王馨跟了进来，问我为什么不接她的电话。我冷冷地回答说，不接是因为不想一会儿再被你挂断。

"我挂断是有原因的，我急着上卫生间。"

"是吗？"

"你什么意思？"

"我没什么意思。"

我洗得非常仔细，多了很多不必要的程序。我知道洗完澡有两件事要做，一是去检查一下厨房的垃圾筒，二是把电话里没有讲完的事讲完。做这两件事对此刻的我来说都还需要积聚一些勇气。

刷完牙，我没有马上出去。我两手撑在脸池边缘，低头闭着眼，在心里模拟着走出卫生间后的情景。我径直走到厨房，打开垃圾筒盖，不对，进厨房后应该先把厨房门关上，然后再看垃圾筒，不出意外的话，里面应该会有几个七星烟头，接下来走回卧室，不等王馨开口就说，后来，等我尿完出来时，恰好看见和小弟在一起的那个人从餐厅那边过来，进了洗手间，不过她进的是女洗手间，我以为自己看错了，于是一直等到她出来，这次看清楚了，是个留着超短头发的女人。

我想我会说得非常简短，口气是平淡的，好像是在说着一件和自己完全没有关系的事。我只是想快点说完，然后上床，闭上眼睛什么也不想地立即睡过去。

2005 年 9 月

原刊于《收获》2006 年 2 期

没法说

我已经想不起来那是从什么时候开始的，父亲在我面前说我母亲的坏话，说我弟弟的坏话，说我们两个小家庭的坏话，甚至说他并不了解的我朋友们的坏话。通常，他在电话里和我说这些的时候比较自然，而当着我的面，他会不断地看我的脸色和反应，随着我神情的变化调整着语气、用词和音量。在他老人家嘴里，我们家就没有一个好人，这个世界就没有一个好人。当然，如果还有一个的话，那也只可能是他。

起初，我以为父亲只是在我面前说别人，从小到大，我在他那儿得到的零花钱和被寄予的希望都要比弟弟来得多。现在他老了，当然我也得多听他一点唠叨。然而，有一次我回家的时候正好撞上他在给弟弟打电话，他说你哥哥最近也不回家来看我和你妈，我是没什么，能理解你们，正是干事的时候，主要是你妈，老在我耳边叨咕生了两个不孝的儿子。哎，你听说你哥的事了吗？听说在外面乱搞，搞得你嫂子要跟他离婚。那天我已经走进了客厅，想想，又退了出去，实在有些尴尬和意外。

我和弟弟谈了一次，又和弟弟一起把母亲约出来谈了一次。我和弟弟都试图把父亲的怪异行为和某种心理疾病联系起来，我说了个疑心病，弟弟说了个老年性痴呆症，我们把脸转向母亲，征询她的意见，希望从她嘴里听到一个更为准确恰当的名词。没想到她老人家竟然潸然泪下，嗓音沙哑地说，这日子是没法过了。

尽管我和弟弟都有所耳闻，但没想到事情居然严重到这般地步，除了我们这两个当儿子的，周围的邻居以及我父母的熟人都知道我母亲对我父亲不忠。这个讯息当然是我父亲散播出去的，而且在散播之前和之后老爷子都极尽所能地做了想象和渲染，有具体的对象，有具体的时间和地点。他还经常跟踪母亲。所以附近的邻居经常看到这样一幅场景，一个头发花白的男人尾随着一个同样头发花白的女人，她走他也走，她停他也停。我猜邻居们早就把这当成笑话来看了，然而母亲接受不了这样的笑话，我们也没法说服母亲，因为我们做儿子的首先连自己都说服不了。

可是起因是什么呢？我问母亲。

起因？没什么起因，要有起因倒好了，我还能想得通点，我从来就只知道老老实实做人。母亲非常不满地看了我一眼，她肯定觉得我提这样的问题本身就是侮辱了她。

这个时候，与我们生活在水深火热之中的母亲比起来，我和我的弟弟，以及那些倒了八辈子霉跟我们做朋友的家伙们的名誉及感受都算不了什么了。我们兄弟俩首先要做的就是制止父亲疯狂的想象和更为疯狂的谣言传播，不管怎样，我们得让母亲把日子过下去。

我们决定找父亲谈谈，弟弟毫不犹豫地把这个光荣而艰巨的任务交给了我。他拍着我的肩膀，用当哥的口气说道，你先找老爷子谈，实在不行了，我再出马。得承认，和我比起来，弟弟的确更像个哥，虽然我比他大两岁，但小时候常常是他带着我玩，他帮我打架帮我说谎，甚至教我如何泡妞，而他的老婆和我说起话来竟然也是一副大嫂做派。

在父亲到来之前，我已经把菜点好了。鱼香肉丝，当然少不了鱼香肉丝，这是父亲爱吃的。对他老人家来说，去饭馆吃饭就是吃鱼香肉丝，又便宜又下饭。我还要了一瓶花雕，我和父亲都不爱喝酒，不过他老人家却常常在烧菜的时候装得像个酒鬼似的抓起料酒瓶抿上两口。我希望酒精能让他坦诚地说出我想知道的起因。

点这么多菜干什么。父亲站在桌旁，也不坐下，看着那些菜们，脸上的表情说不清是不满还是欣慰，而且他的嗓门还完全没必要地提得很高。我感觉整个大厅里的人都在朝我们这边看。旁边一桌的那个女孩捂着嘴巴，尽管没出声，但我知道她在笑。我探过身去拉了父亲一把，示意他坐下来，有什么感叹坐下来再发。父亲颇不乐意地甩掉了我的手，执意站在那儿，问，还有别的人吗？

两口老酒下肚，父亲的脸红了起来，不止脸，他的脖子、耳朵以及眼睛都是红的。我觉得时机差不多了，可是刚要开口，父亲却没头没脑地问了一句，你们认识？我顺着他的目光看过去，那个刚才掩嘴而笑的女孩正在有意无意地朝我们这边看着。

不认识。

那她为什么老看你？

是吗？我不觉得。

父亲带着研究的倾向使劲地看了会儿那女孩，又看了看我，然后十分肯定地说，你们绝对认识。我想解释，但是父亲一摆手，说，你不要解释了，真是有种出种，有其母必有其子。父亲重重地叹了口气，想想，又叹了口气，似乎心头淤积着巨大的委屈和难言之隐。

我装作轻松随意地说，我妈她老老实实地跟着你生活了大半辈子，她还能怎么样。我相信我母亲是属于那种你就是把一段现成的婚外情放在她面前她也搞不起来的人，她的本分是骨子里的，她腹腔里压根儿就没长那截花花肠子。

你知道什么，唉，没法说，没法说。父亲摇头，然而他的神情分明是想要一吐为快。我感觉只要我再多追问一句，他就会一股脑儿地和盘托出的。父亲拿起了酒杯，极为豪爽地一饮而尽，那感觉就像是有多大酒量似的。可那一口对他来说实在太猛了，尽管他努力做出没事的样子，但他的脸憋得通红。

父亲一再强调没有证据他是不会乱想乱猜的，言下之意，他不说并不是因为没有而是在小辈面前不便说。可那该死的证据究竟是什么呢？

这一说就要说到 1979 年了，父亲被单位派往山西襄汾纺织厂调试设备，这一去就是两个多月，当他提着行李兴冲冲地走进家门时，看见了这样一幅画面，妻子在天井里洗衣服，他们家的邻居，那个长着一张马脸的小刘在帮她从井里吊水，而且有说有笑的，就像两口子似的。父亲心里一紧，感到浑身一凉，仿佛那桶水整个浇在了他的身上。随后，他看见妻子和小刘的目光撞在了一起，撞在一起后并没有马上分开，就好像有人在旁边喊了声：停。他全身的血液瞬间往脑门涌去，他这两个月来的担心终于变成了事实。他大步朝他们走去。这时他们也看见了他，用一脸惊异的表情看着他。他本想给妻子一个惊喜，现在妻子给了他一个更大的意外。他走到他们跟前，什么也没说、就像他们根本不存在似的从他们身边走了过去。

那一眼里可能包含的内容让父亲连着好几天没有睡好。如果说在这之前，父亲还曾为自己的胡思乱想感到内疚的话，那么现在他觉得应该内疚的是妻子和小刘。那样的场景，那样的眼神，还有什么好说的，父亲几乎可以肯定有些事情在他的视线之外在他的想象之内在他满头大汗地调试机器的同时发生了。在随后的两天里，他不断地和妻子谈，谈了又谈，希望她说出实情。母亲的态度起先是强硬的，她断然否认了和小刘之间有任何不正当的关系，父亲由此认为他们是有准备的，早就统一过口径了，可见他们的事不是一天两天了。问多了，母亲变得越来越不耐烦，再问，她干脆不回答了，该干什么干什么，就是不理父亲，这让他觉得很没趣也很恼火。

父亲也曾试图劝说自己把看到的那一幕当作一次邻里之间的互帮互助,然后把它翻过去。说到底,他什么也没抓到。但那又谈何容易呢。天井里的那一幅景象已经固定在了父亲的记忆之中,以至于后来只要母亲不在他的视线之内,他的眼前就会浮现出那一幅景象,并由此展开不由他控制的想象。

既然从自己妻子的嘴里听不到和他的猜测相吻合的解释,父亲只能接着猜测、怀疑和想象了。循着自己不可遏止的想象,父亲找到了小刘,后者盯着他看了半天,那张马脸拉得更长了,最后扔给了他四个字:去你妈的。

父亲开始暗中观察母亲和小刘,他们见面还是照常会打招呼,只是神情间多少有点尴尬。不过,父亲不是那么认为的,他执意从中看出了关切、心疼和眉来眼去。面对这他既无力改变又无法深入的局面,父亲意识到一个人的力量是有限的。这时他想到了一个人,小刘的妻子,那可是一只母老虎,咆哮起来能让小刘那张马脸瞬间就白里泛青,青里又泛红。那天父亲还没说完,她就跳了起来,这还了得,就在自己眼皮底下,竟然发生了这种事。她劈头盖脸地给了小刘一顿臭骂,就在父亲等着她折腾出更大的动静的时候,小刘家搬走了。

小刘妻子的咆哮很快就像水波一样在邻居间荡漾开来,一传十,十传百,变成了整条巷子皆知的秘密。即使这样,在外人面前,母亲还是尽量装出一副家庭和睦的样子。母亲的爱面子真是害苦了她。

不好,父亲忽然有些紧张地看着我,夹菜的筷子停在半途中,似乎想起了什么重要的事。他放下了筷子,满腹狐疑地逼视着我,问道,是你妈让你来和我谈的?

谈什么?

少跟我装蒜。父亲看了眼手表，别过脸去，若有所思地好像在算计着什么，嘴里还念念有词。当他再次把脸转向我时，显然已经有了答案。这是调虎离山之计，父亲一字一顿地说道，神情随即严峻了起来。

什么？

这是你妈在使调虎离山之计。你信不信，她这时候肯定不在家，肯定又去见那个姓刘的家伙了。你信不信，父亲盯着我问，一副我不信也得信的样子。我今天敢跟你打这个赌，把你的电话给我。

干什么？

往家里打，肯定没人接，你妈肯定不在家。

就算不在家，也未必就是去见那个老刘。

我怎么说你才会信呢，父亲有点急了，瞪着眼，冲我嚷嚷，你赶紧打，这就打，打了就知道了。

我有些迟疑地掏出了电话，一边摁着家里的号码，一边问父亲，接通了你说？父亲胸有成竹地一摆手，不可能接通。现在是中午一点十分，母亲不在家会去哪儿呢？我劳碌了大半辈子的母亲这会儿应该在家睡个午觉，睡觉前把电话线拔了。对了，她肯定是把电话线拔了在睡觉。

哼，睡觉。父亲把后面难听的话咽了下去，咽是咽下去了，但显然不好消化，他唬着个脸，嘟嘟嚷嚷道，拔电话线，她从来就没拔过，根本就不知道怎么个拔法。

我是实在听不下去了，说，爸，你也真是的，我妈都奔六十岁的人了，你至于担那么大的心吗？她是个什么样的人，你又不是不了解。

正因为我了解她，我才担心，你以为我吃饱了撑的，有些事真是没法说，没法说啊。父亲摇头，然而他的神情分明是想要一吐为快。我感觉只要我再多追问一句，他就会一股脑儿地和盘托出的。

我至少已经有十五年没见过小刘叔叔了，最后一次见他是在一个夏天。那天母亲带着我和弟弟去买泳裤,在这之前,在母亲眼里还是个没长毛的小毛孩的弟弟为了得到一条泳裤几乎和母亲斗争了半个暑假,他用以说服母亲的办法就是偷偷地刮他那并不存在的胡子。为了我能在要去游泳的时候能找到我的泳裤,我也赞成弟弟应该有条自己的泳裤。

在我的记忆中,那是个还算凉快的八月的上午,就在商场门口,已经不再年轻的小刘叔叔却一直在出汗,汗滴从他的额头往下淌,源源不断。他那件烟灰色衬衣的胸口和腋下的汗渍让他看起来有些狼狈,他大概也意识到了自己的狼狈样,所以看起来就更狼狈了。如果不是母亲介绍说这是曾经和我们住一个院的小刘叔叔,说实话,我都有点不敢认了。原来那个健壮俊朗的小刘变成了一只衣架,那张醒目的马脸现在看起来更像是一根蔫了吧唧的苦瓜。搬家以后,他经历了人生最不幸的众叛亲离的一段岁月,先是老婆带着孩子离他而去,后来他的盲肠离他而去,他的胆囊离他而去,他的一只肾离他而去,他的两颗盘牙离他而去,他的四分之三的胃离他而去。经过他跟医生的共同努力和一再挽留,他的命是留了下来,但乐观地估计,也就留下了半条。

我不知道这十五年来刘叔叔过得怎么样,但一个只剩下半条命的人过得再好又能好到哪儿去呢?然而父亲却有自己的看法,他认为小刘正是利用了所谓的不幸来获取母亲的同情心,继而在同情心上大做文章的。他一直怀疑小刘当初的搬家只是一个幌子,而在暗中,俩人其实一直保持着联系。

关于刘叔叔的情况,父亲即使算不上了如指掌,也足够了解。随便说出一个年份,父亲马上能列举出刘叔叔在这一年里的大小事,对他这位潜在的情敌的一举一动,他甚至比对自己的两个孩子还上心。毫不夸张地说,尽管刘叔叔没和我们生活在一起,但他就是我们家一个隐形的亲人。

母亲也承认,她确实和小刘有点来往,不过都是正常的,比如,换季的时候帮单身体弱的小刘洗洗涮涮，有好吃的送一口过去，这么做，完全是看在曾经是老邻居的份上。但父亲的一句话就给她的行为重新定了性，他说，恐怕是看在他给你吊的那几桶水的分上吧。

父亲经常会在我们差不多要忘记家里还有这么一位隐形的亲人的时候，用醋酸含量高达90%的幽默调侃上两句。当着我和弟弟的面，母亲一般不做什么反应。我们当孩子的，也更愿意把这看成是老夫老妻之间的调情。后来我和弟弟先后从家里搬了出来，过上了向往已久的私生活，很少回父母家，偶尔回去，也是例行公事似的。在两个孩子面前，母亲总是尽量装出一副幸福和睦的样子。母亲的爱面子真是害苦了她。

这些年，母亲连个说说话的朋友都没有。男的，那绝对不敢多接触，就算女性朋友，来往多了，父亲也常常会透过现象看本质地找出问题来。这个女人有丈夫吧，就算没有丈夫总有个把兄弟吧，即使这些都没有，男邻居什么的总有吧，以父亲的判断，母亲和这个女人交往频繁的真正原因其实是她身后的某个男人。

以前的小刘也就是现在的老刘清楚地知道这一点，他怎么也算是个当事人吧。虽然老刘十分同情我母亲，但他帮不上什么忙，把他仅剩的半条命照顾好已经不容易了，他唯一能做的就是当母亲想吐吐苦水的时候竖起他的耳朵，而其实这样做也是冒着搭上那半条老命的风险的。

父亲在退休以后按说有了更多的时间，可他却比上班还忙。他终于可以自由安排自己的时间了，他给自己安排的事就是当个可笑的业余侦探，像影子一样跟在母亲身后。当然，他也不是每时每刻都跟着，有时候，他会刻意给母亲制造出他有别的事的假象。唉，我可怜的父亲，我更可怜的母亲。

如果你摊上这么一个父亲，你会怎么办呢？劝说？那是没有用的，这个时候，任何妨碍他想象力的话语都会被他顶回去。他一意孤行在他的想象之中，在此中他体会着痛苦、快乐和耻辱。他沉浸其中，不能也不愿自拔。对于一个打定主意要这么生活下去的人，你能怎么办又能怎么办呢？

我的手机响了，接通后信号不是太好，我起身走到远一点的地方。父亲朝我这边张望着，显得心神不宁。是你妈的电话？见我摇头，他追着问，那是谁的？我说是一个朋友。

朋友，什么朋友？是不是那个让你离婚的女人？

没有那样一个女人，我也没打算离婚。

哼，别以为我不知道。父亲根本不相信我的话，在他老人家眼里，这是一个偷情通奸的世界，他的老婆和孩子全都是参与者。

你知道什么？我不由地好奇起来，我怎么不知道自己生活中有这么一个女人。我倒是想有，但是谈何容易。

我真搞不懂你们，放着好好的日子不过，净瞎折腾。父亲并不正面回答我的问题。

我真想对父亲说，我们都在好好地过日子，没人在折腾。弟弟的生活中或许有这么一个女人，但就我对弟弟的了解，凭他的能力处理起来应该游刃有余，所以也谈不上折腾。真正在折腾的是您老人家，放着好好的日子不过，怀疑这怀疑那，给自己添堵，给家人找麻烦。

你跟我说实话，是你妈让你来请我吃这顿饭的吗？父亲无比恳切地对着我，恳切里有痛苦，痛苦里有绝望，一副你要不说真话我就不活了即使活着也没意思的样子。我想是这样的，当母亲不在他视线里的时候，他必须抓到一个与她有关的介质，哪怕只是谈谈母亲也是对他焦虑情绪的一种安抚，当然更多的时候是越说越焦虑，当然这也只是我的猜测。

爸爸，我说的是实话，可要是你非逼着我说一套更像是实话的假话，那我也能编。

那你妈这会儿去哪里了呢？父亲梗着脖子对着我，似乎我要说不出个让能他接受的答案,那么不管我承不承认,都将被算作是母亲派来的,我这顿饭是在母亲的授意下请的他。

她又不是小孩子,她要买菜,要做家务,尽管退休了,同事之间总还是会有来往的,你得给她点空间,要不然大家都搞得很紧张。

你以为我愿意这样呀,就这样了,还哪样呢?父亲的情绪陡然激动起来,他摸了摸脑袋,在他的潜意识里,他的脑袋上一直扣着一顶绿帽子,而且他的有生之年都会顶着这么一顶存在于他老人家想象之中的帽子。

我仔细地看了看坐在我对面的父亲,面色红润,头发尽管花白而且已所剩不多,但梳得一丝不苟,身板也还硬朗,得承认,他还是挺有风度的。我由衷地说道,爸,你愿意听听我的心里话吗?

父亲大概一下子不适应我的过于真诚的真诚,他的脸上浮现出好奇和茫然。

是这样的,二十年前,那个刘叔叔可能跟你还有一比,可现在,我想你也知道他的情况,你们俩几乎没什么可比性。不说别的,你的健康对于他来说就是一个梦想,你有的他都差不多没有,他的家庭他的身体他的生活都是残缺不全的,你说他还有什么?而你,除了血压高一点,身体几乎没什么问题,身材也几乎没走样,说实话,我都嫉妒你。

父亲的眉眼间有了难得一见的难为情和笑意,并且笑意还在抑制不住地荡漾开来,一圈一圈的。我也觉得愉悦,于是越说越溜。真是的,以前自己怎么没想过给老爷子一点哪怕是违心的溢美之词呢,看着那张老脸笑出那么多皱纹,真是赏心悦目。可是那笑意突然就像只受惊的兔子般"嗖"地跑开了,父亲脸色一变,警觉地问道,你为什么和我说这些?什么意思?

没什么意思,我只是和你说说我真实的看法。其实我的看法不仅仅是代表我个人的,你随便找个认识的人问问,他们肯定也是这么看的。真的,爸爸,你实在有些低估自己了,有些人上了年纪后就像是一滩烂泥，一点一点塌陷下去，而你是越来越有光泽。你得正视自己的优点，换句话说，你得自信起来，要是像你这样的人都没自信，那别人还怎么自信。

但是这次父亲居然一点都没动颜，他不耐烦地打断了我，再给你妈打一下电话。父亲跟谁赌气似的一口就把杯中剩下的半杯酒都喝了下去，看我坐着不动，他又重复了一遍，声音低沉，口气是不容置疑的。

说什么父亲也不肯再吃了，他执意要马上回家，并且嘱咐我说什么也要把桌上的东西吃干净，吃不了就打包带着。我说那你至少让我把账结了送你回去，父亲当然还是说什么也不同意。

离开小饭馆的时候，我已经有了初步的想法，那就是去医院请求医生的帮助。我确切地感受到了父亲病得不轻，同时也更为深切地体会到了母亲的不易。和自己同吃同睡了三十多年的伴侣，这么多年来一门心思在做的就是一件事，非得从俩人之间硬生生拽出个第三者来，这不是病那又是怎么回事。

估摸着父亲该到家了，我往家里打了电话。我想劝父亲趁着酒劲睡个午觉，别的事睡醒了再说，可是电话通了半天也没人接。我又打了一遍，还是没人接。父亲在半途出事了？或者根本就没回家？不回家他会去哪里呢？去找那个只剩下半条命的刘叔叔？假如此刻母亲真的和刘叔叔在一起，父亲会做何反应呢？我一下子在路边停了下来，有些惊慌和茫然地自问，不会出什么事吧？

取车？我只觉得眼前晃了一下，一个胖胖的中年妇女就站在了我跟前，她不但胖而且矮，就像一个树墩似的挡在我面前。在我搞清楚她是谁从哪儿来的想干什么这些问题之前，她向我伸出了她多肉的右手，说，给我。我下意识地往后退了一步，意外地看着她。见我不回答，她又问，哪一辆？

我定了定神，往旁边一看，原来自己站在了一个自行车的停车点。这会儿我正在想着父亲那档子事，懒得理她，所以像绕过一个树墩一样绕过她往前走去。喂，喂，你等一下，她在我身后叫着。我没有理她，觉得没有必要，也没有心情。可是走出没多远，那个妇女急急地从后面追了上来，又一次挡在了我面前，并且用那种我熟悉但久违了的眼光看着我。我上学的时候，每每犯了错误，我母亲也不责备我，而是用这种痛心疾首的眼光看着我，直到我主动承认错误并保证不再犯为止。但是，她又不是我母亲，凭什么这样看我。我没心思多想，再一次绕过她朝前走去。

我拿出电话来，希望这一次能打通，但是号码还没拨全，那个妇女再一次站到了我跟前，并且热泪盈眶异常委屈地看着我。我一下子懵了，我刚才以为自己已经知道她是谁从哪儿来的想干什么了，但现在我又不知道了。我认识她吗？我努力地在脑海里搜寻着这么一张脸，看她的年龄，有可能是我妈的同事或者我们家以前的老邻居。她看着我，热泪盈眶地看着我，就那么看着，也不说话。我也看着她，一头雾水。

上帝保佑，她的泪终于流了下来，与此同时，她也终于开口了，你这人怎么这样！她在质问我？我不由地好奇起来，她凭什么质问我。

我怎么啦？

我喊了你那么多遍，你也不言语一声。

你跟我说话我就非得回答你，你是谁呀，你没病吧？说完我坚决地绕过她，并且更为坚决地朝前走去。

走是在走着，但我却为自己刚才过于激烈的反应和措辞而不安，而更让我不安的是觉得那个女人随时都会又一次挡在我面前。这时，我想到了我的母亲，天哪，她就怀着这样哪怕身后没人也感觉在被人跟踪的心情生活了几十年，放在谁身上，都是一场噩梦。

事不宜迟，我拨通了弟弟的电话。我说我刚和父亲吃完饭，他老人家的病看起来比我们以为的要严重得多，反正我算是没辙了。那小子在电话那头拖着长音，说，哦——是吗，我早知道会是这样的。我问他打算怎么办，他说，这你就别问了，我自有办法。我说问题是眼下父亲和我吃完饭后并没有回家，母亲也不在家里，我有种不祥的预感，可能会出什么事。弟弟安慰我说能出什么事，几十年了，他们一直就是这样，其实说不定这还是他们生活的乐趣呢。末了，他还说，你和爸爸吃了顿饭，该不会也传染上了他的疑心病了吧。

晚上八点，母亲打来电话。我正想问这一下午家里都没人到底去了哪里，母亲声音颤抖地说，你赶紧去人民路中流大厦背后的吉祥里39号，你父亲在那里。我问，那是个什么地方，他在那里干什么。电话那头传来了母亲的哭声，她说，你什么也别问，赶紧去吧。

我紧赶慢赶还是晚了。吉祥里39号大院里站着一院子的人，气氛热烈地谈论着什么。对于我这个闯入者，暂时还没人注意到我。大家七嘴八舌地争相说着，一个像是在居委会里负点责任的老太太使劲挥了两下手，让大家别吵了，听她旁边的另一个老太太说。

那个老太太一开始就强调她是最有发言权的，因为她听到了全过程。从那个醉醺醺的老头走进院子，她就觉得这个人有问题，说到这儿，她故意卖关子似的停了下来，立即有个和她年龄相仿的男人很配合地问，为什么？她用赞许的目光看了那人一眼，如果她年轻30岁，哪怕20岁呢，那一眼绝对让被看者浮想联翩。她说，一个是那个老头从她身边走过去的时候她闻到了一股酒气，再有他走进来时气势汹汹的，一看就是来者不善。她看着那个老头进院子后径直就去敲老刘家的门，说出口后她又纠正，不是敲，是擂。老头进屋没一会儿，里面就传出了骂声，很响，但听不到老刘的声音，就那老头一个人在骂，大意是说老刘不是人，是畜生，而且是个好色的畜生。有人插嘴道，好色的畜生，这个说法新鲜。老太太顶真地说道，那老头就是那么骂的，这是原话。那个插嘴的人还想说什么，被旁边的人制止了，大家急于想往下听，不想在细节问题上多纠缠。后来，老头就让老刘脱衣服，说要检验他身上的刀疤。据站在门外的老太太判断，老刘一开始脱得还是挺痛快的，她还听见老刘在一一介绍这一道刀疤是什么时候留下的，因为什么留下的，多长时间愈合的。可是当老头让他把裤子也脱了，老刘就不愿意了，于是老头就威胁他，不脱就拿刀子捅了他。老太太说她这时感觉到了不妙，想再找个人来，敲开老刘家的门，说时迟那时快，就听见里面传出一声惨叫。等老太太把人找来，老刘已经躺在了血泊之中，在他旁边还躺着他血淋淋的小弟弟。

　　我已经大致知道了是怎么回事，但还不是太明白。我给母亲打电话，家里没人。这时一个秃顶的小伙子主动凑过来，幸灾乐祸地告诉我，一个被120拉走了，一个被110带走了。他的眼中闪烁着兴奋，他在等着我往下问。我也不知哪来的火气，怒气十足地冲他吼了一句：去你妈的。

2003 年 5 月

原刊于《山花》2003 年 10 期

对面有人

上半部分

第一章 荒诞

1.

快要下班的时候，安天接到朋友的长途传呼。

让安天回长途传呼这种不上路的事，只有丁宁做得出来。这家伙有钱，却总是小心翼翼地捂着口袋。他在银行里存了不少钱，既不炒股也不买房，实在需要房子时，情愿拉着女朋友的手跑三里地，去安天家请他给腾一会儿地方。安天猜他每天拿着银行的存折看看，便觉得一切都有了。丁宁性情温和，除了在钱上小气一点外，基本上应该算是个热心的人，为朋友帮忙的事他从来就不惜力，如果还能有所进账，那他就更卖力了。所以这么多年来，安天一直和他做着稳定的朋友。

电话那头，丁宁的声音听起来情绪很激动，他说他昨天很偶然地在网上看到一部室内实拍片《LOOK》，六十五分钟长，主人公就是安天。起先他还看得津津有味，后来没想到他和他的女朋友小艾也出现在其中，就在安天的床上，小艾臀部那块青色的台湾地图版块状的胎记还被拍了个大特写。丁宁气急败坏地质问安天，你他妈的到底在搞什么名堂。

安天的脑子转得很慢，首先丁宁的语气让他感到陌生，再有丁宁说的事像是一部荒诞小说。然而丁宁从来都不是一个爱开玩笑和有想象力的人，这家伙一口咬定安天拿了重金，所以答应拍这种下三烂的东西。

电话打了近二十分钟，安天只觉得挨着话筒的那半边脸一阵一阵发麻。说到最后，丁宁的语气慢慢平缓了下来，他说其实他倒还能说服自己接受，看在多年朋友的份上，他怕小艾一旦看到和他翻脸。还有，他很好奇摄像机到底是架在哪儿的。

2.

在睁开眼睛的那一瞬间，一阵猛然而至的恐惧和不安扼住了安天的心脏。安天下意识地握紧了拳头，屏息，在黑暗中努力感受着他身处的这个空间。卧室里很安静，卧室外也很安静，只是安静得有点失真。

直到慢慢适应了房间的黑暗后，安天才逐渐放松了下来，并起身扭亮了床头灯。房间里散发着法国波旁香草的香水味，带着丝丝甜味，那是刘末遗留在这儿的味道，而她的人这会儿应该躺在自己的单人床上。她从南昌来苏州后，一直和她姑妈住在一起。她的老姑妈已经五十多岁了，至今未婚。老太太规定刘末晚上十点前必须回家，刘末长期以来一直遵守着，所以在她眼里，她的侄女是个纯洁的乖女孩。

安天下床来到卫生间。摆好架势后，他突然一激灵，他重又走到卫生间门边，把灯关了。当一股激涌的水声响起的时候，安天咧着嘴角笑了，自己实在过于敏感了。怎么可能呢。

半年前，经刘末的再三动员，安天从东环搬到了西环的文川公寓。房子是刘末的朋友的，朋友被公司派驻国外办事处一年，因此请刘末代为看管。可文川公寓离安天的单位实在太远了，不过最后他还是搬了过来，因为这儿离刘末的姑妈家挺近的，这样，她就不用每天晚上像赶着去救火似的往家赶了。

搬来住下后，安天老有一种不踏实的、好像是在谁家做客的感觉。

房子里若有若无地遗留着主人的气息,让他觉得似乎主人随时都会回来。这样的感觉使得搬来的当晚安天在刘末的身上竟然史无前例地失败了。然而刘末对此似乎一点也不在意,她安慰沮丧至极的安天,没关系的,你只是有点累了,休息一会儿我们再来。

刘末的态度让安天觉得一切好像都在她的意料之中,她对他的身体、对他的精神、甚至未来都是有把握的。可他对刘末呢,曾经似乎已很了解了,可等真正走近后,才发现那只是一个假象,她就像是一条小泥鳅,小是小,但浑身裹满了那种滑腻腻的黏液,尽管抓在了手心却随时都有可能滑脱。可又正是这种感觉让安天着迷,这个女孩身上有一种与众不同的、可称之为鬼魅的东西,因为把握不住,所以特别想把握。

安天靠在床头,随手拿起一本平时用于催眠的乏味的哲学书,除了夸张的放大了般响的翻书页的声音,他还隐隐捕捉到了另一种声音,是从他头顶的天花板上传下来,很轻,更像是想象和经验中的脚步声。

安天抬头,天花板上做了一个对卧室来说有些复杂和不必要的吊顶,昨天下班回来他假装打扫卫生,爬到桌子上用鸡毛掸子胡乱捅了一气。虽然丁宁的话让他觉得荒唐得超出了他的接受力,但半年来某种让他困惑的不安情绪似乎倒由此找到了缘由。

3.

早晨五点,在床上呆坐了大半夜的安天拨通了刘末的手机。拨号的动作分了三次完成,他有些迟疑,时间实在太早了。可是他已经情绪亢奋地在床上傻坐了大半夜,这种情绪来路蹊跷,让安天困惑,似乎有什么事情已经或将要发生,在他的视听之外,却和他有着密切的关系。他得和刘末说上点什么,也就是和现实生活发生点联系。刘末是他眼下生活中最现实、有重量、有温度的那么一个载体。

电话打通后,只响了一下,就没了动静。安天拿着话筒有些回不过神来。但突然他就意识到铃声是从楼上传下来的。脑子里短暂的空白过后，他又摁了重拨键，这一次一点动静也没有。过了片刻，话筒里一个女声告诉他，机主关机了。凭着记忆，安天又拨了刘末姑妈家的电话。这个电话他只打过一次，刘末不愿意他把电话打到那儿，因为姑妈对男人的电话总是特别敏感，继而猜想连篇。

"你是哪儿？"电话那头一个喑哑的女声不大友好地问。

安天依稀仿佛看见一个警觉地竖起全身针刺的刺猬样的老女人。他说我是刘末的同事，有点工作上的急事想问她。

"你要真是她的同事你应该知道她昨晚加班，"对方的声音陡然提了起来，"你到底是什么人？"

放下电话后，安天长长地出了口气。他抬头盯着天花板，脑子里好几个念头互相纠缠着。他使劲摇了摇脑袋。他不愿意相信刘末此刻就在他的楼上，在他房间和他温存完了不回家却跑到上面去，可上去究竟干什么呢？如果不在上面又去了哪儿呢？那个可疑的电话铃声让安天满腹狐疑地在房间里走了几个来回后，决定上去看个究竟。

楼道里十分安静。摁过门铃后，安天往后退了一步，他能感觉到门后面有一双充满疑问的眼睛。他抬腕看了下表，五点三刻，一个做好梦的时间，但他管不了这么多了。

大约两分钟后，一个长着一张马脸的家伙出现在门口。门只打开了三分之一，所以他那张马脸看起来就更狭长了。他说你有事吗？安天不动声色地说，我来找刘末。口气十分肯定，并且眼睛死盯着对方。马脸似乎吃了一惊，歪着脑袋说，这儿没这个人，说完就要关门。安天想也没想就冲过去，用肩膀顶着门。而马脸显然早有防范，身体死抵着门。

和一个陌生人的较量就这样开始了，用力量，用愤怒，用安天正在一点一点失去耐心。

安天突然就收回了力，门在"嘭"响中关上了。安天退到墙根，气喘吁吁地盯着门上那个铜制的 1715，脑子有些发蒙，但又似乎特别清楚。

4.

从网吧出来，安天没有回家，他沿着刚拓宽的文化路慢慢往东走。尽管外面的阳光很好，却并不暖和，而且让他有种无处藏身的慌乱感。

安天双手插在口袋里，低着头。刚才通过丁宁提供的网址，他顺利地进入了一个界面花哨撩人的网站。点击他们强烈推荐的心跳频道，一张蔚蓝色的大幕徐徐拉开，正如丁宁所言，他的确就是那部《LOOK》里的主角，尽管拍摄的角度不是太好，但毫无疑问，就是他。

只看了不到二十分钟，安天就退了出来。从一个独特的角度通过屏幕来看自己日常的吃喝拉撒，这是他无论如何也想不到的。如果说一开始他还能怀着一份好奇去看的话，那么愈往后他愈觉得无法忍受。他那丑陋的大便的模样，做爱高潮处喘息的模样，边看碟片边自慰的模样，以及长时间发呆的模样，都被制作成了画面。更让他难以接受的是，一个浑厚的男中音一直用英语在为他的行为做着解释。

走到解放路口，稍一迟疑，安天右拐上了友谊路。

刘末的公司就在友谊路中段的鸿祥大厦十一楼，有一段时间安天天天下午去那儿等刘末下班。那时候他刚被炒了鱿鱼，暂时还没有找到新的饭碗，所以接送刘末上下班就成了他为自己安排的工作。他的处境激发了刘末伟大的母性。那一段他和刘末的感情平稳发展，进而让他乐观地展望起了俩人共同生活的前景。后来他应聘进了一家生产新型投币厕所的公司，渐渐地俩人又恢复了以前那种吵闹、和好、再吵闹、再和好的生活。也许这才是正常状态，静下心来重新适应后安天对自己说。

安天倚着一个卡式电话亭，隔着一条人来车往的马路，注视着对面鸿祥大厦的大门。一刻钟前他往刘末的办公室打了个电话，当刘末懒洋洋的声音传过来之后，他迅速地挂断了电话。接下来他知道自己要做的只有一件事，那就是等待，往时间的深处一分钟一分钟地等待下去，直到下班，直到那个令他好奇的真相大白。

眼下刘末是一条线索，一条他可以摸索下去的可疑的线索。

5.

下午五点多一点，越来越多的人从鸿祥大厦走出来，安天睁大眼睛，努力在人流中捕捉着刘末的面孔。一张又一张面无表情的脸像鱼一样从鸿祥大厦游出来，然后又汇入街道这条肮脏的河流。它们是那么源源不断，同时又那么有秩序，直看得安天的眼睛发酸，心里发慌。

人走得差不多的时候，刘末终于出现了。她的样子看起来很着急，三步并作两步地来到路边，招手拦了一辆行驶中的出租车。安天还没完全反应过来，那辆车就驶进了车流中。他想穿过马路拦一辆车跟上去，但一辆红色的富康已经在他身边停下了。司机歪着脑袋在打量他，也不开口，就那么看着他。

安天拉开车门，还没坐稳，就吩咐司机，快调头，快调头。司机启动车，把计价器打开，又告诫安天，车门没关好，然后才慢条斯理地说道，这儿没法调头。安天一听就急了，你怎么不早说，我要去的是那个方向。司机说，不要紧的，你告诉我你要去哪里，我们稍微绕一点路，一样能到的，他车开得四平八稳，说话也是那么一股腔调，对了，先生，你还没说你要去哪儿呢。安天扭过身去找刘末的那辆车，当然找不到了。他气不打一处来，嚷道，停下，快停下，我不坐了。司机减缓了车速，仍然用那种四平八稳的口气说道，车已经启动了，你就是马上下车也得付个起步价，这一点我得跟你说清楚。

6.

安天往自己家里打了个电话，没人接，说明刘末并未去他那儿，他又打她的手机，得到的回答是，机主关机了。在街上漫无目的地走了一大圈后，安天进了路边一家名为"两只小蜜蜂"的小网吧。他挑了一个靠角落的位子，进入那个该死的网站之前，他来到门外，点了一根烟，又要了一杯咖啡。这根烟他抽得很急，吸得很深，抽完最后一口，他一口气把整杯咖啡灌进了嘴里。他用手背抹了一下嘴,他觉得此刻该有勇气面对那个丑陋的自己,并且面对到底了。

根据画面,安天大致能判断出摄像头设置的位置和数量,大概有三台,分别架在卧室东南角上、卫生间梳妆镜上方和客厅顶灯的位置。尽管安天真想立刻奔回家,爬上桌子,把那几个摄像头捅下来。但他一再要求自己坐着,看下去,看完。

看到后来,安天还真看出了点乐趣,一个平时在别人眼里道貌岸然的家伙原来是这么在生活的,在镜子前挤眉弄眼地臭美,在床上龇牙咧嘴气喘吁吁地自慰,脸上挂着白痴般的表情长时间地坐在椅子上发呆,而当女朋友在的时候,他却总是一刻不停地忙活着,像一个热爱土地的农民,像一头辛勤劳作不知疲倦的老黄牛。天哪,这部片子是谁想出来的念头,这真是一个疯狂而有创意的念头。

打开房门后,安天连鞋也没换就冲了进去,他把饭桌挪到客厅正中的吊灯下,他爬上去试了试,正好能够着。华丽的水晶吊灯垂着许多流苏一样的水晶珠子,安天一排一排地拨开,果然发现在吊灯的玻璃底板上有一个洞,他的心狂跳了起来,他想把手伸进去,但那个洞仅小孩的拳头般大小。安天只得爬下去,拿了一根鸡毛掸子来捅。掸子的柄伸进洞内大约四分之三后,遇到了障碍,使劲捅,头顶传出了空洞的敲击声。

和卧室繁复的吊顶比起来,安天觉得卫生间的那面梳妆镜要好拆装得多。他左敲敲右拧拧,搞了半天,梳妆镜倒是整个卸了下来,但什么也没发现。安天点了一根烟,一屁股坐在抽水马桶上,他仰起头,眼珠子在三平方大小的卫生间来来回回地转着,这儿不可能,那里也不像,最后他的眼睛停在了墙角的抽湿器上,对了,就是它了。

两个直径差不多大小的洞已经很说明问题了。安天满头大汗地再一次坐在了抽水马桶上,一边抽烟一边不时抬头看一眼墙角那个难看的窟窿,它们是怎么形成的,什么时候形成的,由谁想出来的,这些洞后面到底隐藏着怎样一帮家伙，他们究竟想要干什么。这些问题像一群蚊子嗡嗡而来，在安天头部盘旋着，安天又摇脑袋又挥手的，好歹把它们赶走了，可是没一会儿，又来了。

7.

　　天突然间就暗了下来。坐在马桶上的安天只觉得自己正在往那个疑问多多的沼泽地里深陷下去。蚊子们挑衅般地在他的身上又叮又咬，他双手抱紧脑袋，努力想从中找出一点线索。

　　电话铃响得正是时候。刘末的声音让安天突然间抓到了一根救命稻草，他冲着话筒大声喊道，我要见你，你在哪儿？刘末说现在恐怕不行，我马上就要登机了，去厦门出差。安天说有件事我必须问你——刘末说有什么事等我回来再说吧。她的声音很脆，语气是不容置疑的。

　　安天拿着话筒站在黑暗里，话筒里持续传来"嘟—嘟—嘟—"的忙音，他咬着嘴唇，使紧地咬着，他在努力分辨刘末刚才话中可能存有的玩笑的成分，他想如果这一切是个玩笑，他反倒能心平气和地接受。猛然间，有灵感闪电一样划过他的头顶，他扔下话筒，转身开门走了出去。

　　1715室的门关着。安天往楼道两边看了看，然后将耳朵贴在门上。里面十分安静，不过这种安静在安天看来更像是刻意制造出来用来迷惑他的假象。他又把眼睛凑在猫眼上张了张，没发现人。但这什么也说明不了，安天对自己说，里面有人，肯定有人，不出意外的话，刘末也在里面。

　　摁铃、敲门都没人应，安天干脆用拳头捶，捶了一会儿他又把耳朵贴在门上，仍然没有动静。他妈的，可真够狡猾的。

　　隔壁1713的门打开了，一个模样介于中年和老年之间的妇女从里面探出个上半身，颇为不耐烦地说，别敲了，没人，上午搬走了。安天赶紧走过去，问，你亲眼看见的？妇女更不耐烦了，是呀。安天追着问，那你知道里面住的是些什么人吗？妇女就像受了多大侮辱似的白了安天一眼，语速极快地道，我从来不管别人家的事，说着把门关上了。

8.

安天给单位打电话请假，他说我病了，高烧39度，更为具体的症状是，恶心，眩晕，浑身发冷。他的部门经理说，你这个月的销售业绩很不理想，我想你也知道这意味着什么。安天说我病了，我得请假。经理用他台湾腔很浓的国语说道，请假没问题，但是，当你的脑袋不那么眩晕的时候，你也抽空想想你的工作，OK？安天说，我会的。

安天从几个药瓶里分别倒出一些药丸，每一种他都比说明书上的多一倍剂量。他对自己说，我病了，所以需要吃药，吃完药我就会好的，没问题的。他将手心里的药一股脑儿倒进了嘴里，不过并没有吞咽下去，而是含在口腔里。

起先安天感到了一丝甜味，有些怪怪的，带着中药的味道，很快尖锐剧烈的苦充盈了他的口腔，并激活了所有的神经末梢。安天感到胃部一阵抽搐，他赶紧往卫生间跑，可已经来不及了，他把一摊混合着药丸、没有完全消化的食物和胃液的呕吐物吐在了卧室门口。

一阵更为剧烈的呕吐过去之后，安天靠着卧室的门，他觉得自己很虚弱，脊背上直冒冷汗。但他暂时还不想躺到床上去，他的眼睛死盯着地上这摊形状气味都足够怪异的东西，恍惚间，他觉得自己刚过去的那大半年的生活全在这儿了，一些他精神上需要却不能被他吸收的药丸，一些他的身体需要却不能被完全吸收的食物，一些他的精神和身体都需要却永远也得不到的胃液样的爱情。他很累，他一直在努力，可是搞了半天，他依然两手空空。

第二章　陷入泥潭

1.

丁宁一下飞机直接就来了安天家。敲开门后，他把行李往客厅门口一放，也不进来，而是示意安天出来。安天说进来吧，机器已经拆掉了。丁宁疑神疑鬼地往里面张了张，又看了看安天的表情。安天说，行啦，进来吧。

进门后，丁宁先挨个屋看了一遍。他一脸的好奇和兴奋。他指着天花板贴着黑色垃圾袋的部位问，就是这儿？真的拆掉了？什么时候拆的？

安天一屁股坐在床上，没好气地说，你他妈的怎么这么多的问题。

丁宁似乎并不在意安天的态度，他在安天对面的一张椅子上坐下，饶有兴趣地接着问道，到底怎么回事，从实招来。

安天顾自埋头抽烟，不说话。

"说出来听听嘛。"

安天还是不开口，拼命抽烟。

"我有权知道的，不是吗，你他妈的连招呼都不打一个，就把我和小艾弄了进去，怎么都得给个解释吧。"

"我还想谁能给我一个解释呢，"安天抬起头，"老实跟你说，我也不知道。"

"有人在你屋里装了好几个摄像头，你居然不知道，这也太离奇了吧。"

"随你信不信。妈的，真像是做了场梦，都不知道是怎么睡着又怎么醒过来的。"

丁宁忽然想起了什么，起身把两张凳子搬到了天花板有窟窿的位置，站了上去。安天看着丁宁把黑色的垃圾袋撕下来，看着他努力想把手伸进窟窿里，看着他把打着火的打火机凑到洞口。当丁宁把他那张又兴奋又迷惑的脸转向安天时，后者再也忍不住了，转身走了出去。

2.

安天埋着头疾步走出一大段，猛然停了下来，他下意识地回过头去，后面连个鬼也没有，他不知道自己为什么要像逃似的走得这么急，要知道丁宁还在他家里继续迷惑和兴奋着呢。

电梯下下停停，最后停在二楼，足有两分钟，安天的眼睛一动不动地盯着那个发着红光的"2"字，他感觉它似乎永远也下不来又随时都有可能在他面前打开门来。

李晓红就坐在电梯门后她的老位子上，安天走进去，她冲安天淡淡地笑了笑，说，回家？

安天说，回家。

李晓红伸手摁16。和她那张布满小雀斑的脸比起来，她的手要年轻细腻得多，手背上那条静脉血管的走向让安天想到了尼罗河，继而又想到了他初中的地理老师。那老师长着一张北京猿人的脸，但为人温和，还有点小姑娘似的腼腆，只要上起课来，他立刻眉飞色舞，生动活泼。安天初二时因为趴女厕所窗户，加之认错态度又不好，差一点被学校开除。那一段时间所有的老师都不拿正眼看他，除了这个地理老师每次见面依然像小姑娘似的和他打招呼。

扭过脸来看见安天发愣的眼神，李晓红的脸一下子就红了，两只手局促不安地绞在一起。电梯在十一层停了下来，一个打扮时尚的女孩挟着一股怪异的香味走进了电梯。女孩进来后迅速地扫了安天一眼，然后冲李晓红说，十四楼。她轻飘飘扫过来的那一眼和说话的口气显得她自我感觉好极了。

电梯里没其他人的时候，安天会和李晓红聊上几句，当然基本上是他说，李晓红听。安天肚子里装了一大堆笑话，都是刘末四处收集来后讲给他听的，她说安天笑起来挺好看的，只是很少笑，所以她想让安天每天都笑上一笑。安天将这些段子贩卖给李晓红，也是希望她能多笑笑。不过他今天没有这个心情。

当安天重新走进家门，看见丁宁仍旧站在卧室那个该死的窟窿下面，仿佛从未离开过，仰着脑袋，不知由于兴奋还是困惑紧张，脸涨得通红。安天没有理他，顾自走到床边，往上一躺，闭上了眼睛。

3.

丁宁提议晚饭去外面吃，由他买单。安天以为自己听错了，猛然睁开眼，问，为什么？丁宁说吃顿饭哪有那么多的为什么。安天说，我奇怪是因为平常打死你也一毛不拔，真不知今天吃错什么药了。丁宁说，我挺好的，不需要吃药，我看你倒是该对症下点药。

当然不会挑什么好地方，这一点安天有思想准备。正是吃饭的高峰期，餐厅里人声鼎沸，而且座无虚席，还有站着等位子的，他们这张桌子旁就站着一家三口。安天只觉得这顿饭吃得很吃力，因为他不但要让自己无视那一家三口的存在，还要扯着嗓门回答丁宁没完没了的问题。

吃到一半，丁宁的呼机响了，是他妹妹丁婧，知道他和安天在一起，立刻就要赶过来。这女孩和安天一度彼此都有兴趣，但被丁宁坚决地制止了。那家伙夹在俩人之间又蹦又跳，像条疯狗。他妹妹可不吃他这一套，安天也不吃他这一套，最后没办法，他只得将实情告诉安天，他妹妹有病，精神病，更民间也更难听的叫法是，花痴。具体的症状表现为，喜欢和男人睡觉。导致她疯掉的主要原因是她的部门上司一直对她有企图，利用职务之便引诱威逼她，给她造成了很大的心理压力，于是和不同的男人睡觉成了她缓解压力的方法。让她的家人感到难堪的是，她不分长幼，不分阶层，几乎是来者不拒。和她睡过的男人都知道，其实她喜欢的是睡觉这种形式，而非内容。

丁宁说最近家里给丁婧找了个离过婚的男人，因为眼下是冬天，丁婧的行为举止还没什么异常，那个家伙还以为自己捡了个大便宜呢。眼看着天回暖了，丁婧又该去医院住上一段了。

安天有点想不起来丁婧长什么样了，只记得她的眼睛挺大的，可没有神，所以看起来有点迷离有点无助还有点伤感。这是一种危险的眼神。

他就曾经在这种眼神里流连忘返，像一个放学回家的孩子被路边新奇的景象吸引，玩得迷了路。

丁婧的出现让这个小饭店里的人眼前一亮，很多人的眼光都随着她的走动移向了安天他们这一边。安天以前从未觉得丁婧有多么漂亮，但在这个嘈杂的小饭馆里，丁婧身上散发出一种独特的味道，就像是给这个觥筹交错酒菜香味浓郁的场所喷了点空气清新剂。安天一下子找不到恰当的词语去形容这种味道。他看着丁婧朝自己走过来，脸上是时下流行的"酷"，百分之三十的冷漠加百分之三十的无所谓加百分之四十的不耐烦。

丁宁拉开他身边的椅子让丁婧坐下来，问她喝点什么。丁婧说随便。丁宁替她要了一杯橙汁。这会儿店里的生意比安天他们刚来时还要火，要服务员赶紧上菜或添酒添菜的吆喝声此起彼伏。

"好久不见了，又漂亮了嘛。"安天由衷地说。

"是吗？"丁婧看了安天一眼，这一眼看得很认真，仿佛安天得为这句话完全负起责任来。看过之后她低下了头，没头没脑地说了一句，"你说话真逗。"

安天和丁宁迅速地对视了一眼，后者冲他做了个不要乱开玩笑的手势。

丁婧的那杯橙汁迟迟没有上来，她开始有点不安起来，转着头，东看看，西瞧瞧，摸摸鼻子，挠挠头。

"最近在干什么？"安天问丁婧。

"没干什么，我没干坏事，我什么也没干。"丁婧又摇头又摆手的，显得十分紧张和慌乱。

"我知道你没干坏事，你也不会干坏事，我的意思是你最近在做什么。"

"我没做什么，我什么也没做，不信你可以问我哥哥。"

丁宁伸手拍了拍他妹妹的肩膀，安慰她，我们都知道你是好姑娘，我们都知道，安天没有别的意思，他只是随便问问。然而，丁婧突然就站了起来，推开椅子，拿了她的包，一句话也不说地走了。在餐厅门口，她拦住一个托着一只托盘的服务员，说了两句什么，然后朝餐厅人最多的那一角冲了过去。

丁宁扔下筷子也跟了过去。安天绕过两张桌子，耐心地等那个和丁婧说过话的服务员上完菜，把他拉到一边，问，刚才那位小姐和你说什么了？服务员先是把安天从头到脚地打量了一遍，然后才很不情愿地说道，她问我洗手间在哪儿。

重新坐下后，丁宁拿起筷子就吃，好像跟谁赌气似的。安天说你妹妹怎么回事，是不是又犯病了。丁宁把筷子举过头顶，看架势要往桌上拍，但中途又减缓了速度，他把筷子在小碟子上摆好，调整了一下情绪，然后才说，拜托，你能不能挑点好听的说，怎么哪壶不开提哪壶。

"我说什么啦，我说什么啦，我怎么记得我什么也没说。"安天倒有些急，他真的不记得自己说过什么不该说的话，况且，面对一个花痴，天知道该说什么不该说什么。

"你为什么要说'干'，丁婧最听不得这个字了，被你这么一刺激，很可能她又要发病了。"

"除了'干'，还有什么字不能说，你能不能提前告诉我？"

丁宁没有理安天，顾自喝着酒。

"那我来帮你归纳一下吧，'操'、'做'、'戳'、'办'、'插'、'日'，哦，对了，还有那个从make love中翻译过来的'造'，是不是这些全不能提？"

丁宁仍旧不理他。

"是不是连'体操'、'做饭'、'办公室'这些词都不能说？"安天说得来了劲，扳着手指，眼光热切地看着丁宁。

"行啦。"丁宁的忍受终于到了极限,他扭过头去看了一眼洗手间的方向,然后压低声音对安天说,"这些字你全可以说,只是别对丁婧说,她是个病人,她不能受刺激。她一会儿就过来了,如果你吃不准该不该说,那最好什么也不要说,好吗?算我求你了。"

安天没有任何表示,他正在好奇自己刚才怎么一口气说出了那么多和'干'相关的字,就好像自己曾经总结归纳过似的。

4.

星期一一大早,安天的部门经理就把安天叫到了他的办公室。从安天进门的那一刻起,那个有着一头浓发、其实是个秃顶的台湾人就在笑。他笑着请安天在他对面的转椅上坐下,笑着亲自去给倒了一杯水,笑着问安天看最近那场中南足球对抗赛了没有。安天说你在上班时间把我叫到这儿来,不会是想和我聊聊足球的吧。经理没想到安天会这么不友好,脸上的表情转了几转后,定格在严肃上,他干咳了一声,说,你最近几个月的销售业绩一直在往下滑,你自己有没有找过原因。

安天跷着二郎腿,双手搭在扶手上,身体在椅子里扭动着,这张转椅他坐过许多次,从来没像今天这样放松和坦然过。

经理换了种沉痛的表情说,你是个很有能力的年轻人,只是你的性格可能不是太适合干销售这一行。其实我个人真的挺欣赏你的,你身上有很多优点——

"如果你最后要说的是让我滚蛋,那么前面这些安慰我的话就不用说了,只是有一条,按规定我可以去财务那儿领两个月的薪水,这不会有改变吧?"

"那当然。"

"既然这样,那我收拾一下就滚蛋。"

经理站起身,还要说什么。安天一摆手,说,你不用送了,安慰的话也不要说了,我自己滚蛋就行了。另外,我并没有你想象的那么难受,老实说，我本来也正在考虑是否要辞职，你只不过是帮我下了这个决心而已。

5.

安天把快译通打开，按姓氏的第一个拼音字母的顺序给所有认识的人打电话，首先告诉对方他被炒鱿鱼了，接下来顺便问一问最近看见刘末了没有。有两个好事的人对他满世界找自己的女朋友表现出浓厚的好奇，他们一个劲地问，你们吵架啦？为什么吵的？是不是你们中间有了第三者？而有几个根本就不认识刘末的人反过来问他，刘末是谁呀。总之，近期没人看见过刘末。

早晨变得不那么容易起床了，安天每次醒来都像是从一个很远的地方走了许多路才来到这张床上，浑身酸疼，脑子发晕，还想再睡一会儿，可是天已经亮了，还挺亮的，因为心里有事，因为困惑，因为没有人能为他眼下的生活和迷惑指一条路，哪怕仅仅是个暗示性的眼神，他只有自己去寻找出路和答案。

现在安天每天起床洗漱完毕后，首先上十七楼，去敲一通1715的门，他也知道不会有人来开，但他一天的生活就是从这敲一敲开始的，反正敲完门，他这一天的生活才算真正开始。

安天去小区的物业管理处查问过好几次1715住户的详细情况，都被客气地拒绝了。他们说，你真要觉得那户人家有问题，可以去公安局报案。另外，我们也可以替你报，如果你需要的话。

刘末曾工作过的那家广告公司，对安天三番五次地来询问刘末的个人情况，表现出了不必要的谨慎，他们除了摇头，还是摇头。最后一次去的时候，在走廊里有一个年龄应该和安天差不多、但神态介于中老年之间的男人满脸阴云地从安天身边走过去，安天觉得这个人好像有些面熟，可一时怎么也想不起来在哪儿见过。那人走过去后停了下来，站在原地，好像突然想起了什么。安天主动朝他走过去。对方首先开口道，我们见过面吗?

对着那张白净的脸看了半天,安天愣是想不起来对方是个什么样的角色,他反过来问对方,你认识刘末吗?

"哦,原来你就是那个天天来打听刘末的人。"男人嘴角一牵,带出了一丝淡淡的冷笑,他上上下下、但非常迅速地打量了安天一遍,"刘末的情况,我敢说这公司里随便哪一个人都没我了解得多,不过我这会儿不想说。" 说着他转身要走,但他这个身转得很慢很慢,像一个因为剧情需要而艺术化了的慢镜头,而他的眼光还停留在安天的脸上。

"啊——,我想起来啦!"男人忽然指着安天的脸叫了起来,"你是——"

与此同时,安天一身冷汗地意识到了对方肯定是在那部片子里认识自己的。他慌里慌张地从11层楼往下跑,甚至忘了可以乘电梯下去。记忆中,从学校出来后他就再也没有这样奔跑过,慌乱、紧张、绝望、力不从心。

回到家里,望着屋顶上那三个虽然用垃圾袋封上了却因此更加醒目的窟窿,安天只觉得他的生活陷入了一个像是被人精心设计好了的泥潭,而且泥潭边围了许多看热闹的家伙,他们边看边笑,还交头接耳。他奋力划动着双臂,他用让自己厌恶的可怜巴巴的眼神企望着岸上的人,可是他们依然有说有笑,指指点点,看得有滋有味。

第三章　找呀找

1.

电梯门打开的时候,安天感觉到李晓红看他的眼睛一亮,随即她的脸就红了。安天认为这个女人的身体构造肯定和常人不一样,她怎么那么爱脸红。

"你好吗？你孩子好吗？你先生好吗？"安天问。电梯里没有其他人，这让安天觉得放松。

李晓红没有回答，而是咬着下嘴唇笑了。每次安天走进电梯，只要里面没别的人，他就像唱歌一样把这三个问题唱一遍。这个话很少的女人让他有种亲近感，就像一个大姐姐，而她脸红羞涩的样子又像是个娇柔的小妹妹，安天忍不住就想逗逗她。

"说个段子给你听吧。"

李晓红浅笑着，不置可否。

幼儿园里三个小男孩正在玩玩具，其中一个突然停了下来，说，我哥哥昨天被一只蚊子叮到，整只手都肿起来了。

另一个小孩说，那有什么稀奇的，我的叔叔上个月被那种很毒的虎头蜂叮到，整只脚都肿了起来。

还有一个孩子说，我姐姐以前不知道是被什么东西叮到，现在她整个肚子都肿了起来了呀！

李晓红掩着嘴，满脸绯红。安天指着电梯显示屏，说，一楼有人要上来。

2.

一个星期过去之后，另一个星期就来了，那么有秩序，因为秩序井然而显得荒诞。

同样，安天的生活也变得前所未有地有规律，每天起床后，先去敲敲1715的门，然后下楼直奔刘末的姑妈家所在的新华街，她的邻居说她两个星期前去了南昌，短时间内不会回来，可是他们甚至说不清楚她是去看她弟弟还是妹妹。安天满腹狐疑地坚持每天都来这儿晃一晃，期望能碰上什么意外的情况。

八点以后，安天重新回到家里，休息一会儿，然后以刘末的亲戚的名义往她单位打个电话，这样的把戏其实已经没有任何用了，看起来更像是一场比赛耐心和想象力的游戏。

十点，安天准时乘电梯下去，沿着西环路，慢慢走，他希望自己能像一个不用工作、不用操心家务、闲得发慌的上了年纪的老人那样，尽量走出一点闲散优雅的味道，同时发现一点和刘末有关的线索，可往往是越走越快，越走越急。路上很多景物在他眼前掠过，很多人从他面前经过或被他超过，他看在眼里又仿佛什么也没看见。他走呀走，他找呀找。

午睡起来，安天照例去离家最近的那家名字绕口的"三艾姆"网吧待上一会儿，看看那个在片中被旁白称为"he"的家伙的让他又熟悉又陌生的日常生活，熟悉的是其生活的方式，陌生的是观察的角度。看的遍数多了，安天已变得越来越平静，真就像是在看别人的生活，他甚至想从一个普通观众的角度对这部片子提点建设性的建议。这个网站的点击人数在不断往上攀升，所以他们应该做得更好。

安天在考虑家里是否该开通网络，这样就不用每天去网吧了。但下个月，或者再下个月，他也许就能把那部该死的片子从他的生活中彻底踢开。他不能总是像眼下这样焦灼不安地生活，他得做点什么，切切实实地做点什么，这样他才能踏实一点，而这种踏实的感觉对他而言，是那么重要。

和刘末的那一段恋爱，因为刘末的神秘失踪和那三个该死的窟窿而变得复杂和不可信起来。一个人口口声声说爱你，没有你活不下去，可是一转身就没了踪影和音讯，留下了一段令人狐疑的过去让你去猜测去想象去发疯。

有时候安天会从梦中醒来，因为刘末又在梦中给他讲段子了，她讲了一个又一个，自己捧着肚子笑弯了腰，而他却板着脸。她扑上来摇他的肩膀，问他为什么不笑，一定是故意的。可安天就是笑不出来，脸上的肌肉发僵发硬。刘末威胁他，要是再不笑，她就要走了，再也不回来了。

安天通常不愿过多地去回忆他和刘末的过去，更不愿在没有充分的证据的前提下，去给刘末这个人下结论，从某种意义上说，给刘末下结论就是给俩人的恋爱下结论。他已经不再年轻，情感的投入和付出都变得越来越吝啬、小心翼翼，这一次他是真爱了，尽管不是全部，也足够投入，他不能相信这一切只是一场带有表演性质的游戏。

时间可以使记忆丰满起来。

时间可以使过去的缤纷褪色。

时间可以使曾经切肤的爱和痛逐渐麻木。

时间是改变一切的罪魁祸首。

时间呀时间。

闲极无聊时，安天会去电梯里待一会儿，和李晓红说说话，后者是个不善言辞的女人，而且特别爱脸红，一个玩笑，一个眼神，都能让她脸红。她两年前从单位的幼儿园下岗，后经人介绍来公寓开电梯。安天在这儿住了半年和李晓红说的话加起来都不及这两个星期多。他好像突然才发现自己身边居然有这么一位有意思的女人，他对她的身体没有欲望，却愿意和她在一起，对她说上点什么，看她脸红，看她的眼睛慌乱地转向别处，他的内心就会产生一种令他费解的满足。她和他以前认识的所有的女人都不一样，她不骄傲不自信，也谈不上漂亮，但善良温柔，还有一种让像安天这样的男人心动的柔弱。

3.

深更半夜接到丁婧的电话，安天非常意外。他说你是怎么知道我的电话的。丁婧很不屑也很得意地反问，得到你的电话号码就那么困难吗？安天说我不是这个意思，你有什么事吗？

"没事就不能给你打电话了吗？"丁婧显得很较劲，还有点撒娇的味道。

"你现在在哪儿？"

"就在你楼下。"

"这么晚了，你有什么事吗？"

"没事就不能给你打个电话、来看看你了吗？"

"可是——"

安天话还没说完，丁婧已经把电话挂断了。放下话筒后，安天的身体半倚在床头，思绪还停留在电话铃响前的那个梦境里，刘末站在离他五米远地方，始终用一种叹息般的声音在问他，最近过得好吗？他一步一步地向她走近，他怕走得太快了吓着她，他走呀走，可她依然离他有着那么一段距离，后来他急了，干脆撒腿跑了起来，就在他的手要碰到刘末的肩头的那一瞬间，电话铃响了。

安天突然意识到丁婧马上就要到他家了，带着他隐约可以猜到但又不能确定的目的。他翻身下床，把床铺整理了一下，正穿衣服呢，门铃响了。

"家里没人吧？"丁婧的脑袋比身体先进门，朝里面张了张。

"如果我也不算是人的话，确实没人。"

丁婧换了拖鞋后，穿过客厅，直接就熟门熟路地进了卧室。安天吃惊地站在卧室门口，看着丁婧把随身的那只小包往地板上一扔，一屁股坐在靠窗的那张摇椅上，随手拿起旁边一本杂志，边摇边翻看起来，就像下班回到了自己家那么随意和放松。

"喝茶吗？"

"不，睡前我习惯喝杯奶。"丁婧没有抬头，手中那本刘末遗留在这儿的时装杂志似乎让她很感兴趣。

安天转身走进厨房，打开冰箱门，扑面而来的冷气让他忍不住打了个喷嚏。他倒了一杯奶，不过并没有马上端出去，他在想到底是自己被弄糊涂了，还是丁婧在装糊涂，她在他这儿喝完这杯奶是就此回家睡觉呢，还是干脆把觉也安排在这儿睡了。坦率地说，如果他不知道丁婧的毛病，他当然十分欢迎她能在一个暧昧的时间光临他的家，但现在情况有些复杂,她是一个不能对自己行为完全负责的人,也许她都不知道她自己在干吗。同时,从未来过这儿的丁婧似乎对安天的家一点也不陌生,这让安天疑云顿生。

"这个灯太亮了,"丁婧指指天花板上的顶灯,"换那个落地灯刚刚好。"

喝完奶的丁婧好像更为放松和随意了,她把手中的杂志扔在地板上,闭上眼,幅度很大地摇了起来。安天看着她,没有动,他觉得丁婧正在一步一步地安排他们的夜晚,那么有条理,怎么看都不像是一个脑子有问题的人。

"我累了,我们睡觉吧。"丁婧伸了个懒腰,然后站起来,绕过安天,进了卫生间。

安天听见卫生间的门关上的声音,没一会儿,水声传了出来。他把电视打开,胡乱地换了几个频道。有线台的午夜剧场正在播放美国的《罗斯夫妇的战争》,片中那个胖律师劝他正在闹离婚的朋友说,人类总是面临着两大问题,留住一个打定主意要走的人,或赶走一个说什么也不走的人。安天烦躁不安地在卧室里走动了起来。

当丁婧裹着一条浴巾出来的时候,安天正在给丁宁打电话,铃声响了很久也没人接,安天回过头来对丁婧说,快去把衣服穿好,你哥哥一会儿就来接你。

"你这是什么意思,为什么要叫我哥哥来。"

"时间不早了,我觉得这样比较好。"

"你觉得好,我觉得不好,我和你之间的事为什么要把他夹在里面。"

"我和你之间有什么事?"

"如果没有的话,那你把我哥哥叫来做什么,真不知道你到底心虚什么。"

"我是不想我们之间真的发生什么,那样对你不好。"

"对我不好？安先生，你真会替人着想。但是，我们之间会发生什么呢？"丁婧一脸迷惑地看着安天，"你能说得清楚一点具体一点吗？"

电话一直没有接通，安天便固执地拿着话筒。

"怎么，连你自己都不清楚到底会发生什么？"

丁婧走到安天跟前，用她那双极具杀伤力的眼睛看着安天，并伸手把安天手中的电话拿了过去，轻轻地扣在话机上。她的动作很慢很轻，加上她迷离的眼光，使这一切带着一种梦幻般的色彩。安天只觉得有雾气在俩人之间升腾，并在整个卧室弥漫开来。

4.

从卫生间出来，安天没有回到床上去，他在窗前那张摇椅上坐下。丁婧睡得很熟，嘴微张着，呼吸均匀。他很想起身去外面抽根烟，但这仅仅作为一个念头在他脑子里起起落落着。

由于睡眠不足和在丁婧的鼓励下不断地冲锋陷阵，此刻安天全身乏力，脑袋昏昏沉沉的，并且这个早晨也在他的眼睛里变得昏暗和萎靡。俩人昨晚折腾了大半夜，高潮处，安天突然就软了下来，他抬头看了一眼天花板，恨恨地从牙缝里挤出一个字：操。而丁婧还在那儿大呼小叫的，很兴奋很快活的样子。安天拍拍她，说，我去外面抽根烟，后者睁开眼，有些回不过劲来。他走到阳台，打开窗户，趴在窗台上抽了半根烟，抽完最后一口，安天冲着夜色使劲地吼了一嗓子。回到卧室，他对丁婧说，我们换个方式吧。他去找了只微型手电筒，关了灯，钻进被窝。安天把打开的手电咬在嘴里，在被窝里忙活了起来。尽管有些气闷，但随着在丁婧脸上和身上晃动的灯光，一种从未有过的新鲜和刺激在安天身上由点到面地蔓延开来。

想到昨晚那场更像是和自己的不安、焦虑作斗争的床上运动，安天感到的不是兴奋，而是累，他动了动身体，想找到一个更舒服的姿势，但摇椅却顺势摇了起来。他记得天快亮的时候，也就是战斗接近尾声的时候，丁婧突然趴在他身上笑了起来，并且在极短的时间里由微笑变为狂笑，连一点让人做思想准备的过渡也没有，她笑得身子乱颤，眼泪都下来了，喉咙里发出的声音像哭又像笑，音量不低于80分贝。安天的第一反应就是她发病了。他从床上下来，站在床边，紧张地看着她，不知该怎么办好。大约两分钟后，声音戛然而止，就像突然切断了电源一样。安天更为紧张地看着她，不知道接下来会出现什么意外。但是丁婧用手背抹了下眼泪，冲安天十分灿烂地一笑，说，好了，我们睡觉吧。好像她这么大笑一通和刷牙一样都是睡前的例行程序。

　　这到底是个什么样的女孩？安天在摇椅无精打采的摇晃中问着自己。

5.

　　丁宁打来电话，问安天这两天见过丁婧没有。安天说她在我这儿。丁宁一听就叫了起来，什么？她在你那儿？她在你那儿干什么？安天说能干什么，还能干什么。

　　丁宁气势汹汹、摆出一副要拼命的架势出现在安天面前。安天说，有什么话进来再说。丁婧对她哥哥的到来似乎有些不乐意，说，你来干什么。丁宁没有理她，转身推了一把跟在他身后的安天，吼道：你他妈的不是答应过我不和小婧来往的吗？

　　"我并没打算和她来往。"

　　"那你怎么解释眼下这一切。"

　　"是我自己来的，和安天无关。"丁婧插话道。

　　"你不用帮他说话，我知道他的臭德行。"丁宁狠狠地瞪了他妹妹一眼，然后转向安天，"有你这么对朋友的吗？你他妈的是人吗？"

　　"本来我自己还不太清楚，现在我看清楚了，我的确不是人，好了吧，解气了吧。"

　　"你小子少跟我来这一套，来，你跟我过来。"

丁宁把安天拉扯到阳台，压低着嗓门咬牙切齿道，她有病，你又不是不知道，她有病。

"我并不想那样，我当然知道她有病，事实上——"安天觉得这话很不好说，他看了一眼怒气十足的丁宁，"事实上，你妹妹很有一套，我也没办法，不是我不想拒绝她，是我的身体不愿意拒绝。我他妈的是个正常的男人。"

"你正常？我看你病得不轻,否则就不会去拍那种下三烂的东西了。我看你变态。"

"骂够了吗？好了，你现在可以把丁婧带回去了，记得看好、看紧一点，春天就要来了。"

第四章　头绪

1．

太阳极亮。风极大。看着屋外的阳光，看着从没有关严的窗户钻进来的风把窗帘吹得乱飞，安天对自己说，春天了，妈的，又一个春天就要来了。

电视里正在放何勇那首《钟鼓楼》的MTV，吉他声干净、明亮，像此刻屋外的太阳，还有竹板声，一下是一下，全都打在安天那颗因为时间的流逝因为春天的到来因为对自己眼下的处境无能为力而变得伤感的心上。

上个月月底，安天出了趟远门，从这里到那里，从南到北，口味由淡到咸，见了几个好几年没见的朋友，喝了点酒，说了一些说了也等于没说的不着边际的废话。回到家里，安天发现期望通过旅行化解的困惑情绪，依然像一团乱毛线似的缠绕着他的日子，不去碰它，它就乱七八糟地堆在那儿，一碰，它只会更乱更糟更理不清。

旅途中，有三个人的音貌时常跳出来搅乱他依稀仿佛将要轻松起来的心情，刘末当然首当其冲，还有她单位那个自称对她了如指掌的同事，以及从未去过安天家却对那儿熟门熟路的丁婧。刘末是那一团乱毛线的头，如果找到她，问题就变得简单多了，可她就像从这个地球上蒸发掉了似的没了踪影。

犹豫再三，安天决定再去刘末的单位碰碰运气。

因为连那个男同事的姓名和具体职务都不知道，安天只能一个一个办公室挨着找。他鬼鬼祟祟的样子引起了楼层保安的注意，他被带到了保安办公室。里面一帮人正在有一搭没一搭地说着话，一副百无聊赖的样子，看见安天被带进来，立刻苍蝇似的叮了上来。

一个负责人模样的中年男人客气地请安天出示有效证件。这个男人有着一副很特别的公鸭嗓子，尽管挺客气的，可就是让安天觉得那是装出来的，随时都有可能换成另一副嘴脸。安天说我没有随身带身份证的习惯。公鸭嗓子说工作证、驾驶证或者别的可以证明身份的证件都可以，说完期待地看着安天。他当然是期待安天什么也掏不出来，这样他们就有事可干了。

安天说我什么证件都没带。公鸭嗓子说那你告诉我你的单位，我们打个电话核实一下。安天说我现在没有工作。公鸭嗓子说那你把你家所属的居委会告诉我们也行。他的脸上已有了明显的公事公办的色彩，一开始的客气正一点一点从他眼角嘴角褪去，与此同时，他的公鸭嗓子却在一点一点地提高。最后没办法，安天只能说出了刘末的名字和她所在的部门。

下午五点，像特务一样在鸿翔大厦对面的卡式电话旁守候了半天的安天，终于在下班的人流中发现了自己要等的那个小伙子。后者肩上斜挎着一只包，正低着头往右首的鸿翔东路走去。

安天穿过马路，小跑几步，追上小伙子。看见安天，小伙子有些意外，是你呀。不知为什么，安天觉得他看自己的眼神有些恍惚，明明在笑，却让人觉得他是在为一件和安天无关的事笑。

"你现在有空吗？我们找个地方坐一会儿，好吗？"

"是不是还是想打听那个叫刘末的女孩的事？"

前面五十米处正好有一家名叫"TTTT"的酒吧。小伙子说他和他的同事经常来这儿，不过不是一起来，而是他们来他们的，他独自来。他的同事们管这儿叫"吞吞吐吐"。

安天能感觉到对方是个敏感、有点神经质的年轻人。安天从口袋里掏出烟，抽出一根，递过去，小伙子接过烟的同时，不知从什么地方掏出一张名片递了过来。他解释说，这样说话方便些。

绘可多媒体（中国）有限公司
孙亦基　　市场部副部长

背面是密密麻麻的单位电话、传真，以及家庭电话、手机、呼机、电子信箱。安天说我叫安天，我没有名片。但是那个叫孙亦基的小伙子却掏出一只PDA来，把安天的名字打了上去，并详细询问了他的电话和呼机号码。合上PDA后，孙亦基说他有预感他们以后还会联系的。

2.

酒吧里的顾客渐渐多了起来，大部分是这附近公司的职员，下班后来这儿喝点东西，放松一下。孙亦基坐在安天对面，鼻子、嘴巴和三分之一个脸都埋在了啤酒杯里，露出两只眼睛看着安天，让后者觉得自己似乎正在被他算计。

"能和我说说刘末吗，我想不用我多解释你也知道是怎么回事了。"安天被他看得有些不安。

"在谈刘末之前，我可以问几个问题吗？"

"问吧，问吧。"

"那片子是怎么拍出来的？看起来像是偷拍的，刘末知道她被拍进去了吗？他们给了你多少钱？"

安天一下子愣在那儿，那些问题就像是他没有设防的冷箭，全都射在了他的要害部位。他掐灭了烟，又迅速地点了一根。

"还有，你的演技真好，你是不是学过表演的？"

安天猛吸两口，调整了一下坐姿，他把脸转向吧台，然后开始说。

"对那部片子，我能说的就是三个字：不知道。是真的不知道，我的一个朋友打电话来说在网上看见我和刘末了，问了和你刚才差不多的问题，我才知道有这么回事，然后刘末就不见了，然后我就从我住处的屋顶上发现了几个和拍摄角度相同的窟窿，接下来我的生活就陷入了一缸糨糊里，我四处找刘末，可她就像是从这个地球上蒸发掉了似的没了踪影，一度我也想把这件事忘了，只当它没发生过，但是一种陷入糨糊里的生活只会越陷越深。现在刘末成了唯一的线索，我得要找到她，我必须要找到她，我得从糨糊里爬出来。"

安天说完看着孙亦基，气喘吁吁地看着他。

"其实我对刘末的了解也不算多。"孙亦基可能在无形中感觉到了某种压力，说话变得谨慎起来。

"你知道多少说多少，说不定就会对我有帮助的。"

孙亦基避开安天热切的目光，把脸扭向一边，似乎正在做着思想斗争。安天真怕他突然站起来，转身离开。过了一会儿，孙亦基慢慢把脸转过来，低头看着面前的酒杯，开始说。

"刘末是个很特别的女孩，从她进公司的第一天起，我就注意到她了。我说她特别，不纯粹是因为她长得漂亮，而是她很有心计和人缘，来公司没多久就和大家搞得一片火热，很多男同事都心甘情愿地围着她转，以能为她效劳为荣，毫不夸张地说，她是我们公司的大众情人，据说，公司半数以上的男人都和她上过床。有一阵公司的业务特别忙，等大家忙完，抬起头来，吃惊地发现刘末竟然和我们老总好上了，是半公开的，根本不回避我们。可是大家都知道那老家伙连自己的老婆也满足不了，怎么对付一个充满青春活力的小姑娘。后来我们有个同事猜测，那老家伙可能是用意念，反正他的家伙肯定是不行的了。"

孙亦基说着笑了起来，他看了安天一眼，安天脸上那副凝重的表情让他止住了笑。他说，你是不是有点意外。安天说，接下来呢？孙亦基说，接下来那老家伙的老婆知道了，跑到公司来大闹了一场，俩人安分了不少，至少表面上是这样。奇怪的是，刘末并没有就此离开公司，再接下来你就经常出现在我们公司门口，那就不用我说了吧。

安天久久没有开口，他一只手撑着脑袋，一只手缓缓地摩挲着啤酒杯雕花的杯壁，一副想不通又非得想通的样子。他真的没有想到和自己交往了大半年的刘末原来这么不同寻常。他开始回忆她在床上的样子。他问自己：和刘末相处的这半年多，她对他所做的一切，包括她对他流露的情感难道全是一种带有表演性质的铺垫吗？

孙亦基说你没事吧。安天脸部的肌肉神经质地牵了一牵，似笑非笑，却一点声音也没有。

3.

从酒吧出来，孙亦基提议找个地方吃点东西，安天觉得他只是那么一说，是出于礼貌，所以婉言拒绝了他的邀请，说自己更愿意回家去待着。孙亦基说待着是什么意思。安天说就是一个人坐在那儿发呆。孙亦基说，发呆就是你放松的方式吗，那可真够特别的，怪不得刘末会看上你。他不住地点着头，好像终于想通了刘末怎么会和安天这样的人搞在一起的。

安天慢慢往家走，刚才在酒吧中孙亦基有关刘末的那番话带给他的震惊此刻余波仍在，说实话，刘末复杂的经历已经超出了他平庸的经验。原来当刘末带着看似必然的偶然性走进他的生活后，他就生活在了一出被导演好了的戏中了。

安天突然意识到刘末这个人也许已经从这个世界消失了，因为导演要她消失，所以她就消失了，而他还东奔西跑地在找她，希望她能站出来对自己说她和他一样也是一个不知情的受害者，哪怕亲口告诉他，她刘末就是这一切的总策划，他想自己也能勉强接受。因为经过这近两个月的苦思冥想、辗转反侧，他的心情已由惊诧、愤怒变为不耐烦。他最初追根溯源的想法也仅剩下给个他能接受的说法，好让他重新回到熟悉和习惯了的生活中去，生活、工作和等待死亡的到来。

从某种意义上说，人这一生就是一个妥协的过程，对时间妥协，对亲人妥协，对某些势力妥协，说到底，也就是对我们无法把握和抗争的命运妥协。

走到公园路口的时候，一个黑瘦的中年男人拦住了安天。对方的脸上那副大大的墨镜让他顿生戒备，他下意识地后退一步，问，你想干什么？中年男人咧嘴露出两排蜡黄的牙齿，说，先生想不想看相，你别误会，我不收钱的，我和路边那些算命的可不一样。安天上下打量了他一番，果然和那些人不一样，那就是他比他们要干净一点，但也就一点。

"先生你眼下有麻烦了。"

"什么麻烦？"

尽管安天很清楚他们的把戏，他的心还是"咯噔"了一下，所以他并没有挣脱那只把他往路边拉的手。

"看先生的面相，应该是个有福气的人，而且——"

"你就说我有什么麻烦吧。"安天打断他道。

"你最近是不是得罪什么人了？"

"没有。"

"你再想想，往细里想。"

马路对面是一家新开张不久的商场，门口还摆着花篮，两个从商场里走出来的女孩走过花篮后又折回来，旁若无人地采了两朵。安天觉得实在无聊，不是那个算命的，而是自己，自己又不是不知道那套把戏，还在这儿一唱一和的。他撇下那个还在等着他回答的中年男人，顾自转身走了。

4.

每次看见安天，李晓红的眼睛都会一亮，然后脸就该红了。安天已经记不起来这是从什么时候开始的了，而自己又是从什么时候开始被这一刻弄得心跳加速的。她不漂亮，小眼睛、微胖、鼻翼周围布满雀斑，她有丈夫有孩子，还有个比他大五岁的年龄，他感觉自己对她的身体没有欲望，真的没有，但她看他的那一眼却让他动心。难道仅仅因为她是个女人？那也太荒唐了吧。

"你快下班了吧？"

李晓红点点头。

"给你说个段子吧。"

李晓红仍然笑。笑就表示同意。也许她这一整天一直在等着这一刻的到来。

有一对夫妻，他们之间对过性生活有一个暗号，那就是：洗衣服。这一天是个星期天，一早起来，丈夫看见屋外春光明媚，心情很是舒畅，于是他感觉到身体也有了变化和要求，他把才六岁大的孩子叫到跟前，说，去，跟你妈说，我要洗衣服。孩子"噔噔噔"跑到他妈那儿，把父亲的想法告诉了母亲。

这个妻子一早起来，正忙着收拾屋子，准备早餐，心想，你不帮我的忙也就算了，还想着那档子的事，就没好气地对孩子说，去，告诉你爸，就说洗衣机坏了。孩子"噔噔噔"跑到父亲面前，奶声奶气地说，妈妈说洗衣机坏了。做丈夫的一听，尽管不高兴，但也没办法呀。

妻子把家务忙完后坐了下来，这时屋外的好天气也让她的心情舒畅了起来，于是丈夫刚才的要求也让她有了想法。她把孩子喊过来，让他去告诉他爸爸，就说洗衣机修好了。没多久，孩子跑回了母亲跟前，说，爸爸说他已经自己用手洗过了。

5.

看着电梯门慢慢合上，安天有冲动伸出手去挡住将要关上的门，这会儿已基本没人乘电梯了，他可以再在电梯里陪李晓红一会儿，再说个段子给她听。不知为什么他就是觉得她挺寂寞的，而自己既无聊又焦灼不安。但这样的想法仅仅作为一个没有实现的冲动在他脑子里热了一下，他对自己说，回家睡觉吧，你身上乱七八糟的事已经够你受的了，竟然还有心思对一个理论上不该发生兴趣的女人发生兴趣，简直有病。

还没走到自家门口，安天就听到屋里有电话铃声，边开门，他边想这么晚了会是谁呢。几个喜欢在深更半夜邀朋唤友出去喝上几杯的朋友的名字在他脑子里闪过，自从认识了刘末，他已经很少和他们来往了。当手抓到话筒时，他猛然想到了刘末和丁婧，想到她们，他的手竟然一哆嗦，但当他把话筒拿到耳边时，对方却挂了电话。

安天又在电话旁站了一会儿，等待铃声再次响起。他觉得自己有权利知道到底是哪个王八蛋打来的电话，否则他又会胡乱猜测。他讨厌活在他妈的猜测和忐忑不安中，这让他有一种在被人算计和作弄的感觉。这时他的呼机响了，是孙亦基，后面留了个电话号码，请他方便的话，回打过去。安天摸出孙亦基下午给他的那张名片，从一大堆号码中找到了一个和呼机上相同的，原来电话是从他家里打过来的。

"刚才那个电话是你打的吗？"

"是呀，一直没人接，以为你不在家呢，所以才呼你的，不过也没什么事。"

安天松了口气，一屁股在旁边的椅子上坐下。

"你这会儿旁边有人吗？"孙亦基问。

"没有。你有什么话就说吧。"

"还是想和你谈谈刘末，你有没有想过，她有可能已经死了。"

安天的脊背上猛然窜出一股凉气。短暂的停顿后，安天问：

"你为什么会这么想，你有什么依据？"

"哎，你想呀，如果刘末这么做是受人指使的，她仅是他们棋盘里一颗受人摆布的棋子，那现在用完了，他们当然可以把她扔掉了。而且你四处找她，她又是你手上唯一的线索，剪断这根线，你就没辙了。而如果刘末和你一样也是这件事的受害者，那除掉一个刘末也算是对你的一个警告，警告你别再找了，否则你也会有麻烦的。"

"我怎么觉得你是他们派来恐吓我、说服我放弃寻找的。"

"我像吗？"孙亦基在电话那头笑了起来。

"听口气真像。"

"是吗，嘿嘿。"

"关于刘末，除了今天下午你说的那些，还有其他的吗？"

"暂时能想起来的也就这些，回头我去公司再打听打听，看看还有没有其他对你有用的消息。"

孙亦基的声音听起来有点兴奋，不知是因为他刚自告奋勇领受了一项特殊的使命，还是终于和一桩不同寻常的事件有了那么一点联系。他在电话那头排列着公司里可能和刘末有关系的人物名单，一个接一个，一个连一个，排到最后，除了他，男职员都有可能和刘末上过床，而女职员都有可能和她有暧昧的关系。安天想尽快结束这个已变得越来越无聊的电话，正好这时话筒里传来了"嘟嘟嘟"的脉冲声，安天连忙说，有电话进来。孙亦基只得意犹未尽地挂了电话。

对着还在响个不停的电话，安天没有马上接，而是做了几个深呼吸。

"怎么那么长时间才接电话，刚才和谁在打热线，那么长时间，肯定是女孩子吧？"

"你是谁呀？"安天已经听出了是丁婧的声音，他就是不想让她自我感觉太好。

"怎么，听不出来啦，我是丁婧，你不会那么健忘吧。"

"这么晚了，你有事吗？"

"没事就不能给你打个电话、来看看你了吗？"

这语气这句式让安天觉得怎么那么耳熟，他随即想起了上一次差不多也是这个时间他接到了她同样腔调的电话。

"你该不会告诉我你这个电话是在我家楼下打的吧。"

"当然不是，因为我正站在你家门外。"

6.

丁婧随手把一只包着包装纸的小方盒递给安天，说，节日快乐。安天说什么意思，今天是什么节日。丁婧说，你的节日啊，愚人节。换过拖鞋后，她直接就进了卧室，仍然像上次那样，往摇椅上一坐，悠闲自在地摇了起来。安天说，你哥哥知道你来这儿吗？丁婧说你怎么不打开来看看我送的是什么东西。

安天把印有银色小星星的包装纸撕开来，里面是一盒两条装的内裤，ROOBER的，尺寸和安天的完全相符，L。如此特别而实用的礼物，安天还是头一次收到。他看见丁婧摇动的频率更快了，眼睛却一动不动地盯着他的脸。为了掩饰自己的窘迫，安天又问了一遍，你哥哥知道你来这儿吗？

"你还没谢我呢。"

"谢谢。"安天把盒子往自己的下部一比，不无夸张地说，"尺寸刚刚好。"

"打开看看款式。"

"这个——，回头再看吧。"

"打开看看嘛。"

丁婧已经站了起来，一副安天不打开她就要冲过来帮忙的样子。安天愈加的窘迫和慌乱，说，看就看呗。但他的手指却并不听使唤，封在口上的一块透明商标怎么也撕不掉。丁婧说，你的手真笨。最后没办法，他只得找出了剪刀。

内裤的确漂亮，此刻在昏黄的灯光和两个年轻的荷尔蒙分泌旺盛的男女之间散发着暧昧的性的召唤。丁婧拿过其中的一条墨绿色带暗格的，用手撑开，在安天臀部比了一下，看似随意地问道，你不试一下？

安天重又问了一遍，你哥哥知道你来这儿吗？尽管问得很困难，但他觉得自己必须问，这是他最后的一点坚持，也算是作为丁宁的朋友的最后一道防堤，至于丁婧回答不回答是她的事，接下来她会用怎样汹涌的大水冲垮这道不堪一击的防堤也是她的事，反正他得这样做。

安天觉得自己的脑壳一阵紧似一阵地发麻，与此同时，身体由内向外地热了起来，像一台发动起来的马达，像一部正在预热很快就要轰隆隆运转起来的机器。

丁婧踮起脚尖来替安天摆弄了一番，然后把他领到穿衣镜前。镜中一个脸上到处都是紫色的唇膏印的男人，头上戴着一只墨绿色带暗格的款式十分别致的帽子，底部有几个倒置的英文，仔细辨认是：ROOBER，没错，就是这几个字。

7.

丁婧说她想喝点牛奶，然后睡觉。安天说我想和你谈谈。为了表示郑重，他坐到了床旁边一张圈椅上。丁婧伸了个懒腰，说，有什么好谈的，做都做完了，还不如早点休息，我最讨厌空谈了。安天说，我必须和你谈谈。

安天去厨房倒了一杯奶过来，看着丁婧喝下去。

"我的生活出现了问题,不是一点,是一大堆,这些问题看似没有关联,实际上环环相扣。"

"你的问题和我有什么关系,我该不会是你那一大堆问题中的一个吧?"

卸了妆后丁婧的脸看起来要光亮健康也更年轻一些,但她那副冷漠和不耐烦的表情依然标签一样贴在她的脸上。安天试图从她够COOL的表情后面找到一丝不安和紧张,他认为自己在眼下复杂的处境下,有理由怀疑一个执意要来和他一起过夜的女孩是受了某些人的指使,他们想利用她的病来蒙蔽他。就是这样的。

"你为什么要和我睡觉?"

"你是指这一次,还是上一次?"

"什么意思?"

"这么说吧,上一次和你睡觉是因为从没和你睡过,这一次是因为你上一次的表现很特别。"

"没这么简单吧。"

"就这么简单,不就是睡了一觉吗,我又没爱上你,也没睡出孩子来,真不明白,你为什么要把一件挺简单的事想得那么复杂。"

"可是,我总觉得有什么地方不对劲。对了,曾经有人趁我不在的时候领你来过我这儿吗?"

"什么意思呀,你?你是不是因为睡不着才想出这些乱七八糟的问题来消磨时间的?我可是困了,不陪你瞎说了。"

丁婧的身体滑进了被窝,她翻了个身,背对着安天。安天说,等等,我是认真的。他跳到床上,凑到丁婧耳边,你别瞒我了,我知道你是被利用的,或者他们逼你做的,你要觉得这儿不方便说,我们去外面。

丁婧缓缓转过脸来,对着安天,上面一点表情也没有,连倦意也没有,她一字一顿地说,让我打击你一下吧。

安天不解地看着她。

"其实和不同的男人睡觉是我的爱好,你只是当中的一个,一点也不特别,但是你比他们都要烦人,不是平凡的那个'凡',是厌烦的那个'烦'。好了,现在你可以去一边难过去了。"

第五章　貌似正常的生活

1.

安天收到大学同学的来信,那位老兄曾经在安天的下铺睡了四年,所以他总是对别人这样介绍,我和安天的感情可是睡出来的。就是这个家伙,毕业后因为爱情放弃了留校的指标,去了一个1：600万的中国地图上根本找不到的小县城。他热爱写信,尤其是当他的情感遇到挫折的时候,给朋友写信成了他缓解心中苦闷的主要方法。因此从收到他书信的密度,安天大致能判断出老同学近阶段的感情生活是否顺利。

那位老兄在信的末尾写道:春天了,春天是个恋爱的季节,是个做事的季节,是个蠢蠢欲动的季节,反正是个该做点什么、不能就这么浪费掉的季节。最后这一段话竟然让安天一下子热泪盈眶。可是我的春天呢?他把信折好,塞回信封,闭上眼,任泪滑过脸颊。

默默地流了一会儿泪后,安天去卫生间洗了把脸。镜中的那个男人,脸色苍白,胡子拉碴,眼神迷茫无光,像一头长时间在沙漠中行走、已快要耗尽体内最后一点能量的骆驼。安天双手撑在大理石面的洗脸台上,脸凑向镜子,对镜子里的男人喃喃自语、更像是许诺道,我得做点什么,我得实实在在做点什么,我再也不能这样下去了。

一个星期后,通过朋友的介绍,安天去了朋友的朋友承包的一个书报亭帮一段时间的忙,原因是这个朋友的朋友的父母亲双双脑溢血进了医院。真是够倒霉的。他们调动了所有可调动的亲戚朋友,可还是忙不过来。他们把书报亭交给安天时，看上去挺不放心的，但暂时也只能这样了。反过来，他们还安慰面对那么多花花绿绿的杂志有些不安的安天，很容易的，就按书后面的定价卖，有两类杂志可适当打点折，一是像人体摄影这类定价高但进货时折扣给的比较大的，另外就是过了期的，至于打多少折，你自己掌握，总之不能低于七折。安天随手拿起一本杂志翻了翻，皱着眉头问道，这种杂志有人买吗？有，好卖得很，明天你就知道了。

回家的路上，安天意识到确实是春天了，照在身上的阳光有温度，有力量，像春天那么回事。因为突然到手的这份根本谈不上是工作的工作，安天的心情变得开朗起来，他想，不管怎么样，总算开始过一种差不多能算是正常的生活了，而不是每天像条急了眼的疯狗似的满城乱串，或者像个特务般突然出现在熟人面前，问，最近看见刘末了吗？

在电梯里，安天站在和李晓红成一对角的地方，看着她。李晓红也意识到了安天在看她，摁按钮的手指因为紧张竟然微微有些颤抖。电梯里的人不断，安天跟着电梯上上下下了好几个来回，就是找不到和李晓红说话的机会，最后他只能回了家。

屁股还没坐热，安天又冲到了电梯门口，他希望这次运气能好一点。可是门打开后，里面依然是一电梯的人。安天注意到坐在左首的李晓红的眼睛里闪着比平时要亮上好几倍的光，由于惊喜，她的脸也比平时来得红。

重新回到家里，安天先洗了个澡，然后往父母那儿打了个电话，告诉他们自己最近会去帮朋友的忙，替朋友照顾一下书报亭的生意，因为朋友的父母同时住了医院。如果他们有一天在三元桥附近的书报亭看见他的话，千万别大惊小怪。冲着那个脑溢血的理由，母亲立即表现出了对安天的理解和对他朋友父母过了分的关心，她一个劲地问那对老夫妻现在怎么样了。

而安天的父亲对此却很不赞成,他在单位当了二十几年小科长,退休后不甘寂寞地当上了居委会的居民小组长,所以他看问题的角度自然和站了大半辈子柜台的母亲不一样。安天很小的时候,父亲就对他怀有一份来路蹊跷的信心,坚信儿子总有一天能干出点名堂来。在安天身上,他从不吝啬金钱和鼓励的话语,他等呀等,他盼呀盼,可是他等来的是一次一次的失望,即使这样,他还是一有机会就向安天传达这样一条似乎亘古不变的讯息:你是我们的希望。

但是,希望是什么?不就是建立在幻想之上、貌似比幻想更有依据的一种想法吗?每次听见父亲在电话那头叹气,安天再好的情绪都会一落千丈。他依稀又找到了小时候拿着一张考糊了的成绩单回家时的心情。他在路上磨蹭了半天,最后还是回了家,当父母把眼光从成绩单转向他时,其实他比他们更失望,继而深深地绝望。

"你不能总是这样,要么无所事事,要么去做一些没有意义的事。"

父亲的语气十分焦急。安天希望自己能理解父亲的心情,他想自己要是有个二十八岁却一事无成的儿子也许也会坐立不安、睡卧不宁的,所以他用尽量平缓的口气说道:

"找一份能养活自己的工作,对我来说并不难。"

"可是你找了吗?听说你最近满世界地在找一个女人,我还正想打电话问你呢,那是怎么回事?"

"没什么,那是一个普通朋友,找她问点事,没什么的。"

"那现在找到了吗?"

"找到了,您放心,我也正在留意有没有合适的工作。"

"反正你好自为之。有些话我也不想再多说了,反正你也知道,你是我和你妈的希望。"

2.

临近十点半,安天走进电梯。他没有看李晓红的脸,而是低着头直接走到电梯的最里面。他随着电梯里的三个人上到十八楼,往下降的时候,李晓红转过身来看了他一眼,问,你回家还是出去?安天的身体倚在电梯壁上,没有马上回答,他抬起头来,看着李晓红,仿佛这个问题挺难回答似的。李晓红说,你怎么啦,刚才回来的时候还好好的。安天慢吞吞地答道,我也不知道。电梯一层一层地往下降,他看着门楣上方不断变化的数字,最后电梯停在了一楼。李晓红并没有像往常那样把门打开,她把身体完全转了过来,对着安天。

"你怎么啦?碰到什么不顺心的事了?"

她的声音很轻,语气里带着担心、不安,以及一种安天熟悉极了却已经许多年没有感受到了的暖融融的宜人的温度,让他想流泪。

安天缓缓抬起头。他很想抽根烟。他看见自己十七年前的小学数学老师就坐在他的对面,满脸关切地注视着他,她还是那么年轻,那么漂亮,他想走近她,被她拥在怀里,脸贴着脸,她的身上有一股好闻的味道。他是那么喜欢和她待在一起,总是找机会找理由接近她,有时为了吸引她的注意力,甚至会故意犯些错误,后来她调离了他们学校,有那么一段时间,他只觉得心灰意冷,他想到了死,他认为这种不能每天见到她的日子自己根本过不下去。那一年他才十一岁。

安天使劲地摇了摇脑袋,他告诉自己这只是幻觉。果然,李晓红仍然坐在那儿,身体前倾,更为不安地看着他。安天调整了一下紊乱的呼吸,然后说道,奇怪,你说话的声音让我想起了我小学时的老师,那么多年过去了,突然想起了她,你们的声音真的很像,我也是忽然才意识到的。

这时十三楼有人要电梯,安天说,别理他,我有个新段子。李晓红说,这不大好吧?安天说,有什么不好的,听完这个段子再上去嘛。李晓红抿着嘴,犹豫了一下,然后说,我还是觉得那样不大好,以后再听你说吧。

出了电梯，安天并没有回家，而是走到安全通道口，顺着楼梯慢慢地往下走。单调而有节奏的脚步声在空荡荡的楼道里回荡着，其频率和他的心跳刚好一致。在不知道是几楼的楼梯拐角处，一对年轻男女像麻花似的紧紧地绞在一起，安天听到呻吟声和粗重的喘息声从那股麻花里传出来，听起来又快乐又痛苦，还很急迫，而这段麻花还在不断地往紧里拧。

安天起先以为俩人太投入了，没有听见他的脚步声，他咳嗽了一下，但那俩人一点反应也没有，依然在继续着他们的动作。多看了两眼，安天发现其实也就不外乎抚摸、亲吻和身体的磨蹭，没什么新鲜的，只不过他们都十分用力，仿佛要吞噬掉对方，或干脆把自己融入对方。从他们身边经过时，女孩突然把埋在男孩肩窝里的脸扬了起来，冲着安天做了个鬼脸，因为意外，他吃了一惊，逃似的往楼下冲了下去。

对于安天气喘吁吁地出现在自己面前，李晓红似乎并不怎么意外，不过她的脸还是习惯性地红了。等安天跨进电梯后，她犹豫了一下，然后把门关上了。

3.

有一对夫妇感情不和，各自都有外遇。一天，夫妻俩正在睡觉，妻子突然在梦中惊慌地尖叫起来："天哪！你快走，我丈夫回来了！"丈夫一下惊醒，连忙穿上鞋说："糟了，我这就走！"说着，一溜烟地逃走了。

晓红低头掩着嘴偷偷地笑。

"再给你说一个吧。"

妻子雇了个油漆工回家，想把家里重新粉刷一遍。干到下午活儿还未干完，决定第二天再接着干。

丈夫晚上回家，不知道油漆未干，开电灯时把手印留在了开关旁的墙壁上。

第二天，油漆工来继续工作，妻子对油漆工说："请你到卧室来，我要你看看昨晚我丈夫摸过的地方。"

油漆工尴尬地说："不不，太太，我的处世之道是洁身自爱。"

4.

三元桥书报亭对面是三元桥中心小学，当第一节课的上课铃声传过来以后，三元桥这一带也逐渐从早晨的紧张、忙碌中松弛下来。八点过后，还在路上走的大多是附近无所事事的居民。在书报亭干了几天，安天明显地感到了一种规律，一种所谓的正常生活的规律，但和他无关，他只是碰巧触摸到了这种规律，更像是正常生活的一个冒失的闯入者。

黄昏是一天中生意最好的时段，安天的朋友的朋友，也就是书报亭的承包者会在这时候抽空过来帮一会儿忙，顺便把一天的营业额拿走，这也是事先说好了的。

一个人待着又没有生意的时候，安天就点根烟趴在柜台上看马路上的景致，或者点根烟坐在里面发一会儿呆。有那么一会儿，安天感觉自己已经提前进入了老年生活，脑子发木、肌肉松弛、动作迟缓、对一切都力不从心，而手上这根烟是他离不了的拐杖。貌似正常的生活并未让他由此找到那种踏实地活着的感觉。

收拾东西回家之前，安天给丁宁打了个电话，他想反正回家一下子也睡不着。电话是丁宁的女朋友小艾接的，她说丁宁还没回家，有事可以呼他。挂了电话后，安天开始收拾四散的杂志和没有卖完的当天的日报，整理到一半，他想到了孙亦基，他没有马上伸手去拿话筒，他想我找他有什么事吗？再谈一谈刘末？还能再谈出一些让人吃惊的线索吗？但是谈出来又怎样呢。

收拾完以后，安天还是拿起了话筒，他想反正回家也睡不着，就打一下他家里的电话，不在就算了。

"正想给你打电话呢，手刚碰到话筒，电话铃声就响了。"孙亦基的声音让安天觉得对方似乎挺高兴听到他的声音的。

"妈的，怎么会有这么巧的事？"

"没错，电话铃声再晚半秒钟响，我就拿起话筒了。"

"打电话有事吗？"

"这个电话应该算是你打来的吧，所以应该由我先问你，给我打电话有什么事吗？"

"我没事，我就是因为什么事也没有才给你打电话的。"

"我也一样。一天下来，坐在家里，竟然发现这一天什么事也没干，忙了一天，却其实什么也没干，真叫人想不通。你在哪儿，要不出来找个地方喝酒吧。"

安天没想到这世界上还有和自己一样无聊得不知道干什么好的人。他本来倒有心约孙亦基出来消磨消磨时光，听他这么一说，他又改主意了。

"我看算了，两个无聊的人在一起只会更无聊。"

"你说错了，这个世界的动静都是无聊的人给折腾出来的，两个无聊的人在一起想出来的点子肯定比一个人来得有意思，怎么样，出来吧，整天一个人窝着会窝出病来的。"

"出来能干什么？"

"干什么，你想干什么？"

"我不知道。"

"那，那就干有趣的事吧。"

"什么是有趣的事，你倒说说看。"

"有趣的事多了，关键看你对什么感兴趣。"

安天还在迟疑。孙亦基在电话那头说，在电话里谈不是空谈嘛，是不是有趣得干了才知道呀。

二十分钟后，孙亦基赶到了三元桥书报亭。他今天穿得挺休闲的，头发像是刚理过,比安天前两次见到的时候都要来得精神。孙亦基说,我放下电话就出来了,我还以为我会等你一会儿的,没想到你比我更早,你来了多长时间了?安天说,一整天了。

5.

孙亦基知道这附近有一家台湾人开的茶馆,他说我们去那儿喝茶吧。安天说,难道喝茶就是你说的有趣的事?孙亦基羞涩而不无暧昧地一笑,说,我不知道你对什么感兴趣,我们先去喝壶茶,然后再商量去哪儿,有趣的地方有趣的事多着呢。安天说,那你为什么在家干熬着,不自己出来找点乐子。

"对我来说,只有有趣的念头,没有有趣的事。一切都没意思透了。而你就不一样了,上一次看见你在公司打听刘末,我就知道你和我不一样,至少你对你身边发生的事还有感觉和想法,可我却只剩下偶尔才会像灵光一样闪现一下的冲动,有时候我觉得就是这些难得的冲动让我感觉到我还活着,如果哪一天一点冲动也找不到了,我想我就可以去死了。"

"愿意和我交往大概也是你一时的冲动吧。"

"可能吧。"

茶馆的生意出奇地冷清,率先走进去的安天愣了一下,他回过头去小声征求孙亦基的意见,你看这儿——。后者一拍他的肩膀,很有把握地走了进去。他们各要了一杯龙井。

"其实我也是很少约人出来的,今天约你,感觉更像是把自己约出来放松放松。"

"这话怎么讲?"

"因为我感觉我们应该是比较相近的那一类人,差不多就能算是同一类人,在你身上,我看到了两三年前的那个自己,而眼下的我,很可能就是你两三年后的状态的一个提前预演。我这么说并不是想讨你的便宜,而是感觉,一种直觉。"

"可是在我看来，感觉这东西是最靠不住的，它说来就来，说走就走。"

"你说的是幻觉吧。"

"不，就是感觉。就像你坐在我对面，我上一秒钟还感觉今天你挺快乐的，可下一秒钟就改变了。"

孙亦基摇摇头，一副争下去根本没意思也没必要的样子，他的手握着杯子，顺着杯壁上下滑动着，滑动着，眼睛看着收款台那儿两个正在窃窃私语的服务小姐。忽然他把眼光收回来，对着安天，问道，你现在有固定的女朋友吗？

"没有。"

"那，你那个，就是那个怎么解决？"

安天愣了一下，随即他就明白了，哦，自己解决呗。

"完全靠自己解决吗？"

"基本上是这样。"

"那也就是说偶尔也有人帮你解决一下。"

"这挺正常的，不是吗？"

"是挺正常的，但不知道是不是花钱的那一种。"

安天说你怎么会想到问这个。孙亦基说，我也不知道，你要不愿回答可以不说的，反正也是随便瞎问的。他的手始终握着杯壁上上下下滑动着，安天盯着看了一会儿，忽然悟到了点什么，指着他的手，忍不住笑了起来。孙亦基顺着安天的手看到了自己运动着的手，脸一下子红了，扭过脸去不好意思地笑着道，妈的，你的想象力真丰富。

"不，是你比较会联想。"

"你说心里话，你对那件事感兴趣吗？"

"不管我感不感兴趣，反正我看你挺感兴趣的。我们就不能谈点其他的话题。"

"好啊，你说，你说。"

茶馆里陆陆续续进来了几拨客人，服务小姐端着托盘走动了起来，虽然音乐还是安天他们刚来时的江南丝竹，周围的陈设也还是老样子，但这个夜晚在安天眼里却渐渐生动了起来。

"要不还是继续你感兴趣的那个话题吧。"

"所谓感兴趣也是相对的，刚才在路上我已经说过了，能让我感兴趣的事已越来越少，这件事似乎让我还有那么一点兴趣，可也就是一点，更多的时候，只是身体上的需要。对了，你还没说你呢？"

"我有兴趣啊，从来都有兴趣。"

孙亦基似乎有点失望，但又好像这样的回答在他的意料之中。

"你还年轻，你的胃口当然应该比我好。"

"你已经很老了吗？"

"比起你来当然算老啦。"

6.

孙亦基招手把服务小姐叫来，要求结账。俩人都把皮夹掏了出来，安天说是我约的你，所以——孙亦基说是我带你来的这儿，最后互相压着对方拿皮夹的那只手，请小姐选择。小姐显然不是第一次遇到这样的事，她微笑着说，谁付都一样，今天这个付了，下次那个付，一样的。安天觉得俩人都有点过于认真了，所以他首先把手收了回来。

"好了，我们去找你感兴趣的那种东西吧。"孙亦基从椅背拿下他的外套，开始往身上穿。

"什么东西？"

"女人啊。"

"去哪儿找？"

"跟我走吧。"

走出茶馆后，孙亦基招手叫了一辆停在附近等客的出租。安天说等等，我们要去哪儿？孙亦基说，一个有趣的地方，那儿有你感兴趣的那种东西，对了，忘了问你，你喜欢哪种类型的，是不是像刘末那样的。安天低着头站在那儿，没有动，过了一会儿，他冲已经走到出租车旁并把后座的门拉开的孙亦基叫道，喜欢什么样的是我个人的事，与你无关。说完他扭头朝另一个方向走去。

"嘿，嘿，等一下，你怎么啦，我是好意。"

安天头也不回地往前走，他走得很急，但他不知道自己这是要去哪，他也不知道自己为什么要跟这个自己根本谈不上了解的家伙来这儿，而自己的火更是来得莫名其妙。

孙亦基追上安天，他好像并没有生气，只是有些委屈和慌乱。

"对不起，我没有别的意思，是你自己说对女人有兴趣的，我还以为——，哦，对不起。"

安天停下脚步，说，时间不早了，我看我们还是各自回家吧。说完他又往前走去，他不清楚这条路到底通向什么地方，不过他想多绕点路，多绕点路总归能找到一条回家的路的。

"要不，我们换个地方去喝酒吧。"孙亦基小心翼翼地建议道。他看安天并没有马上拒绝，又补充了一句，"你挑地方好了。"

安天犹豫了一下，他觉得自己似乎还在等待什么，可有什么好等待的呢。他摆摆手说，算了，还是回家吧。

"我就知道会是这样的。"孙亦基更像是自言自语道，"我早就知道会是这样的。"

安天不经意地看了他一眼，令他吃惊的是孙亦基居然眼睛里含着泪，整个人在忽然之间陷进了沮丧里，不住地摇着头，不知道是对自己不满，还是对安天不满。

"喂，不至于吧。"安天用一种开玩笑的口气说道。他吃不准这是不是孙亦基的恶作剧。他想不管怎么样，一个三十多岁的人应该没这么脆弱吧。

孙亦基仰头看着天空，嘴里念念有词，仔细听，翻来覆去就是那么一句：我早就知道会是这样的。安天看见两滴泪挂在孙亦基的尖尖的下巴上，可能是因为角度的问题，那两滴泪竟然像钻石一样折射出光芒。

"行啦，喝酒去吧。"

安天伸手拍了孙亦基的肩膀一下，却被后者气鼓鼓地甩开了。

"我知道你这是同情我，我不需要同情，我最讨厌别人同情我了，都自认为比我活得好，就觉得有权利同情我，去你们的，你们以为自己很正常吗，告诉你们吧，你们和我一样，一样的，都有问题，我们都是有病的人。"

"你说得没错，我们都是有病的人。"

7.

从走进这家地处偏僻却生意红火的酒吧，孙亦基就显得非常不安，刚进去的时候，只有吧台那儿有空位，孙亦基始终背对着吧台里那个长得清秀白净的调酒师，好像是怕对方认出自己来，后来好不容易有桌子空出来，他赶紧招呼安天端着酒杯过去。但是还没完，孙亦基一个劲地抱怨这个位置不好，太亮，而且他老是被从他身边经过的人碰着。直到终于在一个角落里坐下，孙亦基似乎才真正放松下来，安天也暗暗松了一口气。

"刚才路上真不好意思，我也不知道自己今天怎么了，可能是月亮的缘故，每当月亮圆的那几天，我就会情绪低落，真不好意思。"

"没什么。"

"真的没什么？"

"真的没什么。"

过了一会儿，孙亦基又说也许今天他就不该出来，应该在家待着，把窗帘拉上，关了灯早早地上床睡觉，希望安天不会因此对他有看法。

安天说没什么，这样一个夜晚，至少过得挺特别的。接下来孙亦基主动谈了一些他个人的情况，简单地归纳起来，那就是他的前二十七年一直在为他的家人，尤其是父母活着，为了他们埋头学习，为了他们读了一个自己不喜欢的专业，甚至还为他们结了一次婚，近几年，他觉得他已经用行动报答了父母生他养育他的恩情，差不多了，往下他应该按自己的想法生活了，所以他首先做的就是把婚离了。

不知道是不是因为酒精的作用，孙亦基的情绪变得亢奋起来，话越说越多，手势和脸部的表情都有些夸张，带着表演的色彩。孙亦基的酒喝得很猛，他喝起啤酒来跟在喝水似的，安天开始担心一会儿怎么把他弄回去。

"离完婚后，我觉得轻松了很多，一下子感到生活美好和有希望了起来。我谈了一场恋爱，不过很快就厌倦了，接下来当了几回第三者，从中获得的乐趣和刺激也是一次比一次少，我还做了一些其他的事，可总是迅速地就厌倦了，对我来说，想起来还能有那么一点激动的可能就是死了，不过也不是太激动。"

"如果真如你所说的那样，我看你还不如死了的好。"

"我喜欢你的态度，不虚伪，而我身边的人总是对我说，未来是美好的，困难是暂时的。可是我烦恼的正是没有什么困难能让我产生去克服它的冲动，一切都无所谓，一切都没意思透了。"

"那你为什么不去死呢？"

"我只是暂时还没有死，不是下不了决心，是因为还没找到一个能让我周围人，主要是我父母接受的说得过去的死的理由。"

"这个理由不好找吗？"

"对，不好找。"

"什么时候找到了别忘了告诉我一声。"

"一定。"

孙亦基搓着双手，非常郑重地点了点头。

"你最近还在找刘末吗？"

"没有。如果她刻意要躲着我，我再怎么找也是白费工夫，或者像你说的，也许她已经从这个世界消失了，也不是没有可能。"

"妈的，你怎么就能碰上这么有趣的事，而我的生活一点意外也没有，像一潭死水。他们为什么就选上了你？"

8.

安天说我去趟洗手间，然后我们回家吧。孙亦基当然并不愿意就此回家，他说才刚刚喝出点味道来。安天说要不你继续喝吧，我得回家了。

回去干什么，回去干什么，孙亦基用一种撒娇般地哼哼唧唧的腔调说道，不就是一个人发呆吗。安天没有理他，穿上外套往洗手间走去。

然而孙亦基抢先一步挡在了洗手间门口，什么也不说，眼巴巴地看着安天，充血的眼睛使他看起来像一只疯掉了的兔子。安天心里一阵厌烦，他把紧绷着的脸别向一边，站在那儿等待孙亦基让开。

这时，一个看上去已喝得差不多的秃顶中年男人步态踉跄地走到孙亦基跟前，冲后者做了个让开的手势，孙亦基没有睬他，甚至没拿正眼看他，依旧眼巴巴地对着安天。男人显然很受打击，仗着酒劲就朝孙亦基扑了上去。一直愣愣站着的孙亦基却突然往旁边一闪，那一闪出人意料地敏捷，真的像是一只兔子。

在一声沉闷的撞击声之后，安天看见那个男人的半个身体趴在了洗手间里面，而待在门口的那只肥硕的屁股还在一撅一撅的。

安天走过去，弯下腰，想看看那家伙受伤没有。趴在地上的男人一手抚着自己的鼻子和嘴巴，一手撑地缓缓地十分吃力地支起了上半身，有血从他的指缝里流出来，他看了一眼自己的湿淋淋的血手，并哑吧了哑吧同样在流血的嘴巴，眼睛里露出了凶光。安天伸手扶了他一把，不无讨好地询问道，你没事吧？那家伙一把就将安天推开了，他站起来，然后朝孙亦基气势汹汹地走过去，一边把那只血手狠狠地往胸口蹭着。孙亦基挺冷静地站在那儿，不但面无惧色，好像还有那么一点幸灾乐祸。

安天紧张地四处张望，希望酒吧的老板或管事的人能过来劝阻一下，等他回过头来，惊恐地发现那个秃顶男人手里竟然握着一把刀，因为那把刀，这会儿秃顶男人的眼光看上去更凶狠了。

眼看着一场流血事件要发生了，安天的脑子里飞速转过好几个念头，就此溜走？还是留下来和孙亦基一起应付这个突发事件？或者以打110的借口跑出去躲过这一切？

当酒吧老板飞似的跑过来的时候，那把刀子已经插进了孙亦基的腹部。安天清晰地听见"扑哧"一声，就像杀开一只熟透了的西瓜时的声音，然后血就流了出来。安天呆呆地站在原地。他想冲过去拦腰抱住那个男人，然而他浑身一点力气也没有。他看着那个男人把刀拔出来后往自己胸口蹭了蹭，然后转身拨开围观的人群，满不在乎地走了。

第六章　纠缠

1.

下午起来，安天吃了一颗感冒药，然后就头脑发木地靠着床头发呆。床头柜上放着一本名为《瘾》的书，是一个叫斯蒂芬·史密斯的英国人写的，一个据说是真实的看了叫人发疯的故事。今天凌晨从孙亦基家出来之前，他在卫生间抽水马桶水箱上看见了这本书，他一下子就被封面那双惊恐的眼睛给吸引住了，顺手把它装进了口袋。

靠了一会儿，可能是药劲上来了，安天的身体慢慢往被窝里滑了进去，与此同时，他也滑进了一个可怕的梦里。孙亦基手持一把明晃晃的尖刀朝他刺过来，他转身就跑，但还是被扔过来的刀刺中了腰部，他捂着伤口大喊一声，然后就醒了过来。

下床之前,安天坐在床沿调整了一下呼吸,他的额头上全是汗。他想应该马上给孙亦基打个电话,问问他的状况,虽然孙亦基的伤并不算重,昨晚送去医院包扎了一下,配了点药,医生就让回家了,现在回想起来,安天还是觉得害怕。

安天按着腰部像一个孕妇那样步履蹒跚地走到卫生间,打开水龙头,双掌捧水不断地扑向脸上。这时电话铃声响了。他没有马上去接,而是歪着头,屏息听着清脆的铃声,仿佛是想通过铃声来辨认出是谁打来的电话。

拿起话筒,安天连着"喂"了好几声,对方却不应答,可是把电话扣上后,铃声又随即响起,如此这般,连着三次。第四次,他忍不住冲着话筒叫了起来,说话呀,你这王八蛋。

"喂,是我。"

那个声音不阴不阳,不慌不忙,因为只发了三个音,安天一下子还是没能听出来是谁。

"你他妈的到底是谁,能不能报个名字。"

"是我,孙亦基。"

"哦,是你呀,正想给你打电话呢。"

"顺口说说的吧。"

"什么意思?"

"正想给我打电话,怎么会听不出来我的声音。"

"你他妈的拿着话筒不说话,我怎么知道是谁。"

"我说了,我说'喂,是我。'"

"你等一下,我去找只打火机,点根烟。"

打火机就在电话机旁边,安天点上烟后又在电话旁静静地站了一会儿。不管怎样,他不想冲孙亦基发火,看在那道裹着纱布的伤口的分上,他也应该尽量把说话的语气放温和了。

"你现在感觉怎么样。"

"还行。你过来吗？"

"现在不行，我得先要去银行交电费和电话费，然后去书报亭守着，九点左右我去你那儿吧。"

"为什么不能现在就过来。"

"我说过了我还有事要去做，九点左右我就过去，或者再早一点，看情况吧。"

"为什么不能现在就过来。"

孙亦基在电话那头像个任性的孩子，真要是孩子倒好了，可他不是，他是个三十多岁的大男人。一阵厌烦恶心似的从胸口涌到喉咙口，安天努力把它压了回去。他不想说出难听的话来。他认为自己应该更有耐心一些。他真搞不明白自己怎么会碰上这样一个男人的。

"你要我现在过去有什么事吗？"

"事倒没有，但你应该在我身边的，不是吗，这种时候你应该在我身边的。"

安天愣住了，他不知道对方为什么要这么说，凭什么这么说。

"'我应该在你身边的'这话从何说起？"

"如果你当时上去制止他或者喊来酒吧的老板，我这一刀其实是可以不吃的。退一步说，如果你当时尽你所能做了努力，即使我挨了刀子也没什么可抱怨的。可你什么也没做，我都看见了，你一直站在那里，看着那家伙把刀捅进我的肚子，看着血流出来，看着那家伙扬长而去。"

孙亦基越说越兴奋，语速也越来越快，说到后来，他的话语里已有了明显的想象的成分。他说他的血流了一地，差不多要有半个脸盆那么多，围观的人群中有两个女孩吓得当场昏了过去，可他手捂伤口，依然面带微笑地安慰大家没事的。安天再也忍不住了，冲着话筒吼道，行啦，我看你是真的有病，说完他重重地将电话扣上了。

电话铃很快就响了起来。安天瘫坐在电话机旁的椅子里，默默地忍受着刺耳的铃声，每一阵铃声都像是一股微弱但人体完全能感受到的电流，它们流过安天的身体，让他禁不住地颤抖。铃声没完没了地响着，安天死死的、跟自己较劲似的盯着那部白色的电话机，直到实在受不了了，他才起身把电话线给拔掉。

2.

出文川公寓，安天埋头走了没几步，有人从后面上来拍了一下他的肩膀。他回过头去，竟然是孙亦基，正龇牙咧嘴地在倒吸着凉气。由于意外，安天一下子愣在了那儿。孙亦基欠着身子，手按在小腹处，声音嘶哑地质问道：

"你为什么挂断电话？你为什么不接电话？"

安天的脑子里正在想"他怎么会出现在这儿的"，被他那么一问，一时硬是答不上来，只能茫然地像看陌生人似的看着他。

"你怎么能那样对我？"

孙亦基那种痛心疾首的语气让安天变得暴躁了起来。

"我怎么对你啦，你他妈的算是我什么人啊。"

孙亦基惊愕地看着安天，足有五秒钟。安天意识到自己过分了，连忙道歉，对不起，对不起，我的情绪有些激动。

但是孙亦基没有理会安天的道歉，缓缓地像慢镜头一样地转过身去，走了。他起先走得很慢，似乎挺犹豫的，似乎随时都有可能再转过身来，重新走到安天面前。突然之间他的步频就快了起来，穿过马路后，他居然甩开双臂奔跑了起来。

安天盯着那个疯狂的背影，直至完全看不见。他点了根烟，退到马路边，又站了一会儿。正是下班放学的时间，街上人来车往，他猛然想起两个月以前，自己站在鸿翔大厦对面的电话亭等刘末下班的情景，好像就发生在昨天那么清晰。

安天禁不住恐慌起来，他不知道自己的生活是怎么了，为什么接二连三地跳进来一些奇怪的人，先是刘末，然后是丁婧，现在又冒出这个孙亦基，他们连招呼也不打一个就进入了他的生活，他们随心所欲地在他的生活中进进出出，制造一些麻烦添加一点困惑，然后就离去，让他觉得自己正生活在一个有计划的阴谋里，可他却找不出这幕后的策划者，所以他只能被他们牵在鼻子耍着玩。

抽完手中的烟，安天又点了一根。他已决定不去书报亭了，随它去吧，随他们怎么想吧，他管不了那么多了。但他也不想回家。他沿着长江西路慢慢走着，他不住地下意识地用眼角的余光观察着身后的动静，他真怕突然有人窜出来拍着他的肩膀说，你怎么能那样对我？真要再来那么一下，他觉得自己大概会疯掉的。

街灯亮起来以后，安天才意识到自己已经毫无目的地在街上走了近两个小时了，奇怪的是他的身体并没感到累，仿佛那两个小时不是用双脚而是用意念走下来的。他加快了脚下的频率，希望自己的身体能做出点反应，似乎只有感到累了，他才有理由回家。

快要走到谷前街口的时候，一个突然从一扇门里冒出来的女孩差点和安天相撞上。女孩叫了一声，往后退了一步，拍着胸口嘴里轻声嘀咕了一句：吓死我了。安天没好气地说，我还被吓了一跳呢。女孩随口道，那进来喝一杯吧。说完把门把上那块告示牌翻到"OPEN"的那一面。安天这才发现这是一家酒吧。

一点酒精进入身体后，安天的神经逐渐放松了下来，放松下来后疲倦感水波一样在身体里荡漾开来，它们拍打着他身体的角角落落，让他体味到了更加具体的感觉：酸疼。

酒吧里正在播发COCO李玟的歌，她的音乐很有特色，用安天的一个朋友的话来说，那就是她的音乐里有一股子被操后的舒坦劲。

除了吧台那儿两个边喝酒边和正在擦拭酒杯的调酒师聊天的一男一

女,酒吧里没有其他的客人,因为时间还早,因为还不到时候。安天一个人占据着一张桌子,他用手支撑着被适量的酒精敲打得异常清晰活跃的脑袋,一边耐心地等待着如洪水般涌来的疲倦感。

3.

经过"好利来"面包房的时候,里面飘出来的香味让安天停下了脚步,他突然想起这一天自己什么固体的食物也没吃。他细心体会了一下自己的胃部,不饿,真的一点食欲也没有。他又用力吸了吸鼻子,确实很香,可却激不起他的食欲。这时,他的脑子里闪过张楚的《苍蝇》里的几句歌词:我不饿,可再也吃不饱,腐朽的很容易消化掉,新鲜的又没什么味道。他一下子就想起了张楚那种懒洋洋的、绝望无助的、带着颓废气息的音乐,他哼了起来,恍惚中他又回到了疯狂热爱张楚音乐的大学时代,他哼了起来,他摇头晃脑地哼了起来:

阳光下我的脸忽然被什么亲吻
这温暖的感受差点送了我的命
这种行为我总也没法去多加小心
妈妈又在叫我快回家吃饭了
我不饿可再也吃不饱
腐朽的很容易消化掉
新鲜的又没什么味道

和很多人飞舞在街上心里空旷
他们不问我来路我们想法一样
就是飞来停下飞走再飞一趟
我女朋友说你快回来我在爱你

这爱像糖浆粘住了翅膀
让我没了力量等着受伤
让恨堵在心里堵得慌

最俗气的那件衣服是我最漂亮的翅膀
温度和地方越来越适合我们头脑发胖
我最讨厌的玩意儿是我最高级的营养
它让我长出愤怒也不会长出伤心失望
一声声巴掌在我眼前耳边不断回响
这给生活带来节奏却不能让我想要躲藏
别亲吻我这让我羞心里惊慌
我要飞在被拍死在飞往纱窗的路上

安天的脚步和《苍蝇》的节奏完全一致，有那么一会儿他觉得自己正走在一条意料之中的没有希望的路上，至于他是怎么走上这条路的，他却完全记不起来了。快到文川公寓的时候，他随手抹了一下脸，天哪，竟然全是泪。

4.

安天低着头走进电梯，低着头侧身背对着李晓红而站，他身后的一男一女在悄声讨论一会儿用不用套的问题。女的说不用套我不会干的，我不想冒这个险。男的说我讨厌那玩意儿，它让我感觉像是穿了雨披在洗澡，怎么洗都不爽。你再想想，我可以多付一半的钱，我很干净的，绝对没问题的。女的说，这不是钱的问题，我说了，我不想冒这个险，你另找别人吧。

安天用眼角扫了一眼那对男女，衣着打扮俨然一对刚下班的白领，女的容貌姣好，嘴里不停地嚼着口香糖，神情里透着淡淡的厌倦。

电梯停在 12 楼，男的跨出电梯门之前又问了一句，没得商量了？女的用一种十分客气的语气说道，再联系吧。

直到走出电梯，安天都没看李晓红一眼。他怕看到她那询问"你怎么啦？"的眼神。他知道自己僵硬的脸上现在一点笑容也挤不出来。

开门进屋后，安天把头顶在门上，他很想顺着刚才的情绪接着哭一场，哭出声来，把在路上因为不好意思而硬收回去的眼泪和情绪都哭出来。

等了一会儿，他一揉眼睛，干干的，什么也没有。他快步走到床边，躺下，脸朝下埋在臂弯里，他不相信路上那种强烈的近似绝望的情绪这么快就消失得无影无踪了。他又试了一次，结果脸上依然什么也没有。

迷迷糊糊中，安天听到电话铃声，他睁开眼，屋子里有一团暧昧的闪烁不定的光亮，是对面饭店的霓虹灯招牌透过没拉严实的窗帘映射进来的。他打开床头灯看了下表，十一点五十了。安天从床上坐起来，电话铃声还在响，显得十分固执和有耐心，他想拿起电话如果是孙亦基的声音，他就立即挂了，然后把电话接头拔掉。

"睡觉啦？"一个听似轻松其实分外迟疑的声音传了过来。

"是你。"

"是我。你好吗？"

安天一下子不知如何回答才好，他感觉自己握话筒的那只手在颤抖，因为意外，因为激动，他的后背和胳膊上竟然起了一层鸡皮疙瘩。短暂的停顿之后，他用一种极力克制出来的平静而冷冰冰的口气反问道：

"你说呢？"

"我知道你肯定会恨我的，对不起，你愿意听我解释一下吗？"

"你现在在哪儿，我们见面谈吧。"

"算了，还是不见面的好。"

"为什么？为什么？是你不想见面还是有人不让你和我见面，到底是怎样一群家伙在控制着你？"安天忍不住叫了起来。

"见面对你对我都没有好处，我不是你以为的那个刘末，甚至我根本就不叫刘末，我知道这两个月你一直在找我，其实我早就不在这个城市了，别找了，忘了这一切吧，听我给你解释，然后忘了这一切吧。"

"忘了这一切？你说得倒轻松，怎么忘？用酒？还是把头埋在枕头里？"安天几乎是在吼了。

"我没想到会是这样的，其实在这之前他们调查过你，他们认为你是一个对一切都无所谓和失去了正常的好奇心的人，所以选中了你，可是等我和你交往之后，发现你并非完全和他们所说的一样，我也向他们提出过我的担心，你记不得记得有一段时间我对你比较冷淡，那是我有意识地在疏远你，但他们一直没有找到合适的人来替代你，所以只能继续拍下去。对此，我真的感到非常抱歉。我为他们工作，是为了钱，我碰到了一点麻烦，需要用钱去解决。"

"他们是谁？"

"说实话，我对他们的了解并不比你多多少，我只知道他们为国外的一个另类网站工作，这个网站发表的信息和提供的服务都足够稀奇古怪，但点击率却极高。"

"你现在在哪儿？"

"在离你很远的一个城市。"

"行啦，别骗我了，声音这么清晰，肯定就在离我不远的地方，我得见你一面。"

"我确实在离你很远的一个地方，我没必要骗你。"

"那你告诉我你在哪儿，我去找你，我必须要见你一面。"

"有这个必要吗？一切已经过去了，见面也改变不了什么，回到你的生活中去吧。"

"就像你演完了这出戏，拍拍屁股回到你的生活中去一样？如果我没记错的话,我记得你曾经说过你爱我的,难道那也仅仅是角色的需要,是一句他妈的什么也不是的台词吗?"

"也许我今天就不该打这个电话,不管怎么样,我真的很抱歉。"

刘末已经把电话挂断了,安天还在冲着话筒叫嚷,什么抱歉,这不会也是你的台词吧,别假惺惺的了,像什么似的。

屋子里突然安静了下来,安天疲惫不堪地把头靠在床头,刘末的声音还在与他的耳膜发生着轻微的摩擦,那么清晰,从声音里他甚至感觉到了她的呼吸,有重量,有温度。

安天猛然意识到了什么,抓起话筒,凭记忆拨了刘末的手机号,他抬头等着期待之中的铃声从上面传下来。过了一会儿,一个女声告诉他,机主关机了。和自己较上劲了的安天放下电话从床上爬了起来,他只简单地套了条牛仔裤就冲了出去。

安天没有乘电梯,而是跑到走廊尽头的安全通道,两级一跨地往上爬。

17楼和16楼是那样地相似,就像从昨天走到了今天。安天奔到1715房前,抬腿就踹了一脚,紧接着又是一脚。有一只脑袋从1715斜对面的一扇半开着的门里伸出来,看了一眼,很快又缩了回去,而从另一扇门后冒出来的脑袋就没那么客气了,哑着嗓子骂道,妈的,深更半夜的,你他妈的有病啊。

下半部分

第七章　寂寞而闹腾的夏天

1.

真正的夏天来了。漫长、炎热、难熬,人变得特别依赖空调,想到出门会出汗,汗首先就冒了出来。本来安天已经看上了一处离他现在的新单位挺近的房子,但因为房主只提供简单得不能再简单的家具,他又改了主意,文川公寓的中央空调让他决定再在这儿住上一个夏季。就一个夏季。

接到刘末电话的第二天,安天就去邮电局申请了来电显示业务。他希望能对自己的生活多一点主动权,同时,他觉得刘末应该还会给他来电话的。如果一切从此就这么结束了,那他会一辈子生活在一种等待和忐忑不安之中的。

对于那个孙亦基,安天真的不知说什么好。自从上次的不欢而散之后,他们已经很少再见面了,他总是用尽量婉转的语言和理由回避他,可那家伙就是能在一个不恰当的时候用一种你意想不到的方式出现在你面前,并且表现得越来越小心翼翼。安天真的不知道他想要干什么。起先他还从各个角度去分析孙亦基可能会有的动机,现在他已经疲了,心想随他去吧。

没事的时候,安天会回忆过去那种相对平静和正常的生活,现在想起来那种生活离自己似乎特别遥远,更像是在看别人的生活。这样的角度和距离让他恐慌和伤感。

昨天吃午饭的时候,安天极偶然地拿过邻座扔在桌上的一张晚报,看到最后,信息栏里一条婚介所免费征婚的广告吸引了他。

吃完饭回到办公室,他立即打电话和那家婚介所取得了联系。对方热情洋溢地告诉他,手续简单极了,不需要身份证和介绍信,只需填一张有关个人资料的表格、交两张证件照以及200元手续费。安天说,你们广告上不是说免费吗。对方十分耐心地解释,免费没错,但那是针对女同志的。接下来那人在电话里做出了一大堆承诺,比如交了这200元后他就可以无期限地接受他们的服务了,直到找到满意的对象为止。还有,他们会把他作为本月重点对象推荐给女会员们。那人一口气做出了十几个承诺，让安天觉得，自己后半辈子根本不用操心，只要闭着眼睛过就行了，反正已经有人都给安排好了。当天下午，安天就从婚介所用200元换来了一个编号：1206。

晚饭以后，安天看了会儿电视，实在没什么好看的，他想起了从孙亦基家拿来的那本《瘾》，靠在床头翻了几页，但那些字一个劲地在他眼前跳，怎么也看不进去。他重又打开电视，来来回回换了二十几个频道，还是没什么可看的，最后他把眼光转向了电话。

拿起话筒安天才发现其实他没有朋友，以前似乎曾经有过两三个能在一起说说话的，后来被时间筛淘得只剩下丁宁这一个了，因为丁婧的缘故，和丁宁的关系也疏远了。安天想随便找个人聊上几句，对着那十个阿拉伯数字，除了父母家的电话号码，他竟然再也想不起其他的号码来。

晚上八点钟，坐在床沿盯着电话发了半天呆的安天决定去外面走走。他想自己也许真的该像丁宁所说的那样成个家，有个整天在你耳边不是撒娇就是唠叨的老婆，让你觉得烦让你觉得做事碍手碍脚的，过上这样的生活你就没时间去瞎想了。

电梯里出人意料的竟然没有其他人，李晓红大概也没想到安天这时候会进来，两人都愣了一下。

"你好！"

"你好！"

"你先生好吗？"

"好。"

"孩子好吗？"

"好。"

"说个段子吧。"

"好。"

新婚之夜，忙活了半天但心里很没底的新郎问同样没有任何经验的新娘：好吗？新娘语气急促地说：好，好。过了一会儿，心里还是没什么底的新郎又问：疼吗？新娘使劲点着头说：疼，疼。新郎搞不懂了，问，到底是好还是疼？新娘带着哭腔回答道，好疼！

"还想听吗？"

李晓红脸色绯红，躲闪着安天的目光，既不点头也不摇头。

有个旅游团来到新西兰，被安排去参观养牛场。养牛场的主人向他们介绍说："这个场的种牛一天能交配20次。"有一对中年夫妇听罢，妻子对丈夫悄悄地说："你看看人家，再看看你。"

到第二个农场，主人说："这个场的种牛一天能交配30次。"妻子听罢对丈夫高声地说："你看看人家，再看看你！"

到了第三个农场，主人说："这儿的种牛最厉害，一天能交配40次。"这次没等妻子说话，丈夫赶紧问："请问，种牛是和一头母牛交配呢，还是和40头不同的母牛交配呢？"主人答："当然是40头不同的母牛。"丈夫转身对妻子大声吼道："你看看人家，再看看我。"

2.

欧锦赛开赛的第一天，安天接到婚介所的电话，被告知有一符合他要求的女会员1168号在看过他的资料后，提出要和他见面，而且见面的要求还十分迫切，最好能定在今晚。安天本打算吃过晚饭后先睡一觉，养精蓄锐等着看凌晨两点那场比利时和瑞典的揭幕战。

就在安天犹豫之际，婚介所那个大家都叫他老王的工作人员又把那女会员的个人情况介绍了一下，和他同龄，容貌气质均好，是一个作家，出过好几本畅销书，是个眼光颇高的人，他的意思是对方能看上安天，安天应该感到荣幸。安天说这样一个女人怎么会选上我。那是因为你的条件也不错。电话那头的老王说是这么说，显然心里也很想不通，所以他一个劲地劝安天，机会难得，机会难得，说不定就是一段成功的姻缘呢。

晚上七点不到，安天遵约来到市民广场，站在旗杆下等他见过一面的老王把他没见过面的1168号带到他面前。说实话，真正吸引他来到这儿还是对方的职业，他从没和作家打过交道，在他的想象中，那应该是脸上总挂着一副若有所思的表情、随时在观察生活和周围人、并琢磨着怎么把这些写进他的文章里去的那么一类你得小心提防着的家伙。

广场上都是吃过饭出来纳凉的附近的居民，他们三三两两，有的手里摇着扇子。广场上一点风也没有，远端挂着的小彩旗也像是被粘住了似的一动不动。大家都觉得上了当，嘴里一个劲地抱怨着老天爷，热了一个白天了，晚上了也不知道放点风出来让我们凉快凉快。只有小孩子不晓得热，仍然又跑又跳的，旁边的大人看着就觉得更热了，手上摇扇的频率也更快了。

老王和1168号出现在安天身后的时候，安天正在擦汗，等他转过身去，看见满头大汗的老王和一个脸蛋精心描绘过的女人站在他身后，老王的一只手正在伸向他肩膀的途中，他这么一回头，反倒把原先想吓他一跳的老王吓了一跳。

老王介绍说这位是许晟小姐，大概的情况刚才电话里已经说过了，你们先互相握个手吧。老王非常认真地看着俩人把手握在一起，然后才掏出手帕擦他顺着脸庞往下滴淌的汗珠，他说，好，我的任务完成了，接下来就是你们的事了。他笑眯眯地看看安天看看许晟，那神情就像是在看自家圈养的两头将要交配的家畜。

许晟倒落落大方，说，那我们找个地方坐下来聊吧。老王立即替安天表示了同意。他说这真是个好主意，找个凉快的地方慢慢聊，互相了解一下。临走前，他暗中拍了一下安天的后背，像是在给他鼓劲，让他主动一点，还有一份同性之间的默契。

俩人沿着道前街慢慢往东走，安天低着头，心里直犯嘀咕，他觉得老王带来见面的这个女人和下午电话中介绍的女人不是同一个人，不说别的，就她的年龄，无论如何也不可能和他同岁，那张尽管很下功夫但也掩盖不了岁月的痕迹和真实轮廓的脸，如果用苛刻一点的眼光来看的话，怎么也得奔40了。

"听老王说你是个作家。"

"对，其实就是坐在家里写字。"

"你每天都写吗？"

"那要看状态和有没有时间。"

"怎么，你还有别的工作？"

"不是，总会有一些应酬什么的,社会中的人嘛,这是避免不了的。"

安天不知道她所说的应酬是像今天这样约婚介所的男会员见面，还是其他别的什么，看起来她是个大忙人。接下来，他们很自然地把话题转到了安天的职业上，相对于许晟的工作，安天觉得自己的这份职业实在没意思极了，更没什么好说的。

许晟提议打车去她朋友开的一个酒吧坐坐，虽然有点远，但那儿的环境和气氛都不错。安天后背的衣服已经被汗浸湿了，贴在身上，十分难受。他的念头在去和不去之间摇摆着，理智告诉他，应该去，无论如何，初次见面就回绝一位女士的邀请是不礼貌的，可对方的样子，说实话，让他挺失望的。想到六个小时后的欧锦赛，他对自己说，在一个不合适的时间和一个不合心意的女人就算谈也谈不出好的结果来的，所以还不如改天再谈。安天说，晚一些时候，我还有事，是早就约好了的，真的很抱歉。

许晟显得很意外，还有点尴尬。安天主动提出互换一下电话号码，以后再联系。从安天手上接过名片时，许晟突然问了一句，你说的约好了的事是不是看欧锦赛？安天吃了一惊，反问，你怎么知道的？

许晟没有马上回答，她从包里拿出一张只有几组号码没有名字的名片，又在包里翻了半天，然后问安天有没有笔，安天说没有，她拦住了一个打着赤膊从他们身边经过的路人,问带笔了没有,可是人家连衣服都没有穿,又能把笔插在哪儿呢。直到拦住了第四个人,才在那人身上翻出了一支笔,然而墨水又一下子出不来。许晟使劲甩了几下,还是出不来水,她又伸出舌头舔了一下笔尖,上帝保佑,这下总算成了。安天暗中出了一口长气。

许晟招手拦了一辆出租,拉开车门上车前,她回头对安天意味深长地笑了笑,说,我也是个球迷。

3.

几天的球看下来,安天能感觉到这次欧洲杯比他看过的前几届都要来得富有观赏性,裁判制度的改革使得讲究技术的球队在比赛中得到了更好的发挥,同时也获得了比较好的成绩。

6月13号,安天在地方电视台一档侃球节目的嘉宾席上看见了一张眼熟的脸,那张面容让就快要睡过去的安天睡意顿消。他揉着眼睛从床上坐了起来,但这时镜头摇到了另一位嘉宾身上。

去卫生间洗了一把冷水脸后,安天觉得自己完全醒了,而且醒的正是时候,再有二十分钟,西班牙和挪威的比赛就要开始了。那张眼熟的脸终于又说话了,由于打了强烈的灯光和化了较浓的妆,她看起来要比安天印象中的那个许晟来得年轻靓丽,还有点假,但没错,就是她。

许晟的侃侃而谈显然是做过准备的,很有条理、不过尽是些别人的观点。安天认为不应该反对或鼓励女人看足球,但如果这个女人在看了两眼足球后就要以一个专家的姿态站出来对这项运动品头论足的话,那么这个女人至少是不可爱的。因为从某种意义上说,女人看的并不是足球运动本身,她们更注意球员的脸蛋、身材、发型和私生活。她们八卦的角度注定她们谈不到点上来。

第二天吃过午饭,安天在办公室给许晟家打了个电话。等待电话接通的间隙,他玩弄着手中这张形式别致的名片,上面许晟的连笔签名有种假模假式的味道。

"我是那天和你在广场见过面的安天,想起来了吗?"

"不用想,一直记着呢。"许晟半真半假地回答道。

"昨天在电视里面看见你了,你挺上镜的。"

俩人在电话里聊了一会儿足球,当然许晟是从她的角度,而安天又有安天的角度,聊到后来,安天没话了,随许晟一个人在那儿大谈小贝性感的光头和戈麦斯孩子般纯真的眼睛。电话打了近半个小时,安天得工作了,而许晟那边还意犹未尽,于是约好一起吃晚饭,接着聊。

再见许晟,安天不由得有点怀疑那天在电视里面看到的是不是她,进而又感叹起化妆的神奇。看见安天盯着自己发呆,许晟倒有点不好意思了,说看我干什么,吃菜呀。

奇怪的是,见面后许晟闭口不谈足球,仿佛她根本不知道还有欧锦赛这回事。她吃得很多,胃口好得像一个正在发育的少年。不知为什么,她的好胃口让安天惊叹的同时也让他感到压抑。安天对红酒没有感情,而许晟自作主张地替他叫了一瓶红酒。

安天低头小口抿着杯中的酒,许晟不喝酒,她只是象征性地倒了小半杯,说余下的都归他消灭。她很有把握地肯定这点酒对安天来说没问题。安天久久没有抬头,但他知道许晟肯定正吃得有滋有味,不用抬头他就能感觉到。

大概半个小时后,许晟说了一声,好了,就放下了手中的筷子,她用餐巾抹了下嘴,十分满足地咽下最后一口食物。安天看了一眼桌上的菜们,似乎不多不少,刚好剩下一半。他想要是许晟要求他把这剩下的一半也都消灭掉的话,那他会把刚喝下去的那点酒都吐出来的。他突然一点胃口也没有了。

许晟点了一根烟,吸了两口后,脸上露出了满足后的松弛,她说,你看起来没有食欲,而且还有点紧张。说这话的时候她并没有看安天,可后者就是觉得有一双眼睛在自己身上扫来扫去。安天解释，这几天没睡好，公司的事又比较多。

"你应该调养调养，补一补了。"

这次许晟的眼光很有力量地落在安天的脸上，刚好和他的目光碰在一起，安天的脸"腾"一下红了。他把目光转向了别处，抓起酒杯喝了一口。他猛然醒悟，不是她的胃口，而是她身上发射出来的像是气场一样的东西笼罩着他，让他觉得压抑。一个已不再年轻、长得最多也只能算是还过得去的女人坐在你的对面，她是那么自信，对一切都是那么有把握，并且连你也在她的把握之中，你怎么会不压抑呢。

"你真的应该调养一下，有针对性地调养一下。"

安天点着头，他只能点头，他不知道除此他还能作何表示。这顿饭吃的，就像完成一项力所不能及的任务似的，而且还是在别人的监督之下。

许晟一根接一根地抽着烟，一边为安天设计着一个她认为最可行的调养的方案，有吃的，有喝的，总之都是补的，最后一项也是她认为最关键的是：充裕而有规律的性生活。安天意识到，他今晚的生活的走向正在发生着微妙的改变，或者说按照许晟的意愿发生着改变。许晟开始询问安天的日常生活，像一个通过望、问、闻、切来诊断病情的大夫。她问得很细，安天如实回答。她连呼，天哪，天哪。

就在这时，许晟的手机响了。上帝保佑。这个电话似乎让她颇为不快，她用一种撒娇的语气反复质问对方，为什么不早说，为什么不早说。不过末了她还是答应半个小时后过去。坐在一旁的安天想，打电话的肯定是个男的。

4.

当天凌晨意大利和比利时的那场比赛开始前几分钟，许晟把电话打到安天家，问他在干什么。安天说还能干什么，看球呗。许晟又问，一个人？安天说，是呀。然后许晟就没了声音，似乎在下决心做某种决定，或者等安天这边发出邀请。安天想，半夜三更的，这个许晟该不会还惦记着他那需要调养的身体吧。电视里已经在升比赛双方国家的国旗了。安天说，马上就要开始了，看球吧。许晟顿了顿，说，好吧，晚安。

整个上半场，安天的眼睛盯在电视屏幕，心里一直在想着许晟刚才的那个电话，黄健翔的解说被许晟的声音淹没了，在干什么？一个人？而由此带来的身体的反应让他对自己又厌恶又失望。中场的时候，他拿起了电话。

"是我。"

"听出来了。"

"想和你聊聊天。"

"好呀。"

"你那儿方便吗？"

话说出口后，安天马上又后悔了，老实说，他心里没底。所以他连忙又说，我只是随便那么一说，时间太晚了，要不改天吧。

"为什么要改天呢，想过来就过来嘛。"

"我看还是算了，太晚了。"

"随你便。"

5.

在单位门口看见孙亦基，安天一点也不意外，他已经习惯了孙亦基不打招呼地突然出现。可是这家伙劈头就质问安天怎么老不回他的传呼，电话打到家里也没人接，到底在搞什么名堂。安天被他问得有点发蒙，气不打一处来，大声反问道，你为什么总像苍蝇似的盯着我？刚才还怒气冲冲的孙亦基就像被一棍子打晕了般不知说什么了，他咬着下嘴唇，局促不安地朝四周看看又看看安天，语无伦次地解释道：

"我没有别的意思，你不知道，你和我的一个朋友像极了，不是长相，是神情，说话的口气——"

"你这叫什么理由，这像是一个理由吗？"

"我没有恶意，你知道的，我没有恶意，我怎么会对你有恶意呢？"

孙亦基的眼泪已经在眼眶里打转，安天别过脸去，叹了口气，一把抓住他的胳膊，把他拉到马路对面，硬摁在了石椅上。他不想让他的同事看见他和一个哭哭啼啼的男人在公司门口拉拉扯扯的。

"抽根烟，来，抽根烟，我知道你没有恶意，只是你能不能别总是连招呼也不打一个就突然从一个什么地方跳到我的面前，让我觉得自己像是一个总是在被人跟踪的嫌疑犯。"

孙亦基泪水涟涟地点着头，他的样子让安天内疚，他想自己对这个分外敏感又分外固执的男人是不是太过分了。

安天示意孙亦基坐过去一点，他要坐下来。后者往旁边挪了挪，但等安天坐下来后，他又挪了回来，并偷偷地看了安天一眼。安天想说我最烦你的就是这个了，最后他还是把话咽了下去。

俩人默不作声地抽完烟，安天首先站了起来，他说，行啦，回家吧，晚上还有两场球呢。

"你忘啦？"孙亦基的眼光随着一个从他们面前蹒跚而过的老太太慢慢移动着，仿佛是在对她说话。

"什么？"

"你的生日。"

"今天是我的生日吗？"

"如果你没有骗我的话，那么今天就是你的生日。"

"我什么时候告诉过你我的生日？"

"你当然不会记得了，但你对我说过的话我都记着，而且——"

"谢谢你这么细心，"安天打断道，"这样吧，我请你吃饭，吃完饭你回家睡觉，我回家看欧锦赛，好吗？"

孙亦基没有表示同意也没表示反对，那就是表示同意。

安天的公司附近新开了一家湘菜馆，他的同事轮番去那儿吃过后，都声称要做那儿的常客，因为那儿的湘妹子撩人极了。然而孙亦基显然不喜欢这儿，一踏进饭馆他就开始皱眉头，等小姐过来问点什么菜的时候，他的眉头就皱得更紧了。

"你来这儿是因为这里的女孩子长得漂亮，是吗？"

"我从没来过，这儿才开张不久，听公司里的同事说这儿不错，所以过来吃吃看。"

"你们同事肯定夸这儿的小姐漂亮了，是吗？"

"是都挺不错的，即使算不上漂亮，至少都挺大方挺可爱的。"

孙亦基狠狠地用筷子戳着面前的空碟子，一副很生气又不好发作的样子。突然他站起来，拿了包说去趟洗手间。走出没两步又折回来，从包里掏出一个扁长的带包装纸的盒子，放在桌子角上，硬邦邦地扔下一句"生日快乐"，走了。

看着孙亦基气鼓鼓的背影，安天感觉他大概不会再回来吃这顿饭了，也许永远也不会再出现在他面前了。

撕开浅蓝色带心形图案的包装纸，一张芝麻卡掉了下来，卡片上也印满了心，是粉红色的，翻开，里面用钢笔写着：HAPPY BIRTHDAY，右下角是孙亦基的名字和日期，再打开盒子，竟然是一条领带。

把东西按原样包好后，安天点了根烟等孙亦基回来。但那家伙似乎真的不打算回来了。他起身想去洗手间看看，被一个快步走过来的小姐拦住了，先生结账？安天说我只是想去洗手间看看我的朋友，他进去了很长时间，还没出来。小姐扭头看了一眼收银台，然后说，这样吧，您告诉我您那位朋友的名字，我们帮您去找，您看这样行吗？安天由衷地说道，你们的服务真周到。坐下吃了两口，他忽然意识到其实人家是怕他不结账就开溜。防着他呢。

6.

安天正打算结账，丁宁来了一个传呼，意外之余，他真的挺高兴的，毕竟这么多年的朋友了。电话接通后，安天感觉两人都有些别扭，丁宁说这么长时间也不打电话，在忙什么呢。安天说我能忙什么，瞎混呗。

"是不是最近又接新戏了？哦，开个玩笑。生日快乐！"

"妈的，还记得哥们的生日。"

"有样东西要送给你，我让速递公司晚上九点送到你家，注意查收。"

"这么客气干什么，弄得像真的似的。哎，过来吃饭吧，就在大三元后面，我本来和一个朋友在这儿吃饭的，吃了没几口，那家伙不见了，剩了一桌子的菜。"

"算了吧，吃人家吃剩的，我可没这胃口。"

"基本没动。好，不来算了，下次请你吧。"

结完账，安天去洗手间张了张，确定孙亦基真的不在那儿，他才出了饭馆。

天色已经完全暗了下来，白天的燠热还没有过去，空气里有一股令人窒息的灰尘的味道，它们像一块湿布一样铺头盖脸地朝安天扑了过来。

走了不到两百米，安天已是汗流浃背，但是他觉得很畅快。进入夏季以来，他总是尽可能地待在空调房里躲避着这个季节。在街道的拐角处，那家名为"两只小蜜蜂"的网吧让他停下了脚步，有一段他经常来这里，基本上每星期五到六次，每次一个小时。只有看完那个该死的片子，他这一天才算被真正地翻了过去。好在这样的日子正在慢慢过去。

安天隔着玻璃门往里看了一会儿，他脑子里突然出现了"精神鸦片"这个词。他想那部片子于他就是那么一种东西，明明在内心厌恶它，尤其是它的形式，可又摆脱不了它，看着刘末在片子里和自己嘻嘻哈哈，他真觉得她其实并没有离开他，他们还是原来的样子，争吵、和好，再争吵、再和好。

安天回到家没多久，孙亦基的电话就打过来了。刚才在路上他接连收到了他四五个传呼，因为在车上，没法给他回。

"你怎么走了？"

"这话应该我问你，去一趟洗手间去得没了踪影。"

"我想去给你买一只蛋糕，跑了好几条街都没找到蛋糕房，没办法，最后只能打车去观前街，等他们现做出来，再打车回来，你已经不在了。"

"我不知道说什么好，搞得像真的似的，这完全没有必要，但还是要谢谢你。"

"我现在就在你家楼下。"

"那上来吧。"

孙亦基是和速递公司的人同时出现在门口的。安天招呼孙亦基先进去，随便坐，他在签收单上签上名字。

一只普通的牛皮纸信封，里边是一张没有任何标识的光盘。安天和孙亦基面面相觑。安天打开电脑，把盘放进去，一边解释，这是一个朋友送的生日礼物。

画面和音乐同时出来，SECRET GARDEN 的《WHITE STONES》把四个英文字母推了出来：

LOOK。孙亦基像个犯了错误的小学生偷着安天的脸色。安天阴沉着脸走到电话前。

"为什么送这个给我？"

"片子做得不错吧，我知道你喜欢 SECRET GARDEN 的音乐，专门请人给加上去的。"

"为什么送这个给我？"

"因为我恨你。生日快乐。"

第八章　女人啊女人

1.

现在安天每天下班回家的第一件事，就是泡杯茶，点上一根烟，然后上网把那部名为《LOOK》的片子从头到尾地看上一遍，看完片子，他才能开始往下的生活。一个星期前，也是他生日的那天，因为难以控制的愤怒，挂了电话后他把那张光盘扔在地上，一脚踩烂了。第二天他就去电信局申请开通网络。单位的同事老是在办公室里大谈网络，他们说，网络是一种新的大众传播方式，一种新的通讯方式，一种新的认知手段，简而言之，就是新的生活，可是他觉得正好相反，网络对他来说，就是温习过去的生活。

和许晟的交往，因为没有婚姻的前景，或者说没有一口婚姻的陷阱在等着他们，所以俩人都极为放松。安天不知道这样的默契是怎么达成的，反正俩人一对眼就知道不会和对方谈婚论嫁的。不是因为对方的年龄、长相或社会地位什么的，就是没有要在一起生活的感觉。当然睡觉是另外一回事。这种没有具体的责任和义务、像水一样流畅的交往在让安天感到轻松的同时，也觉得少了点什么。他想他可能真是老了，因此纯粹的除了性再无什么可期待的男女关系已不能完全满足他了。

在婚介所的安排下，安天又陆续见了几个女会员。一见面安天就否定了一起生活的可能性，完全是直觉，继而又排除了一起睡觉的可能性，这就没什么好往下再交往的了。其中一个长着两颗虎牙的幼儿园老师似乎对安天颇有好感，主动约了他两次，也没谈出什么好的感觉，只能拜拜。

吃过晚饭出去散步回来，安天在电梯里碰到了有一次和一个男人讨论用不用套的问题的那个女孩，老实说，她良好的职业习惯给安天留下了深刻的印象。巧的是，她和安天在同一层出了电梯。她走路的样子很轻快。走到走廊尽头的1601门前，她停下了脚步，抬手敲门之前，她回头轻轻地扫了一眼正在开门安天。

一分钟后，安天的门被敲响了。

"能借用一下你的电话吗？"

安天不想听她电话的内容，可又觉得让一个陌生的人单独留在卧室不合适，他选择了离电话最远又恰好能看见女孩一举一动的卧室门口，点了根烟，倚着门框慢慢吸着。

女孩急着要回的那个传呼怎么也打不通，她向安天解释，对方可能等不及，走了。安天说我见过你，有一次在电梯里，你正在和一位先生讨论一个很严肃的问题。

"什么问题？"

"用不用套的问题。别误会，我不是故意偷听的，当时你们就站在我身后，不想听也得听。"

女孩微微张着嘴，有点惊讶，过了一会儿她问，你不会恰好是那种不爱带套的男人吧。

完事以后，安天去倒了点喝的，他不想马上就去掏他的钱包，把一次质量还算不错的性活动和金钱挂上钩，归根到底，他暂时还不习惯这个嫖客的角色。然而那女孩一口气就把大半杯橙汁都喝了下去，她穿戴整齐地站在安天面前，看着他，眼神里有一种淡淡的厌倦，说不清是对刚才的事，还是对安天这个人，或者对她眼下的生活。安天只得问，多少钱？女孩伸出三个指头。安天转身去找他的钱包的时候，女孩随口问了一句：这是第一次吧？

"什么第一次？"安天不解地扭过头来看着女孩。

"连价钱都不问一问就上床，不是第一次就是老手，可看你的样子怎么也不像个老手。"

"我是一个装得像新手的老手。"

女孩从随身的小包里拿出一张小纸片，说，这是我的传呼，需要的话可以呼我。走到门口她回过头来冲安天调皮地一笑，说了句，再见，老手。

2.

安天拿出日记本，打算记点什么，但拿起笔后，又一下子不知道该从何写起。自从刘末离开他之后，短短的两个月，他的生活中闯进来了好几个女人，丁婧、许晟和刚才那个他不知道名字的女孩，她们好像只和他互相点了点头就上了床，这样的速度让他感到了眩晕。他禁不住要想，她们和其他的男人也是这样交往的吗？更多的在他生活之外视野之内的女人也是如此在生活的吗？他又想到了刘末，和她在一起的情景，她给他带来的快乐、难过、尴尬就像是昨天的事情。她的身体离开了他，可她的音容笑貌，还有那种独特的气息却并没有走远，经常会在他不设防的时候跳到他的面前。

支着下巴愣了半天，他只得出这么一个结论，那就是男人和女人的众多错综复杂的关系中有一种就是睡觉，这实在没什么可多想的。

他把写有传呼号的小纸片夹在笔记本里，合上本子后，他上网打算找人聊聊有关男人、女人、睡觉、上床的速度。

进入聊天室后，安天连着打了七八个招呼，竟然没有一个人搭理他。而一个比他晚到的名叫 Judy 的家伙一进来就受到了热情的欢迎，大家都在和她打招呼，而她只广而盖之地问了一声：大家好！

有个自称"鱼儿"的家伙突然冒出一句：Judy，每次只要你一进来，我就感觉自己很冲动。有人立即抛出一句：那就自己动起来吧。但"鱼儿"并没理会那人，继续冲着 Judy 道：Judy，只要一听见你的名字，我就硬了。

Judy：是吗？我有这么大的魅力？

鱼儿：Judy，不信你摸摸。

大部分人都停了下来,看"Judy"和"鱼儿"调情,也有表示不满的,要求俩人私下里聊,反被一脚踢出了聊天室。

Judy:大家一起聊嘛,那样才有意思。

鱼儿:Judy,冒昧地问一句,你试过"一夜网情吗?"

Judy:有过,因为当时和男朋友闹翻了,又恰逢春假一个人在家,无聊上 BBS,有一位男孩说他愿意成为我的新男友,但要知道可不可以 make love,我们相约在一家咖啡厅见面,他开车载我去他的住所,完全没有见过面的两人,就这样在床上做了起来,但他真的很懂得调情哦!让我达到前所未有的高潮,之后我们也照约定不过问彼此的事,也不再见面,这也是我第一次的 one night stand。当然那都是一年多以前的事了。

鱼儿:Judy,那后来呢。

Judy:我不喜欢回忆以前的事,我喜欢把眼前的事做的有意思一点。

3.

和安天在电话里抱怨欧锦赛时间安排的时候,许晟突然冒出一个想法,组成一个观看欧锦赛的临时家庭。她说我们白天各干各的事,晚上在一起看比赛,这样聊聊天就不容易犯困,真要犯困,我们就干点来劲的事。

安天觉得这个建议不错,俩人立即讨论起了住在谁家的问题。许晟说她无所谓,反正她也不用上班,当然欧锦赛期间好几家报纸都为她留了谈欧锦赛感受的版面,每天她都要挤出几千字来给他们传过去,但那对她来说不算什么,关键看安天的方便。想到要让许晟住到他这儿来,安天首先想到的就是孙亦基,那家伙可说不定什么时候会来敲他的门,可再一想,也许看见有一个女人住在这儿,他也就没什么想头了。

第二天下班回家,安天顺路去超市采购了一些食品,到家后他又里里外外收拾了一通。他和许晟约好晚上十一点去楼下等她,在这之前她还要去电视台录一档节目,然后回家拿点东西就过来。

每次看见李晓红,安天都觉得她特别安静地坐在那儿,就像从未离开过。随着一些乘客上上下下了几个来回之后,终于等来了一个没人的机会。

"你好!"

"你好!"

"你先生好吗?"

"好。"

"你孩子好吗?"

"好。"

"说个段子吧。"

"好。"

"三讲"期间,有一位领导被下属机构请去吃饭。入座后,领导小声对坐在他身旁的请客者说,这不大好吧,正搞"三讲"呢。请客者拿起酒瓶,说,没事,没事,来,先倒上。

吃完饭,安排去桑拿,领导说,这不大好吧。请客者说,没事,没事,先泡上吧。

桑拿完,又来到了一歌厅,坐下后,叫来了几位小姐,领导说,这传出去影响不好吧。请客者说,没事,没事,先抱上。

从歌厅出来,领导被带到了一宾馆客房,请客者说,小姐马上就来,领导说,这,这——请客者说,没事,没事,先套上。

"再说一个吧。"

一对法国的新婚夫妻到意大利度蜜月。有一天来到了乡下,突然雷雨交加,而且时间也不早了,一时又找不到旅馆,只好跑到教堂向神父求助,希望借宿一夜。神父勉强收留了他们,因为教堂没有多余的客房,只好把他们安排在自己卧室里的上下铺,神父睡在上铺,新婚夫妻睡在下铺。

睡到半夜,神父突然被摇晃惊醒,以为是地震,便惊惶地问道:"噢!我的兄弟呀!到底发生了什么事?"

只听下铺的丈夫用舒畅的声调回答说:"没事了!神父,只不过我们夫妻去了一趟天堂罢了。"

于是大家又安心地睡了,可是隔了一会儿床又摇晃起来,这次换成下铺的新婚夫妻被惊醒,赶忙问道:"神父!到底发生了什么事?"

只听神父也用舒畅的声音回答说:"没事了!只不过我自己去了一趟天堂!"

4.

许晟搬过来的第二天是星期六,俩人结结实实地睡了一个好觉,醒过来的时候已是午饭的时间,安天征询许晟的意见是在家吃还是出去吃。随便,说着许晟从床上跳下来就直扑电脑,她得赶紧把对凌晨的那两场球的一点感受变成文字给人家发过去。

安天在卫生间有意识放慢了节奏,更像是在表演似的把他早晨例行的那一套程序办完,又帮许晟把牙膏挤好,他看了眼时间,花了二十五分钟。走进卧室,安天小吃了一惊,里面烟雾腾腾的,他赶紧跑过去拉窗帘开窗户。但是许晟叫了起来,别开,我写东西的时候受不了强光。安天去客厅坐了会儿,拿过几张看过的报纸重又看了一遍。

应该说许晟的动作还是挺快的,也就花了一个小时,她就写完并从网上给报社发了过去。她简单地梳洗了一下,俩人决定去外面吃午饭,然后回家继续睡觉。

走进电梯,李晓红冲着许晟愣了一下,而后者一下子叫出了她的名字。

"真没想到会在这儿遇见你。"

许晟拍着李晓红的肩膀显得非常亲热,并转过脸来对安天说,我曾经租过她家的房子，住了要有三年多。李晓红也在笑，但有点勉强。

"听说你们那一带要拆，现在还没动吧？"

李晓红说，快了，就快要拆了。

"你这两年过得好吗？"

"还可以。"

"没有再那个吧。"

"没有。"

电梯停在一楼，走出电梯之前，许晟说吃过饭就回来，一会儿再聊。许晟挺自然地伸过手臂来挽着安天，而安天则下意识地回过头去看了一眼，电梯的门已经合上了。许晟犹自在感叹，没想到会在这里碰见她，这世界真小。

室外明晃刺眼的太阳让人望而却步。许晟手搭遮阳篷看了一眼天空，喉咙里发出了一声安天耳熟的呻吟，就像被不轻不重但足够舒服地击打了一下。她说这种鬼天气，只有吃日本菜了，文化路有一家稻川日本料理，是正儿八经小日本开的，那儿的烤河鳗、鱼子寿司和年糕比萨都十分好吃。突然她的话锋一转，说了一句：她没有乳房。

"什么？"

"就是那个开电梯的女人，她的一只乳房被切掉了，得了乳腺癌，癌细胞扩散了，只能切掉，因为这个，她老公不要她了，带着孩子离开了她，其实那个男人早就想离开她了，这下总算找到借口了。"

"你为什么告诉我这些？"

"不为什么，想到了就说出来了。走吧，去吃东西吧。"

安天的脑子发木，一点胃口也没有，所以吃什么都无所谓。他跟着许晟钻进一辆出租车，车里面的冷气让他禁不住打了个寒战。

许晟的胃口好极了，安天真不明白，她的胃口怎么总是那么好。而且她的心情也不错，主动谈起她的写作。她说她平时的写作总是从一杯不加奶不加糖而是加一大勺盐的热咖啡和一支烟开始，起先她只是面对着闪烁的显示屏一支接一支地抽烟，等抽得舌头上只剩下一种发麻的感觉的时候，写作的灵感就来了。

安天机械地点着头，他在想，少了一只乳房的李晓红总是回答他，先生挺好的，孩子也挺好的，一切都挺好的，脸上连一点生活的阴影也没有。

5.

吃完饭回到文川公寓，安天借口去买包烟，把房门钥匙交给许晟让她先上。他站在烈日当头的大厦门口，点了根烟，看着许晟往电梯口走去。点烟的时候他注意到自己手背上有一层细细的汗珠，与此同时，他也感觉到脊背上汗流如注，奇怪的是，他非但不觉得热，还怕冷似的往手上哈着气。刚才饭馆里随着食物吸进体内的凉气此刻还在他体内打着转，它们左突右闯，可就是出不来。

去买了包烟，又在太阳底下像是晒太阳似的磨蹭了半天，安天才从楼道慢慢往上爬。十六层，够高的，但如果爬爬楼梯就能把现实生活中叫他烦心的一切抛到脑后，那他愿意把这高度无限的延伸。

许晟正趴在客厅的桌子前写着什么，她头也不回地说，你先上床，我记点东西就过来。安天去卫生间冲了个澡，然后不声不响地爬上了床。他把毯子盖好，从头到脚，连脸也盖在里面，他希望自己能迅速地睡过去，睡得时间越长越好。

没过多久，许晟就过来了，她轻声地喊了一声安天的名字，安天佯装睡着，没有理她。许晟在他身边躺下后，又试探性地推了一下他的肩膀，见安天没有动静，她翻身背对着他，随手拿起了床头柜上的一张报纸。过了一会儿，她又翻过身来，轻轻地推了推安天的肩膀，并把盖在安天脸上的毯子掀了开来。

"你哭了？"

不但许晟吃惊，安天也吃了一惊，他伸手一摸，真的一脸的泪水。

6.

父亲一早打来电话，气喘吁吁地说有一个坏消息，安天的一个小学同学昨天傍晚从自家四楼的公用走廊上跳下去，死了。安天问父亲，你这个电话是从哪儿打来的。当然是家里。那你怎么气喘吁吁的？父亲有些不高兴了，说，在跟你说你同学的事呢，别乱扯。你应该去他家看看，买个花圈。安天说，上一次他跳楼的时候，我已经去看过了。

"你怎么变得这么冷漠，"父亲的声音陡然提了起来，"他是你的老同学，现在发生了这种事情，你怎么也应该去表示一下，安慰安慰那孩子的父母。"

安天没有再往下分辩，他说我一会儿就去买花圈，然后他又问了问母亲的身体，这才挂了电话。

三年前，安天的那位小学同学就从自家四楼的阳台跳下去过一次。事后安天和几个朋友去医院看他。他像一只烂茄子似的躺在那儿，脸上竟然令人吃惊地挂着微笑，安静、祥和，和他身上裹着的厚厚的纱布一样刺眼。他说他挺好的，只是有点累。天哪，脊椎、一条腿和一条胳膊都摔断了，可他居然安慰大家，他挺好的。他解释他并不想死，真要寻死的话，他就会选择更高的楼层了。安天忍不住叫了起来，那你到底想干什么？他说，我怎么说你们才能明白呢，算了，反正我说出来你们也不会理解的，你们只会觉得我疯了。安天说，你什么也不说我已经觉得你疯了。

那天从医院出来，大家在住院部的大门口七嘴八舌地争执了起来，有人猜测是因为生存的压力，有人认为他只不过是进行了一次没有任何保护措施，所以更为刺激的蹦极，有人觉得他脑子有问题，也不是一天两天了，还有人倾向于某种神秘的、不为我们常人所知的力量。大家分析了很多原因，最后只达成了一个共识，那就是他病得不轻。

在1997年法国戛纳电影节上，有部名为《撞车》(GRASH)的电影，引起了非常强烈的争议。影片一开始，观众听到喘息着的性交的声音。前几场戏，全是与性和汽车有关。影片上出现的性交场面永远离不开汽车，不是直接在汽车上，就是在面对着很多汽车和强烈汽车噪音的阳台上。喜欢把车开得飞快的男主人公在一次驾驶过程中，带着必然的偶然性和别人撞车了，后来他经人介绍，参加了一个撞车俱乐部。

这个俱乐部真是怪得惊人，所有成员入会的资格就是出过一次以上的车祸。一大帮对撞车以及车祸后身体上留下的伤痕有着特别嗜好的家伙聚在一起，他们交换着撞车那一瞬间的感受，互相抚摸着对方身上的伤疤，甚至观看两辆高速行驶的汽车面对面地有意相撞，从中体会被撞瞬间的快乐和刺激。

这些具有视觉冲击力的画面，扩张和刺激着观众的神经承受力和神经末梢。也许它们有些夸张，甚至极端，但毫无疑问，它是具有现实感的。这部影片带给安天某些灵感一样的启示，那就是速度、加速度和对极限疯狂的挑战。在加速度中奔腾起来，疯狂起来，直至最后放松下来。

其实那天从医院走出来，安天就有预感，如果他的老同学还能站起来的话，那他会选择一个更为刺激的高度跳下来的。这三年，他的家人一直提心吊胆地过着日子，就怕他哪天脑子一热又爬上了阳台，为此家里不敢断人，并且把阳台也封死了。不管怎么样，安天想，现在他的家人终于可以把悬着的心放下来了。

当天下午，安天陆续接到了六七个老同学的电话，因为他们的一个同学死了，所以他们又想起了安天。

许晟对死者的生活经历和日常生活习惯都很有兴趣，她央求安天说得细一点，慢一点。安天警觉地问道，你不会是想把他写进你的小说里吧。许晟说，为什么不可以，最起码他是个有意思的人。其实我们生活中碰到的事和人比我们在所谓的艺术作品里看到的更像故事，所以我现在更愿意在生活中寻找和发现。

第九章 结束

1.

打开门让孙亦基进来后，安天让孙亦基先去客厅坐一会儿，他要去卫生间解决点问题。孙亦基说他在路上买了点荔枝，去厨房洗一洗。安天还来不及提醒，孙亦基已经兴冲冲地一头冲进了厨房，随即他又退了出来，充满狐疑地看着安天。许晟跟着走了出来，她穿了一件真丝吊带睡衣，凹凹凸凸的，十分扎眼，可她还是大大方方地把手伸给了孙亦基，自我介绍道，我叫许晟。安天附在许晟耳边，提醒她应该先去换件衣服。

等安天从卫生间出来，他看见许晟正无所顾忌地盯着孙亦基，脸上带着明显的研究的倾向，而坐在她对面的孙亦基极其不安地把手中的报纸翻得哗哗作响，并不时地干咳一声。

看见安天，孙亦基站了起来，求助似的看着安天，就像他刚才一直在被一只疯狗紧追不舍，而安天就是可以吓制住那条疯狗的狗的主人。

安天重又给俩人相互介绍了一下，这一次主要是介绍俩人的职业，尤其是许晟的职业，他想孙亦基也许会对一个作家产生点兴趣，而孙亦基却显得更不安了，突然就站了起来，结结巴巴地说道，不打扰你们了，我要回去睡觉了。

安天和许晟一起把孙亦基送到门口。孙亦基并没有理会许晟那句"再见"，他小声地问安天，能不能送他下楼。

"这是什么时候开始的？"直到出了大厦的门，走在安天前面的孙亦基才突然停下，转过身来，用一种伤心而绝望的眼神看着他。

"开始什么？"

"和那个女人。"

"没多久，就是最近的事。怎么，你好像不太喜欢她。"

"认识没多久你们就住在了一起。"孙亦基一个劲地点着头，脸上却是一副难以置信的表情。

"怎么啦，这有什么问题吗？我们一个未娶，一个未嫁，即使不合法，可也不违法呀。"

"你——爱她吗？"

"问这样的问题你不觉得无聊吗？"

"那你喜欢她吗？"

"谈不上喜不喜欢，起码不讨厌她。"

"这个女人不适合你。"

"哦，是吗？"

"你应该离开她。"孙亦基的口气已经不是建议，而是在命令了。

"这是我自己的事，我知道该如何生活。"

"你应该离开她。"

"行啦，就算我不能理解你的生活，可作为朋友，我至少尊重你的生活，所以如果你还把我当朋友的话，也请你尊重我的生活。"

"可你并不爱她，怎么能和她睡觉呢。"

"难道你只和你所爱的人睡觉吗？"

"那当然。"

"但我怎么觉得你已经好几年没和女人睡过觉了。"

孙亦基惊愕地站在原地，就像被摁了暂停键般一动不动。安天急忙道歉，对不起，我不是这个意思，我不是这个意思，我说过我尊重你的生活，我只是有点被气糊涂了。

眼泪从孙亦基眼眶里滚落了下来，可他依然一动不动地站在那儿。安天伸手拍了拍他的肩膀。也不知从哪儿来的一股力量，安天还没反应过来，已经一屁股坐在了地上，孙亦基疯了一般撒腿狂奔了起来。

尽管心里隐隐有些不安，安天仍希望这是最后一次看见孙亦基在自己视野里这样没命地狂奔，但愿从此这个家伙在自己的生活里消失。可同时他也很清楚，这仅是一个美好的愿望罢了。不出意外的话，明天的什么时候，他又会接到孙亦基的电话，怯生生地要求见一面。

2.

果然，第二天安天刚进办公室，孙亦基的电话就来了，要求立即见面。安天说我手头有一大堆事要做，中午都不一定有空。孙亦基一听就急了，用一种快要哭出来的腔调威胁道，如果见不到安天，他不打算活了。安天平时最讨厌别人威胁他了，碍于一屋子的同事，他又不便发作，只能和他商量，有事等他下班了再说，或者在电话里说也是一样的。但是孙亦基说，他已经在安天公司门口了，五分钟内要不见安天下来，他就上来了。安天不由地急躁了起来，对着话筒恶狠狠地说，那你去死吧。

"我知道你烦我，但我就是控制不住自己想要见你，不是因为你这个人，而是你这张脸。"

孙亦基看着安天，大概是在等他问"为什么"。安天只顾埋头吸着面前的可乐，连头也没有抬。虽然才上午九点钟，可外面的太阳已经摆出了一副恶狠狠的架势。他们刚才走了半条街，只有这家小冷饮店开着门。

"我曾说过你长得很像我的一个朋友，你还记得吗？其实那个朋友现在也就十九岁，我认识他的时候他才十六岁，读高中一年级，当时在一家男子美容健体中心打工，其实就是晚上在那儿坐台，陪客人聊天什么的。我第一次跟朋友去那儿玩，在十几个男孩子中一下子就发现了他，瘦瘦的，个子比他同龄的孩子要高一些，脸上是一副满不在乎的表情。后来我每次去那儿都找他陪我，他也愿意陪我，因为我十分尊重他，从不强迫他做他不想做的事。"

"熟了以后，他和我谈起了他的家庭，他的父母在他很小的时候就离婚了，因为父亲犯诈骗罪进了监狱，他被判给了母亲，母亲后来再婚，在征求了他的意愿后，让他和外公外婆一起生活。三年前父亲刑满释放，要求法院更改监护权，硬是把他从外婆家带了回去。但父亲出来后仍旧坑蒙拐骗，不务正业，没多久又被抓了进去。考虑到他外公外婆的年龄大了，法院希望他能跟母亲生活，但他母亲却在一场车祸中去世了。他当时虽然住在外婆家，但经常不回家住，我请他去我那儿住，他同意了，不过并不是每天都在我那儿，碰上了有钱、出手又大方的客人，他也陪人家一晚上。"

孙亦基完全沉浸在了回忆中，他的手缓缓地转动着面前的杯子，眼睛无比温柔地看着这只杯子，仿佛这只杯子就是那个男孩子。

"我对他的感情很复杂，他既是我的朋友，又是我的小兄弟，甚至是我的孩子，可是有一天他却突然不辞而别。我下班回到家，发现他和他的东西都不见了，我找遍了所有他可能去的地方，有半年时间，我几乎什么也做不了，整天就像一只无头苍蝇似的到处乱飞。"

孙亦基的声音越来越轻。安天猛然抬起了头，因为他听见孙亦基好像说了一句"我曾经是那么接近幸福。"

把杯中的可乐喝完，安天又叫了一杯，而孙亦基面前的那一杯还没动过。安天递了一根烟过去，孙亦基盯着烟看了足有五秒钟似乎才看清这是一根香烟。接过烟后，他没有马上点着，又拿着看了足有五秒钟。

"那会儿看见你找刘末的样子，我就想起了三年前的那个我，一次次地失望可就是不肯死心，总觉得有那么一天他会回来找我的，所以我一直为他留着他的房间。说了这么多，你大概都听烦了吧，其实我只是想解释我为什么老是在你面前失态，因为我总是下意识地就把你当成了他，我知道这对你是不公平的，好了，不说了，我们走吧。"

"再坐一会儿吧，反正单位里也打过招呼了，你用去上班吗？"

"我也请过假了。"

孙亦基又谈了一些和那男孩一起生活的细节，比如晚上起来给那男孩盖被子，带男孩去看病，一同去看让他脑袋疼的摇滚音乐会。他的语气就像是一个慈爱的父亲在谈自己又爱又怜的孩子。他说在一起生活久了，不知不觉中，他感到了某种责任，他不能看着那孩子在那个龌龊的圈子里混，他和那孩子商量，去学点对他今后的生活有帮助的东西，但那孩子并不领他的情，为此他们还吵了一架，过了没多久，孩子就走了。

安天几乎一直沉默着，那是一种他经验之外的生活和情感，他不知道该作何反应，他想也许他坐在这儿什么也不说地听着，对孙亦基来说，就足够了。

3.

在电梯里遇见许晟的第二天，李晓红就和别人换了班，好几个晚上，安天都想走进电梯和她说点什么，可对她说什么呢？实话实说，我对你的身体没有想法，即使有，也仅是很朦胧的一点点，是完全可以忽略不计的，所以你不必为自己的身体感到难为情。少了一只乳房，你依然是一个不折不扣的女人，你的安静让你看起来比许多女人都要来得美丽，而你生活的不幸更不是你的错。

现在在电梯间上白班的是一个和李晓红年龄差不多的女人，尖尖瘦瘦的，一副很精明随时在算计人的样子。她好像挺爱和人搭话的，问这问那，从家庭成员到工资收入到住几楼几室。安天想，同样是女人，怎么给人的感觉差别就这么大呢。这样一个女人每天至少在你生活中出现两次，你只会觉得原先就够嘈杂的生活更嘈杂了。

因为上午和孙亦基见面落了点工作，别人都下班后，安天又留下来加了会儿班，到家已经快七点了。许晟正在电脑前工作。安天走过去，问她晚饭怎么吃，但是这时他发现许晟并非在工作，而是在上网，不过这会儿正在手忙脚乱地退出。她说她没有做晚饭，出去吃吧。

许晟慌张的神情让安天觉得她似乎背着他做了什么，而且是和他有关的。走出电梯后,安天猛然意识到了某种可能性,那种可能性瞬间充满了他的脑子,他被自己的猜测吓了一跳,后背和额头都冒出了冷汗。他拖着两条发软的腿跟着许晟走到公寓门口,犹豫再三,他还是对许晟说,我忘了一样东西,你等我一会儿,我马上就来。

电梯里那个尖尖瘦瘦的女人看见安天重又踏进电梯,随口问了句,忘东西啦?安天没有理她,眼睛盯着门楣上跳动的数字。她又问了一遍,忘东西啦?安天仍然保持原状。女人显然有点急了,提高了声音,1615的安先生,忘东西啦?这下轮到安天提问了,你怎么知道我姓安,住在1615?

打开电脑,点击历史记录,正如安天所猜的那样,许晟确实进入了那个网站并看了那个片子,时间是18点52分,也就是说安天进门之前,她正在看。

安天摊开四肢坐在电脑前,他不知道许晟看过之后会怎么想,他想她的想象力再丰富大概也想不到会是那样拍出来的。以他对她的了解,她肯定会打破砂锅问到底的,他真的不知道该怎么去对她说。

安天关了电脑,锁上门出来。他迟迟疑疑走到电梯门前,犹豫不决地把手伸向按钮,他的动作就像慢镜头一样,在手触到按钮的一刹那,他又改变了注意,决定走楼梯下去。

磨磨蹭蹭了半天,安天总算走到了底楼,他朝许晟走过去,他对自己说,主动点,与其让她提出问题,还不如打她个措手不及。

"你看过那部片子了?"

许晟愣了一下,但并没有安天想象的慌乱。

"我不是有意要看的,我只不过随意点击了一个链接,谁知道打开来的是这个。"

"事情并不是你想象的那样,事实上,这件事情实在太荒唐了,如果你有兴趣我可以说给你听。"

他们仍然去了上次去过的那家日本料理店。安天不喜欢日本菜，主要是不喜欢那种装模作样的精致。而许晟认为那儿的环境和穿和服的服务小姐都给人一种清凉的感觉，是夏天吃饭聊天的首选之地。

　　安天就着清酒把事情的经过说了个大概，他想尽量把事情说得简单、好理解一点。许晟不断有疑问提出来，同时也劝安天通过法律途径让那家网站停止播放，并对侵害他隐私权的行为做出赔偿。

　　"是呀，那样的话，我就出名了。走到哪儿都会有人指着我说，'就是那家伙，快看，就是那家伙。'我还活不活啊。"

　　"你也可以不出面的，我有法律界的朋友，我先帮你咨询一下，你看怎么样？"

　　"算了，我不想把这件事搞大，这像是一场梦，噩梦，我只想快点醒过来。"

　　"你再考虑考虑。"

　　"不用考虑。"

　　"至少你也应该给那家网站发个E-mail，警告他们如不立即停止播放，你将采取行动。"

　　4．

　　充满激情的欧洲杯终于结束了，在特雷泽盖踢进那个意义和价值都无法估算的金球之后，迷恋马尔蒂尼那地中海般蔚蓝的眼睛的许晟失望地关掉了电视。没有开灯的卧室一下子黑了，安天和许晟随意地靠在床头，就像生活了多年的夫妻一样。他们突然意识到短暂的家庭生活也即将结束。

　　黑暗中，许晟伸过一只手来，摸索着，最后握住了安天的手，并把头靠了过来。安天睁大眼睛，他什么也看不见，他只知道他现在正待在一个他从未见过面的陌生人的家里，和一个认识不满一个月的女人躺在一张床上，同时心里有些淡淡的伤感。

大概过了二十分钟，安天感觉许晟可能睡着了，因为那么长时间她都没有动过，只有均匀的呼吸声一下一下地传到他耳朵里。他左边的胳臂早就麻掉了，而且后背和颈部发紧发硬，他想变换一下姿势，刚挪了一下屁股，许晟的头就离开了他的肩膀，不过她并没有马上松开握着安天的那只手。

　　"你刚才睡着了？"安天问。

　　"没有。"

　　他们又像原来那样各自靠着床头躺了一会儿，安天的眼睛看着屋顶那个他请人修补过的部位，屋子里异常安静，他能感觉到许晟握着他的那只手正在一点一点、用一种不易觉察的速度松开。又过了一会儿，许晟用一种叹息一般的声音说，睡吧。

　　第二天安天下班回来，发现许晟已经离开了，临走前她显然下功夫收拾了一番，尤其是厨房，那些日积月累的污斑油渍都被擦拭干净了。安天立即往她家打电话。

　　"不是说好等我回家一起吃了晚饭我送你回去的吗？"

　　"我怕等你回来，自己又舍不得离开了。"

　　"那就再住一段时间。"

　　"可是找不到理由啊。"

　　"一定要有理由吗？"

　　"我觉得一男一女，如果有了一个俩人能接受的理由，住在一起好像才像那么回事，否则总觉得有点别扭，特别是住过去的那个人。"

　　"你就这么在乎一个理由？"

　　"对，俩人住在一起和偶尔睡一觉不一样，后者更像是灵机一动，只当是在回家的途中绕道去酒吧喝了几杯烈酒，喝多了回家睡一觉酒劲就过去了，而前者就像是打定主意要把自己这一段时间都泡在酒吧里，你总得有个理由，然后再喝个烂醉吧。"

"那欢迎你有时间绕道来我这儿喝上几杯。"

"其实我这儿的酒也不错,你有时间来我这儿我也很欢迎。"

"常联系。"

"好的,常联系。再见。"

"对了,谢谢你帮我收拾屋子,整洁得就像是别人的家似的。"

5.

日子又滑入了惯性中的两点一线,从单位到家,从家到单位,双休日就在家蒙头大睡,睡够了上网窜到各个聊天室去看别人胡言乱语,偶尔他也用ICQ约个"美眉"聊聊天,无非是用想象和文字抚摸抚摸对方的身体,最厉害的一次,那个叫"Elite"的"美眉"声称她的身体有了已经被他进入的感觉,舒服极啦。

久未和孙亦基联系,安天也不知道他怎么样了。而许晟老是很忙,时不时地上上电台,上上电视,谈文学谈人生,俨然一名人。安天往她家打过两次电话,都是一个男人接的,他不得不认为许晟正活在一个新的理由之中。还有刘末和丁靖,就像是活在他上辈子里的女人。

尽管安天每天按时上下班,有时候也和公司的同事出去玩一下,还在婚介所的推荐下见了不下十个女会员,但不知为什么,他就是觉得时间对他来说已经完全停滞了下来。他依然生活在两个月前那种无聊焦灼得发慌的情绪里。午夜两点,已在床上辗转了近三个小时依然没睡着的安天从床上爬起来,开门走了出去。

安天出现在16楼的电梯门口的时候,李晓红跟见了鬼似的瞪圆眼睛用手掩住了张大的嘴巴,随即低下了头。安天走进去,面对她而站。她低着头问,下去?

"你好吗?"

"下去?"

"你好吗?"

李晓红的手指停在"1"上，她又问了一遍，下去？安天顾自说了起来：

有人赴宴迟到了。匆忙入座后，一见烤乳猪就在面前，于是非常高兴地说："还算好，我坐在乳猪的旁边。"话刚出口，才发现身旁一位胖女士生气地在朝他瞪眼睛，他急忙赔着笑脸说："对不起，我是说那只烧好了的。"

电梯停在了一楼，门打开了。安天站着没动，他继续说：

有人第一次逛红灯区，他对那儿的一切都十分好奇，他对着坐在他身边的小姐左看看右看看，把小姐看得有些摸不着头脑。在东摸摸西摸摸之前，他问了小姐一个问题：你是处女吗？小姐愣了一下，这个问题实在不好回答，说不是吧，怕客人失望，说是吧，明摆着是干这一行的，犹豫再三，她说："那，那就算是副处吧。"

有一对夜归的情侣模样的男女走进电梯，他们互相搂着对方的腰像一对奇怪的连体人。他们进来后说了一声"18楼"，就走到了最里端，没一会儿就有"啧啧"声传过来。安天用眼角的余光扫了他们一眼，俩人正无所顾忌地在接吻。

从18楼下来，电梯在16楼停了下来，并打开了门。安天说：

一天，蚂蚁遇到大象，对大象严肃地说："我有了，是你的。"大象听后笑得晕了过去。醒过来后，大象又对蚂蚁说了一句话，于是蚂蚁也晕了过去。你知道它说的是什么？

李晓红当然不会回答，安天自问自答道：

大象说："那我们再来一次吧！"

李晓红低着头，两只手不停地绞来绞去，一副受罪的样子。安天闭上了嘴，他想，我难道已经无聊到这种地步了吗，深更半夜跑到电梯里对一个一言不发的女人大讲自以为可笑的段子。他走到电梯门口，转过身来看了李晓红一眼，迟疑了一下，还是道了一声：晚安。

第十章 交易

1.

安天找到自己曾看上的离单位很近的那处房子，但房主不无得意地告诉他房子早就租出去了。房主的意思是那么大一便宜你都不捡，你就后悔去吧。安天问单位的同事有没有房源，大家都说想在地处黄金地段的公司附近租到物美价廉的房子，你就做梦去吧。

回到家，安天一手握话筒，一手拿着快译通，按拼音字母排列的顺序给所有留下电话号码的人打电话，询问有没有闲置出租的房子，最好离人民路北端近一点的。这些人中，有的连长什么样他也一下子想不起来了，可那又有什么关系呢。他闲极无聊，又正好有了一个和人联系的理由，然后用一根电话线把他们从自己记忆的角落里找出来，开门见山地问对方有房子吗？最好就在人民路北那一带，如果没有，那就马上拜拜。他想对方也许还没能想起他长什么模样来，这样最好。

也不知打了多少个电话，反正安天已经意外地从中获得了游戏的乐趣，甚至找没找到房子都不重要了。打到字母"S"的孙亦基时，安天犹豫了一下，但还是拨他了他的号码。

"我还以为我不给你打电话，你就永远也不会主动打过来的。"

"最近过得怎么样？听起来心情不错嘛。"

"新认识了一个朋友，还是在那家健体中心里认识的，那是一个有点特别的男孩，老是懒洋洋的，有点玩世不恭，不过我们挺合得来的，不知道能不能长久。反正现在一切都还蛮愉快的。反正我也算是想通了，太激烈太投入的感情就像是经过浓缩了的，虽然来得猛，往往也去得快，但过后稀释了仍然可以慢慢回味。"

"那祝贺你。"

"谢谢。那房子的事我会帮你留心的,有消息了我给你打电话。"

"你还记得我的号码?"

安天对自己话里的酸味感到不解,他对自己说,你不是一直想摆脱这个男人吗,现在他有了新欢,你应该为他和你自己高兴才对。他又打了几个电话,然而那种游戏的快乐神秘地消失了,更像是在完成一项允诺完成所以不得不完成的任务。

电话那头一个叫包海啸的家伙一个劲地说着,妈的,真不够意思,这么多年也不和我们联系,真他妈不够意思。安天对着这个名字看了半天,才想起四五年前他们两人,还有其他几个和他们一样无聊的家伙经常在一起喝酒谈女人,后来不知为什么闹翻了,就再也没了联系。他记得包海啸那时的理想是赚钱,赚到要用点钞机才能点清楚的钱。那家伙认为有了钱也就有了想要有的一切,当然包括频率很高地在他们嘴巴里进进出出的女人。安天还记起了包海啸那张占脸部三分之一面积的大嘴巴,他打呵欠时站在他对面的人能看见他的小舌头。

埋怨过安天不够意思之后,包海啸迫不及待地说起了自己的近况。他终于实现了他当初的理想,他现在的钱即使用点钞机也不是一时半会儿能点完的,至于女人,一般的中国女人他已经没兴趣了,外国的,那种纯种的金发碧眼的,他还有点干劲,而像黑皮肤的那种也就偶尔调节一下口味。安天说祝贺你冲出亚洲走向世界,但你可要当心身体呀。包海啸打断道,我知道你说的是什么,不就是艾滋病吗,这个你就不懂了,艾滋病的高发区在非洲和亚洲这些发展中国家……安天也打断道,我打这个电话其实只是想问一下,你的嘴巴还像以前一样大和臭吗?说完立即挂了电话。

安天坐在电话旁,他现在已经想不起来自己为什么要给包海啸打电话了,只是通过刚才和那家伙的通话,他又找到了四五年前那种焦躁不安、体内的能量无处释放、很想冲到大街上冲着人群大吼几嗓子的冲动。

他想这几年好像是白过了，生活在变，感觉在变，一切都在变，可自己怎么一点长进也没有。

今晚有"足球之夜"，是安天每星期必看的节目，这会儿已经开始了，而安天依然坐在没有开灯的卧室里，一动不动。

焦虑。有关这，有关那，所有的这些又都必须承受。安天对自己说，那就让它们在我的血管里和血液们一起流淌，然后进入心室，进入大脑，感染整个身体吧。

2.

被电话铃声吵醒的时候，安天似乎才刚睡着，急促尖锐的铃声让他像被人泼了一瓢冷水似的打了个寒战。他记不起来最后是怎么睡着的，他只记得昨晚在床上床下折腾了大半夜，早已精疲力竭了，就是睡不着，他又上网找了一个"美眉"意淫了一个小时，并在一次快速的手淫之后，身体才算松弛下来。

"我是刘末。"

"刘末是个什么样的东西，方的还是圆的？"尽管安天的脑袋发沉，连眼睛都没有睁开来，但刘末的声音像一支强心剂，他迅速地、令自己都吃惊地做出了反应。

"别这样，安天。"

安天从床上坐起来。他使劲地闭了闭眼睛，然后试图睁开，然而屋内并不强烈的光线竟然让他一阵眩晕。他不得不重新闭上了又涩又酸的眼睛。

"我们能不能心平气和地谈一谈？"

"谈什么？我们还有什么好谈的吗？你甚至根本不叫刘末。"

"我已经为此向你道过歉了。"

"对，一句道歉的话就把什么问题都解决了，生活原来这么轻松和容易，我以前怎么不知道。"

刘末那头没了声音。安天来了劲，不阴不阳地继续说道：

"也不知道你今天打这个电话是你自己想打的，还是你的'组织'让你打的，你这会儿的身份是那个叫刘末的演员，还是一个我还不知道名字和真实身份的什么人，麻烦你能先跟我说清楚吗？"

安天凭感觉从床头柜上摸到了烟和打火机，点上。电话那头一点声音也没有，安天连着"喂"了好几声，刘末才很不情愿地应了一声。安天意识到自己的话有点过分了，可他觉得解气。他想其实没什么好抱歉的，自己首先是个受了欺骗和伤害的人，于是他干脆什么也不说地抽起烟来。

有那么一会儿，安天感觉刘末大概已经扔下话筒离开了，电话那头连一点刘末的气息也捕捉不到。他猜不出刘末一大早打来电话到底想和他谈什么。来电显示器显示刘末这个电话是在本市打的。他不禁想刘末有可能是想约他见面。他想两人相处了这么长时间，刘末对他总该有些角色以外的情感。他再一次想起了刘末不止一次地对他说过的那句话，就算我以后不和你好了，我也会经常想起你的。安天的心不由地变得柔软起来。

"你不是说想和我谈谈吗？"

"对，你现在有空吗？"

"怎么谈，是见面谈，还是在电话里谈？"

"如果你愿意的话，我们见面谈吧。"

安天本来想要求立即见面的，迟疑了一下，他还是把见面时间定在了晚上八点，在文川公寓附近的MY&MY酒吧。他想自己不能表现得太热切了，不管怎么样，架子还是要端一端的，他已经够窝囊的了。

3.

安天按照约定的时间几乎一分不差地走进MY&MY。这家酒吧的生意总是不好也不坏，可能是因为它里面假模假式的装饰，反正总有人喜欢假模假式，又有人讨厌假模假式。

开门后，安天往里面扫了一眼，整个酒吧总共有五六个像是被请来做样子的顾客，刘末坐在他们以前来常坐的那个角落，正在看他。安天突然就有些慌乱，一下子找不到了该有的表情，只能不无尴尬地傻笑着冲她点点头。

服务生过来问喝什么，安天随口报了啤酒和菊花茶，但他随即意识到了，又补了一句，也不知道你现在的口味变了没有。

刘末穿了一件吊带短上衣，左臂上戴着一只波西米亚风格的臂环，皮肤晒成了古铜色，似乎刚从海边度假回来，整个人有一种和他在一起时没有的轻松和挡也挡不住的青春气息。安天想难道这才是真实的刘末？以前那个爱皱眉和生气的刘末是角色需要还是因为他给她的不愉快的生活。

为了掩饰心中的吃惊和淡淡的失落，安天点了根烟，装得很随意地问了一句，你真的是你告诉我的25岁吗？

"怎么，不像吗？你可别告诉我我看上去比实际年龄要大，女人最受不了这样的打击。"刘末夸张地做了个晕过去的动作，然后调皮地冲安天伸了伸舌头。

"你不说话的时候像20岁，一说话就只剩下18岁了。"

刘末侧着头看了安天一会儿，然后说要是以前他对她说这样的话，她会认为是在讨她开心，可现在她只会认为是在讽刺她。安天想反问一句，是因为什么才会发生这种变化的呢？最后他还是忍住了，他不想一见面就弄得不愉快，然而一时又找不到合适的话题，只能不断地拿起杯子来喝上一口，间或和刘末相视一笑，但笑得十分勉强。

刘末突然"扑哧"一下笑出了声，有点天真。安天不解地问，笑什么？刘末说想起了昨天听到的一个笑话：一位小姐约她的很是腼腆的男朋友出去玩，过了一会儿，男的说道："对不起，我要方便一下，但不知道哪儿可以。"女的明白是什么意思,就领他到了附近的厕所。男的出来以后,女的问他:"你什么时候去我家?"男的想了想说道:"就在你方便的时候吧。"

气氛似乎轻松自然了一些,但更像一个假象。俩人聊了聊最近热得不像话的天气,和炒得热热闹闹的老谋子挑女主角的新闻,就是不触及俩人曾经的生活和那部网上的《LOOK》。有一种虚假的似曾相识的温馨在俩人之间游移,安天觉得自己正在以一种加速度往刘末的大眼睛里掉下去,像以前一样。

幸好这时刘末说了一句,有事想和你商量。刚才还挂在刘末脸上的轻松表情此刻就像被橡皮擦擦掉了似的没了痕迹,取而代之的是严肃。一严肃,这张脸立刻就老下去了六七岁。

"你能答应我今天晚上不发火吗?至少我说话的时候不要发火。"

"你还没说呢,我怎么答应。"

"你知道我要说什么。"

"好吧,你说吧。"

"其实我只是转达他们的意思,你可以拒绝的。"

"他们是谁?"

"就是那家网站。上次我和你提到过的,他们为了提高点击率,搞了不少花样,其中之一就是那部片子。事实上,片子在网上播出后,访问的人数令人吃惊得多,所以,他们又想接着往下拍。"

这后半句话刘末说得十分吃力,说完她偷偷地查看着安天的脸色。安天冷笑了一下,说,就像电视剧拍续集一样。

"我跟他们说了,你不会同意的,可他们坚持要我来和你商量。考虑到观众的兴趣,他们认为用原来的人加入新的故事情节比较保险。这一次,他们会和你签一个合同,先预付一部分定金,其中也包括对上一次的补偿。当然你可以拒绝,他们只是和你商量。"

安天愣愣地坐在那儿，因为感到极度地荒唐，因为来势凶猛一下子不知该如何化解的愤怒。过了一会儿，他冷冷地问道，你还是那部片子的女主角？

安天的脸色难看极了。刘末分外迟疑地点了点头，随即又强调了一遍，你可以拒绝的。

"他们到底给了你多少钱？"安天身体前倾，一把抓住刘末的手，"你说实话。"

"你弄疼我了。"刘末想从安天的手中挣脱出来，反而被抓得更紧了。

"他们到底给了你多少钱？"

"你弄疼我了。"刘末倒吸着冷气。

已经有人在注意他们了。安天不管，死盯着刘末扭曲变形的脸，这张脸曾经让他彻夜难眠让他以为自己以后的幸福生活就和它联系在一起。情急之下，刘末端起面前的菊花茶朝安天的脸上泼去。

4.

收拾完毕，重新坐定之后，安天觉得自己变得真正地心平气和下来，他一开始走进来时努力克制的情绪总算释放了出来。

"感觉中，这就像是我们过去生活的一次浓缩了的再现，我们以前在一起老是吵架，吵完和好，没多久又吵，强度一次比一次厉害，有时候我真觉得我们只是想看一看还会激烈成什么样子才吵架的，就是为了感受那种强度。"

刘末的双手围着那杯新换过的菊花茶，低着头，她看起来仍然有些紧张。安天继续说：

"那会儿我看别人的恋爱都谈得快快乐乐甜甜蜜蜜的，可我们总是有吵不完的架，我就想不通，我问自己，我们这是怎么啦，我自认为自己是爱你的，而且每次吵完，这种爱你、甘心为你做任何事、甚至为你而死的感觉就特别强烈，当然现在我知道了，原来那是剧情的需要。"

安天的口气十分平静，就像是在说一件和自己无关的事。

"这几个月我一直在找你，一开始我确实对发生在我身上的事不能接受，想要你给我一个我能接受的解释。但有什么是不能接受的呢，时间会让我们变得乖顺的，到后来，我发现自己想要找到你只有一个愿望，那就是听你亲口对我说你从来没有爱过我。我想有了这么一句话，我就能心平气和地回到属于我的生活中去了。不管怎样，日子还要过下去。"

刘末的眼眶红了，她咬着下嘴唇，就是不说话。

"告诉我实话，这对我很重要。"

过了一会儿，仍然低着头的刘末似乎很不情愿地摇了摇头，与此同时，一滴眼泪落在了她的手背上。

"我要你亲口告诉我。"

刘末从包里拿出纸巾来摁在眼睛上，尽管一点声音也没有，但她的肩膀抖得厉害。

安天点了一支烟，等待刘末平静下来。他进来时就坐在吧台那儿的一个没有伴也许就是来这儿找伴的小伙子，频频回过头来朝他们这边看，每当和安天的目光碰个正着时，他就对安天意味深长地眨眨眼睛。

完全平静下来之后，刘末说，对不起，我要去趟洗手间。她站起来，朝洗手间走去。经过吧台时，安天发现她和那个一直在注意他们的小伙子对视了一下，他的心"咯噔"一响。

刘末走过去之后，小伙子依然盯着她的背影，直到看不见，然后又扭过头来看安天。安天用一种挑衅的眼光盯着他，小伙子似乎吃了一惊，而后他装作并不在意地把目光转向了别处。

刘末很快就回来了。经过吧台的时候她又看了那小伙子一眼，但后者的脑袋这一次垂在胸前没有动。

"你们认识？一起来的？"

"和谁？"

"你知道我说谁。"虽然这样说,安天还是用下巴朝吧台那儿指了指。

"我和他不认识,我怎么会和他认识。"

"不承认算了。"

"我的确不认识他。"

刘末很无辜很委屈地瞪着安天,后者顾自摇着头,一副根本不相信可已无所谓了的样子。

"我看你是神经过敏。"

"这句话怎么这么耳熟啊。如果我没记错的话,你曾经不止一次地对我说过这样的话,这也是一句台词吗?"

刘末有些诧异地看了安天一眼,迅速地低下了头。过了一会儿,她说,我想先走了,我有点不舒服。安天看着她站起来,拿上她的包,疾步走了出去。走到门口的时候她又折回来,从包里摸出一张小纸片,放在安天那一侧的桌角上,没吭声,也没看安天,放下后就转身走了,在门口差点被推门进来的一个男人撞倒。

5.

第二天一大早,安天就按照纸片上的号码给刘末打电话,他说我想告诉你的是我决定和你们签那个合同了,当然在签之前,我得先看看上面的内容是否能让我接受。

刘末显然非常意外,顿了很长一会儿才说,你不是在开玩笑吧。在得到了安天肯定的回答之后,他们约好晚上七点刘末带着合同来他这儿。

刘末现在的职业是幼儿园的老师,她说其实这才是她的专业,她最早读的就是幼儿师范。她今天的心情看起来不错,谈了许多小时候的事。安天觉得很新鲜,以前的那个刘末很少谈自己,实在绕不开了,也只谈她现在。

一个有血有肉、重要的是有过去的真实的刘末现在就坐在安天的对面,带着微笑,还不时加上一点手势,可不知为什么,安天就是感觉哪儿不对劲。她明明是要来这儿谈合同的事的,却半天也不触及正题。

刘末说她小时候是个顽皮得让大人头疼的孩子,后来生了一场病,从此性格发生了很大的变化,不是因为病本身,而是她在住院期间爱上了她的主治医生,一个年近四十有妻子有孩子的男人。然而有一天,那时她已经病愈出院了,当她的家人发现这一切找到那个医生时,对方竟矢口否认,说他根本不知道发生了什么,那纯粹是她的胡思乱想。可是他抱过她,甚至亲吻过她。安天忽然打断道,你还没告诉我你的真实姓名。刘末脸上的表情僵了僵,就像被短暂地定格了一般。

"你就只当我从来就叫刘末好了。"

"可我已经知道了你不叫刘末。"

"好吧,告诉你其实也没什么,我叫汪冉冉,就是太阳冉冉升起的那个冉。"

"挺别致的一个名字。"

"我倒觉得叫什么都无所谓。你要喜欢,我把这个名字送给你好了。"

"你还是留着自己偷偷地用吧。好了,合同带来了吗?"

刘末好像这才想到还有这么回事。她从包里拿出合同书递给安天,解释说这是草本,如果安天觉得没问题的话,会由网站的负责人来和安天签正式的合同。

应该说合同定得十分详细和规范,没什么可挑剔的,安天从头至尾看了两遍,只提出了两点意见,一是把预付款时间由开拍后的二十天内改为开拍之前,再有,他的朋友和家人不能出现在片子里。刘末说这第一点可以协商,大概不会有太大的问题,但第二条她就不好回答,她说了不算。安天说在这一点上我是不会让步的。刘末耸了耸肩,说,她可以先把他的意思转达给他们。

接下来,刘末主动谈起了关于机位的问题,据她所知,这一次仅卧室的摄像头就多达八个,网站对这个片子寄予了非常大的期望,在资金的投入上较上一次有了很大的提高，他们从日本请来了有丰富实拍经验的导演和同期合成人员，已做好了一切准备，只等安天这边签合同就能开拍了。刘末帮安天分析，只要他的要求不过分，相信他们都会同意的。刘末眉飞色舞的样子让安天觉得她似乎早就跃跃欲试了。说完那部片子，刘末把话题转到了她的将来上，她说她一直想办一个成人笑话的网站，她眼下已收集了近两千个段子，再找一个懂电脑的合作者就可以搞起来了。

安天看着刘末，半天不知道说什么好。他想刘末有她自己的生活，他从来就没进入过她对未来生活的打算里，他只不过是她现在和过去的一个合作者而已，和生活无关，和爱情无关。猛然而至的失望和难过浪头一样打湿了安天的全身，他突然冒出一句，要是我签了合同，那么我们又将在一起了，不，是在一起工作。

"最起码我愿意和你在一起工作。"

"仅仅是工作吗？"

"还有就是以工作的名义睡觉。"

说完刘末首先笑了起来，但安天脸上冷冷的表情让她收回了笑容。

"其实我们完全可以不参加进去安安静静地过我们自己的生活。"

"可是我需要钱。"

"你需要钱干什么？是办笑话网站吗？你到底需要多少钱？"

"这个我不想说。你就别问了。"

"需要钱就非得用这种方法吗？"

"我又不会去偷去抢。或者你给我指条路吧，是去做鸡，还是贩毒？"

安天把脸别过去，他的眼眶红了，但他控制住了自己的情绪。过了一会儿他用一种绝望的口气说道，再提最后一个问题，你爱过我吗？

"昨天你已经问过了。"

"可是你并没有回答。"

"我点过头了。"

"点头表示什么，你听到了？我想听你亲口告诉我。"

"为什么要问这种问题，印象中你从来都没对我说过'我爱你'这三个字。"

"没说过并不等于没考虑过，你知道我这个人的，不喜欢把爱不爱之类的话挂在嘴上。"

"那你爱过我吗？"

"这个问题是由我先提出的，所以你应该先回答我。尽管你以前也说过类似的话，但我只能把它当作台词，现在我想听你亲口说出你真实的想法，完全出自内心的。"

那份合同在刘末手里卷起来又松开，松开后又卷起来。

"我想听真话。"安天几乎是在哀求了。

"这个问题对你来说就那么重要？"

"对。"

"我想，至少我对你是有感情的。"

安天看着刘末那张尽量想表现得轻松一点的脸，摆了摆手，说，我明白了，你不用拐弯抹角地来安慰我了，这样的结果我能接受的，其实也早想到了。不管怎样，我还是要谢谢你，我愿意听真话，就算心里不舒服，我也愿意听真话，真的，我没骗你，我真的挺感激你的。说到最后，安天已经不记得自己最初想要说的是什么了，他只是一个劲地语无伦次地对刘末表达着令他自己都费解的感谢。

6.

七月二十九号，安天被刘末带到了位于市南郊的一幢私人别墅。和网站的几位决策层人物握过手之后，他和他们就合同内的几个细节作了进一步的商榷。网站那一方异常爽快的让步使得一切都进行得十分顺利，根本容不得安天再多想了，签名、盖章、握手、再见。

回家的路上，安天一言不发，将头抵在他那一侧的车窗玻璃上，飞快向后掠去的房屋树木让他恍惚坐在一列驶向未来驶向死亡的时间列车上，他觉得窗外那些看在他眼里就像没看见的景物就是他没有希望的生活，他明明生活在生活中，却没有感觉，更看不到希望，他只是被一种惯性带动着在前进。他想自己又要和一个本来以为是爱自己的、到头来只是有点感情的女人以工作的名义在一起生活了，而且是自己经过近一个星期的思考后选择的生活，而他这会儿能说出来的理由竟然是因为"爱"，掺着怨恨和愤怒，还有点不管不顾的自暴自弃。

刘末的手伸过来，放在安天的大腿上，它很轻，也很安静。安天把他那一侧的车窗打开，将头和靠窗的胳臂探出去，一股混合着难闻的工业废气的湿重的热浪立即涌上来包围住了他的半侧身体，刚才还被车内的冷气吹得冰凉的皮肤立刻感到了温暖，却仅限于上半身，他那正对着空调风口的膝盖仍然感到一阵一阵深浸至骨头的冷，冷得发疼。

车子快到文川公寓的时候，刘末把手从安天的腿上拿开了，拿开之后，安天反而感到了腿上曾有过的重量和温度。他觉得这里面似乎有种他暂时还没想明白但颇有哲学意味的道理。

他们一起走进电梯，安天在16楼下，刘末继续往上，1715室是摄制组的工作间，工作人员在那儿通过多个摄像头同时拍摄安天的生活并进行切换编辑。刘末本来请安天和她一起上去和大家打个招呼，但被后者拒绝了。安天觉得自己已经够荒唐的了，再去和将要编辑他荒唐生活的家伙们点头、握手，只会让他觉得更荒唐。

第十一章　我们都是有病的人

1.

安天辞去了工作，因为他担心他那些热衷于上网的同事有一天会指着他的脸说："天哪，原来是你。"最后一次去单位的时候，他把从网上下载的一百多个笑话打印了出来，装订好，打算有机会送给李晓红。他只想对她说三个字：快乐点。

在片子播出前的二十天，网站就在其首页的显著位置打上了广告：敬请留意本站即将推出的《LOOK》续片，二十四小时不间断网上LIVE SHOW，真实生活，不容错过。在他们所做的网上调查中，百分之九十七的人表示希望能尽早看到它的续片，有百分之二的人认为，这种片子很无聊，另有不到百分之一的人表示对此不了解，无法表态。

和上一次的偷偷摸摸不同的是，这一次刘末和安天是公开的同居关系，也就是说刘末不用在和安天亲热完之后离开这儿。他们一起做饭做家务做爱，也吵架，但按合同规定不能涉及与此次拍摄有关的话题，而且因为这一次是二十四小时不间断地网上直播，屋内不能断人，当安天去外面溜达或干别的事的时候，他们会安排一个其身份被定位于刘末情人的家伙来和她偷情。网站请了三位编剧对可能出现的突发事件随时进行情节上的加工和调整。

开镜的当天，在1715有一个简短的开机仪式，安天硬着头皮参加了，那个留着一部像马克思那样的大胡子的日本导演一个劲地拍着他的肩膀，嘴里叽里呱啦地说着什么，安天几次想甩开他的胳膊，骂一句：去你妈的，最后他还是忍住了。

事实上，第一天的拍摄属于设备调试，并不直播，所以导演让安天和刘末尽量放松，找找感觉，尽快进入角色。从17楼下来，开门之前，安天和刘末对视了一下，安天主动伸出手去和刘末握了一把，说了一句，合作愉快。

进屋后，安天先泡了杯茶，然后端着去了卧室，放在床头柜上，人仰面躺在床上。他知道就在卧室的天花板上有六只摄像头从六个不同的角度同时在窥视着他的一举一动，其实他和被剥光了躺在这儿没什么两样，而刘末此刻所在的厨房也有两只摄像头在工作着，这套摄像设备是从日本和那个大胡子导演一起被租借来的，据说价值三百万美元。

五分钟以后，刘末走了进来，端来了一盘切好的西瓜，她侧身在床边坐下，把一只手搭在安天屈起的膝盖上，然后看着安天的脸，似乎在酝酿着某种情绪。按照导演的布置，今天上午他们要像那么回事地做一次爱，把最后那一点羞心抛开。

安天的两条手臂枕在脑后，看着刘末那只白皙的小手顺着他大腿的坡度慢慢滑下来，快到大腿根部的时候，它停了下来，四处游移着，就像一个站在路口拿不定主意往哪个方向走的迷茫的孩子，安天感觉到被摩挲过的那一块皮肤有点发麻和发热，而且这种麻和热正在向全身扩散。

刘末调整了一下姿势，面向安天，两手撑在安天的枕头上，整个身体朝安天压了下来。她的唇盖在安天的唇上，柔软而湿润，还有一点微微的颤抖，安天不由地抽出手臂来环抱住她的身体。这一切是那么熟悉却又不真实，搂在他怀里的这个女人总让他有种有劲使不上的感觉，所以当他搂住她的时候，他会下意识地发狠劲。

他们携手顺着一道风景迷人的山坡往上爬，刘末用她那令安天迷醉的眼神引领着安天，就在他们快要爬到坡顶的时候，安天突然感到肩膀上一热，他睁开眼睛，看见有泪从刘末紧闭着的眼睛里往外流，他有些吃惊，但他那还算清晰的脑子却对自己说，别相信那成分可疑的液体，那可能仅仅只是她瞬间的情绪，甚至是剧情的需要。可是他刚刚还蓄势待发绷得紧紧的身体一下子软了下来。

2.

午睡起来，安天发现外面的天阴了下来，他半躺在床上抽了一支烟。刘末根本没有午睡，吃过饭和他打了个招呼就上1715去了。她对拍摄的热情让他怀疑她根本不是为了钱，而是打心底里喜欢这种被众人窥视的生活。而他自己呢，尽管他想说服自己是为了钱为了能和刘末待在一起才这么干的，这样他心里会好受一些，可不能否认的是，他的确也从被窥视中体会到了一种异样的满足和快乐。

一支烟抽完之后,他还想再抽一支,但卧室里的八只摄像头让他选择了下床。他拿着杯子去客厅续了点水,然后回到卧室,拿起一张当天的报纸斜靠在床头以看报纸的名义胡思乱想起来。他想等他这种半职业演员的生活结束之后,自己将如何回到他正常的生活中去呢,而刘末大概又将再一次地从他的视线中消失。

刘末开门进来,不无欣喜地说,外面起风了,一场大雨就要来了。这时有雷声从很远的地方传过来,声音很闷,但极有力量。

安天慢腾腾地从床上爬起来,走到窗前。雨已经落了下来,大大的雨滴打在玻璃窗上,然后汇成一股。安天将两只手按在玻璃上,专注地看着窗外,心里隐隐有一股冲动,想走到雨里面,淋个透湿,并扯开嗓子吼上几声。

转眼间,雨已落成了瓢泼之势,窗外白茫茫的一片,什么也看不清了。安天把脸也贴在了玻璃上,可他依然觉得这场雨离他很远。刘末在他身后问了一句,你在干什么?安天转过身去,轻轻地更像是自言自语地说道,我要下楼去。

安天没走出多远,雨就停了,连过渡也没有,突然就停了。他看看自己身上半湿不干的衣服,有种被愚弄了的感觉。不过他并没有停下脚步,边走他边对自己说,这就是雷阵雨,说来就来,说走就走,是自然界的一种现象,并不是针对你的。另外,刘末在你生活里进进出出,说到底就是剧情的安排,和她对你的情感没有太大的关系,这一点你应该能想通。你早就该想通了。

走到友谊路路口的时候,安天竟然已是泪流满面。他在一部卡式电话亭前停了下来,摘下话筒,贴在耳旁。右边的快车道因为堵车已排起了一条望不到尾的车龙,每次绿灯亮起来的时候,这条长龙就往前扭上几扭,可就是看不到它的尾巴。

安天的肩膀被不知什么东西轻轻地敲了敲，他回过头去，只见一个光着膀子红光满面的老头子正在冲他点头，老头子用手里的扇子指着电话的插卡口说，你没有插卡。随即他就看到了安天脸上的泪，他显得很意外，愣了足有十秒钟，然后一步一回头地走开了。

安天在皮夹里找出 IC 卡来，拨了孙亦基的电话。

"在做什么？"

"准备下班了。"

"最近怎么样？"

"老样子。你呢？"

"也是老样子。"

"有时候挺想约你出来喝喝酒，聊聊天的，但我知道你和我不一样，你有你自己的生活。"

"你也有你自己的生活。"

"但这不一样，你很清楚，那不一样的。"

"刚才下了场雨，还以为会凉快一点，谁知道更闷更热了。好在这个夏天过了一大半了，就快要过去了，凉快了就好了。"

安天的话大概让孙亦基有些摸不着头脑，孙亦基问，凉快了你有什么打算吗？安天只能解释说，凉快了日子就好过了。本来他还想问问孙亦基租房子的事，再一想，凭他对孙亦基的了解，如果有房源，孙亦基肯定会主动和他联系的。

安天又往父母家打了个电话。是母亲接的，老规矩，先问安天的身体、工作、交友方面的情况，然后埋怨安天老不回家，他父亲也是整天在外面找人下棋聊天，把家当旅馆，天气这么热，可她又没办法长时间待在空调房，老胳膊老腿哪儿都疼，总之，这日子过得没意思透了，最后安天说定一个时间回家，吃母亲最拿手的红烧鳝段，这才挂了电话。

往回走的时候，观前街的夜市已经出来了，吃过晚饭出来闲逛的人渐渐多了起来。经过一个书摊时，安天一下子被一本书封面上的头像吸引住了，他拿起来，随手翻了起来。摊主看安天有兴趣，立刻热情地介绍起来，这个女作家的书现在可火啦，最近新出了一本，刚出来就被禁了，所以就更火啦。他转身从纸箱里翻出一本，递到安天手里，就是这本，后面有介绍的，不过里面的情节更精彩。

这是一本被定位成带有自传性质的纪实小说，女主人公通过婚介所陆续结识了二十三个不同的男人，这些男人的年龄、身份、性情各不相同，不过她最终都在床上摆平了他们。安天掏钱买了一本。

在回家的车上，安天一个男人一个男人地翻过去，全书共分二十五节，掐头去尾，正好每个男人一节，他在第二十小节里找到了自己。他快速地浏览了一遍。在书里边，许晟把他称作"我的病孩子"。她认为他是一个有些神经质的男人，爱和自己较劲所以活得比别人累，不过她对安天在床上的表现给予了很高的评价。

3.

刘末把安天堵在门外面，小声质问他去哪里了，连呼机也不带。安天说我累了，你让我进去。进屋后，他去卫生间冲了个澡，然后端着茶杯走到电脑前。刘末问他在外面吃过了没有。安天说我不饿。不饿也得吃呀。

安天打开电脑，等待登录的间隙，他喝了口茶。茶淡了，但他不打算重泡，因为夜已经来了，这一天又将要过去了。安天觉得从茶叶的角度去看一天的流逝，那就是一个从浓到淡的过程。

网站首页新添了一块倒计时牌，快速变换的数字提醒着网友们《LOOK》续片的网上直播再有不到十一个小时就要开始了。刘末端着一碗方便面走过来，在安天斜对面坐下，故意吃出很大的动静。

片子中那个瘦高个的男青年正在他女朋友的身上忙活，安天坐在电脑前，面对显示屏，手指间夹着一支烟，他也记不清这是他看的第几百遍了，反正越看，他越觉得那仅是个和他身体条件差不多的男人，和他有点关系，但又不是太大。

后来，现在

第十二章　现场直播

1.

　　睡梦中，安天被一阵闹哄哄的声音吵醒，感觉像是置身于农贸市场的早市。他极不情愿地睁开眼，天哪，在他屋子里竟然有五六个戴着耳麦的家伙在走来走去，而他身边的刘末也已经醒了，正靠在床头捧着一本杂志在看。

　　安天"腾"一下从床上坐了起来，睁大眼，他实在有些发蒙。刘末一把按住他，说这些人都是摄制组里的技术人员，突然发现有两个角度的摄像头和麦克风都没有信号，而直播再有三个小时就要开始了，所以正在抢修。安天一下子不知道说什么好，他靠在床头，闭着眼睛，心里有一股子怒火，对自己的，对刘末的，对这一帮子正爬上爬下在忙活的家伙，可又不能发作。

　　刘末讨好地将一根点着的烟送到安天的唇边，一边小声地安慰，没什么的，这只是个意外，很快就会弄好的。安天套了条长裤去卫生间。

　　卫生间里迷漫着一股波旁香草的味道，带着丝丝甜味，那是刘末爱用的香水，安天拿起搁在脸池台面上的那只小巧的香水瓶，面对梳妆镜而站，两只手细细摩挲着瓶面。他和镜中的那个男人同时想起了第一次和刘末拥抱时的情景，当那个瘦小柔弱的身子靠在他怀里的时候，他的鼻腔里溢满了这种味道，有温度，有重量，甚至带着难以形容令他眼花缭乱的色彩。

安天猛然就意识到在屋顶上方有一只摄像头正记录着他的一举一动。他把香水瓶放回原处，然后开始他起床后的那一套例行程序。外面传来刘末和那几个家伙说话的声音，很响，夹杂着阵阵哄笑。刘末正在讲段子，听那几个家伙嘻嘻哈哈像是吃了摇头丸般快活就知道是个黄段子。刘末对此特殊的嗜好让安天觉得费解。

正方便着呢，卫生间的门被人推开了，一个矮矮胖胖的家伙拖着一架梯子兴冲冲地闯了进来，他那一步跨得真叫大，差一点撞在安天身上。安天下意识地把裤子往上拉了拉，那家伙却一点也不在意，冲安天友好地熟人似的点了点头，还用广东腔的普通话说了一句，你好！说完他又冲外面嚷道，再过来一个人。

安天坐在马桶上，看着那个胖家伙爬上梯子，把抽湿器的外盖卸下来，从里面拉出一只微型麦克风，一边还在解释，这只其实是备用的，梳妆镜顶上那只外置的采音效果要好得多。这时另一个脸黑黑的家伙背着一只工具包进来了，看见坐在马桶上的安天，他耸了耸肩，然后就在安天周围忙活开了，好几次他屁股后面的一只腰包都碰到了安天的脸。安天左让右让，可那只包就像长了眼睛似的愣是要往他脸上蹭。安天想站起来，可又不好意思当着两个在他面前晃来晃去的人的面擦屁股，只能坐在那儿干熬着。

那两个家伙边干活还边通过耳麦和楼上的总控制台对着话，他们的话里夹杂着许多专业术语，间或还开开玩笑。第一个进来的家伙每次走过安天身边，都会拍一下他的肩膀，而第二个家伙则像是绕过一个物件似的从他身边走过去，仿佛他安天就是卫生间里的一只抽水马桶。

四十分钟后，问题总算解决了，两个家伙一前一后地走了出去，卫生间的门在"砰"响中关上了。安天又在马桶上坐了一会儿。他一直有意识在回避的荒诞感此刻如潮水般向他涌来。他不知道自己怎么会走入这出闹剧的，好像只是刘末对他笑了笑，他就晕了，就伸出了自己的手交给刘末随她怎么安排。但问题真这么简单吗？

2.

七点五十八分，执行导演和两个工作人员退出了1615。安天又躺回了床上，按导演的意思拿着一张报纸胡乱翻着。八点整，刘末被安排从卫生间走出来，网上LIVE SHOW正式开始。

刘末走过来，穿了一件还没下过水的新睡衣，微笑着，嘴角、眼睛里全是深情，她一只膝盖跪在床沿，探过身子，捧着安天肌肉僵硬的脸，吻了一下。安天的鼻腔里充满了波旁香草的甜味，软软的，却有一种他无法抗拒的力量。他的手指滑过刘末微微有些颤抖的小肩膀，禁不住一阵恍惚。刘末说，起来吧，懒虫。她还和以前一样，像一条滑腻腻的泥鳅，安天想。

安天起床。又重复了一遍那一套程序，然后是吃早餐，抹了黄油的切片和牛奶，这差不多就是刘末的全部厨艺。另外，她还能做一道最简单的蔬菜沙拉，不过轻易不露。如果安天没记错的话，和刘末认识那么久，总共吃过两次。

安天吃着东西，一边翻着餐桌上一本时尚杂志。上面用大量版面介绍今夏在女孩中流行的tattoo，有简单的"印花"文身，只需将印花文身贴于所需的身体部位，淋上些清水，轻按一会儿，过几分钟揭去图案表层的透明薄纸就行了。还有用特殊的画笔和颜料画上去的文身，可创性和自由性都更大，也更能彰显性格。刘末的后背上就有一只栩栩如生的凤凰，穿露背装时，十分醒目。

刘末从后面环抱住安天，脸贴着他的脸，轻轻磨蹭着，那种香味又来了，又来了。在这场演出中，毫无疑问，刘末是领舞者，她引领着安天走入情节，走入故事的深处，一次次奔向高潮。

刘末说，别看了，给你讲个段子吧。安天知道这是这场LIVE SHOW中有意识加入的一个噱头。他把杂志放下，侧过脸去吻了一下刘末。得承认,她的演技真是好,很快就完全进入了角色,不慌不忙,游刃有余,像那么回事。

有个女人趁先生上班时偷偷与情人约会。有一天两人正在床上,她听到她先生车子回来的声音,于是焦急地叫她的情人:"赶快拿着你的衣服,跳窗户吧。"

她的情人跑到窗口一看,外头正在下大雨,犹豫之际,女人更为着急地叫道:"我先生如果逮到我们两个,我们必死无疑。"

她的情人只好拿起衣服,从窗户跳了出去。结果他纵身一跳竟然跳入了一群马拉松选手中。他只好一面提着衣服,一边加入跑步中。

有个选手问他:"你习惯裸奔吗?"

他喘着气回答说:"是啊,这样一来你可以感觉到风轻拂过你的肌肤。"

另一个选手又问这个裸奔的男人:"你跑步时都习惯把衣物拿在手上吗?"

他有点喘不上气来地回答:"是啊,这样一来,比赛完我就可以立刻穿上衣服,开车回家。"

那人又问说:"你通常都带着安全套跑步吗?"

裸体男人说:"只有在下雨的时候才戴。"

这个段子安天以前听刘末说过,他也为此笑过,但这一遍她是说给她的观众听的,是她工作的一部分,与他无关。安天挤了点笑容出来,很勉强,他把杯中的牛奶喝干净,然后穿过卧室,来到了阳台上。这儿有两副耳麦,用于和楼上的总控制台联系,同时这也是整个1615唯一没有安装摄像头的地方,至少可以自由地不带面具地舒展一下自己的表情和心情。他不知道屋内的刘末怎么把戏往下演下去,他想这对于刘末来说也许算不上难题。

3.

中午刘末在网上订了两份外卖,送来的时候出了点差错,他们要的二十块钱的那种变成了十五块钱的。不过刘末一样吃得津津有味,她习惯食用成品的食物。不光是因为她不会做,其实这就是她的生活方式。她用电话、传真和 E-mail 与外界联系,她崇尚快节奏、便捷、有个性的生活,像写信在她眼里早就成了古老原始的代名词,提起来她会发笑。她说,现在谁还写信呀。

午饭过后,刘末提议一起上网逛逛商店,她说前两天看见有人在竞拍一款 NOKIA 的 2110,这样老爷的手机在市场上已成绝版,可以买来当古董养着。安天摇着脑袋爬上了床。他想真正地安静一会儿。他想尽快把被子蒙在头上,然后就可以暂时放松下来了,因此尽管睡不着,他还是更愿意在床上待着。气氛稍稍有些僵持,刘末噘着个嘴在电脑前坐下,她进了一个常去捣糨糊的聊天室,没一会儿就有笑容从她嘴角边荡漾开来了。

晚饭还是外卖,只不过换了一家饭店,就在附近,是一个小个子的四川男人开的。菜的味道很大众,但量给得比较足,而且服务和环境都跟得上,所以生意挺好的。刘末打电话要了三菜一汤,要他们八点钟送过来。安天斜歪在沙发上看电视,虽然在家待了一天,不是吃,就是睡,却感觉乏力,脑袋发木。刘末打完订餐的电话,又打电话要了一桶水,一边和电话那头接线小姐交代,她一边朝呆呆地在看自己的安天眨眨眼睛。不知为什么,安天突然觉得自己就像是动物园里的一只猩猩,全部的意义就是供人观赏逗乐,寻寻开心。

吃过晚饭,安天连招呼也没打就点了根烟去了阳台。早晨他已经从耳麦里得到过一次警告,无事不要随意来阳台,因为突然从屋内消失,会让观众产生疑问的。

安天趴在阳台的护栏上,没有理会从耳麦里传出的呼叫声。此刻的夜空里已有了明显的秋的意味，清冽、凉爽，同时，有一种和落叶一样无奈无助无所旁依的孤独感在随着这个初秋的夜肆意滋生。安天努力想记起点刚过去的那个夏天的片段，有关辗转难眠、有关焦灼不安、有关大汗淋漓，但眼下除了那些形容词伸手可及，真实的感觉离他是那么远。过去的就是过去的，时间这东西。当渐凉的夜风吹到他裸露在外的皮肤时，他忍不住打了个哆嗦。

当天晚上的这场床上戏，是导演事先安排好了的，相当于体操比赛里的规定动作。和白天的随意发挥不同，这是一项必须要完成的作业。据导演预测，这一时段全球将有超过五千万的网民在关注安天和刘末的表演，一不小心，他们可能成为国际明星。

想到将要开始的表演，上千万双眼睛饶有兴趣地盯着自己，安天的脊背上一阵一阵冒冷汗。自己怎么会走进这出闹剧的，仿佛是个意外，而这一步又千真万确是自己选择的，带着掩耳盗铃般的自欺欺人。

回到卧室，回到八只摄像头的监视之下，安天的脸部肌肉又禁不住僵硬了起来，虽然有了一天的适应，他还是不习惯在摄像头下生活。而刘末就不一样了，她刚洗了个澡，脸红扑扑的，穿了件浴袍，腰间的带子松松垮垮地系着，这会儿正坐在床上往腿上抹润肤液，擦完了大腿擦小腿，然后是脚，她的脚背绷得直直的，带着明显的表演的色彩。她问安天是不是也洗个澡。她的话里洋溢着从淋浴间带出来的腾腾热气和兴致，她刚向观众展示过她的身材，接下来迫不及待地想要展示她的技巧，所以从安天坐着的这个角度看过去，她有点按捺不住的跃跃欲试。

安天起身来到卫生间，里面的雾气还没散尽，淋浴间的帘子半拉半合，他开始解衬衣的扣子，但手里的动作分外迟疑。解完所有的六粒扣子，他把衣服脱了，接着是裤子，然后是内衣和内裤，他把喷淋打开，伸手试试水温，雾气出来了，并四散开去，他开始冲淋，全球几千万双眼睛一眨不眨地盯着这个因为被热气笼罩所以愈加想看清楚的身体，天哪,天哪。

安天伸手抓过脸池台面上的那只香水瓶,并迅速塞进了口袋。他拉开卫生间的门,没朝客厅看,快步走到门口,开门走了出去。

4.

为了避免被人跟踪,安天出公寓就拦了一辆出租,上车以后他才想起自己身上连一分钱也没有。司机是个沉默的人,不但沉默,脸上连表情也没有,在问清楚了安天的去向之后,就再也没说过话。车开出三四公里,安天心里渐渐生出犹豫,他的眼睛盯着不断变化闪烁的里程表,自己正在离文川公寓越来越远,也就是离那场荒诞的网上LIVE SHOW越来越远,这么做带来的后果自己能承受吗?

车停在孙亦基家楼下,安天让司机等一等,他上去拿了钱就下来,司机一把拽住他,说,朋友,这一套我领教过的,你上去了我就是等到天亮也是白等。安天说,不信你跟我上去也可以。司机上上下下打量了安天一番,忽然松开了手,说,算了,算我倒霉。安天说,你等一等,他仰起头冲着孙亦基的窗口喊了一嗓子孙亦基的名字,谁知,话音刚落,孙亦基的脑袋就从五楼的窗口探了出来。

孙亦基下楼的速度真叫快,只穿了一条短裤就冲了下来,湿淋淋的头发还在往下滴水。他问明情况后,又冲上楼去拿钱。安天和司机站在车旁,多少都有点尴尬。安天看着自己脚上的拖鞋,而司机看起来有些手足无措,他大概想向安天解释点什么,但最后他只是给安天递了根烟。

这个时候看见这个样子的安天,孙亦基除了意外,还有他根本不掩饰的激动。他说一个小时之前他还在网上看见安天在吃干煸牛肉,怎么突然就——安天只得解释这是一次出走,那些人肯定在四处找他。不等安天解释完,孙亦基就一个劲地允诺,没关系的,在我这儿住多久都可以。而安天还在迟疑,在昏暗的楼道里拉住孙亦基问,你上次提到过的那个男孩还在你这儿吗?孙亦基的脸一下子就红了,有些慌乱地说,没关系的，你可以睡我的房间，我搬到客厅睡，真的没关系的。他的样子让安天愈发迟疑，说，要不我还是去别的地方吧。孙亦基一跺脚，似乎还扭了扭身子，皱眉说道，你怎么这么婆婆妈妈。

安天一进门就问电脑在哪儿，孙亦基把他带到卧室，让他自便，而自己则回卫生间把刚才被打断的那个澡进行到底。

打开电脑，安天一眼就在桌面上发现了那个网站的图标，双击，尽管已近十二点，但进入那个网站还是费了点时间。

刘末正在刷牙，眼睛却盯着面前的梳妆镜挤眉弄眼的，还不时停下来凑近镜子观察脸部的某个细处。刷完牙她往口腔里喷了点清新剂，又往手心里挤了点护手霜，边搓边向卧室走去。

让安天没有想到的是，卧室的床上居然已经躺了一个男人，光着膀子，肚子上随意地搭着毯子，手里拿着遥控器，悠闲地看着电视。这么快就找来了一个男人，而且一来就被安排上了床，这个人物的定位应该是刘末的情人，只是不知道编剧和导演是怎么把安天出走这一笔给糊弄过去的。

安天很想抽根烟，但只在口袋里摸到了一只打火机。他四处看了看，没有发现烟。卫生间的水声已经停了，可孙亦基久久没有出来。安天不由地烦躁了起来，他敲了敲卫生间的门，大声问道，有烟吗？

5.

孙亦基这儿安天只来过一次，前后待了不到二十分钟，当时只觉得这儿收拾得比绝大多数单身男人的家都要干净和舒适。这样的印象显然很笼统，现在他重新打量了这套两室一厅的房子，又得出了新的印象，那就是脂粉气，尤其是卧房，里面的壁纸、床头灯以及床罩的颜色都是令安天咋舌的女性化的粉红色。

那个和孙亦基同住的男孩小宇凌晨三点多钟才回来，显然孙亦基已经和他打过招呼了，所以第二天中午在厨房和安天见面时，他并没有显得意外。安天主动介绍了自己，并说做了午饭，足够两个人吃，如果想吃的话，可以一起吃。小宇一个劲地打着哈欠，想了想，懒洋洋地说，行啊。

小宇五官清秀，唇红齿白，身材单薄，是个还没有长成的美少年。他耳朵上一直带着一副耳机，并且一边吃饭还一边翻着一本画报，摇头晃脑的，完全沉浸在自己的世界里。安天几次想和他说点什么，可他连头也不抬一下。安天倒不计较他的态度，怎么看，他都还只是个孩子。

吃过饭，安天和小宇回各自的房间。

刘末和她的新搭档正在咀嚼，当然还是盒饭，俩人都吃得很香，不是装的，间或还互相喂那么一两口，酸得厉害。那个刘末称之为阿卫的男人的身材和安天差不多，但和刘末之间却比安天要来得有默契，看起来，俩人是老相识了。而且那个男人显然很放得开，十分自如，全无表演的痕迹。

下午1615多了两张陌生的脸，一男一女，男的是个老外，能说不太流畅的中文，进门后话没说三句，刘末就从不知什么地方拿出了一盒麻将，然后摆开阵势，四个人玩了起来。

安天的眼睛始终盯着刘末的脸，她的一颦一笑，一举一动在他眼前变得既虚幻又真实。昨天她还柔情蜜意地与他肌肤相亲，不到两个小时，另一个男人就替代了他的位置，并且似乎做得比他更能让观众和导演满意。说到底，他安天不过是刘末众多伙伴中的一个。也许还是不那么有意思的一个。

失落的情绪针尖般刺痛着安天，并迅速地漫溢开来，变得不可收拾，它拍打吞噬着安天理智的大脑，那个活生生的男人一榔头就击碎了安天近几个月努力说服自己接受的"刘末是身不由己"的这个结论。现在看来，那更像是自欺欺人的自我安慰。

这一桌麻将搓得既有声又有色，只要有超过两个人的场合，刘末自然会掏出她肚子里带颜色的段子亮给大家乐一乐。安天把身体靠在椅背上，摊开四肢，闭上眼睛。刘末的段子夹杂着"哗啦哗啦"的洗牌声传了过来。

6.

孙亦基下班给安天带了不少日用品回来。安天想说我不会在这儿住多久的，话到嘴边又咽了下去。孙亦基在客厅大声地喊小宇的名字，让他出来一下。孙亦基显得挺兴奋的，而后者颇不耐烦，问有什么事。孙亦基只得进屋去叫他，不一会儿房间里就传出了俩人争执的声音，不过最后小宇还是随孙亦基走了出来。孙亦基重新为俩人做了介绍，小宇不情不愿地冲安天幅度很小地点了下头，眼睛看着别的地方。孙亦基提议晚饭去外面吃，立刻招来了小宇的反对，他说自己约了朋友，这就走，安天也说不想出去，在家随便吃点就行了。

孙亦基把西装换掉，卷起衣袖一头扎进了厨房。安天点了根烟，倚着厨房的门框想和他谈谈自己眼下的处境，但孙亦基却问安天对小宇的印象如何。见安天不说话，他顾自说开了。小宇是个混血儿，父亲是日本人，具体干什么的连他母亲都没搞清楚。母亲做服装生意，常年在外面跑。小宇从小是跟阿姨一起生活的。后来他大了，阿姨也结婚了，姨夫不喜欢他，所以他又搬回了自己的家。母亲几年前认识了一个比她小七八岁的男人，就更不着家了。他去那家健体中心干起先是觉得热闹好玩，后来不知不觉成了中心的角儿，客人的宠儿，在那儿，不管是出于什么样的目的，反正大家都宠着他。

孙亦基的动作真是利落，说话间已经搞出了两个凉菜，尽管都是从冰箱里拿出来的速食，但他下刀的速度和出的活儿说明颇有功力。

孙亦基说小宇的这些家庭背景都是小宇亲口告诉他的，但有一天他忽然发现这未必是真的，因为小宇有说谎的习惯，大部分时间这孩子都不怎么开口，可一开口十句有八句是假话，也不一定有什么企图，就是一种习惯。他曾经和小宇谈过，小宇也承认，可就是控制不住。

安天已经抽完了一根烟，他突然觉得扎着围裙埋首在水池洗菜的孙亦基就像是个对自己孩子无能为力的母亲，有些唠叨，有些疲惫，充满了怜爱。

电话铃响的时候，安天吓了一跳，因为电话就装在门框边的墙上，差不多就在他耳旁。拿起话筒前，孙亦基十分肯定地说，不是小宇就是我前妻。安天回到卧室，心烦意乱地打开了电脑，当 windows98 的图标出来之后，他又关掉了。

不知什么时候，孙亦基站在了卧室门口，静静的，也不出声，脸上是一片狐疑。安天问怎么啦。孙亦基一字一顿地说，一个男人，说要找你。安天警觉起来，问，你怎么说的。孙亦基说，我问他是谁，可他居然知道我的名字，问我你是孙亦基先生吗。安天猛然意识到问题出在那只快译通上，那上面有他所有朋友的通讯方式，那帮家伙可以很轻易地和他们联系上。

安天先给父母家打了个电话，是母亲接的，一开口就抱怨这么长时间不回家也不往家里打电话，然后说刚才有人打电话来找他，她让那人呼他，呼了没有，安天只能说，呼了，呼了，没什么事。挂了电话，安天又凭记忆给许晟打了个电话，没人接，也可能是号码错了。拿着话筒，安天努力想记起几个号码，然而脑子里一片空白。

第十三章　我们都是需要情感慰藉的人

1.

《LOOK》的故事有了新的变化，1615 多了两个房客，一对爱拌嘴爱恶作剧爱无事生非的年轻情侣。他们极有表演的天分，出场没多久就赢得了网友的喜爱。现在两对男女同住一室，可想而知，这出闹剧更闹腾了。

安天已在孙亦基这儿住了一个星期了，除了去银行挂失了一张信用卡，他一直待在家里，白天不是趴在窗口望着外面发呆就是上网。刘末在《LOOK》里的镜头越来越少，原先绝对主角的位置已在不知不觉中被新加入的那对男女取代了。安天不知道这和他的出走有没有关系，反正看起来刘末挺失落的，常常在四个人一起搞笑时一言不发。也很少讲笑话了，就是讲也没了以前那种飞扬的可以调动大家情绪的神采。

小宇通常睡到中午才起床，起来以后就把音乐开得震天响，然后百无聊赖地在几个屋子里晃来晃去。吃饭的时候会和安天聊上几句，基本上是安天问，他答。他对安天出现在这儿似乎根本没有兴趣。他好像对什么都没有兴趣。

今天下午，孙亦基家的电话铃声突然此起彼伏。一开始安天还叮嘱小宇，如果是找他的，就说打错了。但小宇极有把握地告诉他，电话是找我的。小宇接电话，一个连一个，他的声音里有一种做出来的甜和乖巧，打到最后，他总是说，感谢您的垂询，我们公司会在一个星期后正式营业，需要服务的话，我们随叫随到。安天不由地好奇起来，他贴着卧室的房门，他听见小宇煞有其事地对着电话那头的人说，我在很小的时候就成了孤儿，所以我知道受人关照是一件多么温暖的事，我现在所做的这个情感陪护其实也是一种情感的互相搀扶，是你需要的，也是我需要的。

安天走到小宇跟前，看着他，这个电话打得有点长，小宇一边冲安天摆手，一边做着鬼脸，嘴里也没闲着，他说，服务项目包括陪聊天、唱歌、喝茶、逛街，也可以陪旅游、购物、赴宴。至于收费嘛，白天每小时３０块，晚上４０块钱一小时，两小时起陪，不过这个是指在公共场合陪护，如果进入私人住宅或宾馆，得每小时加收１０块，当然服务项目不变。什么，进一步的服务？抱歉，这个暂时还没有开展。哎，好的，感谢您的垂询，我们公司会在一个星期后正式营业，需要服务的话，我们随叫随到。

挂了电话，小宇冲着安天直乐。安天说你在搞什么名堂。小宇说，没什么，闲得无聊寻寻开心罢了，反正这个世界上有的是闷得发慌的傻逼，逗他们玩玩。

"他们是怎么知道这儿的电话的？"

"我印了两百张名片，完了往住宅区的信箱里一塞，电话就源源不断地打来了。"

"你允诺给人家提供什么服务？"

"情感陪护啊，时下很流行的，女人陪男人，男人陪女人，女人陪女人，男人陪男人。"

"真有这种服务？"

"你真孤陋寡闻。"

2.

真正的秋天来了。安天趴在卧室朝南的窗台，把身子探出去，风吹过的时候，暴露在外的皮肤的温度和水分似乎被风顺便带走了。时间过得真是快，它是刻板的、无情的，所以我们会爱它恨它记住它，在想起它的时候总是难免伤感。从楼下的窗户里传来音乐声，是 AIR SUPPLY 的《WITHOUT YOU》，安天十分熟悉和喜爱这支名为空气供应者的乐队的音乐。

No I can't forget this evening and your face, when you were leaving, But I guess that's just the way the story goes. You always smile, But in your eyes your sorrow shows, yes, it shows. I can't live if living is without you, I can't live I can't give anymore, I can't live if living is without you…

显然播放者设置了单曲重复，整个下午这首歌曲反复被播放着。安天手里拿着刘末的那只香水瓶，机械地转动着。风比刚才又大了点，伤感的旋律和着如叹息般的风声悠悠而来又缓缓飘走，当太阳的余晖渐渐被暮色替代，安天感觉这个秋天正在以一种微妙的速度向纵深处坠落下去。

3.

小宇这一段挺忙的，因为他虚构的陪护公司已经开张了。他凭声音和第一感觉选择服务对象。他喜欢四十多岁有钱有经历有皱纹的女人。她们出手大方，除了有时会用手捏捏他的脸蛋和屁股，对他这种漂亮的年轻男孩通常比较迁就。因为他晚上八点以后要去健身中心，所以他一般把陪护安排在下午。在小宇忙忙碌碌的同时，孙亦基的脸色却越来越难看。显然他在努力克制着，他大概在等小宇玩厌了这个游戏重新回到他的身边。

黄昏的时候，孙亦基从公司打来电话说他要加班，不回来吃了，让安天先吃。挂电话前他问，小宇在吗？安天照实说了，孙亦基很突兀地接了一句：他就要离开我了，我有预感。这句话似乎已经在他脑子里转了好久了，因为他说得是那么快，而且自然。

安天用一碗方便面打发了这顿晚饭。他吃方便面的时候刘末和她的新男友也是一人一碗面。当然，他们是叫的外卖，内容比他的这一碗要来的丰富。镜头突然就切到了另一对男女的房间，他们正在互相指责对方，从不够温柔体贴到喜新厌旧到懒惰，老底都翻了出来。他们怒目而视，呈剑拔弩张之势。这个房间可真够乱的，枕头掉到了地上，两个床头柜上各种瓶瓶罐罐、零食和书报堆得随时都有可能掉下来。

指责已经升级成谩骂和推搡，女的先推了一把男的，在没有防备的情况下，他一屁股坐在了地上，后脑勺撞在了床沿，他摸着撞疼了的部位就扑向了女的，拦腰抱起扔在了床上。女的几次想撑坐起来，但都被男的推了回去，情急之下，她朝他的下部踹了一脚，他"嗷"的一声弯下了腰，大叫道，妈的，来真的。接下来他们在床上展开了肉搏，又踢又咬又抓。

眼看着局面失控得就要无法收拾，这时却出现了戏剧性的场面，那个男人首先住了手，一动不动地俯趴在床上，任女的怎么捶打都没有反应，这下女的有点害怕了，叫着男的名字还推了他一把，然而那男人一点动静也没有。能看出来，女的真的害怕了，声音里带着明显的哭腔，她吃力地把那男的翻转过来，然后将手放到男的鼻子下想探探他的鼻息。突然她被抱住了，还没反应过来，嘴也被堵上了，起先她还挣扎，两手频率很快地捶打着男的后背，没一会儿，她就安静了。

画面一直没有再切给刘末。那对情侣已经在打扫战场了，他们有说有笑的，就像这辈子从来没有吵过似的，虽然这样带有明显戏剧化色彩的结局安天隐约也猜到了，但得承认，他们的演技真是好。

4.

连着接了三个要求情感陪护服务的电话，安天都以预约客人太多给打发了，正当安天在犹豫是否将电话线拔掉安静一会儿的时候，电话铃又响了。

"我想找一位年龄在二十五岁以下性格开朗的先生陪我吃顿晚饭，聊聊天。等等，你的声音很耳熟，对了，是你，你怎么会在这儿的？"

"巧合而已，我临时帮朋友接一下电话。"

"天哪，这么巧，我从派送的广告上看见这个电话的，没想到会是你。"

"我也没想到会是你。"

"出来吧，一起吃晚饭，聊聊天，很久没见了。"

"就在电话里聊吧，一样的。"

"那怎么会一样。"

"你看，除了性别，我的条件都不符合你的要求。"

"别开玩笑了，快点过来。"

许晟的胃口还是那么好，从菜上桌，她的筷子就没停过，她夹菜和咀嚼的频率让安天觉得喉咙口噎得慌。大约半个小时后，菜上齐了，她也吃得差不多了，在喝下一小碗羊肉萝卜汤并感叹了一句"十月萝卜小人参"后，她戛然停了下来。安天看了一眼桌上的菜，不多不少，刚好剩下了一半。

"你的脸色好像比夏天的时候更差了嘛，"许晟饶有兴趣地看着安天，脸上带着研究的倾向，"还瘦了。"

"是吗？"安天摸了摸自己的脸颊，"我倒没觉得。"

"你吃得太少了，而且总是心事重重的。对了，怎么想到去做情感陪护了。"

"只是帮人家接接电话而已，那个公司跟我没关系的。"

"在我看来，其实这是一项蛮有意思的工作，别不承认嘛，而且像你这样年龄的男人最吃香了，小女孩老阿姨都哄得转。"

"那个公司确实和我没关系，我纯属帮忙。"

许晟笑吟吟地看着安天，不再说什么，脸上却分明是一副一切了然于胸的表情，她笑容里有不容你忽视的自信和优越感。当这样一个女人看着你时，你会觉得自己很没有底气。安天想如果真的和她在一起生活，天长日久，他肯定会阳痿的。她让安天觉得压抑。安天拿起筷子，可眼前没有一样菜能勾起他的食欲，像看问题孩子般把菜们看了一遍，他放下了筷子。

"我看见那本书了，在地摊上，卖得挺火的，我还买了一本。"安天换了个话题，他想也许还能顺便刺一下许晟。当然他知道许晟是坚不可摧的。

"哦，那本书呀，"许晟多少有点尴尬，这是安天乐意看到的，她说，"希望你看后不至于对我有误解，我并没有恶意，本来不想把你写进去的，但说实话，写到最后真不知道该写什么了，出版社又催着交稿，而你又确实和许多男人不一样，有特点有意思，所以犹豫再三，还是把你写了进去。真是不好意思，这也是我后来不好意思与你联系的原因。"

"我知道，我是个有病的人。"

5．

安天回到孙亦基的家，已经晚上十二点多了，孙亦基已经在客厅他临时的床铺上躺下了，不过最亮的那盏吊灯还开着，电视也开着。

"还以为出什么意外了呢，又跟你联系不上。"孙亦基从沙发上坐起来，毫不掩饰地埋怨数落起安天来，"也不打个电话，让人干着急，真是的，打个电话就那么难？"

"有什么好担心的，我能出什么事，不过是见了个朋友，聊聊天而已。"

"是个女的吧。"说这话的时候孙亦基直视着安天的眼睛。

"怎么啦，这个世界就两种人，不是男人就是女人。"安天直接就进了卫生间，并随手关上了门。

"这么说是个女的啰。"孙亦基站在门口问。

安天感到累，和许晟面对面坐了三个小时就像干了一天的体力活似的。许晟的笑容、眼神以及说话的语气在无形中都在传递着一种压力，这种压力来路蹊跷，所以让安天觉得荒唐。吃完饭后，许晟提议去她家坐坐，安天婉言拒绝了。许晟半开玩笑地说，我可是你的上帝，你怎么能不给上帝面子呢。安天也不知哪来的这么大的火，冲她嚷道，你找别的愿意卖的陪你上床吧。

孙亦基轻轻地敲了敲卫生间的门，问，到底是不是个女的。

安天洗了把脸。他洗得很仔细，甚至还用了孙亦基的洁面乳，女用的。除了剃须液和洁面乳，孙亦基的护肤品都是婴儿专用的。他认为婴儿的护肤品最温和，对皮肤的刺激性比较小。

洗完脸，安天在抽水马桶上坐下，从裤子口袋里掏出那只香水瓶，在手心里转动摩挲着。孙亦基还在小声而固执地敲着门，敲三下，停一停，问，到底是不是个女的。安天闭上眼睛，他对自己说，你已经从那个荒诞的梦里走了出来，这对你来说就是正确的一步，不要急，慢慢来，你会回到原先那种貌似正常的生活中去的，尽管你也曾对那种生活怀疑和厌烦过。

敲门的声音猛然响了起来，门把上挂着的一串小珠子被震得跳起舞来。安天只得起身打开门。

"为什么不回答我？"孙亦基梗着脖子，脸涨得通红。

"那好，我回答你，是女人，我和她吃了饭，聊了天，还睡了觉，你想听到的回答是不是这个，好了，你现在满意了吧。"

说完安天直接走回了房间，往床上一躺。孙亦基愣了一下，随后跟了过来，不过并没有进房间，他站在房门口，像看一个陌生人似的看着安天。短暂的沉默之后，孙亦基说，你们为什么都要这样对我。

安天感到奇怪，不是孙亦基提的问题，而是那种异常平静的声音。他从床上坐起来，只见孙亦基正伤心甚至有点绝望地看着他。他心里一惊，但嘴里还是说，我怎么对你啦。

"你们根本不把我当回事，无视我对你们的感情。没错，我对你们好，我迁就你们，这都是我愿意的，可作为朋友，你们至少应该尊重我的存在。一个人对你好，你却把他萝卜不当菜，真不知道你们是怎么想的，是怎样一种逻辑。"

"等等，你一直在说你们你们的，这个你们到底是谁们，你能说得清楚一点嘛？"

"当然是你和小宇了。"

"我和他有什么关系，请你别把我和他扯在一起。"

"你和他都是我的朋友。"

"朋友？应该是房客吧，当然我没有付房租给你，小宇付没付我就不知道了，也许他已经用别的形式付过了。"

嘴巴是很过瘾，但安天知道孙亦基的泪肯定又在眼眶里打转了。他想孙亦基说得很对，一个人越是对你好，你越是不把他当回事，因为你知道你再怎么对他，这个人最终还是会妥协的。

6.

外面一下子安静了下来，电视关了，灯也关了，估计孙亦基已经在他的沙发上躺下了，安天仍然坐在床沿，整个人还陷入在刚才的对话带来的既厌烦又自责的情绪中。他想尽管俩人的生活方式不同，尽管孙亦基身上有一些他感到别扭的习惯，然而作为朋友，至少他对人是真诚的。自己看不惯人家这个那个的，也许人家也有同感。不管怎样，自己不能再在这儿住下去了，否则类似的冲突会发生得越来越频繁，甚至弄得不可收拾。

卧室的门被轻轻地敲了两下，安天下意识地躺了下来，并拉过毛巾毯搭在肚子上。孙亦基的头首先犹犹豫豫地探了进来，有些胆怯地看着安天，问，睡啦？留在门外的身子还在等待安天的准许。安天用尽量和缓的语气问道，有事吗？进来说吧。

孙亦基低头手里盘弄着一张折成豆腐干大小的纸片，嗫嚅道，刚才的事是我不好，你别往心里去。安天说是我不好，我不该对你说那样的话。孙亦基摇摇头，说，是我先说了不好听的话，我知道你心里烦。你能来我这儿是我没有想到的，我真高兴。你来的第一天，你不知道我激动得一夜没有睡着，我对自己说，我要好好地照顾你，让你快乐，我会和你相处好的，但还是发生了不愉快。不过你放心，这是最后一次，以后再也不会发生了，我说话是算数的，你相信我。

安天不知道语无伦次的孙亦基到底想要表达什么，他不由得有些紧张，他怕孙亦基突然会说出让他手足无措的话来。他在枕边找出烟，递了一根烟过去。

孙亦基点燃烟，吸一口，然后深深地呼出一口气，呼出这口气，他这个人似乎正常清醒了许多，他清了清嗓门，说，小宇走了。

关于小宇的那个子虚乌有的情感陪护公司，孙亦基曾和小宇谈过，后者认为那是他的私生活，孙亦基无权干涉。今天下午小宇打电话到他公司约他下班后见面，他如约去了，等了一个小时也没见到小宇。他回到家看见小宇留给他的一张纸条。

孙大哥，你好！

我要走了，下午约你见面，就是想要告诉你这个，我后来没去，是怕你留我，不让我走。

我认识了一个女人，她很喜欢我，认我做她的干儿子，答应带我出国，她说我也可以去外国念书。

你是个好人，等我发了财我不会忘记你的。

祝你好运！

　　　　　　　　　　　　　　　　　　　　　　　小宇

"我知道他终归有一天会离开我的，只是没想到这么快。我现在最担心的还是他被别人骗，哼，一个女人，应该是一个有钱的女人吧，这种女人我见过，还不是先被男人包，完了再包男人。"

"如果真的能出去读几年书，其实也不错啊，小宇正是读书的年龄，像现在这样在健身中心里混也不是个事。"

"他要真肯读书倒好了，但他不行的，他的心早就玩野了，他不过是想要换个环境继续玩，我了解他，他聪明机灵却不用在正道上。这些年来的生活环境和结交的朋友对他的影响太大了,哎,这也是他的命啊。"

7.

因为小宇的出走,安天打算离开孙亦基这儿的想法暂时放下了。说实话,除了回父母家,他也没更好的去处。与此同时,他也接管了小宇留下的业务。与其说是接管,还不如说是玩票,尝试一种他以前连想也不会去想的职业。做着做着他还真做出了点乐趣和心得,因为他和在娱乐场所做"少爷"的人不同,他有明确的以情为主的服务项目和主动选择客人的自由,他不用委屈自己迁就对方,或者说,他没有"卖"的感觉。

安天把业务分成两种形式,电话陪护和见面陪护,前者属于友情赠送,不收费,但每次通话不能超过10分钟,后者的收费照旧。他也是完全凭感觉决定和不和这个女人见面,内向一点的,说话声音轻一点的,年龄在四十岁以下的是安天见面的主要对象。

为了避免刺激孙亦基,安天基本上把陪护安排在白天,晚上孙亦基下班回来,安天会提前把电话线拔掉。当然有时他晚上和客人见面,难保孙亦基不把电话线插上。他不知道孙亦基是怎么回答这些情感虚空的女人的问题的。他们从来不谈安天正做着的情感陪护这个话题,安天知道孙亦基一直努力在克制着。他想总有一天孙亦基会发作的,早晚而已。

像这样一个情感陪护公司,没有营业执照,没有雇员,没有正儿八经的办公场所,不用交税,只有一条电话线和一个本身也需要情感陪护的男人,它能生存至今真是一个奇迹,况且它还有着相当不错的发展前景。安天从未想过有一天会有形形色色的女人走到他的面前,她们或无聊或失落或被现实生活压得气喘吁吁,她们的共同特点是她们想要的期望得到的总比她们有权去争取和要求的来得多,所以她们会恐慌,其实无非是对自己过分的奢求感到恐慌,因为明知这只是一场梦,一场伸手探脑袋都够不着的梦,而安天要做的就是陪着她们做做梦。

当然也有纯粹来寻求新奇的,安天甚至还遇上过一个同道的"小姐"。

后者是她那一行里的老手，干了好几年了，颇有心得，因此她想找个人交流交流，同时尝尝付钱被服务的滋味。

有时通过几个小时的交流，安天和他的客人都真正放松下来，有了比较融洽的气氛，这时候，往往是这时候，安天会猛然产生一种虚幻的感觉，似乎这样的生活由来已久，至于怎么会过上现在这种生活的，他也不知道，仿佛是个意外。

今早起来，安天感觉有感冒的症状。昨晚他碰到了一个古怪的客人，隔天她预定了三个小时的陪护，见面后就挽着安天的胳臂开始走，整整三个小时，她没有松开过安天的胳臂，后来下雨了，还伴有四级左右的风，可她硬是不动声色地挽着安天走了三个小时。

安天服了一粒快克，然后躺在床上等待睡意来临。窗外的雨已经停了，但天色阴暗，随时都会落下雨来。孙亦基上班去了。今天他起了个大早，去菜场买了安天爱吃的台湾草虾，并把它做了出来。临走前他叮嘱安天，中午放在微波炉里中火转一转就行了。

电话铃声猛然响了起来，安天记得上床前是把电话线拔了的。他睁开眼，看着白色电脑桌上那部粉红色电话，心里默默数着，一下，两下，一共响了七下半。他起床，走到电话前，想了想，把电脑打开了。他已经有一段时间没上网了。

等待页面完全打开的间隙，安天点了根烟，泡了杯茶，又把那只香水瓶拿出来，打开盖，搁在主机箱上。片子中那个瘦高个的男青年正在刘末的身上忙活。安天坐在电脑前，面对显示屏，手指间夹着一支烟。他也记不清这是自己看的第几百遍了，反正越看，他越觉得那仅是个和他身体条件差不多的男人，和他有点关系，但又不是太大。

2000 年 10 月

原刊于《钟山》2001 年 2 期（原名《我们都是有病的人》）

图书在版编目（CIP）数据

外面起风了 / 戴来著. —济南：山东文艺出版社，2014.6

（身份共同体·70后作家大系 / 孟繁华，张清华主编）

ISBN 978-7-5329-4488-0

Ⅰ.①外… Ⅱ.①戴… Ⅲ.①短篇小说–小说集–中国–当代 Ⅳ.①I247.7

中国版本图书馆CIP数据核字(2014)第051435号

外面起风了

戴来 作品

主管部门	山东出版传媒股份有限公司
出版发行	山东文艺出版社
社　　址	山东省济南市英雄山路189号
邮　　编	250002
网　　址	www.sdwypress.com
读者服务	0531-82098776（总编室） 0531-82098775（发行部）
电子邮箱	sdwy@sdpress.com.cn
印　　刷	山东临沂新华印刷物流集团
开　　本	710毫米×1000毫米 16开
印　　张	22.25　插页/2
字　　数	270千字
版　　次	2014年6月第1版
印　　次	2014年6月第1次印刷
书　　号	ISBN 978-7-5329-4488-0
定　　价	38.00元

版权专有，侵权必究。如有图书质量问题，请与出版社联系调换。